子彈殼

文革中篇小說

姜貽斌◎著

目次

老炸藥庫

1

我爸媽的關係一直很緊張，是因為莊姨。

多年來，姆媽無數次找爸爸吵架，不是暴風驟雨地大吵，就是淅淅瀝瀝地小吵，總是說你以前跟姓莊的怎麼怎麼了，並不迴避我——我就明白，莊姨是姆媽最嫉恨的女人。

客觀地說，莊姨是窯山第一號美人，高挑的個子，細皮嫩肉的，白白淨淨的，腰身細細的，瓜子臉，大眼睛，小嘴巴。穿著也不同一般，很講究，花裙子換了一條又一條，像春天穿在她身上，腳下的皮鞋烏亮烏亮。

對於這號美人，可以想見，追求者眾。

當年，爸爸就是追求者之一，而且捷足先登，與莊姨攜手成親已是指日可待，羡慕者眾多，嫉妒者也不少。令人遺憾的是，我爸爸於關鍵之時突然退縮了，痛苦地放棄了這樁難能可貴的婚事，放棄的原因是莊姨有海外關係。莊姨以前沒有對他說過，害怕說出來嚇壞他，卻又捨不得離開他，真是矛盾重重。在談婚論嫁時，心地善良的她還是說了出來。其實，莊姨開始是想瞞住我爸爸的，結了婚，不是生米煮成熟飯了嗎？後來，她覺得不說終究還是不妥，當然，她也明白，說出來將會是什麼後果。海外關係這個詞，太敏感了，也太讓人感到害怕了。在當時，是與特務掛在一起的，你說誰不害怕呢？我爸爸的出身也不好，地主出身，加之生性膽小，害怕今後會有大麻煩，所以，痛苦地考慮再三，在即將扯結婚證的最後一刻，揮淚與莊姨分了手。

我姆媽是屬於後來者。

與莊姨相比，無論是長相，還是氣質或打扮，以及知識水平和工種，我姆媽起碼相差了兩萬五千里。姆媽十分矮小，不足一米五，前額突出，額頭上還有一塊閃亮的疤子，像一彎月亮印在上面。眼珠子眯眯的，嘴巴很大。莊姨大學畢業，是個會計。我姆媽是個初小生，在煤站開票。毋庸諱言，在家庭背景上，我爸爸明顯地沾了我姆媽的光。姆媽出身老工人家庭，世代是硬梆梆的走窯人。爸爸最終捨棄莊姨找到她，也是迫於形勢，大概是想找個保護傘吧。爸爸長得很英俊，頭髮略捲，高鼻子，大眼睛，又是大學生，在辦公室搞設計，姆媽也相差了兩萬五千里。爸爸與莊姨則十分般配，如果他倆成親，我敢說，是窯山最讓人羨慕的一對。姆媽除了成分不錯，無論在哪方面，她又沾了我爸爸的光。

應該說，兩人是扯平了。

我姆媽卻認為還沒有扯平，所以，跟我爸爸結婚多年，還在不停地糾纏，似乎要清算我爸爸與莊姨戀愛的歷史細節。比如，你們以前經常在哪裡約會？是在山上還是馬路上？你跟姓莊的鬥過幾回榫子？是你主動的還是她主動的？你跟姓莊的打過胎沒有？是到醫院流的產，還是吃民間的土方子？諸如此類，所提出的問題，瑣碎而粗俗。這讓爸爸感到十分煩躁，對於我姆媽的質問，他一律不予回答，終日陰沈著臉，似乎對這樁婚姻後悔莫及。姆媽卻像個追根究底的歷史學家，老是抓著這些問題糾纏不放，似乎要讓歷史的真相還原，或者說，要讓根本不存在的細節，存在於她男人的情史之中。

爸爸不回答沒有關係，她竟然窮追不捨，吃飯時忽然就盤問起來，睡覺時也忽然就盤問起來。反正三天兩頭就忽然要盤問的，這似乎成了她的職業或嗜好。爸爸不理睬她，她卻越加要盤問，如果爸爸實在忍無可忍地動了手，她就哭喊著大聲盤問，好像要讓全世界的人都曉得。

我不曉得在我出生之前，或是尚未記事之前，姆媽是不是這樣糾纏盤問的，反正自從我記事之後，一直到我十一歲了，她仍然在不依不撓地盤問。

由此可見，我姆媽是全窯山最大的醋罈子。

每次吵架，我從爸爸的眼裡看得出來，他是想離婚的，離開這個討厭而粗俗的歷史學家。每當此時，他又默默地看著可憐的我，目光中那種堅決的成分，又變得猶豫起來。我也理解爸爸為什麼只生我一個了，是他並不愛我姆媽。不像張小明屋裡有四兄妹，牛大個子屋裡就更多了，共五兄妹——而我們爸媽的年紀都差不多。

莊姨與我爸爸分手之後，一直沒有成家，孤單地過著日子，她也沒有親人在窯山。或許是我爸爸甩掉了她，讓她對感情絕望了吧，也或許，窯山沒有像我爸爸那樣優秀的男人了吧，雖然身邊不乏追求者，她卻再也沒有鬆過口了。

莊姨住在單身宿舍，離食堂和開水房不遠。爸爸如果說要去打開水，姆媽就馬上對我說，毛伢子你去。如果我不在，她就自己去。或者，她就說，屋裡燒了開水的，還要打什麼鬼開水？切斷了我爸爸與莊姨交往的可能性。由此可見，姆媽的警惕性一直是很高的，這麼多年來，沒有絲毫的鬆懈。我甚至發現，姆媽曾經悄悄地跟蹤過爸爸，看他是否與莊姨藕斷絲連。有幾次，爸爸下班時，她卻像特務一樣，遠遠地躲在食堂的牆角邊，偷偷地觀察我爸爸的走向。其實，爸爸沒有跟莊姨有什麼交往了，他也沒有面子跟人家來往了。關於姆媽跟蹤他的秘密，我也不敢告訴他，擔心他一怒之下與姆媽離婚，那我不是沒有爸爸了嗎？

當然，直言不諱地說，我是非常喜歡莊姨的。

莊姨那個人真好，每次看見我，都是笑眯眯地喊，毛伢子哎。我也甜甜地叫一聲莊姨。她總是伸出溫柔的手，撫摸我的腦殼，拍拍我的小臉，好像是在撫摸著我的爸爸。然後，歎著氣，低下頭，憂鬱地走開了，像有一肚子心事。她身上的氣味很好聞，好像是香皂的氣味，卻又不太像。有時，她還塞給我幾粒糖粒子。姆媽如果見我吃糖粒子，就皺眉毛，一定要問是誰給的，我不敢說是莊姨給的，只說是某個叔叔給的，我怕她發脾氣，也怕給爸爸為難。

如果有可能的話，讓我在莊姨與姆媽之間重新挑選，我肯定希望莊姨做我的娘老子。

姆媽每次找爸爸吵鬧，爸爸要麼不說話，要麼只說一句，哎呀，我看你哪天會神經嘞。姆媽說，是呀，你巴不得我神經嘞，我神經了，你和那個臭婊子就方便了嘞。她不無痛苦地說。

看著爸媽吵鬧，我內心是站在爸爸一邊的，我覺得姆媽實在是無聊，粗俗，蠻橫無理，陳年爛芝麻了，她卻終日掛在嘴巴上，討厭死了。你說，她哪裡能夠跟莊姨相比呢？我曾經多次衝動過，想當著爸媽的面說，如果爸爸當年討到莊姨就好了，我們屋裡就安寧了。

我卻不敢說，擔心姆媽哪天真的會發神經。

2

我想，姆媽要到哪天才不會尋著爸爸吵鬧了呢？得出的結論是，可能要到有個人去閻王老子那裡報到了，屋裡就會安寧了。沒有吵鬧的對象了，就吵不起來了。

後來，莊姨和許多人被抓起來了。關於莊姨他們抓進牛棚，這個驚人的消息還是爸爸回家說的。那天，他的情緒很不好，一回來就悶悶地抽煙。吃飯時，他沒有說莊姨也抓起來了，只是低沉地說，今天窯山抓了許多人，嚇死人了，都關在木工房。

姆媽卻很敏感，放下筷子，直言不諱地說，那個姓莊的也應該抓，她有海外關係。

爸爸皺皺眉，如實地說，她也被抓了。

姆媽幸災樂禍，頓時變得高興起來，似乎終於甩掉了多年壓在心頭的包袱，姓莊的抓起來了，我爸爸就沒有機會跟她藕斷絲連了，造反派將他們的來往一刀兩斷了，姆媽也不必跟蹤和擔心了。所以，她的臉色開朗了，破天荒地給爸爸夾菜，一邊吃，一邊說，哼，像她這樣的人，早就應該抓起來了。

爸爸憂鬱地說，我……我哪天也會抓起來的。

姆媽盯著他，瞪大眼珠子說，你？不可能吧？好像又想到了什麼，信心顯然不足了。

爸爸似乎有先見之明，早已把換洗的衣服準備好了，放在尼龍絲網袋裡。他大概明白，即使討了老工人的女兒，也起不到任何保護作用，關牛棚是遲早的事。現在，姆媽雖然不尋他吵鬧了，放棄了歷史學家的職業習慣，爸爸似乎也沒有高興多少，臉色仍然憂鬱，沈默寡言。而姆媽呢，竟然經常哼歌，嘿啦啦啦，嘿啦啦啦，天上出彩霞呀，地上開紅花呀……

我曉得，她是感謝造反派，輕而易舉地就幫她解除了心頭之患。

莊姨被抓之後，我還是見過她的。除了批鬥和遊行，我不敢看她，害怕看到她那副可憐的樣子。而在勞動時，我就遠遠地看過她的。她挑著沉重的擔子，或是磚瓦，或是河沙，或是石灰，在一步步艱難地走著。她完全沒有乖態的模樣了，似乎一夜之間，那些乖態就徹底地消失了。穿著破爛的衣服，頭上戴著灰藍色的帽子，遮蓋醜陋的半邊頭髮——頭髮被人剪掉了半邊，像撿煤渣的鄉村女人。她臉上明顯有抽打的痕跡。我心裡很難過，又想給她一點安慰，就冒著膽子，趁著看管人員暫時不在，輕輕地叫一聲莊姨。她怔怔地看著我，渾濁的淚水一聳，就默默地流出來了。

我不曉得莊姨他們會被關多久，像這般批鬥遊行和嚴酷的抽打，加上沉重的勞動，即使是男人，也會被折磨得半死的。所以，我害怕聽到莊姨倒下的消息。

那一向，爸爸十分沈默，與姆媽的高興形成了極大的反差。姆媽上班出門時也是嘿啦啦啦，下班回家時也是嘿啦啦啦，到了晚上睡覺時也是嘿啦啦啦，我都煩死了，多次向她提意見，哎呀，你能不能夠換個歌唱呢？她哪裡會聽我的意見，仍然是嘿啦啦啦的。爸爸卻充耳不聞，吃罷晚飯，就躺在床鋪上，望著昏黃的燈光，像在思考什麼重大問題。

誰也沒有想到的是，像莊姨這樣弱小的女人，竟然有那麼大的膽子，在造反派的眼皮底下伺機逃跑了。我想，這肯定是第一個逃跑者給了她勇氣和希望。第一個逃跑者姓劉，是個叔叔，到現在也沒有被抓回來。這肯定是她無法忍受那種屈辱了，最終做出了驚人的選擇。

那天，爸爸回家就說，莊小梅逃跑了。話音裡，既有某種擔心，又有某種慶幸。

我欽佩地說，莊姨好有勇氣嘞。

姆媽本來還在嘿啦啦啦的，一聽，怔住了，說，逃跑了？逃到哪裡去了？她有那麼大的狗膽？她似乎又警惕起來了，同時，也感到惶恐不安。她死死地盯著爸爸，好像是他幫助她逃跑的，擔心他們又能會藕斷絲連。

爸爸淡淡地說，哼，鬼曉得她逃到哪裡去了。

姆媽急忙問，難道造反派沒去抓她嗎？

爸爸沒有吱聲。

後來，據我所知，造反派去抓捕莊姨了，還在礦區設了幾個關卡，卻一無所獲，黑夜茫茫的，到哪裡去抓呢？連個鬼影子都抓不到。我雖然很高興，還是替莊姨擔憂，她逃到哪裡去呢？她過得怎麼樣？她肚子餓嗎？我天天都在為她保佑，希望她逃得遠遠的，逃到無人認識的地方去，更希望能夠得到好心人的照顧。

儘管莊姨逃走了，姆媽還是不放心，整天疑神疑鬼地看著爸爸，似乎懷疑爸爸把她藏起來了，所以，那種歷史學家的嗜好重新發作了，開始了無休止的盤問和吵鬧。

爸爸依然保持沈默。只是每當夜晚有大遊行，或是慶祝最高最新指示從北京傳來時，爸爸竟然表現得很積極，總是提早就去了，很晚才回來，一副很疲倦的樣子。

半個月後的一天，爸爸下班回家，忽然說，我今晚要進牛棚了，造反派勒令我八點鐘趕去。他似乎說得很輕鬆，對此一點也不感到驚訝，早已有了思想準備。姆媽和我卻驚訝不已，姆媽說，他們憑什麼要抓你？爸爸說，地主出身麼。姆媽試探地說，那你也逃跑吧？爸爸搖搖腦殼，說，蠢，逃到哪裡去？逃到屁眼裡去嗎？姆媽又連忙說，哦，你不必逃跑，我家是世世代代的走窯人，怕什麼卵？

我猜想，也許是姆媽擔心爸爸逃跑之後，如果偶然碰上莊姨，不是鴛鴦一對逍遙自在了嗎？

三個人默默地吃罷飯，心情沉重，爸爸提著放了衣服的尼龍絲網袋子，準備走了。這時，姆媽忽然流下了淚水，說，你不要怕嘞，也不要跟他們鬥，有什麼就說什麼。

爸爸點點頭，卻仍然不走，嘴唇動了動，欲言又止，好像還有重大的事情需要交代。他神色嚴峻，一下子盯著姆媽，一下子又盯著我，眼色十分奇怪，又目光如炬，好像要穿透我們的心臟，不像是依依不捨。爸爸看了看鬧鐘，時間不早了，這時，他似乎下定了決心，皺皺眉頭，走出去看看屋外面的動靜，然後，又返回緊緊地關上門，輕輕地說，如香。

這一聲喊，姆媽和我都感到十分驚奇，爸爸多年也沒有叫過姆媽的名字了，似乎如香這個名字早已從他頭腦中消失了。

姆媽也預感到什麼了，張著驚慌的眼睛，說，你你你還有什麼事？

爸爸久久地盯著她，目光中，突然又含有一種威嚴，一種不可抗拒，甚至是一種蠻橫無理。姆媽害怕了，戰戰兢兢地問，你你有什麼事？

空氣驟然變得凝重起來。

這時，爸爸壓低聲音，一字一句地說，事到如今，我也不能不說了。我告訴你們，莊小梅並沒有逃遠，就躲藏在老炸藥庫。我是看她太可憐了，窯山又沒有親人，我就每天悄悄地給她送飯，一天送一次。為了避人耳目，我是在二工區食堂給她買去的。這些天來，我也沒有告訴你們，是怕你們受牽連。只是從明天起，就要拜託你們了，我已經沒有辦法了。臨出門，又說，她有胃病，飯菜不能太差了。

當時，我和姆媽驚呆了，久久沒有說話。

當時，我差一點就要驚呼起來，我真是佩服我爸爸，竟然瞞過了眾人的眼睛，在偷偷地照顧莊姨，他像一個行動詭秘的高人，在暗中保護一個可憐的女人。

高音喇叭在哇哇地大喊了，勒令被關的人趕緊去木工房。爸爸沒有徵求姆媽的意見，也沒有時間等著她表態了，他似乎非常武斷地認為她是不會拒絕的，她應該明白告密會意味著什麼，也應該明白這個任務的保密性和艱巨性。

爸爸轉過身，門重重地一咣，就大步地走遠了。

昏黃的燈光晃了晃。

爸爸一走，卻把一個巨大的難題丟給了姆媽。

姆媽坐在床邊半天沒動，呆呆的，像中了魔，臉上的肌肉一扯一扯，流露出極其複雜的神色，就可見她內心劇烈的矛盾衝突。是的，一個被她罵了多年的女人，一個被她妒恨了多年的女人，現在，竟然要自己冒險偷偷地照顧她了，這豈不是荒唐嗎？誰又能夠心平氣和地接受這個事實呢？

我慌了，擔心姆媽不會接下這個任務，不能保守這個機密，就抓住她的雙手猛搖，喊道娘老子，娘老子。猛烈地搖了一陣子，姆媽才像醒了過來，長長地歎著氣，張開嘴巴，想開口大罵，終於還是沒有罵出來，晶亮的淚水一飆一飆的，唰唰地流下來。

我們都沒有說話。

緊張和恐懼於突然間降臨了。黃慘慘的燈光，似乎與黑沉沉的夜色在搏鬥著，廝殺著，發出一陣陣嚓嚓的磨擦聲，驚心動魄。那天晚上十分悶熱，蚊子也很猖狂，像轟炸機似的滿屋子轟鳴。如果在平時，我早就與夥伴們玩耍去了，哪裡還會待在屋裡呢？那晚上，我哪裡也不敢去了，靜靜地守著姆媽。儘管外面響起夥伴們的瘋叫聲，我還是極力地克制著，不斷地揮動蒲扇驅趕蚊子。我覺得，我要替姆媽分擔這個艱巨的任務。

那一刻，自己彷彿長大了。

燈，終於熄了。

其實，那一夜，姆媽幾乎沒有睡覺，長吁短歎的，甚至還痛恨地拍打床鋪，陣陣聲音鑽進了我的耳裡。可以想見，她在矛盾著，鬥爭著，痛苦著，怨恨著。就像一個溺水的人，在絕望地苦苦掙扎。姆媽就這樣在痛苦而漫長的夜色中煎熬。我當然也睡不著，我理解姆媽那種複雜的心情和強烈的反應。像這種可怕的事情，不論放在誰頭上，也會矛盾重重猶豫不決的，尤其是，她要面對的是莊姨。有個問題讓我感到困惑，爸爸是怎麼曉得莊姨躲到老炸藥庫的呢？難道是他幫助她逃跑的嗎？

當然，我最擔心的還是怕姆媽去告發。莊姨是她嫉恨多年的人，這不正是一個絕好的報復機會嗎？如果告發了，肯定還會立功的，說不定造反派還會把爸爸放回來。反之，如果被人發覺，那麼，連姆媽也會被抓起來的。

總而言之，緊張，擔心，恐懼，凝重的氣氛開始籠罩我的家了。

3

第二天，我坐在屋門口，望著土坪裡的細把戲在打乒乓球，不時響起勝利者的歡呼聲，或是敗將的牢騷穢語。那時候，每排家屬房子的土坪前都砌有一個水泥檯子，是公家砌的，方便大家洗刷，殊不知，也是我們打乒乓的好場所。只要沒有人洗東西了，水泥檯子立即就會被我們佔領，一側各擺上一塊磚頭，再橫一根竹竿，我們就能夠快樂起來了。儘管水泥檯子離我家近在咫尺，我也沒敢起身，時時盯著姆媽，觀察她的動靜。

夥伴們大叫，毛伢子，快來打嘞。

我故意皺著眉頭，指指肚子，意思是我肚子痛。

那是星期天，姆媽休息。她卻什麼也沒做，很遲才爬起來，眼皮子發青，眼珠子紅紅的，好像哭了一夜。或許是她沒有閉眼，一直在想著那件讓她痛苦的事情，就把眼睛熬紅了吧？她不像平時洗洗刷刷忙忙這忙那的，像一隻旋轉的陀螺。吃過早飯，她居然又躺在床鋪上，好像是生病了，默默地望著天花板，眼神中射出猶豫恐懼和氣惱的目光。對於鄰居忙碌的聲音充耳不聞，似乎是有意要好好地歇一歇，然後，聚集力量，咬緊牙關，擔負起這副祕而不宣的重擔吧？也好像是準備裝病，順水推舟地卸下這副重擔吧？我暫時還很難推測出她的真實想法，是保護莊姨？還是告發莊姨？是嚴守秘密？還是洩露出去？我已經考慮好了，只要發現她有告發的跡象，我就要爭取提前告訴莊姨，叫她快快逃走。

姆媽見我也待在屋裡，覺得很反常，忽然轉過臉大光其火，哎，你死在屋裡做什麼？突如其來的聲音，把床鋪下的黃雞婆嚇了一大跳，咯咯地叫了起來。

我還是沒動，強烈地感覺到了一種無形的責任感。

姆媽躺著，我坐著，兩人從上午挨到下午，連中飯也沒有吃，屋裡冷冷清清的，誰也沒有說起那個秘密，好像那個秘密與我們無關，好像爸爸交予的擔子，也與我們無關，我們好像只在為他被關進牛棚而感到憂慮。外面，不斷傳來細把戲淘氣的叫喊聲，還有高音喇叭嚴厲的嘶叫聲。天色陰沈，上午還是火爆爆的太陽，到下午，太陽好像就不願意出來了，疲倦了，躲進厚厚的雲層去了。

下午三點多鐘，姆媽忽然從床鋪上起來了，從後門走出去。我不曉得她到哪裡去，是不是去造反派那裡告發？卻又不像。她如果要告發，可以走前門，前門離辦公樓近些。我不敢怠慢，悄悄地跟著她。不知姆媽是否曉得有人在跟蹤她，她沒有反過頭來看我，栽著腦殼，沿著那片菜地走，菜地的盡頭，是一個陡峭的土坡。

姆媽竟然朝土坡下走去了。

她去哪裡做什麼？

土坡下是一片寬闊的田野，淡黃色的稻子呈現出成熟之勢，田野裡沒有農人。我在土坡上悄悄地伏下來，看見姆媽沒有繼續走了，蹲在地上，沖天乾嚎一聲，突然嚎啕大哭。她哭得痛快淋漓，無所顧忌，沒有了壓抑，也不擔心有人聽見，只有藍藍的天空和金黃色的大地在靜靜傾聽。我的心顫抖了，原來姆媽是想痛痛快快地哭一餐，把滿肚子的委屈嫉恨和痛苦哭出來。我看見姆媽的哭聲濕淋淋地飄上天空，又慢慢地灑落在淡黃色的稻穀上。

我心裡說，娘老子你哭吧，放肆哭，發狠哭，只要不去告發，哭一哭又算什麼呢？

姆媽哭了很久，不曉得要哭到什麼時候，陰沈的天空，似乎也被她感動得要下雨了。然後，我悄然地回到屋裡。過了好久，姆媽才慢慢地回來，她的眼睛哭腫了，像兩隻大水蜜桃。她擦了把臉，唉聲歎氣的，又躺在床鋪上。

我記得爸爸說過的，每天要給莊姨送一次飯，還說莊姨有胃病，飯菜要講究點。那天，已經六點鐘了，老天快黑臉了，姆媽卻還沒有煮飯的意思。

我實在忍不住了，提醒說，娘老子，我肚子餓嘞。其實，我肚子並不餓，我是在替莊姨擔憂，她一天沒吃飯了。

姆媽好像是等著我這句話順梯而下，忽然，掙扎著從床鋪上坐起來，瞪著鮮紅的眼睛，兇狠地說，餓死你，短命鬼。然後，下了床鋪，拖著鞋子，去灶屋了。

弄好飯菜之後，姆媽就望著飯菜發呆，看得出來，她仍然是猶豫不決。她顯然是一時難以承受這種危險而又感到為難的事情，所以，她並沒有搞好的飯菜，只有辣椒炒茄子。她默然地站了許久，又悄悄地看我一眼，才遲疑地從碗櫃裡拿出鋁飯盒，洗了洗，猶猶豫豫地把飯菜裝進去，想了想，又把它放進鼓形的竹籃子裡，籃子上面有個拱形的蓋子。

我說，娘老子，爺老倌說莊姨有胃病，這樣的辣椒菜怕不行嘞。

姆媽聽罷，忽然提起籃子往下一頓，生氣地說，那要吃龍肉呀？又不悅地說，你去。

我沒有推辭。

我願意去。

看來，姆媽默默地接下這個難以忍受的任務了，不僅煮了飯菜，還準備了鋁飯盒，以及用來掩人耳目的竹籃子。這一切，已經夠為難她的了，對於她來說，這需要多麼大的忍耐和克制。如果還要她去送飯菜，那是多麼的困難——她要面對她所嫉恨的莊姨。她吃醋了那麼多年，現在不僅要替她嚴守秘密，如果還要給她送飯菜，臉面上也放不下呀，冰凍三尺呀。

我畢竟還是高興的，至少莊姨不會挨餓了。我提著籃子就走，願意做這個運輸大隊長。我算是謹慎的，沒有走前門，前門的人太多了，太顯眼了，我走後門，後門幾乎沒有人。像我這般小小的年紀，臨走時，姆媽居然沒有叮囑我小心一點，好像是有意慫恿我去暴露那個秘密。

我偏偏十分小心，就像電影中謹慎的地下交通員，眼睛不斷地四下裡盼顧。沿著菜地走一截，有一條小路彎過去，然後，就接著那條毛馬路了。那條毛馬路叫潭寶路，是從湘潭通往邵陽城的，橫過潭寶路，又是一條毛馬路，這是通往山那邊的。我早就想好了，如果碰上誰問我去哪裡，我就裝出坦然的樣子，說，去我姨媽屋裡嘞。我姨媽住在一工區那邊，一工區就在山那邊。不知為什麼，走著走著，我總覺得有一雙可怕的眼睛躲在某個暗處，在死死地盯著我，如芒刺在背。我不時地反過身來看，又看不出它究竟藏在何處。我害怕了，猶猶疑疑地走著，心裡老是想，難道有人發現這個秘密了嗎？

老炸藥庫離我家起碼三里多路，位於半山腰上，被滿山的樹林所掩蔽，遠遠的，只能看見點點錯落的黃色。關於它的來歷有種種，一說是日本鬼子的炸藥庫，一說是國民黨軍隊的，他們逃跑之後，就把炸藥庫炸毀了，留下了斷牆殘壁。它是用厚厚的鵝卵石和黃土築成的。這麼些年來，幾乎沒有人去玩耍過，聽說裡面蛇蠍遍地，陰森可怕，顯得非常荒涼。還聽說恐怕有未爆炸的炸彈，擔心炸死人。

至於人們叫老炸藥庫，約定俗成而已吧。

一路上，除了那雙可怕的眼睛跟隨之外，一切還是順利的，沒有碰上什麼麻煩，連我那些調皮的夥伴也沒碰上。儘管我心裡還是十分緊張，臉上卻裝得若無其事。當然，我上山時，還是感到有些害怕的。山很大，連綿起伏，聳立著兩個高高的山峰，像兩隻汁水豐盈的奶了。山上樹林叢叢，陰森森的，小野物不斷地竄梭著，發出令人驚慌的響聲。

我想，莊姨晝夜躲在這裡，難道不害怕嗎？

我是第一次上山。

長年無人踩踏，上山的路顯然已被漫長的歲月沖淡了，讓蓬蓬雜草和叢叢灌木任意地霸佔了。我拿著棍子，猛烈地掃開前面的障礙物，這也是向小動物們發出警告，然後，就艱難地向半山腰走去。山上的空氣新鮮，也涼爽了許多，夾雜著植物鮮嫩的氣味，以及樹葉腐爛的氣味。我走近老炸藥庫一看，它原來是露天的，也許以前不是露天的吧，不是聽說炸毀了嗎？老炸藥庫的外面，居然有一條細小的溪水從山上流下來，細細吟唱。還有一個籮筐般大的水坑，顯然是新近挖出來的，約一尺來深，它讓水流在此蓄積，清澈見底。

天色已經黯淡，我輕輕地叫一聲莊姨，只聽見老炸藥庫的角落有了一陣窸窣的響動，傳來了莊姨的聲音，是毛伢子吧？

我小聲而興奮地說，是我嘞。

終於又見到了莊姨。她無力地靠在牆壁上，臉色憔悴。她沒有戴帽子了，剃去的半邊頭髮慢慢地長了起來，一隻手不斷地揉著肚子。

她站起來，驚惶地問，怎麼是你來了？

我傷心地說，我爺老倌昨夜關進了牛棚。

她一聽，很緊張，說，他也被抓了？那我躲在這裡，你爺老倌只跟你說了嗎？

我如實地說，他是跟我娘老子說的。

哎呀哎呀，莊姨驚慌失措，一連說了好幾個哎呀，她不會……告發吧？

我肯定地說，不會的，飯菜還是她煮的嘞，這個飯盒子，這個竹籃子，也是她準備的，莊姨，你快吃吧。

哦——，莊姨深深地透了口氣，眼珠子濕紅了。

我揭開竹籃子的蓋子，又打開飯盒遞給她，莊姨接過去，狼吞虎嚥起來。

藉此機會，我先仔細地觀察了這座老炸藥庫，它的面積起碼有三間屋子大，斷殘的牆壁像巨大的犬牙，牆壁上，長著稀稀拉拉的狗尾巴草。裡面亂石遍地，蓬勃著深長的雜草，居然還長著三棵青翠的小松樹，還有碎碎的小花，黃色的，紫色的，白色的，五彩繽紛。

再看莊姨的棲身之地。

在這個只能容身的角落，上面用黑色的油毛氈嚴嚴實實地蓋上了，以便擋風遮雨，油毛氈上面還拿樹枝掩飾著的。兩面的牆壁上，是用破舊的塑膠薄膜貼上的，為了防潮。蚊子很多，腳下燃著長長的淡綠色的毛茸茸的艾葉。容身之地，鋪著幾塊拼湊的薑黃色木板，在它的邊沿，還挖了一道水溝，通向牆壁外面。如果下雨，就把一塊塑膠薄膜放下來，像扇門。如果不走進老炸藥庫，是無法發現這裡藏著人的。

莊姨邊吃邊說，這都是你爺老倌的功勞嘞。

哦，我大為驚歎。爸爸不愧為一個偉大的設計師，在短暫而危險的環境中，竟然為莊姨搭了一個避風擋雨之地。

此時，那個一直困惑我的問題泛了上來。

我問，莊姨，我爺老倌怎麼曉得你逃到這裡的呢？

莊姨說，那天，天黑了，我們還在挑磚，我就趁機逃跑了，你爺老倌剛從工區回來，看見我在慌張地奔跑，猜想我一定是逃跑了，就急忙問我逃到哪裡去，我說老炸藥庫——這是我考慮了很久的地方。

我說，如果那天你沒有碰上我爺老倌呢？

莊姨歎息地說，那就聽天由命吧。

我沒有對莊姨說，我姆媽多年來還在嫉恨她，對於她和我爸爸的戀事，還在死死糾纏，一直找我爸爸吵鬧，更沒有說我姆媽此次的猶豫和不平衡，我不想讓莊姨增添更大的心理包袱——當然，我不曉得我爸爸是否曾經對她說過這些。所以，至於這兩個女人今後怎麼交往，的確不是我所能夠預料到的。當然，從姆媽第一天的行動來看，畢竟有了比較好的徵兆。

莊姨吃完飯，然後，走到那個水坑喝水。

我說，莊姨，你有胃病，生水喝不得嘞。

莊姨說，將就吧。她抬頭看看天色，就催我早點回家。

我說，我要陪陪你。

莊姨說，沒必要嘞，蚊子太多了。

莊姨還是穿著逃跑時的破爛衣服，當然是洗過了的，衣服上沒有了泥沙和灰塵，她還在盡可能地愛整潔。望著乖態的莊姨變成了這副樣子，我不由感到一陣酸楚。

我說，莊姨，你一個人在這裡好難受嘞。

莊姨苦笑說，總比關在牛棚裡好多了吧？

想想也是，躲在這裡起碼不挨批鬥挨打了，不要搞沉重的勞動了，不要承受歧視的目光和侮辱的罵聲了，也不要關在牛棚裡了。

相對而言，這裡還算是比較自由的。

我沒想到的是，生活竟然具有這般強烈的戲劇性，因為莊姨，姆媽這個大醋罎子糾纏了爸爸許多年，又是因為莊姨，爸媽居然又站在一條戰壕裡了——儘管姆媽目前還不是那麼的心甘情願——這的確讓我感慨萬千。至於莊姨的出逃，我認為要走得遠遠的，躲藏在此實在是太危險了，這裡離窯山僅咫尺之地。不說讓造反派發現吧，就是讓別的什麼人發現了，也是很有可能的。

莊姨卻滿有把握地說，逃到哪裡都危險，我想，最危險的地方可能是最安全的。

想想也是，造反派絕對想不到逃亡者會躲在這裡，他們只會遠遠地逃走，哪裡想得到有人竟然在此安營紮寨呢？

那天，我摸著黑回家，在路上，那雙銳利而陰險的眼睛又出現了，在夜色中炯炯如炬，這讓我噤若寒蟬，我四處觀察，又一無收穫，只得匆忙趕路。走到礦區，我聽見高音喇叭在叫喊，說今晚北京將傳來最高指示，要準備慶祝遊行。聲嘶力竭的聲音衝擊著茫茫夜色，似乎把成片的夜幕撕裂成一絡一絡的。

回到屋裡，姆媽默默地坐在燈下縫補，昏黃的燈光，把她彎著的身影印在牆壁上。她沒有問莊姨的情況，好像根本就沒有這回事，只是悄悄地瞟了竹籃子一眼。我明白，她心裡還是難以接受這個艱難的任務的，如果換一個人，姆媽肯定不會是這個態度。我沒有說路上有一雙陰險的眼睛跟著我，擔心她受到驚嚇，然後，徹底放棄這副擔子。

那夜晚，姆媽悄然地出去了。這個我不擔心，她肯定是參加慶祝遊行去了。

我很想把這個情況告訴爸爸，好讓他放心。我要告訴他，我娘崽順利地接手這個秘密任務了。而牛棚有規定，親屬每星期只能看望一次，爸爸顯然還沒到探望的日子。

從第二天起，我就沒有守在屋裡了，像往常那樣活躍起來，去跟夥伴們玩耍了，而我心裡卻多了一個秘密。我們左右開弓地打乒乓，或是神出鬼沒地捉迷藏，或是目不轉睛地看樣板戲，或是嘻嘻哈哈地看籃球賽。對於姆媽，我應該是放心了。她對莊姨縱然有千般的嫉恨，萬般的怨氣，也沒有膽量出賣莊姨。

她明白出賣的惡果。

我甚至想過，姆媽不願意送飯菜，我也是理解的，我能夠擔負這個任務。如果她不願意煮飯菜，我也能夠動手煮的，只要她嚴守這個天大的秘密。

我對她的期望值暫時並不很高。

出乎我的意料，第三天傍晚，姆媽居然炒了兩個菜，一個煎豆腐，一個炒茄子，都沒有放辣椒。這讓我很高興，姆媽畢竟在艱難地一點一點地改變了，像這樣的菜，應該是合莊姨口味的。更讓我沒有想到的是，姆媽居然要去送飯菜。

我高興地說，我陪你去吧，娘老子。

她淡然地說，不要。

我說，哦，莊姨胃痛，喝的是山上的生水，怕是要帶點開水嘞。

姆媽既沒有贊成，也沒有反對，好像是故意不想馬上把事情做得那樣完美吧？

我就迅速地把水壺裝上冷開水，放進了竹籃子裡。

姆媽出門了，望著矮小的她漸漸遠去的背影，我不曉得這兩個女人之間將會發生什麼。是拌嘴爭吵？還是彼此客氣？姆媽是否在照顧莊姨的同時，又破口大罵？以便發洩心中的不滿？莊姨是否會感到狼狽和難堪？當然，我還擔憂姆媽的行蹤是否會被人發現。

我沒有出去玩耍了，老實得像個弱智——儘管夜晚也是我們快活的時間——在屋裡靜靜地等著姆媽回來。我心不在焉地看著連環畫，似乎產生了一種奇怪的感覺，姆媽畢竟是靠不住的，她猶猶豫豫，戰戰兢兢，似做非做，爸爸交給的任務，看來只有靠我獨自來承擔了。

夜色悄然降臨。

從窗口朝天上望去，星子稀少，有顆星子卻特別大，特別亮，像鶴立雞群的莊姨。高音喇叭一直在吼叫著，是男女交替的聲音，凌厲而氣勢洶洶，讓夜色微微震動，在這炎熱的天氣裡，讓人感到更加的躁動不安，不曉得又會發生什麼大事。

姆媽終於回來了，她將門砰地一關，氣憤地將籃子往地上一丟，粗鄙地罵了句娘，說，騙老娘啊？

我驚異地問，哪個騙你？

姆媽憤怒地說，哪個？還不是你那個死爺老倌？姓莊的告訴我，你爺老倌不僅給她送飯菜，連那些棚子，還有水溝和水坑，都是他幫著搞起來的，你看他在屋裡做過什麼卵事嗎？叫他砌個雞窩，也懶得砌嘞。姆媽額頭上的疤子，又脹成了紫紅色。

我勸說道，莊姨也太可憐了，如果沒人幫忙，不會餓死，也會病死嘞。

病死就病死，省得老娘操心。姆媽恨恨地說。

我仔細看了姆媽一眼，她的眼睛像兔子眼睛，好像是一路哭回來的。

姆媽洗了澡，忽然記起了什麼，神色緊張地說，乇伢子，好像有人跟蹤我嘞，我怎麼總是覺得有一雙眼睛盯著我呢？又看不到它到底躲在哪裡。

我如實地說，我也感覺到了。

這是個什麼人呢？姆媽疑惑而膽怯地說，如果這個人說出了秘密，我們就該死了。

4

無論如何，我必須承認，姆媽還是一個不錯的女人，牢騷歸牢騷，卻沒有停止對莊姨的照顧，她在牢騷中不斷地調整自己的心態，忠實地履行這份突如其來的重大的職責。

這讓我刮目相看。

姆媽多次埋怨說，你爺老倌分明是在害我們嘞，姓莊的如果哪天被抓到了，把我們供出來，我們就完蛋了。她毫不隱瞞地對我說，現在，她每天心裡都慌得很，像有個鬼在裡面撞來撞去的，開票時經常出錯，不是把數量寫錯了，就是把日期寫錯了。我就勸她，娘老子，千萬不要讓人看出什麼了，你在電影裡沒看過那些地下黨嗎？大難臨頭了，還是面不改色心不跳嘞。姆媽的臉色突然一變，兇神惡煞地說，難道我還要你來說嗎？鬼崽崽。

姆媽的情緒讓我難以捉摸。

我很想曉得，姆媽與莊姨在一起時說些什麼呢？這一直是我猜測的問題。

第五天，姆媽又說她去送飯菜，我就悄悄地跟了去。姆媽沒有發現我，我相隔很遠。我上山之後，沒有進老炸藥庫，而是悄悄地躲在外面，偷聽她們說話。

姆媽說，……你老實說，你跟他真的沒有鬥過榫子嗎？

莊姨的聲音很小，含有羞怯和坦蕩，真的沒有，上次我也說過的，當時，我們都希望等到新婚之夜。

姆媽驚訝地說，這麼說，你還沒有破身嗎？

嗯。莊姨聲音很小。

你，你不是哄我的吧？姆媽氣憤地說。

劉姐，我沒有哄你，你對我這樣好，我如果哄你，我的良心會受到譴責的。莊姨發誓說。

莊姨又羨慕地說，你們成親，是你們的福氣嘞。

哼，福氣？什麼卵福氣？姆媽大大咧咧地自嘲說，前有福，後有福，老鷹啄爛背脊骨。

沈默一陣子，只聽見莊姨吃飯的聲音。忽然，姆媽生氣地說，哎，你怎麼嚼得這麼慢呢？是不是要我等到天亮？又聽見重重啪地一聲，姆媽在大罵，哎喲，死蚊子。

我沒有繼續偷聽了，既然她們還能夠勉強相待，我也就放心了，然後，就迅速地往山下走去。我覺得姆媽真是好笑，還在繼續做一個低劣的歷史學家，雖然不能夠去糾纏爸爸了，卻來糾纏莊姨，仍然要逼問歷史的真相。我想，這下子，娘老子應該放心了吧？其歷史學家的使命大抵已經完成了。

我記得第十天上頭，我和姆媽一起去了老炸藥庫。

在路上，姆媽顫抖地說，哎，毛伢子，那雙眼珠了又在盯著我們嘞。

我提著竹籃子，感覺也跟姆媽一樣。

我們乾脆停了下來，遠遠近近地仔細觀看，除了路邊那些沈默不語的雜草和樹林，還有那些傳來雞鴨叫聲的農舍，並沒有發現任何可疑之處，而它又像躲藏在某個暗處。我極其痛恨這雙討厭的眼睛，你為什麼要這樣陰險地跟隨我們呢？你讓我們感到非常害怕嘞。

姆媽擔心地說，我們要小心點嘞。

我點點頭，感到了姆媽的聲音在顫抖。

到了炸藥庫，我發現兩個女人雖然不太說話，一切還是比較默契的。莊姨臉上流露出的是感動，還有抱愧，所以，其言行也是小心翼翼的，生怕惹我姆媽生氣。

我想，也許是我在場，大人們說話不方便吧？

那天，姆媽意外地給莊姨帶了很多東西，有衣褲，有胃藥，有紙，有蠟燭和火柴，有手電筒，還有一個小布捲。我想，畢竟還是娘老子想得周到。

姆媽坐下來，就把東西一樣一樣地拿出來，說，這些衣褲，你就將就點吧。

莊姨說，蠻好的嘞。

姆媽又說，蠟燭和手電筒不要亂用，怕人發現嘞。

莊姨說，我曉得。

我不曉得那個小布捲是什麼東西，好奇地發開一看，原來是一條兩指寬的布帶子，一端還有細細的繩子。我剛想問姆媽是什麼東西，卻被她飛快地搶了過去，凶凶地說，毛伢子，你看什麼看？討厭。她把布帶子往莊姨手裡一塞，態度也不是蠻好，說，你拿著。

然後，又板著臉問，胃痛好些沒有？

莊姨拿著藥瓶子看了看，輕聲地說，好些了，我以前也是吃胃舒平的。

姆媽的口氣仍然很衝，要按時吃藥嘞，如果拖垮了身體，哪個負責？

總之，姆媽說話就像吃了炸藥，一爆一爆的，讓人一驚一驚的，這種風格我很不喜歡，你輕言細語不好嗎？你事情又做了，態度卻是這般生硬，你說誰會領你的情呢？莊姨肯定是出於感激，不與她計較，只是微笑著。

姆媽帶給莊姨的布帶子，對於我來說是個謎。這讓我很不甘心，你說什麼秘密我不曉得呢？還瞞什麼瞞呢？所以，在回來的路上，我又一次問姆媽，她仍然凶凶地說，問問問，問死。一滴口水飛濺在我臉上。

然後，又怯生生地說，哎，又跟著我們了嘞。

我明白，她指的是那雙鬼鬼祟祟的眼睛，我就鼓勵說，不要怕，我們快點走就是了。

其實，我內心也是十分膽怯。我感覺那雙眼睛發出的螢螢綠光，陰森可怖，它似乎能夠穿透茫茫黑夜，洞察我們的一切。

關於那條布帶子，姆媽的回答顯然讓我很不滿意，天大的秘密我都曉得了，芝麻大的事情怎麼就說不得呢？哼，她不說，我就去問莊姨，她肯定會告訴我的。當我問莊姨時，她也不告訴我，好像很神秘地說，你以後就曉得了。我惱火地說，以後是多久呢？五年？十年？還是二十年？那我都老了嘞。莊姨輕輕地拍著我的腦殼，痛愛地說，蠢崽哎。

還是沒有給我答案。

姆媽雖然牢騷不斷，卻還是堅持給莊姨煮飯菜，從未間斷。送飯菜呢，不是她去，就是我去。相對而言，還是我去得更多一些。她要上班，還要煮飯菜，還要搞家務，比我勞累多了。我除了玩耍，幾乎沒有什麼卵事，學校也用不著去了，只有高年級的人在勁頭十足地造反，天天批鬥那些可憐的老師。

如果沒有到送飯菜的時間，那個竹籃子，那個鋁質飯盒，還有那個舊水壺，都被我們藏在碗櫃裡的，生怕被人家發現了，擔心人家提出不必要的質疑。現在，我也懂事多了，嘴巴也少了，生怕一不謹慎，就把這個天大的秘密說了出去。所以，連我那些夥伴都認為，我是因為爸爸抓起來了心情鬱悶。

其實，他們懂個屁。

有一次，姆媽送飯回來，臉上又不高興了，額頭上的疤子脹得紫紅。我以為，大約是那雙鬼鬼祟祟的眼睛讓她受了驚駭吧？好像又不對。她走進屋裡，放下竹籃子，沒有說那雙可怕的神秘的眼睛，好像那可怕的眼睛已經消失了。她拿著鏡子照來照去，居然照得十分仔細，像演員化妝。姆媽歷來不是一個講究的女人，從來也沒有這樣耐心地照過鏡子，每次都是匆忙地照一下，敷衍了事，好像她如果不是個女人，恐怕鏡子也懶得去照的。

我哧哧地笑，問她怎麼啦？是不是要上檯子演戲了呢？

她反過臉看著我，認真地說，毛伢子，你說我就這麼醜嗎？

我敷衍地說，不嘞。

哼，不？姆媽忽然變得十分沮喪，嫉妒而傷感地說，那個姓莊的，雖然剃了半邊頭髮，我發現她還是蠻乖態的。

哦，原來她在跟莊姨比乖態嘞。唉，這個好笑的娘老子呀，真是太不自量力了。你再怎麼照鏡子，再怎麼打扮，也是無法跟她相比的。當然，看在她盡心盡力地照顧莊姨的份上，我就不打擊她的自尊心了，安慰說，這有什麼關係呢？生成的相，曬成的醬。

姆媽卻還在繼續照著鏡子，嘀咕道，難怪你爺老倌那樣喜歡她呀。

看看，醋意又上來了。

我說，娘老子，爺老倌都被關起來了，莊姨也是那個樣子了，你還在跟她比乖態，真是。

姆媽聽罷，臉色一沉，放下鏡子，突然發起脾氣，對著我吼叫起來，難道我說說也說不得嗎？你們都站在一邊來氣我，恨我，怨我，還把這樣的麻煩事丟給我，我就沒有火嗎？如果讓人家曉得了，我這條命還不曉得救得到不？我憑什麼要這樣做？我癲了嗎？吼著吼著，竟然哭了起來，她哭得很委屈，很牢騷，也很脾氣。額頭上的疤子更加紫紅了，最後，竟然抓起桌子上的一隻瓷杯子，砰地摔在地上，四分五裂。

這是一個不妙的預兆。

我呆呆地望著，心裡發慌。娘老子是不是終於憋不住了呢？或是要去告發了呢？這不僅會讓莊姨罪加三等，爸爸也逃不脫干係的。

我急忙勸道，娘老子，你千萬不要發脾氣嘞，以後由我來煮飯菜好嗎？

姆媽沒有理睬我，伏在床鋪上哭，哭得我心裡十分難受。

第二天，姆媽卻像往常一樣，平靜地上班，或是煮飯菜。頗有意味的是，自從那天以後，姆媽也開始講究了，不像以前那樣馬馬虎虎了，以前總是頭髮散亂，衣褲上是斑斑點點的油鹽和煤灰，破爛的沾滿煤灰的黃膠鞋，幾乎從來也沒有換過。現在，卻講究多了，尤其是當她給莊姨送飯菜的那天，一定要洗把臉的，頭髮梳了又梳，還夾上一枚塑膠的綠色的蝴蝶夾子，換上整潔的衣服，黑短袖衣，黑褲子，腳下是乾淨的涼鞋，像走親戚。她發現我好奇地看著她，似乎又有點不好意思。

我心裡發笑，馬上把眼神一移，裝著沒有看見。

姆媽徹底地變化了，也沒有絲毫怨言了，繼續給莊姨帶去紙和胃藥，還給她買餅乾充饑，我們每天都給莊姨送溫開水，讓莊姨的胃病大有痊癒之勢，臉色也好看多了，開始紅潤了。

尤其在伙食上已大有改觀，除了水菜，姆媽每天竟然還給莊姨煮一個蛋。

這當然是我家那隻黃雞婆的功勞了，牠每天生蛋。這個蛋以前是給爸爸吃的，他經常加班，姆媽擔心他累垮了身體，所以，這個蛋非他莫屬。我呢，只有到生日那天才有吃。現在爸爸吃不到了，卻都給莊姨吃了。姆媽還擔心口味太單一了，就處心積慮地變化著蛋的花樣，比如說，今天煮荷包蛋，明天是炒蛋，後天呢，是石灰水蒸蛋。

所以，姆媽對那隻黃雞婆的態度空前友好。每天下午，從雞籠裡把蛋撿出來，姆媽就要慷慨地誇牠，說，你蠻不錯的嘞，好懂事的嘞。然後，抓一把穀子撒在地上——那些穀子是我從田裡撿來的——以此犒勞黃雞婆。黃雞婆真是懂事，也似乎理解我家的難處，爸爸自從關進牛棚，工資都扣掉了，姆媽的那點工資，還要負擔我那個病懨懨的外公——外公住在姨媽家——所以，就沒有更多的錢給莊姨改善生活了，雞蛋是唯一的奢侈品，所以，我們希望牠每天堅持不懈地生蛋。

有一天，姆媽把雞蛋打在碗裡時，突然驚喜地叫起來，毛伢子，快來看。

我跑過去一看，哈，原來是個雙黃蛋，圓溜溜，黃澄澄的。姆媽高興死了，趕緊抓了兩把穀子撒在地上。我讚賞地說，哎呀，它真像個勞動模範嘞。姆媽卻不高興地說，你怎麼把雞跟人相比呢？亂講。

我曉得，外公曾經當過勞動模範。

像這般有著出色表現的黃雞婆，卻也挨過姆媽的一回惡罵。

那天，姆媽把莊姨的飯菜剛裝起，沒來得及蓋上，這時，灶上的水開了，她就趕去灌水，灌完水轉身一看，黃雞婆竟然跳到了桌子上，放肆啄飯盒裡的飯菜。姆媽憤怒了，一聲呵叱，把黃雞婆趕了下去，惡聲大罵，你發災了啊？你要死了啊？

黃雞婆嚇得慌忙地躲在床下，咯咯地叫得十分委屈。

姆媽看看飯菜，發現只是啄壞了上面的飯，幸虧菜埋在飯下面沒有啄到，就把啄髒的飯扒出來，又從飯鼎罐裡舀出一些飯。

總而言之，黃雞婆是立了大功的，瑕不掩瑜，牠一天一個蛋，從來也不間斷。

有一天，姆媽到雞籠裡一摸，眼珠子頓時發直了，雞籠裡竟然沒有蛋。她不心甘，摸遍了雞籠的角角落落，摸了一手的臭雞屎，還是沒有蛋。姆媽三腳兩步地抓到黃雞婆，在牠的屁股上摸了摸，沒有生蛋的跡象。姆媽似乎沒有了主張，慌慌地來告訴我，說，毛伢子，黃雞婆罷工了嘞。我正在看打乒乓球，說，可能還沒下吧？

當時，還只有四點多鐘，離煮飯的時間還早。我猜測，黃雞婆今天大概是靠不住了，似乎要休息一天了，看來，我要另想辦法了。所以，我沒看打乒乓球了，瞞著姆媽，悄悄地走到隔壁張小明家的雞籠，伸手往裡面一摸，沒有蛋。然後，又走到牛大個子家的雞籠裡一摸，嘿，有個蛋，還是熱乎乎的。我萬分驚喜，迅速地塞進口袋，悄然地放進自家的雞籠裡。

快到煮飯時，姆媽還在為菜發愁，喃喃自語，姓莊的吃什麼菜呢？

我說，黃雞婆還沒生蛋嗎？你怎麼也不去看看？

姆媽似乎受了啟發，又走到雞籠裡一摸，高興地叫起來，毛伢子有個蛋嘞。

我說，那好啊。

姆媽望著手裡的雞蛋，又看看伏在灶屋門邊的慵懶的黃雞婆，生疑地說，牠莫不是啞巴了吧？生了蛋，怎麼也不叫呢？

我說，你大概沒聽見吧？

黃雞婆也很有意思，狡黠地眨著眼睛，沒有做出任何聲明，似有貪天之功。

有一天，我準備去送飯菜，打開飯盒一看，發現飯菜裡沒有蛋，就疑惑地對姆媽說，今天怎麼沒給莊姨炒蛋？

姆媽撫摸著我的腦殼，溫馨地說，毛伢子，你今天長尾巴嘞。她從碗櫃裡拿出一個熟蛋塞到我手裡，說，快把它吃了吧。

哦，我長尾巴呀。我高興地接過熱乎乎的雞蛋，然後，提著竹籃子走了。

那個熟雞蛋我捨不得吃，還是給莊姨吃了。莊姨當然不知情，剝著雞蛋殼，略微激動地說，今天你娘老子又變花樣了嘞。

是的，姆媽給莊姨做過幾種花樣，從來沒有像這樣煮過雞蛋的。我很想說，今天是我的生日，這個雞蛋，是我娘老子煮給我吃的，以便向莊姨邀功。而我看著她大口大口吞吃的樣子，又說不出來了。

莊姨每天只吃一餐飯啊。

我們天天這樣悄悄地給莊姨送飯菜，心裡很緊張。你想想，每天這樣來來往往的，難免不發生意外。如果有絲毫的破綻，我們就死猴子了。另外，還有那雙似乎永不消失的眼睛，不知鬼鬼祟祟地躲在何處，的確讓我們感到膽寒。我和姆媽採取過措施，那就是走在路上時，根本不要去想它。問題是，你越不想它，就越是強烈地感到它的存在。它綠光螢螢的，從後面尖銳地向你射來。

有一天，姆媽忽然對我說，毛伢子，我們不如把姓莊的藏到屋裡來，這樣就方便多了，我就怕你的嘴巴子不緊嘞。

我老練地說，我哪裡不緊了？我對誰說過嗎？

姆媽說，唉，她一個人實在太孤單了，再說，老炸藥庫也太潮濕了，好人住在那裡都會生病嘞。她接著說，我發現，把姓莊的關在雜屋最牢靠了，我們把門鎖上，誰也發現不了。

姆媽很有味道，到現在還沒有改口，一口一個姓莊的。我想，只要她對莊姨態度好，她想叫什麼都沒有關係，哪怕就是叫莊子老子孔夫子二流子，也是不礙事的。我家的雜屋是個不錯的藏匿之地，雖說面積不大，剛好能放下一張床鋪，還有個小小的天窗透氣，人住在裡面，並不覺得怎樣的閉塞和沉悶。

我不假思索地說，那就叫莊姨來呀。

姆媽歎口氣，說，我把這個想法對姓莊說了，她死也不答應，她說她已經很連累我們了，如果再藏在我們屋裡，萬一讓別人曉得了，後果就不堪設想。

為了讓莊姨不至於太孤單太乏味，姆媽想了辦法，把織毛線的針子以及紗手套拿去，讓莊姨拆手套，叫她給我打紗衣。莊姨當然很樂意，這樣一來，在山上的生活至少就不是那樣的單調和乏味了。她的手藝不錯，還織出了波浪形。我每次去，莊姨都要拿尚未完成的紗衣在我身上比一比。這讓我感到了另一種溫暖。當然，我仍然覺得姆媽的這種做法還是欠妥，老是讓她織紗衣，還是太單調了。所以，我又把連環畫分批送去給她看。莊姨對我的做法顯然很滿意，這對於她是一種很好的調劑。她說，連環畫蠻有味的嘞。甚至，還跟我討論連環畫裡的那些故事情節和人物，說得興味盎然。莊姨的記性很好，比我看得還要認真，點點滴滴地都看進去了。

而我呢，覺得莊姨這裡還是缺少了什麼，缺少什麼呢？卻一直沒有想出來。直到那天早上，看見姆媽對著鏡子梳頭髮，我才恍然大悟。我連忙翻抽屜，找出一塊小圓鏡，還找出半截桃木梳子，我把上面的灰塵洗了洗，擦乾淨，然後，帶給莊姨。她誇獎說，毛伢子，你好心細嘞，我這一向，都是把那個水坑當鏡子的，這手呢，就是梳子。

我聽罷，責怪自己太粗心了。而姆媽為什麼不管這樣的事呢？是她忘記了嗎？

如果我去送飯，那麼，我待在老炸藥庫的時間，顯然比姆媽久得多，我總要陪莊姨坐一坐，說說話，來減少她的寂寞。

她間幾天就要問我，見到你爺老倌了嗎？

我說，見到了。

她問，他還好嗎？

我如實地說，瘦了，背也駝了，鬍子拉雜的。

莊姨不吱聲了，淚花瑩瑩。

我不想讓莊姨過多地為我爸爸擔心，聽見山上有許多的鳥在叫，炸藥庫裡面的三棵小松樹上也有鳥叫，我就岔開話說，莊姨，鳥叫得多好聽。

莊姨抹抹眼睛，說，就是就是。她指著小松樹上的三隻鳥，說，它們天天都在樹上叫，好像是給我解悶，哎，我給牠們取了名字的，你看啊，那隻大的，白毛吧，我叫牠白靈子，那隻麻色的，我叫牠麻靈子，那隻棕色的，我叫牠棕靈子。

我疑惑地問，你怎麼都叫牠們靈子呢？

莊姨笑著說，我想，以後結了婚，就生三個崽女，名字中都有一個靈字。

哦？我說，那叔叔是誰呢？

莊姨臉上的笑容消失了，沈默半天，才說，我也不曉得，你以後就曉得了。

我說，莊姨，你一定會找到一個英俊的叔叔，到時候，我要吃喜糖嘞。

讓我更高興的是，後來，居然還有一隻松鼠陪伴莊姨。這應該說，是莊姨最大的安慰了。那是一隻小松鼠，棕色的皮毛，還有條條的白紋路，眼睛滴溜溜的，顯得十分可愛。

莊姨說，牠蠻有味的，開始還很膽小，不敢接近我，後來，大概發現我不傷害牠，牠的膽子就大起來了，開始走近我，跳來跳去的，再後來就敢走到我身邊來了，甚至還讓我摸牠。

當然，那隻松鼠還是認生的，好像不放心我。我每次去，牠馬上就從莊姨身邊迅速地跑開了，飛快一梭，就梭到了松樹上，好奇地望著我。我招手逗牠下來，牠偏偏不動，似乎故意逗我生氣。如果莊姨招手叫牠，牠就聽話地從樹上梭下來，在草地上活蹦亂跳的。

我說，莊姨，你給牠取了名字沒有？

取了，叫小機靈。莊姨高興地說。

哈哈，還是有個靈字。

有一天，我用彩色臘筆畫了一張畫，當然畫的是莊姨。她安然地盤著腿，坐在碎花朵朵的草地上，在逗著小松鼠玩耍，背景是三棵小松樹，樹上站著三隻鳥，太陽光芒四射地掛在天空上。

我把它貼在莊姨睡覺的牆壁上。
我問，像不像？
莊姨高興極了，說，像死火了嘞。
又說，毛伢子，你有畫畫的天賦，將來肯定是個畫家。
我說，我如果當了畫家，就專門畫莊姨。
莊姨說，蠢崽，你又發寶氣了，莊姨又不乖態，需要你專門來畫嗎？
莊姨最乖態了，我說。

5

爸爸和那些人關在牛棚中，造反派還是允許家屬送東西的，像衣服，像煙絲，像牙膏什麼的。姆媽沒有去看過爸爸，很可能是他橫蠻無理地把一個艱巨的任務卸給她，讓她切齒怨恨吧？所以，看望爸爸的任務就落在了我的頭上。爸爸他們睡的是大通鋪，十幾二十個人擠在一間屋子裡，擠擠巴巴的，地上十分潮濕，還撒了一層石灰，充滿了刺鼻的氣味。
爸爸每次見了我，就要問，你們還好嗎？
我悄悄地伸出三個手指頭，說，都好嘞。
爸爸瞟瞟三個手指頭，點點頭，苦澀的臉上才露出絲絲微笑。
爸爸白從關進來之後，蒼老了許多，也憔悴了許多，臉上和身上的英俊，已被殘酷的批鬥和沉重的勞動侵蝕了，筆直的背居然也有些駝了。他雙手貼滿了藥膠布，那是勞動所傷。我除了難過，別無它言。我想，只有把莊姨照顧好了，才是對爸爸最大的安慰。

又想，爸爸這樣冒死保護莊姨，是不是一種贖罪呢？或是一種彌補？

如果沒有人去老炸藥庫，我和姆媽只需小心謹慎，是不會有多大的擔心。只是有一天，夥伴們突然提出要去老炸藥庫玩耍，這讓我感到膽顫心驚。這個提議，是張小明提出來的。當時，我們在打乒乓球，張小明的手氣背時，沒有坐一盤莊，滿臉的不高興。而我的手氣特別好，把他們打得個落花流水。這時，張小明不曉得觸發了哪根神經，忽然說，打乒乓沒卵味，我們不如到山上耍去，誰願意跟我走？

當時，有好幾個人都贊成去，他們也許看見我老是坐莊，心裡也不舒服了吧？

我一聽，焦急了，如果上山，肯定會發現莊姨的，那麼，一切不都暴露無遺了嗎？我靈機一動，馬上把拍子遞給張小明，說，山上有什麼好耍的？你來打吧，我打累了。

張小明這才沒說去山上了，我緊張的心立即落了下來。他接過拍子打了幾盤，可能是我讓給他打的吧，他的面子上畢竟有點過不去，所以，又忽然說，不打了，不打了，還是到山上耍去吧。就把拍子放在檯子上。

我急忙說，那我也去，你們等我一下，我回屋裡喝口水就來。

我匆忙跑到屋裡，趕緊把這個突發情況對姆媽說了，她正在洗衣服，一聽，衣服往盆子裡一甩，站起來，額頭上急得汗水都流出來了，那道疤子顯得格外的亮堂，雙手死死地抓著，團團直轉，空氣驟然緊張起來。

突然，她輕輕地叫一聲，哎，有了，有了。然後說，你快點把他們叫來，通通叫來。

我不曉得姆媽有什麼錦囊妙計，就飛快地跑出來，朝張小明他們招手，喊，快到我屋裡來，有好事了嘞。

張小明看著我，眨著眼睛，說，有什麼卵好事？

我故裝神秘地說，到我屋裡就曉得了。

張小明他們猶疑地走進我屋裡，只見姆媽在桌了上擺了一堆花生，她高興地說，哈哈，今天我在煤站聽到一個繞口令，有味得很，我學了半天，也說不好，現在請你們來試試吧，誰說得溜圓了，就獎誰一粒花生，當然，我首先聲明，吃花生不是主要的，最主要的是看誰說得最好。

張小明他們一聽，顯然很有興趣，躍躍欲試的，紛紛說，劉姨，你就快說吧。

姆媽說，我只能慢慢地說，不然，就說不好，等到你們說的時候，速度一定要迅速，說得慢的不算數。

好嘞，好嘞，張小明催促說。

姆媽說，繞口令是這樣的，說是樹上有只鼓，要用布來補，不是鼓補布，而是布補鼓，誰先來？

我，張小明搶了個頭，說，樹上有只鼓要用鼓來鼓不是鼓鼓而是布布布。

哈哈哈——

屋裡爆發出一陣大笑，我們眼淚都笑出來了，張小明也哈哈大笑，自嘲地說，他娘的腳，真還不好說嘞。

姆媽擦著興奮的淚水，說，哎呀呀，我肚子都笑痛了。

我真佩服姆媽，沒想到她的腦殼這麼靈活，真是諸葛亮再世，於瞬刻之間，就能夠想出拖住他們的妙計來。

牛大個子噗噗地拍著胸脯，說，這麼個東西都說不來，真是死啦死啦的有，讓我來吧。他很老練，先是小聲地念了幾遍，覺得差不多了，然後，就快速地大聲說，樹上有只鼓要用布來補不是鼓補鼓而是布補布。

自然又引來一陣大笑。

我屋裡很久沒有響起歡樂的笑聲了。

姆媽抹抹淚花，裁判道，牛大個子畢竟還是說對了頭兩句，我們就獎他半粒好不？她把一粒花生折斷遞給他。

大家都點頭同意。

牛大個子將花生殼剝了，往嘴巴一丟，很驕傲地吃起來。

夥伴們被這個有味的遊戲吸引住了，似乎把大山忘記了，唯有李結巴不願意待下去，說，這這有有什麼卵味味道？他是個天生的結巴，自然更加說不出來，說，還還是是上山山耍去。

我和姆媽迅速地交流了一個眼神，有點緊張，不知怎麼才能拖住李結巴。這時，張小明不高興地白李結巴一眼，說，那你李結巴一個人去呀？你這個人真是的，怎麼像隻孤鳥呢？

牛個子他們也紛紛地說他的不是。

李結巴見眾意難違，就不吱聲了，很快，也跟著大家笑起來，嘎嘎嘎的，像隻老鴨子。

張小明幾個人都很不服氣，硬要反覆地說，卻還是沒有人說得溜圓的，當然，我也說了，也說不好，引來一陣陣笑聲在屋裡迴蕩。

一直說到五點鐘了，姆媽就說，你們明天再來吧，我要煮飯了。

大家才肯甘休，意猶未盡。

臨走時，張小明信誓旦旦地說，劉姨，我們明天還要來嘞，我就不信這個鬼。

我說，那沒問題。

姆媽還給每人抓了兩粒花生。張小明他們走了之後，我和姆媽坐下來默默相視，深深地透了口氣。剛才，姆媽只給了每人兩粒花生，這並不是小氣，是不敢多給，如果給多了，如果天天要來念繞口令，哪有這麼多的花生呢？

我欽佩地說，娘老子，你硬是個高人嘞。

姆媽笑了笑，說，這是被逼出來的，哪樣不是被逼出來的？

我明白她的言外之意。

我和姆媽就是用這種遊戲拖住了張小明他們，當然，還是擔心他們會產生厭倦心理。我清楚，我們細把戲都喜愛玩耍新鮮的東西。所以，我就把這種擔心對姆媽說了，她卻很自信地說，我會想辦法的，我肚子裡還有許多繞口令，他們一定會有興趣的，再說，我們連那些大人都瞞住了，還怕拖不住這幾個鬼崽崽嗎？

不幸的是，莊姨到底還是被人發現了——這是她親口對我說的。

那天，我去送飯，莊姨見了我，既後怕，又驚喜，說，毛伢子，今天有人發現我了。

我一聽，驚慌了，是什麼人？

莊姨說，是一個老農民伯伯，他是來找牛的，說隊裡的牛走失了。

我擔心說，莊姨，他不會告發吧？

莊姨說，開始看見我時，他感到很驚訝，看了我很久，就問我是什麼人，怎麼躲到這裡來了，我當時嚇壞了，渾身哆嗦，心臟都快跳出來了，已經說不出話了。他又說，你說話呀？不是啞巴吧？我搖搖頭。我明白，瞞是瞞不住了的，只有對他說真話，希望能夠得到他的同情，所以，我就坦率地說了。他說，哦，是這麼回事呀。然後，就默默地走開了。沒走多遠，突然又轉回來，對我說，哎，我只當沒看見你。

我聽罷，感激地說，這真是個好人。

莊姨也說，是呀是呀。

6

為了照顧躲藏著的莊姨，真是險象環生。

在通往老炸藥庫的毛馬路上，路邊有個廢棄的水泥樁子，上面老是坐著一個蓬頭垢面鬍子拉雜的男人，他拿著細長的棍子，總是往一個土穴裡捅，捅得專心致志的，好像裡面藏著寶貝，每天都是如此。我每次路過時，都沒有理睬他，姆媽也不理睬。

毫無疑問，這是個癲子。

有一天，我經過這裡時，這個男人突然轉過身，板著臉孔，冷若冰霜地對我說，我曉得你往哪裡去。聲音沙啞。

我裝著沒聽見，心裡卻很緊張，癲子的話如果被人聽見了，老炸藥庫的秘密不是昭然若揭了嗎？見我沒有理睬他，他仍然不斷地衝著我說，喂，我曉得你往哪裡去嘞。

我惱火了，忍無可忍地衝著他說，那你說說看。

他仍然重複著那句話，並沒說出我去哪裡，他的眼睛注視我提著的竹籃子，嘴巴癟了癟，好像肚子很餓了。

飯菜肯定不可能給他吃的，我馬上採取拉攏的手段，摸摸口袋，口袋裡面還有一粒花生，我就把花生遞給他。他喜形於色地接過去，花生殼也沒有剝就塞進嘴裡，居然又迅速地改口了，笑嘻嘻地說，我不曉得你往哪裡去嘞。

哦，原來是個好吃的癲子。我在猜測，那雙綠瑩瑩的陰險的目光，是不是他的呢？

我把這個猜測對姆媽說了，她當即否定，說那不可能的。我叫她每次也準備一粒花生，她同意了。這個癲子還算好對付的，畢竟是亂說的麼。那個李結巴卻的確把我嚇壞了，竟然帶有某種威脅性。有一天，他神神秘秘地把我叫到菜地邊，陰著臉說，毛毛伢伢子，你你和你娘娘老子……每天傍晚提提提著籃子……到到哪裡裡去？

我一驚，冷汗都流下來了。

其實，我和姆媽都很注意的，每次都是從後門出去的，後門是一片菜地，過了菜地，就是小路，一般人哪裡會注意呢？誰料李結巴卻注意到了。他嘿嘿嘿的陰險地笑著，牙齒上粘著綠菜葉，說，你你莫以以為我我不曉得嘞。

李結巴的爸爸是造反派的小頭目，萬一曉得了這個秘密，那還了得？

當時，我腦殼一片空白，不曉得該怎樣回答。眼前卻出現了莊姨被抓的鏡頭，還有我全家人被抓去批鬥的鏡頭。望著李結巴的眼睛，我發現，他跟那雙跟隨我們的眼睛十分相似，陰險，狡猾，銳利。

李結巴狠狠地盯著我，在等著我的回答。

我怎麼說呢？

我突然想到了我的姨媽。對了，是我的姨媽。所以，我就信口開河地說，哦，是我姨媽病了，病得蠻厲害嘞，飯菜也煮不得了，連屎尿都屙在身上，搞得床鋪上都是的，那個家，哪裡還進得人呢？臭不可聞。我外公也是個病殼殼，需要人照顧，所以，他也幫不了忙，只曉得天天哭。其實，我根本就不想去的，我娘老子卻硬逼著我去，哎呀，那個屋裡真是臭死人了，臭死人了，嘖臭的嘞，你不曉得呀李結巴，我還要幫著洗沾了屎巴巴的衣服嘞。我一邊皺眉咧牙地說著，一邊伸手在鼻子上不斷地扇動。

如果李結巴還聽得下去，那麼，我就要繼續圍繞這個臭字大做文章。李結巴卻越聽眉毛皺得越厲害了，似乎也聞到了熏人的臭氣了，就趕緊制止說，毛毛伢子子，你你做好事事，不不要說說了了。然後，就匆忙走開了。

我萬萬沒想到，忽生一計，用一個臭字就打敗了李結巴，輕而易舉地消除了他的懷疑。當然，我還是嚇壞了，就對姆媽說了，擔心李結巴會去我姨媽屋裡看。姆媽卻說，不怕，一工區這麼遠，李結巴絕對不會去看的，一個細把戲，根本就想不到我們是給姓莊的送飯菜。

有一天，下著大雨，雷鳴電閃，屋簷下的水溝都快滿出來了，快到送飯的時候了，老天爺還沒有停雨的跡象。姆媽看看外面，罵了一句鬼天氣，說由她送飯算了，我說還是我去吧。姆媽那天好像有點不舒服，說腰子痛，所以，也就沒有勉強了，只說，那你要小心點嘞。

我穿上套鞋，披起雨衣，提著竹籃子向老炸藥庫走去。

一路上泥濘不堪，我走得搖搖晃晃的，有好幾次，差一點就摔倒了。我想，自己摔倒沒關係，無非是沾一身泥巴，只要不把飯菜摔出來就行了。

這時，那雙可怕的眼睛又出現了，不僅是綠螢螢的，而且還是水淋淋的，它從我後面直射而來，讓我恨得咬牙切齒，又十分膽怯。雨實在太猛了，我擔心摔倒，漸漸的，我的注意力也就不在那雙可怕的眼睛上了。這時，整個世界是水淋淋霧茫茫的，幾步遠就看不見景物了。雷聲轟鳴，閃電像一條條巨蟒在天空張牙舞爪。地上的水流得很急，逃難似的，也好像被鬼在催趕著。天色也暗得早了，幾乎沒有行人。如果從安全的角度來說，我寧願下大雨。只是這樣一來，莊姨卻遭殃了，她只能縮在那個狹窄的角落裡，一步也不能動彈。

我艱難地上了山，來到炸藥庫，雨水從那條水溝急促促地流下去。我叫了一聲莊姨，掀開塑膠布，把竹籃子遞給她。然後，我把雨衣脫下來，與莊姨緊緊地擠在一起，這時，我聞到了她身上那種很好聞的氣味。棚子裡面的光線太暗了，簡直像夜晚。點蠟燭吧，裡面不透氣，煙子就散發不出去。

我摸到手電筒，打開光亮，說，莊姨，你吃飯吧。

莊姨說，省點電油吧。

我把開關打到最小的一檔。

大雨嘩啦啦地猛下著，響雷滾來滾去的，震撼著天地，電閃閃的，似乎要把偌大的天空無情地撕裂。山風也很大，呼呼地吹著，樹葉發出疲憊不堪的聲音，它們已被雨水打得昏頭昏腦了。

我想，下雨太沒有味道了，小樹上的鳥沒有了，小松鼠也不曉得躲到哪裡去了。當然，它還是給我帶來了某種好處，我能夠緊緊地與莊姨捱在一起。

此時，我似乎也有點昏頭昏腦了，忽然輕輕地喊道，莊姨。

莊姨嚼著飯菜，含糊地應了一聲。見我沒說話，就很敏感地說，毛伢子，有話要說嗎？是不是我每天讓你們照顧，太麻煩了？

我連忙說，不是。

她抹了抹嘴巴上的飯粒，轉過臉，看著我，說，那是為什麼呢？

我鼓起勇氣，說，莊姨，你如果是我的娘老子就好了。

莊姨苦澀地笑了笑，痛愛地罵道，蠢崽，你娘老子還不好嗎？她是個多麼善良的人。

我說，她不乖態。

莊姨淡淡地說，唉，乖態又有什麼用呢？

外面風雨交加，裡面卻是熱烘烘的，不透氣，我想把做門簾的塑膠布拉開一點，狡猾的雨卻毫不客氣地飄了進來，所以，我立即又把它放下來。

等到我下山，天已烏黑烏黑了，大雨還沒有停歇，雷電卻收斂了很多，已呈衰落之勢。我一搖一晃地走著，儘管那雙討厭的眼睛在綠瑩瑩地跟隨我，我卻一點懼怕也沒有了，只是想起莊姨縮在那個小小的角落裡，是多麼的難受。

這時，我一不小心，朝天就是一跤，叭——，重重地摔倒在地。竹籃子脫手而飛，不知落在了哪個地方。我焦急了，馬上從地上爬起來，顧不上渾身的疼痛，立即尋找竹籃子。我伸著雙手在泥地上摸來摸去，摸了老半天，才終於找到它。竹籃子的蓋子很緊，飯盒居然沒有甩出來。

然後，我就戰戰兢兢地繼續往回走。

那天，讓我完全沒有想到的是，在回家的路上遇到了麻煩。就在我將要走進礦區時，突然看見許多人守在每條路上，背著槍，如臨大敵，手電筒光兇狠地四處亂射，過路的行人都要接受檢查。我不曉得發生了什麼事情，當然，這個狀況引起了我的警惕，很可能又有人趁機逃走了吧？以前有人逃走時，也是這樣設關安卡的。如果他們檢查我呢？

我不能不多個心眼。

我左顧右盼，看見路邊的土坡上有個大洞，能夠把竹籃子藏在裡邊，我就迅速地把竹籃子塞進去，扯一把濕濕的雜草將洞口堵住。然後，我在水溝裡洗了洗手，就大大方方地經過關卡。那些人見我走過去，只問了一句，哎，細把戲，看見有個大人往那邊逃走了沒有？

我說，鬼都沒見一個。

然後，就順利地過了關卡。

我暗暗地高興，往後面看了一眼，嘿嘿，跟老子耍這一套。

回到屋裡，姆媽見我渾身泥水，又空著雙手，就急忙問，竹籃子呢？

我就說了剛才發生的情況，姆媽聽罷，拍拍胸脯，嘖嘖地說，哎呀，好險嘞。

7

姆媽每次送飯回來，一般不跟我提起莊姨的，只說那雙綠螢螢的眼睛嚇死人了，她老是說，那是不是鬼眼睛呢？為此，我經常和她討論那雙令人不寒而慄的眼睛，當然，都沒有任何結論。有時候，我們甚至感覺到，那雙可怕的眼睛貼在了漆黑的窗口上。

我們嚇得不敢吱聲，不曉得怎樣才能使它消失。

那天，給莊姨送飯回家，姆媽的臉色不怎麼好。她的情緒好久沒有變化了，應該說是比較穩定的，今天怎麼又發作了呢？

我小心地問，娘老子，出了什麼事嗎？

她把竹籃子放下，坐在板凳上，輕輕地歎氣。

我感到納悶，這是為什麼呢？

姆媽半天才說，姓莊的今天說了，她還是要走，還說，這樣下去太連累我們了。

我驚訝地說，她要走到哪裡去？

姆媽說，我也是這樣問她的，她卻沒說。如果她不見了，你那個爺老倌如果出來了，那我就沒有好日子過了嘞。

按說，姆媽是巴不得莊姨走掉的，最好是永遠走掉，那麼，她就會徹底地去掉這個心病。而聽她這樣一說，原來她到底還是怕我爸爸的。

我說，我們一定不要莊姨走。

姆媽說，她哪裡會聽我的話？如果是你爺老倌說了，她肯定會聽的。

第二天，我去送飯，那雙可怕的眼睛出現了異常，它綠螢螢地射了一陣子，然後，就忽然熄滅了，緊接著，又亮起來，斷斷續續，明明滅滅。我不明白這是為什麼，反正感到有一種異樣。

我走到炸藥庫時，莊姨沒見了，棲息地是空蕩蕩的。我嚇壞了，以為她走掉了，我小聲地喊莊姨莊姨，沒人應，我又喊一聲。莊姨忽然應了，原來她在炸藥庫外面。我猜測，她可能在解溲吧？這時，她走進來，手裡拿著幾束艾葉，哦，她去扯艾葉了。

我拍拍胸口，說，剛才把我嚇壞了，我還以為你走了。

莊姨說，我是想走，老待在這裡太連累你們了。她坐下來，搓起毛茸茸的艾葉，搓了一陣子才吃飯。

我說，莊姨，你千萬不能走，還是你說得對，最危險的地方最安全。松樹上的鳥在嘰嘰喳喳地叫，悅耳動聽。那隻小松鼠好像在給我們表演，一下子從樹上跳下來，一下又跳上去，還不斷地用爪子洗臉，真是調皮極了。

我說，莊姨，不說我們捨不得你走，就連這三隻鳥，還有小松鼠，也捨不得你走嘞。

莊姨停止吃飯，淚水慢慢地流出來，哽咽地說，我也捨不得走，只是這樣畢竟不是長久之計。再說，夏天和秋天還好，如果到了冬天春天呢？

我搓著艾葉，說，到了冬天春天再說吧，狗腦殼是人雕的嘞，總會有辦法的麼。

莊姨的臉色很不好，蒼白。

回到屋裡，我對姆媽說了莊姨的顧慮，我說，說不定莊姨會走掉的。

姆媽一聽，慌張了，喃喃地說，那怎麼辦？

這個諸葛亮再世，居然也束手無策了。

我說，娘老子，我看只有一條計策了。

姆媽眼珠子一亮，快說。

我說，白天她是不敢跑的，怕人抓，到夜裡，我就去守住她。

姆媽想了想，點點頭，說，這倒也是個辦法。

所以，那天我又返回老炸藥庫。

天黑得一塌糊塗，這倒是難不住我，這條路我已經習慣了，哪裡有個坑，哪裡有塊凸石，閉上眼睛也熟悉。此時，我感覺那雙可怕的眼睛似乎也疲倦了，沒有了銳利的凶光。那個夜晚，也沒有一絲風，十分炎熱，我把背心也脫掉了，打著赤膊。

當我又出現在老炸藥庫時，莊姨嚇一大跳，問，你怎麼又來了？

我當然不會說擔心她逃走，我說，我娘老子也不曉得怎麼了，擔心你害怕，硬要叫我來陪陪你。

莊姨一聽，緊緊地抱住我，哭著說，毛伢子，我碰上了你一屋好人嘞，叫我來世怎麼報答？哦，莊姨這時好像記起了什麼，拿起那件紗衣，說，打好了，試試看吧。

我高興地穿起紗衣，很合適。莊姨很興奮，這裡扯扯，那裡看看，說，嘿，不大不小，好了好了，快脫下來，熱死人了。

這個角落實在太狹窄了，一個人睡都嫌窄了，更何況兩個人呢？莊姨叫我躺下，她靠著牆壁瞌睡。我不答應，說，莊姨，你躺下來睡吧。兩人爭執了一陣子，莊姨見我很固執，就不再跟我相爭了，側身躺下來。

整個山上寂靜極了，不時響起動物的怪叫聲，陡然增添了可怕的程度。它們怪叫一聲，我就要顫抖一下，真是毛骨聳然。這麼多天來，我不曉得莊姨是怎麼度過來的。所以，我怎麼也睡不著，時刻擔心野物闖進來。我拿著手電筒，亮一下，熄一下，不時朝旁邊的草地上照來照去。莊姨大概習慣了，不久似乎就睡熟了。我卻發現，她睡得非常警醒，我只要稍微一動，她就會醒過來。

她時刻在提防著。

這時，我突然看見一條長蛇黑悠悠地游過來，牠起碼一米多長，草叢被壓出了碎裂的聲音。我嚇壞了，冒出了冷汗。如果被毒蛇咬了，豈不是小命沒有了嗎？那麼，莊姨膽戰心驚的躲藏，以及我們秘密的照顧和保護，還有什麼意義呢？我很想叫醒莊姨，一起對付毒蛇，我卻沒叫她。我想，自己是個小男子漢了，應該要有點膽量了。

我撿起一塊石頭，只要它再往前面走，我就要狠狠地砸死它。心裡又在默默地唸著，蛇啊蛇啊，求你千萬莫過來啊，我也不打你啊，你也不要咬我們啊，雙方都相安無事啊。我就一直這樣唸著。這時，奇蹟出現了，那條蛇終於停下來，綠豆般大的眼睛默然地望著我，好像聽懂了我的話，想了想，竟然轉了個方向，拖著長長的黑色身子，朝外面游去了。

我放下石頭，終於透了口氣，靠著牆壁，哪裡還睡得著呢？

抬頭望著天上密密麻麻的星星，它們似乎也疲倦了，不斷地眨眼睛。我默默地對星星們說，你們看見我們了嗎？看見地球上的老炸藥庫裡的兩個人了嗎？你們曉得我們為什麼一個睡著一個坐著嗎？它們不語，似乎聽不懂我的話。

我看著它們漸漸地消失在天際上。

天亮之後，莊姨醒來了，我說，我看見了一條毒蛇，幸虧沒爬過來。

莊姨說，我就是怕這個，睡也睡不落心。看見我無精打采的，她驚疑地說，你沒睡嗎？

莊姨心痛地說，毛伢子，你跟你娘老子說，我答應你們不走，你也不要來陪我了。

有了莊姨這句話，我和姆媽就放心了，所以，我只陪了這一夜。

第三天上午，我拿了一把柴刀上山，莊姨問我來做什麼，我神秘地對她笑笑。然後，就砍起刺叢來。我把一蔸蔸的刺叢密密麻麻地插在睡地旁邊，圍起一道矮矮的屏障，還特意留了一道能夠抽開的門，便於進出。

莊姨恍然大悟，又是誇獎，又是感動，說，毛伢子，你硬是蠻聰明嘞。

我說，莊姨，你現在什麼都用不著害怕了。

那天，我累壞了，又感到十分欣慰，我完善了爸爸這個偉大的工程。

8

那天，我和張小明他們玩耍去了。

其實，窯山也沒有什麼好玩耍的，只是在二工區的馬路上，我們碰見了一個女叫花子，她光著邋遢的屁股，在路上晃來晃去的。我們就拿樹枝哎哎地逗她，試圖尋求一點刺激。她起先不太理睬我們，後來，大概被我們惹火了，忽然就追打起我們來。我們嚇得亂跑。跑著跑著，我卻不想繼續玩耍了，看見大人們都下班了，我還要給莊姨送飯菜。

所以，我回到了屋裡，卻不見姆媽回來。

平時，她都準時回家的，她清楚自己肩上的重任，今天怎麼還沒有下班呢？我只好等著。當時，已經五點多了，仍然不見她的身影。我擔心誤事，趕緊淘米煮飯，然後，趕快跑到煤站找她，跑到煤站一看，黑糊糊的煤站空無一人，人們早已下班了。

姆媽哪裡去了呢？難道飯菜也不記得煮了嗎？有什麼比這個事更重要呢？我很埋怨她。然後，又四處找。礦本部，食堂，開水房，球場，大禮堂……我已經快發瘋了，這個娘老子怎麼就不見了呢？

天已漸漸地黑了，我一身水汗，衣服都濕透了。記起還要給莊姨送飯菜，我暫且放棄了尋找，迅速地回家煮菜。跑到屋裡，飯都快燒糊了，氣味刺鼻。我趕緊把飯鼎罐端下來，馬上炒蛋，又炒了一個茄子。然後，給水壺加水。飯表層燒成淡黃色了，我小心翼翼地把沒燒糊的飯刨給莊姨。我沒想到，第一次煮飯菜，卻把飯燒糊了。也沒想到，第一次煮飯菜，姆媽卻不見了。

她不是出了事吧？

在送飯的路上，我忐忑不安，突然有一種想哭的感覺，也有一種孤單的感覺，還有一種不勝重負的感覺。如果姆媽出什麼意外，那麼，這副擔子全部就落在我肩上了。那雙討厭的眼睛，仍然鬼似的跟著我。我反過身，壯起膽子，跺著腳，罵了一句沖大娘，然後，繼續朝前走去。

到老炸藥庫，天已黑得不見一指了。莊姨也感到奇怪，卻沒問緣由。吃飯時，她眉毛皺了皺，笑著說，飯燒糊了嘞。

我一聽，再也忍不住了，忽然哭了起來。

莊姨放下飯盒，驚慌地說，怎麼啦毛伢子？是不是你爺老倌挨打了？

我傷心地說不是的，我說我娘老子不見了，我說到處找也找不到了。

莊姨安慰說，莫性急，可能到你姨媽屋裡去了吧？

我賭氣地說，她難道飯菜也不記得煮了嗎？難道不記得你餓了一天了嗎？

莊姨說，這是你煮的飯菜吧？蠻不錯嘞。又說，你娘老子肯定會回來的。

莊姨吃完飯，我不再多做停留，就傷心地回家了，我擔心我娘老子。

還沒有進屋，我就看見屋裡亮著燈的。難道娘老子回來了嗎？我急忙推開門一看，姆媽呆呆地坐在床邊上，我驚喜地叫了一聲。

姆媽卻無欣喜之意，臉色憂鬱，也沒問我飯菜是怎麼煮出來的。

我傷感地問，娘老子，你到哪裡去了？

她唉聲歎氣的，說，是他們把我叫去了，要我揭發你爺老倌，問我他有什麼反動言論，問我他有什麼反革命行動。他們還說，我是勞動人民出身，要站穩腳跟，跟他劃清界限，毛伢子，他們逼得蠻凶嘞。

我一聽，焦急了，說，那你說了嗎？

姆媽忽然罵了起來，你以為我豬狗不如啊？我怎麼會說呢？鬼崽崽，你連你娘老子都不相信了嗎？

我放心了，說，娘老子，你真好。

她說，他們說還會找我的，我想，只要不打我，我死也不會說的，如果要打我，或者吊半邊豬，我我我就難保不說了，我蠻怕痛的。

我說，你是勞動人民，他們不敢輕易打你的，如果打你，你就要像你家門那樣堅強。

我哪個家門？姆媽困惑地問。

我說，還有哪個？劉胡蘭麼。

姆媽白我一眼，罵道，鬼崽崽。

第二天，姆媽突然提出來要去看爸爸，我感到十分奇怪，她從來沒有去看過爸爸的，似乎把他忘記了。不像別人的姆媽，都去牛棚看過親人的。

唯有我姆媽沒有去過。

我說要陪她去，她沒有反對。

姆媽準備得很細緻，到小街上切了一斤煙絲，準備了幾疊煙紙，還拿了一坨馬頭肥皂，一支牙膏。臨走之前，她對著鏡子精細地打扮一番。我敢說，爸爸如果見到她，肯定會感到驚訝的，她從來也沒有打扮過，原先是個很不講究的女人。

快到牛棚了，望著幾個戴紅袖筒的彪形大漢，姆媽似乎很害怕，停下了腳步。我扯著她的手，說，走呀。她才慢慢地挪動步子。

兩個多月了，姆媽是第一次見到爸爸。爸爸果然感到吃驚，不相信自己的眼睛似的，上上下下地端詳她，看得姆媽有些不好意思了。當然，姆媽儘管打扮得十分精緻，臉上卻泛出一絲憂慮。她把煙絲肥皂和牙膏，一樣一樣地遞給爸爸，小聲說，今天你生日，沒給你煮蛋了。

她似乎擔心別人聽見，又說，雞沒生蛋。

爸爸苦笑著說，還吃什麼蛋？平時都給我吃了。如果算起來，我已經吃了幾輩子的生日蛋了。哦，過幾天就是你的生日了吧？你要吃個蛋嘞。

我卻曉得黃雞婆今天是生了蛋的，那是姆媽要留給莊姨吃的。

那一刻，我覺得姆媽是那樣的偉大和善良。

我想哭。

這時，爸爸對我說，毛伢子，你娘老子的生日是十六號，你要記住，到那天，要煮個蛋給她吃。

我點點頭。

臨走時，姆媽安慰說，我們都好，你不要操心。

爸爸緊緊地抓著她的手，抿抿嘴巴，點點頭，許多的言語，都在那感激的目光中流露出來。他的眼睛潮濕了。

回家的路上，姆媽忽然說，她跟姓莊的是同一天長尾巴。

我高興地說，太巧了，那讓我來煮蛋好嗎？

姆媽笑了，好嘞，讓你來當廚房師傅。

我已經想好了，到那天，一定要煮蛋給她們吃，要盡到我的心意。當然，還少一個蛋，這個蛋，我會從牛大高子或張小明屋裡的雞籠去偷的。

對不起了，牛大高子。

對不起了，張小明。

儘管造反派管得很嚴，卻還是有人趁機逃跑。他們一般是在勞動時逃跑的。他們或擔石灰和河沙。那些房子或是堆積高高的紅磚，對於他們而言，就是一道很好的掩蔽，只要看管人員沒有盯住，悄悄地逃跑是完全可能的。莊姨不就是第二個逃脫的人嗎？後來，又逃走了兩個叔叔。造反派先是忙於造反，顧不上幾個逃亡者了，虛張聲勢地抓捕一下，就點到為止了，現在呢，終於被激怒了，認為這太囂張了，公然對抗無產階級專政，所以，準備進行大規模的搜捕，要把那些逃亡者通通抓回來。

那天下午四點多鐘，是我從李結巴嘴裡聽來的，他說，這是他爺老倌說的，還說這次要不惜代價，不放過任何角落，包括大山上，不論逃到天涯，還是海角，也要把逃跑的人通通地抓回來。

聽到這個消息，我不敢有絲毫遲疑，急忙回家告訴姆媽，擔心莊姨被抓，其實，莊姨是最容易被抓住的，她就在窯山附近。這時，高音喇叭也嘶嘶啦啦地響起來了，那個尖銳的男聲氣勢洶洶地說，不論是誰，包括附近的農民，不要窩藏壞人，知情者要報，知情不報者，一律格殺勿論。

姆媽剛回家，聽我一說，又聽廣播一叫，臉色慘白，說，這怎麼得了呢？這怎麼得了呢？這個高人似乎一下子沒有了主意。

我說，娘老子，我們要趕快告訴莊姨，叫她趕緊逃走。

姆媽看看鬧鐘，已是五點鐘了，就趕忙去灶屋煮飯菜。我明白她的意思，無論如何，也要讓莊姨吃飽飯再走。莊姨已經餓了一天了，哪裡還有力氣逃跑呢？姆媽的手腳空前之快，還不到六點，就把飯菜弄好了。這次，她特意煮了三樣菜，一樣是煮蛋，一樣是豆腐，一樣是絲瓜。姆媽沒有忘記今天是莊姨的生日，卻把自己的生日忘記了。我即使想當她們生日蛋的廚房師傅，看來也當不成了。她迅速地把飯菜裝進飯盒，又小心地放在籃子裡，說，毛伢子，你趕緊去吧。

趁著姆媽煮飯菜時，我在看一本借來的連環畫，只有幾頁了，一時還捨不得脫手，聽見姆媽叫我，我瞟一眼鬧鐘，六點正。

我說，只一下下了。

姆媽卻十分焦急了，似乎連一秒鐘也等不及了，說，鬼崽崽，那我去算了。說罷，提起籃子就走。這一次，她來不及打扮了，穿的還是上班的衣服，煤塵斑斑，腳下還是那雙破爛的黃膠鞋。

姆媽沒走多遠，我就看完了連環畫，所以，也急忙跟著出來了，我想替換她，讓她回來，我要去老炸藥庫看一眼莊姨，她這一走，不曉得什麼時候才能見面。這個我們秘密照顧了兩個來月的莊姨，今夜就要被迫離開了。我真是捨不得，姆媽也肯定捨不得，還有可愛的小松鼠和三隻小鳥也肯定捨不得。

從今夜起，老炸藥庫又將變得空蕩蕩的了。

我不禁感到十分的失落和不捨。

姆媽走在我前面五十多米吧，她走得很急，不像以往故意慢吞吞地走了。這一次，她也沒有走後門了，走後門的路要繞道而行。

她想抓緊時間。

夕陽金黃色地射下來，籠罩著她，她周身就像鑲上一道閃閃發光的金邊。她一定是想把那個不妙的消息，儘早地告訴莊姨，所以，她幾乎在奔跑了。我從來沒有見過姆媽奔跑過，她居然跑得飛快，似乎有跑步的天賦。

我扯著喉嚨喊了一聲，姆媽似乎聽見了，還反過頭來，匆忙地看我一眼，然後，繼續朝前奔跑。

姆媽奔跑著橫過馬路時，意想不到的事發生了，一輛滿載全副武裝的造反派的汽車，突然從坡上急馳而來，將姆媽一下撞出了十來米，鮮血飛濺，金黃色的陽光染成了鮮嫩的紅色，竹籃子高高地飛起來，飛進了路邊的深溝。我還看見那雙綠螢螢的眼睛出現了，懸浮在寬廣的天際上，它巨大，恐怖，陰森，充滿血絲。

我聲嘶力竭地驚叫。

我還看見姆媽的一隻手朝山那邊揚了揚，就迅速地落下去了。我明白，姆媽還在掛牽莊姨的安危，她以她最後的力氣，在向我發出指示。

我強壓下心中的痛苦，滿臉淚水，淚水在陽光中飛濺，像雨點。我遠遠地繞過出事地點，一路瘋奔，迅速地朝山上猛跑，朝老炸藥庫飛奔而去。

月光

1

吳寧之搬來不久，住在第三排家屬房子的頂當頭。

吳家搬來的那天，天氣不錯，雲彩在天空一飄一飄的，似有無聲的音樂在悠然伴奏。兩部破爛的卡車給吳家拖東西，還拖來了大大小小七口人。鄰居們一看，娘巴爺的，吳寧之竟然有五個崽女，三男兩女。最大的妹子大概十五六歲，最小的竟然是雙胞胎，才兩歲多，五個崽女高高矮矮的像樓梯蹬子，瘦瘦小小的像豆芽菜。吳寧之夫妻很高瘦，大約在一米七八至一米八之間，兩人的鼻子也高，彎勾勾的，像一對美國鬼子。

東西卸罷，汽車嗚地開走了，全家人七手八腳地搬東西。鄰居們以為吳家起碼要忙它兩天，才能夠說是徹底地安營紮寨，才會騰出空閒休息。出乎意料的是，僅僅過了兩個鐘頭，從吳家竟然傳來了小提琴聲。琴聲悠揚，悅耳動聽，像一層透明的水在空中輕輕飄灑。

是誰在拉琴？莫不是吳家的大妹子吧？

鄰居的細把戲好奇，悄悄地往窗口一看，哦，原來是男主人在拉小提琴。屋裡還是亂七八糟的，東一堆，西一堆，簡直像個雜貨鋪子，僅僅把三張床鋪擺好了，吳寧之則叉開長腿面對窗口，站在行李的空隙間拉起了小提琴。崽女們嘻嘻哈哈地吵鬧著，在行李堆上翻來覆去的，像一群小猴子大鬧花果山。他婆娘坐在床邊發呆，似乎很疲倦，一隻手搭在床架子上，怔怔地看著這個一塌糊塗的場面發愁，當然，她也沒有責怪男人，或是催促男人清理雜亂的場面。吳寧之旁若無人地斜著腦殼，拉得十分投入，極富激情，整個人沉浸在音樂的旋律之中，似乎忘記了亂哄哄的環境，忘記了還有許多雜事需要清理。

這就給了鄰居們一個意外，這個高瘦的男人，看來心態還是蠻不錯的，曉得忙裡偷閒，在雜亂的環境中獲取美妙的音樂。當然，也有人議論這個男人太懶，屋裡一塌糊塗，還有心思拉什麼卵琴？附近的幾排家屬房子沒有人搞樂器，吳寧之是第一個給這幾排房子注入音樂的人，他似乎很有規律性，早晨不拉琴，中午也不拉琴，幾乎是每晚吃罷飯洗罷澡，然後，小提琴聲就悠揚或激越地響了起來，讓夜色微微震動。

漸漸的，鄰居們就佩服這個新來的男人了，五個崽女，婆娘又不勤快，一攤子家務事幾乎都堆在他身上，早晨要煮飯菜，中午下班又要煮飯菜，下午回來不僅要煮飯菜，還要給崽女洗澡洗衣服，忙得像旋轉的陀螺，另外，還利用午休開荒種菜，晚上居然還有心思拉小提琴。當然，他能夠把一堆雜事迅速解決，手腳利索是訣竅之一。重要的是，這個男人做事很有計劃性，先做哪樣，後做哪樣，早已胸有成竹，不存在拖遝或打亂仗。就說給崽女洗澡吧，除了那兩個大的，其他三個崽女都由他來洗。他給崽女們洗澡也很講究效率，那是夏天，他讓崽女們赤身裸體地站在屋簷下，然後，提來一桶水，拿起水瓢，先給每人嘩地兜頭一瓢，再輪流給他們塗肥皂，然後，朝每人身上又是嘩地一瓢，洗澡完畢。

這也算是傍晚一景吧。

鄰居們開先有點看不慣這個男人，那就是，吳寧之很注意保護雙手，煮飯菜，洗碗洗衣掃地，總是戴著透明的橡膠手套，像個資產階級思想嚴重的人。後來，鄰居們也理解他，他保護雙手，原來是為了拉琴。他不能讓手指頭變得粗糙，必須保持細滑，靈活，富有柔性。

鄰居們早就不喜歡吳寧之的婆娘了，這個女人不僅疏於做家務，也不太管崽女，只顧自己打扮，穿長裙子，穿皮鞋，瀏海弄得捲捲飄飄的，像個十足的甩手幹部，更像個舊時大戶人家的太太。

她男人呢，倒像個忠心耿耿的下人。

群眾的眼睛是雪亮的，都說她是個懶婆娘，除了上班，簡直懶到她娘屋裡去了。如果碰見她，大家不跟她打招呼，故意把目光一移，厭嫌這個女人。倒是看見吳寧之，大家都笑笑地喊吳工吳工。也沒有人意識到這般喊法含有蜈蚣之諧音，就足以看出人們對他的敬佩之意了。

鄰居們尤其還佩服吳寧之的脾氣，像他這樣忙累的人，怎麼就沒見他發過脾氣呢？每天埋頭苦幹，簡直像個勞動模範。像這種不堪忍受的狀況，隨便攤在哪個男人的腦殼上，早就日娘搗逼了，早就吵個雞犬不寧了，甚至，還可能發生重大的流血事件。所以，這很是讓鄰居們猜不透，也替他抱不平，哎呀，吳寧之也太遷就婆娘了吧？如果是個嫩茸茸的婆娘，你遷就似乎還有點道理，你們夫妻年齡又差不多，遷就的理由何在？

吳寧之的婆娘叫章曉花。

五個崽女當然是有學名的，學名誰也沒有記住，小名卻取得蠻有味道，按大小順序如下，多（女），來（崽），米（女），花（崽），索（崽），這顯然是酷愛音樂的吳寧之取的。當時，多已讀書，來也已讀書，米花索尚小，還沒有到上學的年齡，所以，待在屋裡無人管教，床鋪上下，桌子上下，板凳上下，都是他們快活的樂園，他們滿臉污垢，像三隻毛猴子。再者，米花索的破壞慾也很強，不是砰地打爛開水瓶，就是嘩地打爛飯碗，屋裡時常響起砰砰叭叭的響聲，像放炮仗。吳寧之也不罵人，呆呆地望著，作歎息狀，也不教訓崽女，似乎是沒有精力罵人了。

每當吃飯時，吳寧之就高瘦地站在屋簷下，大喊，多來米花索吃飯了——喊得十分順暢，一氣呵成，富有韻味和節奏。

鄰居們就竊竊地發笑。

毫無疑問，吳寧之是個出色的小提琴手，卻好像無心培養人才。應當說，多來米花索都是可造之材，他卻像個不稱職的園丁，無心去澆灌培養，只顧獨自韻味了。

2

當時，窯山的文藝宣傳隊十分繁忙，幾乎每天都有演出，不僅在窯山演，有時還拉到外單位演出。這對於吳寧之來說，似乎沒有絲毫觸動，更沒有想去宣傳隊占一席之地。那時，只要在表演或樂器上有一技之長的，哪怕就是家庭有點問題的人，誰不想出出風頭呢？吳寧之卻對此視而不見，也不去看演出，每天下班忙完家務，就樂於晚上拉小提琴，好像只拉給自己聽，並不希望出那個風頭。

宣傳隊拉小提琴的是李明天，二工區的年輕電工，也是唯一的小提琴手。此人一張白淨臉，身架子也好，與別的工人不太一般，很愛整潔，不像別人邋邋遢遢的。他提著小提琴走出來，是相當有姿勢的，旁若無人，黑面白邊的懶鞋，黑白分明，說話斯文，黃軍裝一塵不染，有一種颯爽的英姿。在窯山拉小提琴非他莫屬，不然，哪裡坐得上這把交椅呢？李明天自己原來有一把小提琴，不小心摔爛了，所以，現在只能拉宣傳隊的小提琴了。他不滿足的是，宣傳隊的小提琴質量太差，根本達不到理想的演奏效果，他多次提出買一把好的，而那個時候，哪裡還有質量好的小提琴買呢？就是去邵陽城，也只有這樣的小提琴。李明天是極想把琴拉好的，他的小提琴獨奏《北風吹》和《洪湖水浪打浪》，很受歡迎。雖然每次博得陣陣掌聲，李明天的臉上似乎也很得意，心裡卻無多少高興，他畢竟還內行，還不至於是那樣的淺薄。

所以，他經常解釋說小提琴不蠻好，不然，我還會拉得好些。

後來，李明天也耳聞了吳寧之這個人，還聽說他每晚拉小提琴，聽過的人都誇他拉得十分好聽。李明天聽罷，心裡生出一種說不出的滋味，沒想到窯山突然冒出這麼個人來，分明就有壓他風頭的趨勢。他原本也不想理睬，人家拉琴管他鳥事，不如裝個聾子算了，想是這麼想，又控制不住自己，很想親眼看看那把小提琴，自己不就是希望有一把好的小提琴嗎？

那晚，吳寧之的琴聲又如往常一樣響起來，鄰居們已習以為常了，當時，只有一個人隱匿在夜色中靜靜聆聽。

這就是李明天。

他站在離吳家不遠的地方，仔細地聽吳寧之拉琴，他拉的是《新疆之春》，那歡快動聽的樂曲，像無數的金線在夜幕中不斷地閃爍，讓他彷彿看見了鮮花盛開的大草原，還看見了歡快奔騰的駿馬。吳寧之高瘦的身影從窗口透出來，明明暗暗，像一株激動不已的竹子。在夜空中飄蕩的樂曲，讓李明天簡直不能自已，渾身微微顫抖。他當然很激動，至少到目前為止，他還沒有聽到過窯山內外有人拉出這麼動人的小提琴，有這麼高的水平，他覺得這琴聲實在是太美妙了——當然，從廣播裡播放的不屬此例。不可否認的是，拉琴的水平是個不可忽視的因素，而小提琴的質量，也是十分重要的。李明天頓覺自愧不如，臉上微微發燒，妒嫉之心油然而生，同時，還有一個念頭也橫行霸道地冒出來，那就是，想把吳寧之的小提琴據為己有。

當時，他恨不得跑到吳家，親眼看看那把小提琴，也拉幾曲，終究又覺得唐突了。

吳寧之拉罷《新疆之春》，又拉了一曲《雲雀》，哎呀，真是妙不可言。李明天彷彿看見一群雲雀在透明的藍天上高高飛翔，自由而悠然。不知為什麼，吳寧之拉完兩首曲子之後，就沒有繼續拉了，不然，李明天會懷著複雜的心情聽下去的。

李明天回家對婆娘說了吳寧之拉琴的水平，神情既激動又沮喪，還說，他很想得到那把小提琴。婆娘吳秀彩也是宣傳隊演員，她驚訝地看男人一眼，輕輕地哦一聲，說人家的東西怎麼好要呢？李明天強調說，你沒有聽見嘞，他那把小提琴的聲音硬是不一樣，我跟他相比，簡直是天壤之別。吳秀彩無奈地說，那你就去買一把。李明天不快地說，我不是說過多次，現在哪裡還有那樣好的小提琴買呢？白淨的臉上充滿了苦惱。

李明天明顯地感到一種無形的威脅和挑戰。

吳秀彩的情緒似乎沒有受到影響，大概是她又接下了一個新角色，所以，她很激動，洗罷腳，上床抱著男人，伸出溫熱的舌尖舔男人的耳垂，一廂情願地拉開性愛的前奏曲，極想唱一盤激情四射的被窩戲。如果是往常，李明天會讓她舔耳垂的，舔得麻麻癢癢，然後，就很快地進入角色，像騎手翻身而起。今晚上，他一點興趣也沒有，悶悶不樂地拂開婆娘的舌頭，反轉身，沈默不語地睡了。

婆娘的話暫時打消了李明天的念頭，他卻還是不甘心，渴望得到吳寧之的小提琴。他甚至開始夜夜做夢，夢到那把小提琴已歸於自己，他驕傲地提著它，天南地北地去演奏，美妙的琴聲博得了掌聲雷動，到後來，全國人民都曉得他李明天了，讓他每每激動得從夢境中驚醒。睜開朦朧的眼睛一看，黑夜茫茫，牆腳蟋蟀嘶叫，還有老鼠的吱吱聲，以及婆娘輕輕的鼻息聲，世界萬籟俱寂，哪有掌聲雷動呢？哪有那把優質的小提琴呢？牆壁上掛著的小提琴，像一條巨大的黑毛蟲令人駭然，李明天不覺懊喪至極，深深地歎息。他這種心情，似乎也能夠理解，就像士兵，誰不想配備精良的武器呢？問題是，那把小提琴是吳寧之的，不是公家的，他怎麼開這個口呢？這時，他忽然想到了父親。父親李向東是造反派頭頭，如果跟他一說，以革命的名義，叫姓吳的乖乖地交出小提琴。當然，他還不想動用父親的力量，試圖能夠和風細雨地得到它。

一天晚上，又是演出。

李明天獨奏《洪湖水浪打浪》，那天，他大概被鬼捉到了，像那樣熟練的曲子，他拉著拉著，居然跑了調，這是從來沒有過的失誤。當時，台下一片驚愕，有人甚至大喝倒彩。李明天的情緒受到嚴重的挫傷，陰沈著臉匆忙下去，沒有了以前的興奮和激動，當然，更沒有心思拉下一曲了。

演出之後，宣傳隊照例召開總結會，大家對李明天的表現感到十分不滿，紛紛提出批評。隊長老漆的話說得很重，他說，明天啊，演得好不好，是我們的態度問題，千萬不要砸了牌子嘞。扮演李鐵梅的吳秀彩，默默地摸著長辮子，也為男人感到羞愧，恨不得把責任攬於自己。只有她才明白，男人為什麼心猿意馬，為什麼拉走了調，她張了張嘴巴，終究還是沒有把原因說出來。燈光明晃晃的，照著李明天沈默而憂鬱的臉，他什麼也沒有說，更沒有做任何解釋，居然也沒有愧疚。他低著腦殼，雙手插在大腿間，像在沉思。隊員們等著他發言，看他是怎麼解釋這個失誤的。李明天是很健談的人，也十分直爽，如果誰的表演不到位，他都要予以嚴厲的批評。

是不是今晚牽涉到自己，就一言不發了呢？

李明天最終也沒有發言，坐一陣子，就提著小提琴走了，當時，人們一片譁然。

令人感到意外的是，李明天從此變得沈默寡言了，憂鬱了，一副心事重重的樣子，胸膛間像吊了一砣沉重的研石。即便是演出，他也沒有絲毫激情，那些激情似乎從體內消失了，美妙動聽的曲子從他手中拉出來，雖然沒有走調，卻是那樣的呆板和木訥，那樣的敷衍了事，引得台下噓聲一片。演出完畢，他甚至連總結會也不參加，提著小提琴匆促地離開，似乎害怕聽到措辭激烈的批評。老漆雖有牢騷，也不敢大發脾氣，李明天是李向東的崽，萬萬得罪不起的。老漆讓吳秀彩去叫他，卻也叫不回來。

漸漸地，李明天好像有了輕微的抑鬱症，茶飯不思，坐立不安。尤其惱火的是，年紀輕輕的，竟然不太跟婆娘唱被窩戲了，即便偶爾唱唱，也像演出，同樣是敷衍了事，沒有了任何激情。吳秀彩這才真正焦了急，暗暗大叫壞了壞了，明白男人想吳寧之的小提琴想得走火入魔了，無奈之下，就給他出主意說，明天，既然你這樣想那把小提琴，我看是不是向他借呢？對了，只是借用而已，每次演出完了再還給他。

李明天憂鬱的臉轉向婆娘，想了想，既然得不到手，借用也不失為權宜之計，所以，他也就採納了婆娘的主意。第二天，他去合作社買了半斤餅乾，晚上提著小提琴和餅乾來到吳家。當時，吳寧之在拉琴，婆娘崽女都不在，屋裡有了一種少有的清靜。他拉的是柴可夫斯基的《旋律》，面對窗口，他已深深地沉浸在音樂中了，沒有注意門口站著一個人。

李明天沒有驚動他，一聲不響地聽他拉完，這才走進去，謙恭地喊道，吳工。

吳寧之一看，是個陌生人，驚異地問，你找我嗎？

李明天點點頭，動作誇張地把餅乾放在桌子上，拘謹地做了自我介紹。

吳寧之輕輕地哦一聲，和藹地問，你有事嗎？

李明天打開琴盒，將小提琴遞給他，似乎是想請他拉一曲，以鑒別這把小提琴的優劣。吳寧之會意，把自己的小提琴放在床上，拿起李明天的小提琴看一眼，並沒有拉琴的意思，斷然地說，你這把小提琴要不得。然後，把自己的小提琴遞給李明天，說，你看看我這把。

李明天小心地接過來對比，只看品相，自己的小提琴就相形見絀，顯得是那樣的生澀和呆板，而他的那把，卻顯得成熟而富有靈性。兩兩相比，高低優劣，一目了然。他羡慕地嘖嘖一番，放下自己的那把，拿著吳寧之的小提琴，運了運氣，架起勢，拉了一曲《北風吹》，那種感覺的確不一樣，不論是手感還是琴聲，讓人感到舒暢跳躍和流暢，它音色優美，清澈脫俗，穿透力極強。

拉完之後，李明天仍然將小提琴看來看去，愛不釋手。然後，恭敬地問吳寧之拉得怎麼樣，吳寧之微微一笑，寬容地說，還不錯。

李明天明白他說的是客氣話，以水平而論，他們也跟兩把小提琴一樣，有天壤之別，只是在拉吳寧之的小提琴時，自己的確顯得底氣很足。然後，他難為情地張張嘴巴，臉色微含羞澀，小心翼翼地提出借用的意思。還說，哪天如果借用你的，宣傳隊的這把小提琴就給你拉好嗎？他擔心對方不願意借，又強調說，我這樣做，也是完全為了演出效果。

吳寧之終於明白他真正的來意，哦一聲，拍拍李明天的肩膀，委婉而抱歉地說，小李子，不是我不借，也不是我小氣，是我習慣拉自己的提琴了，這個，一定要請你理解。想了想，擔心對方的情面上過不去，又補充說，你如果想拉我這把小提琴，隨時歡迎你來我家裡好嗎？我們還可以切磋切磋。

李明天一時語塞，心裡忽然咣地響了一下，顯得十分空洞。他沒有想到碰了個軟釘子，所以，他坐也沒坐，說了聲謝謝，把小提琴放進琴盒，就離開了吳家。

李明天剛離開，吳寧之的琴聲又清亮地響起來，樂曲在夜色中無形而美妙地追隨著他，像一群色彩斑斕翩翩飛舞的蝴蝶，這讓李明天更加怏怏不樂。他加快步伐，似乎不想讓音樂的蝴蝶繼續追趕自己，覺得這美妙的琴聲對自己是一個巨大的刺激。李明天沒有想到，丟了半斤餅乾不說，對方還拒絕了他的懇求，所以，情緒更是低落。當然，如果站在吳寧之的角度，他也十分理解對方，誰願意把心愛之物借予別人呢？如果他也有一把高級的小提琴，自然也不會出借的，甚至不允許別人拉。李明天想控制自己低落的情緒，企圖從鬱悶的泥淖中走出來，偏偏又做不到，這種情緒像厚厚的陰雲揮之不去。他多麼想拉著吳寧之的小提琴，在大庭廣眾盡善盡美地表現，讓觀眾知曉他真正的水平。

李明天鬱鬱寡歡地回到家裡，將小提琴往櫃子上一丟，和衣而睡，像一條捲曲而肥碩的蟲子。吳秀彩一看，明白一定沒有借到，眼見男人萎靡不振的樣子，她心裡叫苦不迭，哎呀，是吳寧之把自己的男人害苦了，不，準確地說，是那把小提琴把自己男人害苦了。如果吳寧之沒有調到窯山，男人哪裡會鬱鬱不樂呢？在這之前，如果沒有演出，家裡充滿了琴聲歌聲，歡聲笑語，哪裡像眼下死氣沈沈呢？

現在，這個女演員也痛苦起來，呆呆地坐著默想，怎麼才能夠獲取吳寧之的小提琴呢？以此消除男人的心頭之憂呢？如果告訴李明天的父親，把小提琴搞來肯定是小菜一碟。問題是吳寧之願意嗎？如果不願意，那麼，只有採取暴力了，暴力是多麼的令人害怕，現在，窯山已經有人被打傷打死，其情景慘不忍睹。

吳秀彩覺得，還是不必驚動李明天的父親，似乎還沒有這個必要，不如自己出馬試試，如果叫男人繼續去求吳寧之，他肯定不會去的，覺得沒有一點面子了。

吳秀彩沒有晚上去吳家，覺得不方便。第二天下午，吳秀彩站在礦辦公樓外面等候。她是二工區礦燈房的，身材苗條，長得也清秀，尤其演李鐵梅時，假辮子瀟灑地一甩，眼珠子憤怒地一瞪，動作和唱腔都會引來陣陣喝彩。現在，她亭亭玉立地站著，過往行人都忍不住瞄一眼。

終於下班了，她看見吳寧之急忙從大門口走出來，像一根移動的高大的竹筍。從他急促的腳步中不難推測，他要趕著回家。

吳秀彩站在槐樹下，那是吳寧之的必由之路，天氣很熱，她鼻尖上冒出了點點汗珠。見他走近了，吳秀彩微笑地叫一聲吳工。

吳寧之煞住急促的腳步，偏過腦殼，見是一個年輕女人，疑惑地問，找我嗎？

吳秀彩微笑著點點頭，趕忙討好地說，我是小李子的愛人，我姓吳，跟你是家門。

吳寧之哦了一聲，想了想，說，就是那個小提琴手吧？他的琴拉得不錯。

吳秀彩又點點頭，急切地說，他現在的情緒很低落，自從曉得你有小提琴，他想借來拉一拉，現在，人都快想癲了。接著，又訴起苦來，說他茶飯不思，坐立不安，像被鬼捉到的一樣，就差點沒說他連夫妻生活都不過了。

說著說著，眼珠子濕紅了。

此時，吳寧之只想快點回家，還有一堆家務事等著他的，聽說又是向他借小提琴，心裡就有點不快，我不是說過不借的嗎？這兩口子怎麼這樣不懂味呢？怎麼像螞蟥沾著腳巴子不放呢？吳寧之是個不喜歡囉嗦的人，嘴裡哦哦地含糊其詞，眼睛卻望著回家之路，他希望迅速地離開這個女人，又覺得不太合適，所以，整個身子處於欲走不走的狀態。

吳秀彩見吳寧之沒有明確表態，明白希望渺茫，不由一臉愁容。

兩人沈默了一陣，似有僵持之勢。吳寧之顯然不想拖延下去，硬起心腸終於打破僵局，歉意地說，哦，真是對不起，這種東西是不好借的。說罷，似乎擔心這個女人繼續纏他，就迅速地走掉了，簡直像逃跑。

所以，吳秀彩也不免怨氣沖天了，回家後牢騷滿腹地對男人說，喊，不就是借用一下嗎？又不會要他的，哪裡這樣小氣呢？這個人個子高高大大的，心眼卻像一粒綠豆。看見男人丟魂失魄的樣子，她脫口而出，慫恿說，不要發愁，你乾脆找你爺老倌，我看只有走這腳棋了。

李明天愁苦著臉，擔憂地說，那會嚇住人家的嘞。

吳秀彩冷冷地說，像這種人，不嚇一嚇不行，還是叫你爺老倌去問問吧。

3

李明天已是無計可想，他實在想得到那把小提琴，好像那把小提琴是冥冥之中從天而降，與他有一種緣分。然後，李明天決定跟父親說說。其實，走這腳險棋，他並不是沒有猶豫過，如果讓造反派出面，要麼，你就老老實實地交出來，要麼，你會遭受到難以想像的折磨。他希望吳寧之不要抗拒，乖乖地把小提琴交出來，和風細雨地解決掉，尤其是為一把小提琴，不必搞得血湖血海。

第二天，李明天去找父親。

司令部設在辦公樓二樓，一色的紅漆木地板，這是窯山唯一奢侈的建築，據今已有十來年歷史了。走在木地板上，李明天覺得很有彈性。看看門邊的牌子，他找到了父親。李向東忙不贏，有人在請他批字，有人請示他是否揪某某人，人們出出進進，臉色嚴肅而急迫，空氣中瀰漫著緊張而忙碌的氣氛。李明天默然地站在門口，等到無人了才走進去，叫一聲爺老倌。

李向東抬起頭，看見李明天突然來到司令部，不由且驚且喜，馬上把剛才的忙碌忘到了腦後。自從當上造反派司令以來，李明天一次也沒有來過這裡。倒是他以前當司機時，父子接觸得多一些。小時候，李明天經常跟著他出車，飽嚐了馳騁的痛快和好聞的汽油味。即使是談愛之後，他和吳秀彩也經常搭父親的車去邵陽城玩耍。

李向東發現李明天的臉色有點不對，說，坐吧，有什麼事？

李明天沒有坐，很拘謹的樣子，然後，吞吞吐吐地說了那把小提琴。

李向東聽罷，並沒有怎麼引起重視，咧開嘴巴笑起來，甚至有些不屑一顧，哦，就是這樣的小事嗎？

李明天解釋說，不是小事，關係到演出的效果嘞。

李向東哦哦地應著，流露出敷衍的口氣。他穿著藍工作服，留著平頭，連腮鬍刮出一片青色，濃鬱的眉毛，粗糙的臉孔，與眉清目秀的李明天截然相反。李向東點燃煙，舒展地往籐椅上一靠，用教訓的口吻說，毛主席說過，重要的是人，而不是武器，你怎麼連這個道理也不懂？

李明天卻表示懷疑，爺老倌，你如果拿一根漢陽棒棒，我的是新式衝鋒槍，你講哪個打得贏些？

李向東猛地一怔，沒想到崽竟敢說出這樣大膽的話，如果換了別人，他會立即叫人抓起來的。他狠狠地盯崽一眼，低沉地警告說，你敢講這個話？你不想要卵腦殼了？眼睛警惕地往門口看一眼。

李明天也意識到說得不妥，無奈地抿了抿嘴唇，又辯解說，吳工的小提琴的確很好，拉他的小提琴，效果明顯不一樣。他擔心父親不答應，又把兩口子先後向吳寧之借小提琴的事說出來。

哦？娘巴爺的，居然還有這種卵事？李向東不相信地看崽一眼，強烈地感覺到他太想得到那把小提琴了，當然，又讓他感到驚訝的是，難道吳寧之竟然這麼不知分寸？他彈了彈煙灰，不假思索地說，這還不好辦嗎？我叫他送來就是了。

聽李向東這麼一說，李明天高興得幾乎跳起來，沒料到，一個令人頭痛的問題就這麼容易得到了解決，如果當時找父親，小提琴早就在自己手中響亮起來了。李明天清秀的臉上，露出久違的笑容，憂鬱的浮雲煙消雲散，難道不是嗎？馬上能夠得到渴望已久的小提琴了，他激動地搓搓手，調皮地向父親敬了個軍禮，然後，迅速地走了。他明白父親會叫手下人送來的，或是由吳寧之送給他。

望著李明天在門口消失之後，李向東微微地笑了笑。他有一女一崽，女於大前年嫁到邵陽城了，崽雖然結婚不久，他當爺爺卻是指日可待。他沒有像窯山某些愚蠢之人，嘩啦啦地生一大堆崽女，五六個的，七八個的，竟然還有十多個的，生活的擔子沉重不堪。所以，他的家庭包袱並不重，以前自己開車，經濟上就比人家活泛許多，現在，更不用說了。趁著空閒，加之心情不錯，他嘸嘸嘸地搖了個電話，叫在樓下辦公的吳寧之上來一趟。

吳寧之接到電話，不由一怔，手中的圓規掉落在桌子上。自從調到這個窯山，造反派還沒有找過他的麻煩，他只想在動盪不安的環境中，過著沒有麻煩的生活。他明白，造反派找他肯定不是好事，又不能不去，猶豫一下，忐忑不安地上樓，他覺得這樓上既陌生又恐懼。

看見吳寧之進來，李向東板著臉孔說，吳工，你有把小提琴？

吳寧之點點頭，心裡卻嘀咕，怎麼搞的？小提琴居然驚動了李向東？預感到凶多吉少。

李向東又說，你說說，小提琴是從哪裡來的？聽說沒有賣的？眼珠子望著吳寧之，似乎提防他說謊。

吳寧之猶豫著，沒有立即回答，也沒有勇氣望李向東，眼睛盯著紅地板，好像地板上擺著現成的答案。

李向東對付這些人很有經驗，覺得裡面大有問題，篤篤地敲桌子，催促說，怎麼不說話呀你？

吳寧之這才吞吞吐吐地說，還是我爺老倌……從義大利……帶回來的。

李向東聽罷，仰面哈哈大笑，義大利是吧？義大利是資本主義國家你曉得嗎？義大利的小提琴成了你家的傳家寶了吧？

吳寧之冷汗滋滋地冒出來，彎曲著高高的身子，像一根被風吹歪的竹子。

李向東點燃煙，忽然逼問，哎，你那個爺老倌呢？

吳寧之又猶豫一下，小聲地說，被……被政府鎮壓……了……

李向東好像有先見之明，嘴角露出兩道得意的笑容，身子往後一仰，說，你娘巴爺，我猜想也是這樣的，好了，不必多說了，我也不找你的麻煩，宣傳隊需要你的小提琴，這也是洋為中用，你趕快把它拿來。說罷，夾著煙的手不耐煩地朝門外揮了揮。

吳寧之聽罷，似走不走，遲遲疑疑的，好像期待李向東能夠改變主意。

李向東臉色一冷，怎麼？捨不得是吧？

吳寧之眼裡頓時有了一種絕望，慢慢地挪動腳步向外走去，走得特別艱難。

哼，這個死吳長子。李向東冷冰冰地自語道。

然後，李向東又忙起來，或打電話，或看文件，或又有人來向他請示。這一忙，居然忘記催吳寧之拿小提琴了，心想，他豈敢不拿？量他也沒有這個狗膽。再說像這等小事，哪裡能夠跟造反的大事相比呢？所以，他也沒有把它放在心上。

一直忙到下班，腦殼終於騰空了，李向東點燃煙抽一口，這時，忽然一怔，似乎才記起小提琴的事情。哦，這個死吳長子，拿個小提琴哪裡需要這麼久呢？又不是叫他坐飛機去義大利拿，娘的腸子，真是怪事。他沒有打電話，噔噔地下樓，走到生產科一看，人卻不在了。問別人，說他早已回家了。

李向東一聽，陡地來了脾氣，然後，憤憤地往吳家走去。他家雖然不跟吳家住在一起，也只需要拐個彎而已。李向東一邊疾走，一邊罵，娘巴爺，姓吳的竟敢違抗老子的命令，真是豈有此理。

經過機關食堂，路過球場，然後，進入破敗不堪的家屬區。李向東匆匆地走到吳家一看，只見吳寧之雙手捂住臉，俯下高瘦的身子，坐在床邊嗚嗚地哭。他婆娘還沒有下班，多來也不在家，只有米花索三個人坐在地上或坐板凳上，也在嗷嗷大哭，臉上還有紅紅的手掌印子，看來是吳寧之打的。陰濕的地上還摔爛一個白瓷杯子，像一朵四分五裂的山茶花。

李向東站在門口，雙手叉腰，氣呼呼地說，吳寧之，你娘巴爺，哭什麼鬼？老子叫你拿小提琴，怎麼不拿你？

吳寧之驚惶地站起來，抹著淚水，痛苦萬分地說，李司令，你叫我怎麼說呢？我回家拿小提琴，不知怎麼就不見了，也不曉得誰拿走了，我去上班時它還在的。他指著三個崽女說，我問他們，他們說也不曉得，真是氣死我了。

李向東懷疑地盯著吳寧之，冷笑一聲，臉一黑，姓吳的，不是你把它藏起來了吧？

我哪裡敢？吳寧之驚慌失措地說，顫抖的手指了指衣架子，我平時是掛在這裡的，回來就不見了。

李向東睜大眼睛，犀利地往屋裡掃視一遍，似乎要把小提琴從某個暗處尋找出來。他曉得一時也問不出來，不想跟他囉嗦，威脅說，再找找看，如果不交出來，你就等著看戲吧。

李向東邊走邊嘀咕，娘巴爺，真是怪事，小提琴怎麼沒有看見了呢？覺得這裡面必有蹊蹺。又想，堂堂的大司令，居然為這個區區小事操心費神，又不免自嘲地笑了笑。

李明天的家住在水塘邊，一條白狗從他眼前奔跑過去，他又拐到李明天的家。吳秀彩站著臺步在練唱，一招一式，表演得很起勁，她十分高興，屋裡終於從沉悶的氣氛中走出來了。李明天悠閒地坐在椅子上，捧著茶杯，情緒也不錯，笑笑地看著婆娘練唱，還不時地指點，父親叫吳寧之交出小提琴，他像服了一劑良藥，心中的鬱悶早已煙消雲散了。

看見父親來了，李明天高興地站起來，說，拿到了爺老倌？

李向東站在門口，反問道，你們拿到吳寧之的小提琴嗎？

吳秀彩皺皺眉毛，說，沒拿呀。

李明天疑惑地說，你不是說叫他交出來嗎？

李向東含糊地罵一句，就說了說小提琴丟失的消息。

李明天一聽，渾身無力地往椅子上一坐，頓時萎靡不振，像閹掉的公雞。

吳秀彩焦急了，說，爺老倌，我看這是絕對不可能的，為什麼叫他交出來，東西就不見了呢？明明是在耍你。

李向東惱怒地說，敢耍弄老子？娘巴爺的，看他有幾個狗腦殼？望著李明天萎頓的樣子，勸道，崽啊，莫性急，老子一定叫他乖乖地交出來。說罷，反背雙手匆促地走了。

從那天晚上起，吳寧之的小提琴沒有奏響了，像一陣煙霧在天空飄逝了。

鄰居已經習慣了吳寧之的琴聲，每天吃過晚飯，悠揚的小提琴聲像水一樣在夜空中蕩漾，這突然不蕩漾了，鄰居們似乎缺少了一點什麼，覺得這夜色過於單調和空蕩了。要麼是姓吳的病了吧？又怎麼會呢？吃晚飯時，還聽見他在大喊多來米發索。

莫不是出什麼事了吧？

眾人嘰嘰喳喳地議論一番，有人走到吳家的窗口一看，沒有看見吳寧之，只見多來米發索東一個西一個，在嗚嗚地哭。那個懶婆娘坐在板凳上，也在一聳一聳地流淚，人們這才明白，吳寧之被抓走了。

4

吳寧之的確被抓走了。

造反派抓他也沒有興師動眾，當時，吳家忽然來了兩個人，叫他出來。吳寧之正在吃飯，驚慌地放下飯碗，默默地跟著走了，沒有發生捆綁和吼叫的場面。

男人被抓走，卻苦了章曉花，這個女人的壓力自不必說，光一大堆家務就忙得夠嗆，東抓一把，西弄一下，簡直毫無章法，竟然連打扮也顧不上了，一頭亂髮，衣服稀稀垮垮的，像個癲婆，與以前判若兩人。她去上班，別人一時還認不出來，睜大眼睛驚訝地看她，然後，馬上意識到她男人被抓了。章曉花像個癲婆還不算，脾氣也一天天暴躁起來，不是罵多，就是罵來，或是劈頭蓋臉地罵米花索，罵聲高腔，像唱京戲似的刺耳，搞得家裡哭兮兮一片，像嚎哭大合唱。鄰居們還發現，這個婆娘真是卵用也沒有，居然飯菜也不曉煮，不是菜裡忘了放油鹽，就是把飯燒糊。有時飯燒糊還不曉得，竟然要隔壁鄰居大聲提醒，章曉花才忽然哦呀一聲，急促地往灶屋奔跑。她似乎這才明白男人的種種好處，也體驗到家務的難處。所以，每到深更半夜，多來米花索睡熟了，章曉花就默默地流淚。

鄰居們同情吳家的崽女，吳寧之不在，除了大妹子，個個更像叫花子，蓬頭垢面，沒爺無娘似的。人們不同情章曉花，說她當不得她男人的一根卵毛，男人在時，家務搞得熨熨帖帖，還抽空拉琴，你這個婆娘只曉得哭，屋裡搞得像豬欄，真是屁用也沒有。

小提琴丟失的那天，多來兩人上學還沒有回來，自然不必負責，米花索就很受委屈了，不斷地對章曉花辯訴，說小提琴不是他們弄丟的，他們不曉得是誰偷走了。還說，當時他們蹲在灶屋圍著腳盆放紙船，看見爸爸回來了一趟，然後，又匆忙走了，然後，又回來了，忽然就問他們小提琴哪裡去了，他們說不曉得，爸爸就大發脾氣，打他們耳光，每人打了兩個。章曉花聽罷，不僅沒有安慰多來米，反而氣憤地說打得好，我看還打少了，死人都守不住一副棺材。又兇狠地叮囑，如果誰問你們小提琴哪裡去了，你們只說賊偷走了，記住沒有？多來米點頭說，記住了。

受煎熬的當然是吳寧之，雖說不要做家務，也不要上班，卻沒有小提琴拉，更重要的是失去了自由，像動物園的猴子。李向東沒有讓他搞勞動，也沒有批鬥他，心想，等到他把小提琴交出來，再搞他也不為遲。他們把吳寧之單獨關在小屋裡，僅擺了一床一桌一椅，窗戶被黑色的油毛氈封死，見不到一線陽光。在百支燈光的照射下，他們逼他交出小提琴，他卻一口咬死說不知是誰偷走了，甚至還指天戳地發毒誓。造反派命令他反覆地寫交代材料，單單就寫那天的經過，他竟然寫得千篇一律，每篇幾乎連字數都是一樣的，好像把交代材料當作曲譜記住了。每次寫到最後，就寫道我回到家裡就不見小提琴了，還寫他當時氣憤的程度——狠狠地刮了三個崽女每人兩個響亮的耳光，還大罵他們，死人怎麼連一副棺材也守不住呢？

對於這個從天而降的麻煩，吳寧之冷靜地想過，無論如何也要對得起父親。

父親的小提琴拉得相當出色，還在他小的時候，父親就手把手地教他，希望他能夠靠這個本事立世，還希望他以後教一個有悟性的崽女拉琴，把吳家的琴聲傳繼下去。誰知父親回國不久，竟然遭到誣陷，說他是個潛入國內的特務。父親很快被抓走，不久，砰地一聲，腦殼上挨了兩粒花生米，竟然連屍首也不准收。這讓全家人悲痛不已，又不敢聲張。當時，他的小提琴拉得十分出色了，父親一死，他就沒有心情拉琴了，心如死灰。讓他感到驚奇的是，他不拉琴，父親就來夢中找他，甚至還破口大罵，說他半途而廢，沒有毅力，你即使不靠它立世，俗話說藝多不壓身，再說，這也是生活的一種調劑，是生活品質的體現。父親罵得頭頭是道，幾乎讓他無力反駁。他原以為夢是偶然的，也就沒有怎麼在意，生活充滿了悲劇色彩，他哪裡還有心思拉琴呢？誰知父親時常固執地闖進夢中，每次把他從夢中罵醒，這讓他感到既驚駭，又愧疚。他拗不過死去的父親，所以，又重新調整心態拉琴。在當時的環境之下，靠它立世是不行了，那麼，就做個業餘愛好者吧。尤其生了崽女，他體會到了父親叫他拉琴的妙處，那就是，無論心情多麼煩惱，無論家務多麼瑣碎，只要拉起小提琴，煩惱和瑣碎暫且通通地忘記了，馬上進入一個物我兩忘的境界，美妙的音樂聲像溫水般撫摸著傷痛的心靈。只是他沒有教某個崽女拉琴——這是他唯一對不起父親的地方。

吳寧之雖然身陷囹圄，卻十分擔憂章曉花，面對著繁雜的瑣事，她肯定束手無策。其實，一個女人哪有不做家務的呢？說起來，這怪不得女人，要怪的話，只能怪他自己——這是吳寧之早就向她承諾過的。

那還是多年前，他們住在邵陽城時，結婚不久的一個深夜，竊賊突然潛入吳家，這個竊賊不同一般，什麼物品都不偷，只偷那把小提琴。這時，恰巧章曉花起來解溲，發現竊賊從窗口準備攜琴而逃，章曉花尖叫一聲，也不知哪來的勇氣，突然像猛虎般撲過去，死死地拖住竊賊的雙腿。竊賊見男主人也跑了過來，情急之中，抄出匕首朝章曉花猛地一刀。小提琴雖然沒有偷走，章曉花的肩上卻鮮血直流，至今還留下一道傷疤。吳寧之為婆娘的捨命既感動又傷心，如果小提琴被竊走，他不知如何向九泉之下的老父交代。過後，兩人分析，推測這個竊賊不是一般人所為，他錢財不要，偏偏拿小提琴，肯定是受人之托，而這個幕後者，不外乎是個嫉妒之人，對小提琴覬覦已久，曉得它真正的價值。在此之前，也曾有人托信給他，說願意出高價買下，吳寧之根本不予理睬，所以，很可能是那人無計可想，就陰毒地出此下策。吳寧之為了報答章曉花，發誓以後決不讓她操持家務，章曉花不答應，吳寧之說，你如果不願意，那我這輩子會感到愧疚的。

這個夫妻間的承諾，外人有所不知，他們也懶得與人解釋。

白天，吳寧之寫交代材料寫得昏天暗地，枯燥無味，不敢停歇。專門看守他的是個姓龔的漢子，尖銳的眼睛沒有放過任何細小的動作。唯有晚上，姓龔的把門鎖掉走了，吳寧之才能擴胸伸腰甩手，然後斜著腦殼，端出拉琴的架式拉起來，嘴裡輕輕地哼曲子。他拉得極其投入，像是真的在拉小提琴，身子一起一伏，琴聲或激越，或抒情，或像大海起潮，或像月下漫步。

吳寧之時常撫摸雙手，手指頭還是那樣的細滑靈活，所以，他仍然感到慶幸，造反派如果叫他搞勞動，這雙手就完蛋了。

5

區區一把小提琴，搞得李向東很沒有面子。

想當初，自己做司機時，要聽從調度員的調遣，叫他去東不敢往西，現在不同了，娘巴爺的，哪個敢違抗他的命令？更何況牛鬼蛇神呢？造反派叫他們交出什麼，都是說一不二的。古董或字畫，金條或銀元，價值比區區的小提琴貴重多了吧？有的人膽子更小，沒有叫他交出的東西，也乖乖地交出來。惟有這把小提琴，搞得他非常惱怒，吳長子居然說提琴突然丟失了。這倒也罷了，等老子慢慢地折磨他，不相信他不交出來。問題是，李明天卻不放過他。李向東在眾人面前威風凜凜，李明天卻沒有把他放在眼裡，看見他就陰沉著臉，嘲諷地說，哼，什麼卵司令？充其量是個小司機。

崽諷刺自己，李向東無言以對，不敢動怒，這是李家唯一的香火，他敢發脾氣嗎？冷靜一想，話也不錯，自己哪裡厲害了呢？竟然連一把提琴都搞不出來。還有，他也不敢回罵李明天，擔心崽弄出什麼毛病，或是鬧出不可思議的事情來，又如何是好？他兩口子還等著抱孫子的。吳秀彩雖然沒有嘲諷李向東，態度也是不冷不熱，不像以前隔老遠就喊爺老倌了。有時，李向東想儘量迴避小倆口，堂堂的造反司令時常被他倆奚落，臉上也掛不住。

李向東對李明天說過，要不再買一把。李明天至死也不答應，說就要姓吳的那把，還說，也買不到那樣的提琴了。好像吳寧之的小提琴是世界上獨一無二的。

李向東說，他的小提琴是義大利的，是資本主義國家的東西，有哪樣好呢？

李明天固執地說，那就是好些。又說，洋為中用。

李向東無話可說，記得自己對吳寧之也說過這句話。

小提琴沒有顯現，像一個謎忽然消失了，李明天的變化卻很明顯，起先是憂鬱不語，後來就請病假，不參加演出，似乎是要脅父親，逼著他叫吳寧之把提琴交出來。

樂隊是麻雀雖小肝膽齊全，少了一樣樂器成何體統？如果外出演戲，豈不是丟窯山人的臉面嗎？人家會諷刺說，哎呀，這些窯牯佬，怎麼連小提琴也沒有呢？會讓人看成是雜牌軍，一幫烏合之眾，覺得窯山人才缺乏。即使在窯山演出，如果沒有李明天的小提琴獨奏，恐怕也是個遺憾，他的獨奏，是一道招牌菜。宣傳隊的漆隊長焦急了，問吳秀彩，你男人何事不來了？他真的病了？吳秀彩仍然沒有說出真正的原因，似乎有某種顧忌。老漆叫吳秀彩做做工作，儘快把李明天拉回到舞臺上來。吳秀彩也費盡心機，勸過李明天，一籮筐好話說盡了，男人卻不聽，每次說著說著，女人的淚水就流了下來。李明天躺在椅子上，眼珠子無神地盯著天花板。婆娘如果說多了，他就張口罵人，罵得很痞，罵她娘巴爺的，罵她娘賣膣的，罵她是發騷了，罵她是想野男人了。

罵得婆娘哭哭啼啼的。

老漆感到了一種危機，再這樣下去，會毀掉宣傳隊的，李明天不來，也不准吳秀彩演出，那麼，李鐵梅哪個演？常寶哪個演？白毛女哪個演？

無奈之下，老漆向李向東求救，想必只有他才能夠挽回殘局，就把情況告訴李向東，苦著臉說，李司令，你崽請了病假，沒有拉小提琴的了，他也不准小吳演出，你看如何是好？我們少了幾個主要節目嘞，我去看過他，發現他好像沒有病，恐怕是什麼心病吧？老漆摸了摸腦殼上的黃軍帽。

李向東當然明白李明天是在鬧情緒，也覺得鬧得人過分，難道戰士沒有好武器就不打仗了嗎？不是還能夠拿刀子梭標拼命嗎？不是還能夠跟敵人抱團展開肉搏戰嗎？李向東想了想，如實地說，他是想吳寧之的小提琴。

哦，直到此時，老漆才恍然大悟。

這時，李向東煩躁地說，實在沒人，叫那個吳長了頂一下。

老漆一聽，鼓大眼珠子，驚愕地說，哪怕不行吧李司令？聽說姓吳的被關起了？

李向東說，娘巴爺，聽你的還是聽我的？你不讓他搞什麼獨奏就可以了。

老漆覺得只好如此，點點頭，摸起桌上的一根煙抽。

李向東立即搖電話，叫姓龔的看守把吳寧之押來。

沒多久，吳寧之被押來了，他以為還是叫他交出小提琴，所以，走進來就為難地說，李司令，小提琴的確沒看見了。

李向東板起臉色，說，老子叫你來是另有任務，你跟宣傳隊去搞演出，要老老實實。

吳寧之擺著雙手，驚疑地說，我、我、我不會演戲。

李向東叭地拍桌子，吼道，你娘賣騷子的，哪個叫你演戲？叫你拉小提琴也不會嗎？

老漆急需人手，趕緊小聲地提醒吳寧之，李司令讓你拉小提琴嘞。

對於吳寧之來說，這無疑是個極好的機會，既不要關在小屋寫檢查，又能夠拉小提琴，還能夠出外演出，天下哪有這樣的美事呢？

吳寧之不安地搓著雙手，面含為難之色，喃喃地說，我、我恐怕不行嘞。

老漆一聽，十分焦急，說，你小提琴拉得那樣好，怎麼說不行呢？

吳寧之說，是提琴不行，我看過小李子的提琴，演奏效果肯定不好，哎，小李子不是能夠拉嗎？

李向東又拍桌子，惱怒地說，你娘巴爺，怎麼唯武器論？不行也得給我拉，他已經病了。

吳寧之嚇一大跳，一想，還是搖頭說，提琴不行拉不好的，拉不好就會出洋相。

吳寧之如此固執，讓老漆急得心裡吐血，暗暗大罵，這個鬼傢伙，怎麼這樣不開竅呢？真是蠢豬腦殼。然後，老漆悄悄地扯了扯他的衣服，暗示他答應下來。姓龔的看守也似乎替他焦急，瞟瞟吳寧之，希望他能夠鬆口。吳寧之好像沒有感覺到這些暗示，硬是不肯鬆口。老漆無奈地看看李向東，以為李司令還會逼吳寧之答應。李向東也不知是怎麼想的，也許是不想拖延時間吧，煩躁地對姓龔的說，娘賣鬍子的，快把他給老子押走。

此時，吳寧之如果答應還是來得及的，他卻似乎沒有絲毫後悔，低著腦殼朝門外走去。等到兩人走出門時，李向東忽然又想起什麼，讓老漆把姓龔的叫回來，說，從明天起，叫他搞勞動。

姓龔的點點頭。

老漆失望地看著空蕩蕩的門口，對李向東說，李司令，你看……

李向東不高興地說，人是活的，卵是翹的，你不曉得到縣城借一個嗎？那演李鐵梅演常寶演白毛女的呢？也借一個，娘巴爺的。

這才快刀斬亂麻地把老漆打發走了。

辦公室終於清靜了，陽光從窗口透進來，靜靜地射在紅地板上。李向東略顯疲憊地撐著腦殼歎息。在這以前，他的精力都放在造反的大事上，比如，某天要把某某抓出來，比如，某天將要組織大型批鬥會或遊行活動，等等。儘管都是大事，也沒有像處理這樣的蠅頭小事令他疲憊。如今，他心理上明顯多個包袱——那就是李明天。他覺得，這件事情把自己搞得很煩躁，似乎沒完沒了，而作為父親，又不得關心李明天。

所以，他無論怎樣忙亂，每天都抽空看看李明天。

李明天的狀態越來越令人擔憂，他更加憂鬱，整天沈默不語，像啞巴。分明看見父親來了，也不招呼，視為陌生人一樣。除了睡覺吃飯，就呆呆地坐著或躺在椅子上，像一座沉思的雕塑。吳秀彩痛苦地告訴李向東，李明天吃飯也不動手了，竟然要餵，你不餵，他不吃，還有睡覺，要幫他脫衣服，不然，和衣而睡。

那天，李向東去看李明天，看見自己的婆娘也來了，婆娘焦苦著寡臉坐在李明天身邊唉聲歎氣，抓著李明天的手。

李明天憂鬱的眼神怔怔地望著地上，無動於衷。

吳秀彩看見李向東就流淚，說，爺老倌，你看他是這副樣子嘞。她扮演李鐵梅時那種堅強的氣概一點也沒有了，動不動就流淚。

李向東似乎不敢看媳婦的淚水，也不敢看沈默的李明天，眼睛望著牆壁，忽然發現那裡空了什麼東西。

吳秀彩順著他的目光看去，歎息地說，昨晚被他扯下來了。

牆壁上原是掛著一幅相片的，是李明天拉小提琴的相片，誰料李明天昨晚突然把鏡框取下來，將玻璃乒乒乓乓地踩碎，相片也被粗暴的鞋子蹂躪了。那是他最喜歡的相片，還是邵陽城裡照的，是吳秀彩陪他去的。相片中的他斜著腦殼，左手揿弦，右手拉弓，努起嘴巴，充滿自信，充滿力量，整個人沉浸在歡樂的音樂之中。昨晚上，吳秀彩膽怯地問他為什麼要撕掉，他吼叫道，娘賣膣的，老子撕自己的相片關你屁事？

李向天聽罷，傷心了，在李明天跟前蹲下來，輕輕地拍著他的大腿，說，崽嘞，不就是一把小提琴嗎？犯得著這樣嗎？你以前不是也拉得蠻好嗎？如果吳寧之沒有調來，你不曉得他有小提琴，你不是一樣拉嗎？

說著說著，聲音哽咽起來，眼珠子也紅了。

6

第二天，姓龔的對吳寧之說，從今天起，你睡到大屋子去，跟著他們搞勞動。

吳寧之一聽，叫苦不迭，明白這是李向東的鬼主意，他在一步步地逼自己。

終於走出小屋，吳寧之一時不習慣強烈的光線，他閉上眼睛，默默地站一陣子，然後，把衣物搬到大屋子，大屋子睡的是大通鋪，怕有十來個人。

那天是運紅磚，一隊人馬分三部分，有的人把紅磚裝進箢箕，有的人只管挑，還有的人把紅磚卸下來碼堆。吳寧之當然想挑磚，挑磚不會損傷雙手，他對姓龔的說，龔師傅，能給我箢箕嗎？

姓龔的說，你們如果都挑磚，誰來裝卸呢？

吳寧之看著粗糙的紅磚，又看看細滑的雙手，心裡發毛了，猶疑而又小心地問姓龔的，能發我一雙手套嗎？

姓龔的是個工人，以前就認識他，也曉得他拉小提琴，對於手指頭歷來是愛護有加的。姓龔的卻罵道，戴手套？像搞勞動的嗎？你看誰戴手套了？他伸出大手，往人群中一掃。

吳寧之睜大眼睛看來看去，沒有人戴手套。

姓龔的見他為難的樣子，很想對他說這個主意是李向東出的，你如果不交出小提琴，他最終叫你拉不成提琴。

吳寧之痛苦地閉上眼睛。

對於他來說，如果損傷手指頭，無疑拉不成小提琴了，所以，他羨慕挑磚的人。他無奈地伸出雙手看了看，似乎在考慮用哪隻手勞動。最後，他決定用左手搬磚，右手比左手要緊。再說，左手的指頭拉琴拉出了繭，還能夠馬馬虎虎對付——當然，這是個無奈的選擇。問題還是出來了，他一隻手搬磚，速度顯然很緩慢，挑磚的人沒有意見，姓龔的也裝著視而不見，而另一個姓莊的看守卻很不高興，兇狠地說，亂彈琴，你這樣不行，像蝸牛。

吳寧之硬著心腸，只好把右手也伸出來。

晚上，吳寧之望著破裂的雙手傷心地流下淚來，飯也吃不下。別人洗澡去了，只有勞資科的老王還在慢吞吞地吃飯，老王稀裡糊塗地參加過三青團，也逃不脫批鬥的厄運。老王看見吳寧之如此傷心，沙啞著嗓子說，吳工，你那麼聰明的人，怎麼不曉得動腦筋？你不曉得用藥膠布把手指頭纏起來嗎？那不等於戴了手套嗎？

吳寧之大受啟發，感激地看老王一眼，摸摸身上，又翻自己的床鋪，沒有藥膠布。

老王從枕頭下面拿出一小卷藥膠布，說，拿去吧。

吳寧之高興了，把藥膠布撕成一條一條的，將十個手指頭纏起來。

老王小聲地問，哎，小提琴究竟怎麼回事？

吳寧之說，我也不曉得，回家就不見了。

老王意味深長地哦了一聲。

第二天，姓龔的看見他手指頭纏著藥膠布，暗暗一驚。昨天，他想叫吳寧之纏藥膠布，只是剛開始不做做樣子，他擔心不好交差，幸虧姓莊的沒有注意他手指頭上的變化，抽著煙，不斷地呵叱這個，大罵那個，嘴巴沒有空閒。

有了藥膠布的保護，吳寧之的心情好多了，他想起兵來將擋水來土掩這句成語，暗自得意。當然，在大屋子就拉不成小提琴，哼不成曲子了，那會影響別人的。關進來的人情緒都不好，如果把他們惹火了，說不定會罵人的。

原以為有藥膠布的保護就沒事了，所以，吳寧之也沒有把藥膠布扯開來看看，到第四天，藥膠布沒有粘性了，他才扯下來準備換新的，一看手指頭，又傷心起來，由於水浸汗泡，手指頭被藥膠布捂著，皮膚都皺了，起著白泡，真是難看死了，像十根發了水的老竹筍。

老王責怪地說，唉，你真是的，你不曉得每天回來把藥膠布扯下來嗎？這樣，皮膚不就透氣了嗎？

吳寧之說，我也想過的，只是扯來扯去，膠布就沒有粘性了，我哪有這麼多藥膠布呢？

老王聽罷，哎呀哎呀地叫起來，埋怨吳寧之太不動腦筋，說，你不曉得用細線把藥膠布纏起來？

吳寧之聽罷，既感激，又羞愧，說，老王，你真是幫了我的大忙。

後來勞動前，吳寧之才把手指頭用藥膠布包起來，拿細線纏著，不勞動了，又把藥膠布扯下來，這樣，既節約了藥膠布，手指頭又保護得不錯，仍然是細滑的，基本上沒有受到什麼損傷。

這一切，姓龔的都注意到了，他內心裡替吳寧之高興，卻也非常擔心，李向東的目的就是想把他的雙手搞壞，即使擁有小提琴，也沒有意義了，然後，就會把琴交出來。

有一天，姓莊的看守不在，好像是他老娘生了病，姓龔的趁旁邊沒人，好奇地問吳寧之，吳工，你那天為什麼捨得用左手搬磚呢？難道右手比左手還重要嗎？依我的理解，左手應該重要些，它要揿弦嘞。

多日的接觸，吳寧之覺得姓龔的並不壞，解釋說，應當說兩隻手都重要，相對而言，右手要比左手更重要，我們不是說拉小提琴嗎？關鍵就在於一個拉字，要靠右手的靈活輕巧和柔性，以及用力的輕重，左手早揿出了繭，所以，還不是很害怕。說罷，又伸出左手讓他看。

哦，姓龔的恍然大悟，想不到還有這麼多的講究。說罷，從褲袋摸出一卷藥膠布，塞給吳寧之，然後，走開了。吳寧之一震，感激涕零，望著姓龔的背影，心想，看來造反派也不是鐵板一塊。

看著李明天的病情變化，李向東簡直有點不知所措了，心裡十分慌亂，他從來也沒有過這種感覺。如果依他的脾氣，早已將吳寧之至於死地，又不敢下毒手，如果打死他，崽的病仍然不會好，他的病根是在那把丟失的小提琴上。

有一天，李向東叫人押著吳寧之去李明天的家裡。

吳寧之不明白李向東是什麼用意，心裡惶惶的，問姓龔的，姓龔的說，他也不曉得是什麼事情，又提醒他不必太緊張。

走在通往家屬區的路上，吳寧之覺得一切是那樣熟悉，他很想看到自己的家，看到婆娘和崽女，想想，時間過得好快，離開他們已經三個多月了。太陽很大，把兩條長長的影子斜斜地印在地上。他們走的另一條路，是從水塘邊繞道而來的，所以，他什麼也看不到，只能聞到家屬區那種特有的混雜氣味，看見幾隻花色的雞鴨臥伏或追逐，不由悲歎起來，自己竟然不如雞鴨自由。他甚至後悔調到這個窯山，如果不調來，還會發生這樣的事嗎？

兩人來到李明天家裡，只見李明天歪斜地坐在椅子上，像患了軟骨病，滿臉呈憂鬱之色，雙手蒼白地搭在肚子上，看見吳寧之進來，眼睛陡地一亮，旋即又熄滅了。

吳寧之心中大驚，他怎麼變得這樣快呢？差點認不出來，以前那種精神和活力都消失了，難道就是為了那把小提琴嗎？他佝僂著腰背，默默地站著，不敢吱聲。

李向東陰沈著臉坐在板凳上，煙屁股一丟，伸出腳踩兩踩，用下巴指指李明天，說，吳寧之，你看看我的崽吧，他想你那把小提琴想瘋了，你還是拿出來吧，再說，他拿去又不是做壞事，是搞演出，你何樂不為？你只要答應拿出來，我特批你參加宣傳隊好嗎？你倆一起拉小提琴好嗎？話語裡，不乏討好的意味。

吳秀彩眼珠子紅紅的，可憐巴巴地望著吳寧之，好像他是妙手回春的醫生。

李向東的婆娘篩了茶，苦笑著遞給吳寧之和姓龔的，其神情也不無討好之意。

姓龔的嗦嗦地喝茶，吳寧之端著茶杯沒敢喝，抬頭看一眼李明天，又栽下眼睛，一個後生居然成了這副可憐的樣子，此時，他內心也不是沒有過猶豫和動搖，看來，李明天是真心喜歡那把小提琴，不然，哪裡會病到如此地步？更何況，救人一命，勝造七級浮屠。雖說李明天的性命還在，魂卻不在了，已被小提琴勾走了。

他嘴唇動了動，準備鬆口，打算把琴拿出來，再說，自己也受不了這種痛苦的折磨。這時，又一個念頭湧上來，或許，他李明天是假裝的呢？或許是，他們設下圈套來誘騙自己的呢？哦，不能不防一手。再者，如果交出來，說不定李向東仍然要治他的罪，你不是說提琴沒見了嗎？怎麼又鑽出來了呢？這不是欺騙造反派嗎？該當何罪？所以，吳寧之趕緊把這個心思收起來。現在，他明白了重要的一點，只要不交出小提琴，李向東就不敢把自己怎麼樣，小提琴就是李向東的軟肋，也是保護自己的重要砝碼。

吳寧之唯唯諾諾地說，哎呀，真的不曉得哪裡去了。

李向東語氣加重了，你娘巴爺的，那不是出鬼了嗎？

我我我的確不曉得，手腳發抖的吳寧之小心地說。

7

李明天的病情似乎更加嚴重了。

有一天，他忽然說話了，抬起蒼白的臉叫秀彩，居然連叫三聲。這讓吳秀彩非常高興，男人已多日不說話，簡直像個啞巴，現在說話了，是個好兆頭。她放下掃帚，問他有什麼事。李明天淡淡地說，你去老漆那裡一趟，把宣傳隊的小提琴拿來。吳秀彩以為男人的手發癢，想拉小提琴了，興奮地哎一聲，興沖沖地把小提琴拿了回來。

你拉吧，你拉。吳秀彩喘著氣，高興地把盒子打開，取出小提琴，遞到李明天手中。

李明天坐在椅子上，沒有擺開拉琴的架勢，甚至沒有站起來，把小提琴上上下下正面背面地看，似乎在欣賞它，留戀它，然後，又看琴弓，看了琴弓，又看琴盒，好像對它們十分陌生了，手不斷地撫摸著。此時，他流露出複雜的目光，目光中有不捨，有憎恨，有熟悉，也有陌生。

吳秀彩催促說，喂，你拉呀，你拉呀。

她想，只要男人拉琴，病情就會漸漸好轉的，康復也指日可待。此刻，她很激動，渾身微微顫抖。她還想，只要悠揚的琴聲一起，她就要欣喜若狂地向婆家報告。

李明天卻沒有拉，低著腦殼望著小提琴，似乎沉浸於往日的掌聲中，或是激動人心的琴聲裡。這時，吳秀彩感覺有點不對頭了，迫不急待地說，你拉你拉你拉吧。

這時，李明天突然像老虎般吼叫起來，抬起蒼白的瘦臉，朝吳秀彩厲罵，你娘巴爺，拉你娘的腳。然後，揮起小提琴，猛地朝椅子上砸去，砰——

他連續不斷地砸著，十分瘋狂，砰砰砰，琴弦一根根斷掉，發出陣陣嗚咽之聲。吳秀彩不敢阻止，擔心傷及自己，膽怯地退縮著，淚水飆了出來。她似乎才明白，男人的病情分明是越來越嚴重了。李明天旁若無人，還在瘋狂而猛烈地砸著，砸得呼呼有聲，毫不吝惜，好像砸的不是提琴，而是一塊普通的木板。轉眼間，小提琴被砸得四分五裂，成了一塊塊可憐的碎片。然後，李明天丟掉短短的琴把，琴把像一個被毀掉的裝飾品。他呼呼地出著粗氣，又把琴弓也三五兩下地踩斷，繃直的馬尾毛頓時像一團散亂的黑線。他還不甘心，最後拿起琴盒一頓亂砸，黑色的盒子也碎裂了。

地上一片零碎，像個雜亂的木工房，更像是遭受了一場洗劫。

一切發生在頃刻之間。

吳秀彩心如刀絞，無計可想，趕緊把門鎖了，流著淚水，匆匆地去叫李向天夫婦。李向東本來想瞞住別人，對誰也沒有說，如果說李明天想人家的提琴想瘋了，說出去也不好聽，他還是想待到來日變化——如果姓吳的把琴交了出來，崽不就不存在這個問題了嗎？

李向東飛快地從辦公室跑出來，在半路上，碰見婆娘和吳秀彩，他焦慮地看她們一眼，然後，匆忙趕來一看，當即蠢住了，目光空茫，婆娘則嗚嗚地哭起來。

李明天還在出著粗氣，沒說話，垂著腦殼，默默地坐著，似乎小提琴毀滅性的結局與他沒有任何關係。

李向東明白，崽不是一般的病了，看來也瞞不住了，如果繼續瞞，對他的病情將大為不利，就果斷地要吳秀彩喊盧醫生來。盧醫生住在李向東的隔壁，值晚班，白天在家休息，見吳秀彩喊他，就匆忙地趕過來。

盧醫生仔細地看了看李明天的臉色和眼神，又問吳秀彩他這些日子的狀態，然後，得出結論，李明天患有嚴重的抑鬱症。

李向東問，怎麼才能夠治好呢？

盧醫生扶了扶眼鏡，說，主要還是跟他多多交流，另外，他想得到的東西，一定要想辦法滿足他，還要讓他開心，哎，他有什麼最想念的東西嗎？

事至如此，李向東也不隱瞞了，如實地說，我這個崽，就是想得到吳寧之的小提琴。接著，把來龍去脈說了一遍。

盧醫生並不曉得還有這回事，聽罷，哦一聲，說，那快點叫他拿來呀。又指著李明天說，毫無疑問，他的病根肯定就在這裡，小李子不是拉小提琴的嗎？

李向東歎息地說，我不是把姓吳的抓起來了嗎？我叫他把提琴交出來，他卻說不見了。

盧醫生似乎明白了什麼，不說話了，從口袋裡摸出紙筆，開了處方，叫吳秀彩去醫院拿藥，又叮囑說，一定要按時吃藥嘞。然後，匆匆地走了，似乎擔心惹出什麼禍來。

李向東夫婦守著李明天，他娘老子一把鼻涕一把淚水，一口一個我的崽嘞，你這又是何苦嘞？提琴又當不得飯嘞。

李向東默默地抽著煙，此時，他似乎有了許多後悔。那天，如果叫人跟著吳寧之回家拿琴，也許事態就不會發展到如此地步了，卻沒想到，自己一個小小的疏忽，居然導致了不可設想的惡果。他猜疑，小提琴一定是吳寧之藏起來了，不然，哪有這麼巧合呢？他原以為，不用吹灰之力，就能夠叫吳寧之把琴交出來，誰知一無所獲，還把崽害成了這個樣子。他咬咬牙，嘴巴兩邊的咬肌都鼓了出來，恨不得把吳寧之生吞活剝。

吳秀彩匆匆地把藥取回來，倒了兩粒藥片準備給李明天餵藥，說，明天，吃藥吧，吃了藥就會好的。藥片還沒有遞到男人嘴邊，李明天伸手粗暴地一掃，把藥片打掉了，然後，吼叫起來，你們把我當癲子搞嗎？到底是你們癲了，還是我癲了？

李向東歎口氣，似乎不想看見這個傷心的場面，萬分無奈地走掉了。

李明天不願意吃藥，又沒有得到小提琴，其結局可想而知，又過一段時間，李明天竟然瘋掉了。如果沒有發作，他默不作聲，像終日沈默的思想家。如果發作起來，豈是了得，摔東打西，掃南砸北，看著什麼都不順眼，摔開水瓶子，摔飯碗，摔鏡子，摔獎狀，摔凳子，家裡成了他大顯身手的戰場，簡直像個混賬的武術家。這個時候，誰也不能扯他，誰扯就打誰，李向東夫妻和吳秀彩，都飽嘗過他拳頭的滋味。

李向東無奈極了，也痛苦極了，又把盧醫生叫來，盧醫生建議說，看來只有送精神病醫院了，要趁早。

對於這個建議，李向東倒沒有意見，事到今日，也只好如此。兩個女人卻不願意，哭哭啼啼地說，聽說那裡去不得嘞，有的人是輕病進去重病出來嘞，又不能陪護嘞，我們不放心嘞。

李向東摳摳頭髮，一臉愁容地說，那總不能讓他在屋裡砸東摔西吧？如果打傷人呢？目光盯著盧醫生，希望他再出個主意。

盧醫生想了想，謹小慎微地說，李司令，唯一的辦法……只有拿鐵鏈……銬起來。

李向東聽罷，吃了一驚，猶豫半天，才沉重地點點頭，然後，看婆娘一眼，又看吳秀彩一眼，好像在徵求她們的意見。

兩個女人痛苦地點點頭，吳秀彩還向他射來一道怨恨之光。

李向東不敢遲疑，馬上叫人搞來長鐵鏈，幾個人七手八腳地揿住李明天，把他的雙腿銬起來，鏈條發出叮叮噹噹的響聲，然後，又把鏈條鎖在床腳上。李明天殺豬般地叫罵道，你們娘巴爺啊，我沒有癲啊，是你們癲了啊。他頭髮蓬亂，鬍子拉雜，衣冠不整，與以前那個整潔的李明天相比，簡直判若兩人。

看著被銬住的崽，李向東真想大哭一場。當然，他還是控制住自己。他一輩子都會記得這個寒冷的冬天，記住這個痛苦的日子——十二月十號。

他似乎還不太甘心，認為最好的藥物莫過於小提琴，然後，又把吳寧之押來，讓他看看李明天可憐的狀態，讓他內心有所觸動，然後，把小提琴交出來。

他明白，小提琴是李明天唯一的靈丹妙藥。他似乎又沒有想明白，即使吳寧之把提琴拿出來，對李明天而言，也毫無意義了。

姓龔的押著吳寧之來了，這是吳寧之第二次來李明天的家。

吳寧之進門一看，怔住了。這下，他才完全相信，李明天的病不是裝出來的，卻沒有想到他竟然癲掉了，還被鐵鏈銬住。唉，不就是一把提琴嗎？又是何苦呢？我如果沒有調到這裡來，你李明天不是也拉小提琴嗎？此時，他倒是有些後悔，如果早曉得會出現這個局面，還不如把提琴交出來。又想，現在即使交出來，他的病又會好嗎？說不定還會把提琴砸爛的。既然他的病不能好了，我交出來有什麼意義呢？這些問題簡直像繞口令，繞到最後，決定還是不拿出來。

他搖搖頭，說，我我我真的……不曉得哪裡去了。

這時，吳秀彩不顧及臉面了，竟然噗地跪下來，嗚嗚地哭泣，苦苦地哀求道，吳工，你做做好事吧，你看他已經成了這個樣子了……

李向東吼道，站起來，像個什麼鬼樣子？

吳秀彩怨恨地瞟李向東一眼，抹抹淚水站起來。

誰也沒有想到的是，第二天吳秀彩來到牛棚，送了十多個雞蛋給姓龔的，姓龔的覺得很奇怪，不敢接雞蛋，問她有什麼事，吳秀彩說，龔師傅，你收下吧，我要見見吳寧之。

姓龔的說，沒有你爺老倌的命令，我不敢擅自作主。

吳秀彩把雞蛋放在窗臺上，痛苦地說，龔師傅，你也看到李明天的病情了，如果還不讓吳工把提琴交出來，他會徹底完蛋的，如果交出來，或許還有希望，今天，我想來單獨問問他，看他是否能夠交出來，我不相信提琴被人偷走了，還有，你千萬不要告訴我爺老倌。

姓龔的考慮一下，小心地說，那你要快點，不要拖太久了。

他讓吳秀彩走進那間小屋，然後，把吳寧之從工地上喊回來，說，你要老實點嘞。然後，將他往小屋一推，把門關上。

吳秀彩看見吳寧之走進來，叫了一聲吳工。

吳寧之見是吳秀彩，一頭霧水，她怎麼來了？

吳秀彩流淚了，說，吳工，請你救救李明天吧。

吳寧之歎息地說，我也沒有辦法。

吳秀彩哀求地說，我明白，只有你才能救他的。說罷，她叫吳寧之轉過背，吳寧之不曉得她搞什麼名堂，老實地轉過背。等到吳秀彩叫他轉過身去，吳寧之一看，頓時嚇呆了，嘴巴張得老大。

吳秀彩赤條條地躺在床鋪上，渾身嫩白地抖動著，輕輕地說，你快來，好冷嘞。

吳寧之哪敢走過去？就是打死他，他也不敢。他嚇得全身發抖，如果被人發現，這條小命還會有嗎？讓他沒想到的是，吳秀彩為了救李明天，居然想出這一招，他既有點感動，又很鄙視。

吳寧之急促地說，小吳，快穿上衣服，不然，我叫龔師傅了。

8

小提琴究竟哪裡去了呢？

那天，李向東叫吳寧之回家拿小提琴時，他本來準備屈服於造反派的，害怕給自己和家人帶來禍害，走著走著，父親卻出現在他的眼前，父親憤憤地說，你決定要把它交出去嗎？我臨走前，對你說的話你難道忘記了嗎？吳寧之感到一種驚恐，試圖看看父親，父親卻迅速地消失了，眼前只有空茫茫的天空。他想起父親被抓走前說的話，父親說，寧之，老子這輩子什麼都沒有給你留下，只有這把小提琴了，你無論如何不要丟掉，也不要送人，看見它，你就會想起我的。

最終，吳寧之決定不交出小提琴。回到屋裡，趁著還沒有下班，路上行人也不多，米發索在灶屋耍紙船，他馬上拿藍布袋子把琴盒套起來，然後走出來，急於考慮著小提琴的藏身之地。如果能夠藏到別人家裡，那是最好的，造反派不僅想不到，小提琴也不會受潮。而他剛調來，還沒有好朋友，即使有，也擔心連累人家。他一路奔跑，像一隻長腳鷺鷥遠遠地繞過辦公樓，越過工區，竄過馬路，衝過農舍，氣喘吁吁地跑到鐵路上。鐵路上空無一人，鐵軌靜靜地伸向遙遠的地方。他原想把琴藏在鐵路邊的深草叢中，覺得不妥，那裡太潮濕了。

這時，他眼睛一亮，看見鐵路通過山坳的那截路段，兩邊的山坡上，有水泥和石頭砌成的護坡，護坡上砌有拱圓形的洞子，那些洞子有的地勢低，位於腳邊，有的地勢高，在坡上面，洞子有大有小，有深有淺。他匆忙地搜尋著，選擇了護坡上面的一個小洞，那個洞子沒有石階上去，只有一面水泥斜坡，人須得從斜坡爬上去，才能到達那個小洞。

吳寧之考慮再三，想必別人也不會爬上來的，它不是必經之地，更不是玩耍之處。他戰戰兢兢地爬上去一看，洞子還比較理想，裡面是水泥砌的，不僅乾燥，還能夠容身。

他把小提琴放進洞裡，仍不放心，又搬來一堆茅草遮住洞口。

9

李明天徹底地癲掉了，李向東痛苦不已，萬分自責。

現在，李向東最害怕就是見到吳秀彩，她深知他的疏忽，所以，對他怨恨不已。當然，儘管吳寧之說提琴不見了，李向東也不相信，總覺得這裡面大有問題。

那天，他簡直是氣瘋了，把吳寧之叫到那間小屋子，由他親自審訊，翻來覆去地問提琴哪裡去了。

吳寧之一口咬死說，我的確不曉得。

這時，李向東從口袋裡摸出一把錚亮的活動扳手，憤恨地說，姓吳的，我崽成了那個樣子，你如果還不交出來，我就不跟你講客氣了。

吳寧之害怕了，極力地辯解說，我真不曉得嘞李司令，小李子病成那個樣子，我如果曉得，難道還不拿出來嗎？

李向東哪裡相信他的話，拿起扳手砰砰地敲打桌子，桌面上敲出幾個淺淺的凹印，李向東罵道，你娘巴爺，說來說去，話都是一個模子倒出來的，我問你，你還想不想拉提琴了？

想。吳寧之膽怯地說。

既然想，那你就說出來吧。李向東把扳手晃來晃去。

吳寧之說，我的確不曉得。他心裡雖然十分害怕，卻猜測李向東也許只是嚇唬他而已，難道他會對自己下毒手嗎？如果下毒手，他應該早就動手了，哪裡還會等到今天呢？

李向東無心跟他糾纏，切齒痛恨這個高瘦的男人，他被這件事情搞得心力交瘁痛苦不堪。他叫姓龔的抓住吳寧之的左手，然後，拿扳手夾住吳寧之的食指。李向東看見他的手指頭仍然完好細膩，只有一層繭，那分明是拉琴練出來的，然後，他叫吳寧之把右手擺上來，一看，感到十分驚訝，難道勞動沒有把他的手指頭損壞嗎？難道他沒有勞動嗎？他懷疑的目光在吳寧之臉上掃一眼，又盯了姓龔的一眼，沒有說話。

然後，李向東漫不經心地擰起螺絲來，眼珠子冷冰冰地盯著吳寧之。這時，扳手越擰越緊，吳寧之痛得滿身大汗，驚恐，害怕，哆嗦，他緊緊地閉上了眼睛。

姓龔的不敢看，臉別到一邊，泛出無言的痛苦。

最後，只聽見吳寧之一聲慘叫，食指夾斷了。

吳寧之頓時昏迷了過去。

吳寧之的一根手指頭夾斷了，彷彿一切都垮掉了，包括他的精神。他原以為李向東只是嚇唬他的，沒有想到他真的夾斷了自己的食指。當天晚上，吳寧之開始發高燒，說糊話，嘴唇燒得起白皮，鬧得一屋子人都沒有睡覺。老王他們驚惶地說，如果再不吃藥退燒，肯定會死人的。第二天，他們紛紛地向看守們提出來。姓龔的見吳寧之可憐，馬上報告李向東，李向東惱怒地說，娘巴爺的，死了就給老子拖出去埋掉。

此時，他又想到李明天，崽雖然還活著，跟死人又有什麼區別呢？

讓人感到困惑的是，第三天，李向東就把吳寧之放回家了。姓龔的還不相信，接電話時又問一句，李司令，你說是放了他嗎？李向東說，你難道是個聾子嗎？

姓龔的不敢怠慢，迅速地告訴章曉花，章曉花既喜又悲，趕緊去牛棚，把吳寧之的行李收撿好，扶著男人回家。

現在，李向東每天都在李明天家坐一陣子，想想自己在窯山叱吒風雲左右局勢，卻無奈崽的病情惡化，不竟悲從中來，淚水閃爍。吳秀彩早已不演出了，在家照看李明天，她偶爾也問李向東，吳寧之交出小提琴了嗎？

她似乎仍然存有一絲希望。

李向東告訴她，姓吳的已經病了，聽說病得不輕，我把他放回家了。

吳秀彩痛恨地說，怎麼能放他呢？他如果不交出提琴來，絕對不能放人。

李向東說，唉，我估計是賊偷走了，不然，誰能夠受得住呢？如果提琴還在他手裡，難道不會交出來嗎？他願意為一把提琴受這麼大的痛苦嗎？再說，我通知了醫院，不准給他看傷病，看他還能夠活幾天？

吳寧之終於回家了。

那天，呼嘯的北風像無數匹烈馬在天空奔騰。姓龔的對章曉花說，李司令說了，不准你男人亂說亂動。章曉花傷心地說，他已是這副樣子了，還怎麼動？

姓龔的望著躺在床上的吳寧之，歎口氣，默默地走了。

吳寧之的病情日漸嚴重，不斷地咳嗽，發燒，人更加憔悴，眼睛往下凹，凹得嚇人，也不說話，像個啞巴。章曉花急得直哭，多來米花索也是淚花閃閃，像一堆焦急的螞蟻。醫院不敢給吳寧之看病，章曉花還是偷偷地找過盧醫生，求他幫忙。盧醫生嚇得發抖，哪有勇氣前往吳家？還說，醫院有造反派看守的，藥根本就拿不出來。

無奈之下，章曉花去了小鎮的藥鋪，誰知也有造反派把守。

她一路大罵李向東太狠毒了。

第三天早上，章曉花睜開眼睛，發現床上的男人不見了，還以為他去了茅室。她又覺得可疑，男人回家之後，沒有出過門，解溲都是在屋裡的，怎麼不見人了呢？家裡距離公共茅室五十幾米，所以，她趕緊披上衣服跑去。

天色還是灰濛濛的，寒氣逼人。

章曉花跑到茅室外面，大喊，裡面有人嗎？裡面有人嗎？

擔心男人昏倒在地，章曉花顧不得這一切了，闖進一看，茅室裡面沒有他的影子，章曉花哇地大哭起來。她趕忙跑回家，把多來米花索叫起來，說你們的爺老倌不見了，叫他們趕快尋找。崽女們聽說爸爸不見了，也大哭起來，一邊哭喊，一邊尋找。

窯山寧靜的早晨，被哭喊聲徹底地打破了。

吳寧之失蹤的消息，李向東是上班之後才曉得的，他也派人去找，他找的目的並不是人，而是想順藤摸瓜，最終找到那把小提琴，不管那把提琴是否對李明天有意義。而且，他對小提琴的失蹤之謎，仍然感到十分迷惑，有時，他認為一定是吳寧之藏了起來，有時，又認為是賊偷走了。

姓龔的也隨著隊伍在尋找，心裡卻在埋怨吳寧之，你娘的腳，病成那副樣子了，還逃跑什麼呢？即使想逃跑，等到病癒之後再逃不遲。他摸摸口袋裡搞來的消炎片和退燒藥，這是準備送給吳寧之的，看來，已經不需要了。

——他忽然有這個預感。

10

人們找了三天三夜，最終在鐵路邊的拱洞內找到了吳寧之。

他用一堆茅草擋住洞口，隱蔽性很強。

他已經死去，高瘦的身子歪斜地坐靠在洞牆上，雙腿伸直，死灰色的臉上和身上爬滿黑色的螞蟻和蟲子，雙手緊緊地抱著小提琴盒子。

人們把盒子打開一看，小提琴完全破碎了。

附近的農民說，難怪，大前天晚上，好像從鐵路邊上傳來一陣琴聲。

誰也不清楚，那就是德布西的《月光》。

其實，那三天晚上都沒有月光。

我偷了你的短火

1

第一次看見羅小紅爸爸的短火時，王四砣的眼珠子都發直了。短火裝在槍套裡，槍套是發光的棕色牛皮，短火還包了紅綢緞，有一綹紅綢緞從槍套裡漏出來，靜靜地擺在羅小紅爸媽睡屋的櫃子上。窗外強烈的光線射進來，斜斜地落在短火上，有一種奇異的效果，特別吸引人。王四砣並非不曉得她爸爸有短火，也不是沒有看見過，只是平時挎在她爸爸的腰子上，被衣服遮住了，哪有這麼真切呢？

王四砣忽然覺得心裡癢癢的，很想走過去，將短火抽出來，親手摸一摸，那種感覺肯定是不同的。此時，羅小紅爸爸進灶屋幫她媽媽打下手去了，王四砣終於忍不住，站起來說，羅小紅，我想看看你爺老倌的短火。

當時，兩人在打著玻璃彈子，玻璃彈子五顏六色的，像一團團雲彩，在地上活潑地滾動著，好像彩色的天空倒置在大地上。蹲著的羅小紅抬起頭，臉上流露出驚詫，果斷地說，那不行，我爺老倌會罵死人的嘞。

王四砣感到非常失望，無奈地蹲下來繼續打彈子，彈子掐在手裡也變得心不在焉了，不是離目標偏很遠，就是擦肩而過，無論怎麼打，也打不中羅小紅的彈子了。

王四砣第一次來羅小紅屋裡玩耍，就看到了真短火——只是裝在槍套裡的——除了興奮之外，難免還是感到一絲遺憾。

2

王四砣跟羅小紅最要好，年紀又一般大，都是十一歲。

他們耍過家家的遊戲，扮小夫妻，配合默契，旁若無人，惹得許多人駐足哧哧發笑。這還不算什麼，也不是王四砣吹牛皮，他不僅抱過羅小紅，還背過羅小紅，甚至還跟羅小紅打過啵，叭叭響，十分清脆。當然，抱她或背她，不是王四砣提出來的——他還是有點怕醜——是羅小紅提出來的。羅小紅經常耍得疲累了，就伸出雙手，大大咧咧地說，四砣哎，我要你抱抱嘞。嘁，居然說起小屁股的話來了，含有嬌氣，你說要他抱就可以了，竟然還說要他抱抱——羅小紅以為自己還只有兩三歲人。

至於打啵，倒是王四砣提出來的，羅小紅經常叫他抱呀背呀，王四砣的膽子就大起來了。有一回，在露天舞臺後面，王四砣老是看著羅小紅。羅小紅穿著紅花短褲，黃點點短衫，紮著兩根翹翹辮子，小臉圓圓的，眼珠子烏黑亮，蠻乖態的。王四砣忽然說，他看到過大人打啵，就是他叔叔和他的對象張麗。然後，問羅小紅看到過大人打啵沒有。羅小紅搖搖頭，說沒有，又問他，他們是怎麼打的？王四砣大著膽子說，你把臉伸過來吧。羅小紅把小圓臉送過去，王四砣伸出手傘住羅小紅，把小嘴巴伸過去，扎實地打了兩個啵。然後，王四砣激動地問她有味不，羅小紅的臉唰地紅了，說有味，就是你嘴巴有一股子漚臭味。

兩人除了過家家，還堆沙子，跳房子，跳橡皮筋，打三角板，這些遊戲有妹子喜歡耍的，也有伢子喜歡耍的。他倆卻不在乎，都要得十分的快樂和投入。例如，跳橡皮筋至少需要三個人，他們卻不要，把橡皮筋的兩端拴在兩棵小樹上，不是一樣跳嗎？

他們既然有膽量玩耍，也就不怕別人嘲笑。有些細把戲很討厭，看見他倆總在一起玩耍，隔老遠就嘲諷，你們不怕醜嘞。甚至還伸出手指頭在臉上刮。王四砣毫不客氣地回擊道，刮你娘老子的屁股嘞。有的人則更討厭，還放聲大唱，兩口子，排對子，排到山上脫褲子，脫了褲子生崽子，生了崽子抱孫子。羅小紅漲紅臉，也馬上回擊，那你娘老子也不怕醜，天天跟你爺老倌睡一床嘞。

毫不留情地擊退了那些無聊之人。

在窯山，像他們這般大的細把戲，男女是不會在一起玩耍的，一是怕醜，二是經不起嘲笑。他倆卻親密無間，我行我素，在窯山顯然屬於異類。

3

毫無疑問，王四砣是喜歡羅小紅的，當然，也喜歡她媽媽。

她媽媽叫張桂華，在財務科當出納，秀秀氣氣，小小巧巧，頭髮有點捲，羅小紅跟她媽媽簡直是一個坯子出來的，也很秀氣和小巧。這個女出納很精緻，黑長褲，白短衣，黑板絨鞋，裡面是白襪子。也很愛衛生，下班回來，把天藍色袖筒一剝，趕緊洗手，肥皂塗得堆起白泡泡。王四砣問過羅小紅，你娘老子為什麼愛洗手？羅小紅說，我娘老子說了，錢其實是很邋遢的，上面有許多細菌嘞。所以，關於錢上面有細菌的知識，王四砣還是從她媽媽那裡得到的。張桂華對王四砣的態度不錯，看見王四砣在她家玩耍，就說，四砣，你在這裡耍啊。聲音很好聽，一絲一絲透出來，像蠶子抽絲。

王四砣卻不太喜歡羅小紅的爸爸。她爸爸叫羅大軍，當過兵，保衛科的科長，秋年四季穿著褪色的黃軍裝，衣領兩側還留下領章的痕跡，短火掛在屁股後面，把衣服弄得鼓鼓囊囊的。王四砣去羅家玩耍，羅大軍對他的態度並不怎麼友好，看見他就沉下臉，也不叫他，好像他是個下流坯子，想勾引他家羅小紅，所以，對他保持一份警惕，當然，這又像是他的職業病。

其實，王四砣還是很講禮貌的，看見羅大軍回來了，就叫羅叔叔，羅大軍卻似乎沒有聽見，像個聾子，冷冷地哼一聲。所以，後來王四砣看見羅大軍回來了，裝模作樣地繼續耍一陣子，然後，就知趣地走了。反正，羅大軍一回來，羅家的空氣就凝重起來，壓迫得王四砣透不過氣，王四砣想，是不是那把短火的緣故呢？

此時，羅小紅也不挽留王四砣，明白他心裡不舒服，眼裡流露出同情和委屈，看著王四砣走出屋門。當然，她勸過王四砣，說我爺老倌就是那樣的人，不愛說話，像賣牛肉樣的。王四砣反駁說，難道保衛科的人，就像賣牛肉的嗎？

保衛科只有兩個人，另一個姓李，個子一米八以上，人們叫他李大個子，比羅大軍小好幾歲，他經常打赤膊，肌肉鼓鼓地站在屋門囗舉啞鈴，滿頭大汗，舉罷啞鈴，又撕開嗓子啊啊地吼一陣子，像劇團的人在賣力地吊嗓子。羅大軍個子不高，黑瘦黑瘦的，顯得十分精明，眼珠子發亮，像窯洞射來的兩道雪亮的礦燈，好像誰做了壞事，他一眼能夠穿透人家胸膛裡的秘密。當然，也不是說羅大軍總像賣牛肉的，他也有開心的時候，那是在破了某樁案件之後，跨進屋門，他就咧開嘴巴大笑，自言自語地說，喊，娘巴爺的，想從老子手中溜走？休想，看老子不一槍斃掉他的卵腦殼。然後，抓起酒瓶子喝它一口，把短火取下來啪地擺在櫃子上，啪出氣勢和威風，更啪出勝利和自豪。

當然，王四砣雖然不喜歡羅大軍，卻喜歡那把短火，短火對於他來說，具有無比的誘惑力。

王四砣曾經做過兩把木頭短火，自己配一把，給羅小紅配一把，還用砂布打磨過的，槍身細滑光亮，握在手中的感覺也很不錯，不像有些細把戲做的短火，粗粗糙糙，像個毛坯。兩人或是把它插在肚子上，雄赳赳地走著，像兩個巡邏的，或是揮著短火奔跑，嘴裡喊著衝啊衝啊，還砰砰地響著，響出緊張的氣氛，似乎就有了硝煙瀰漫。自從見到擺在櫃子上的真短火——這個感覺很奇怪，平時挎在羅大軍屁股後面被衣服遮蓋了，王四砣的感覺沒有這樣強烈——他突然對木頭短火了無興趣，不再拿出來了，好像那是一坨狗屎。

羅小紅問，四砣四砣，你怎麼不拿短火出來了呢？

王四砣皺著眉頭說，我不想要它了，沒有什麼味道。

王四砣除了第一次看見真短火，還說了想看看它，以後，就沒有對羅小紅說過這樣的話了，擔心她會告訴她爸爸，那麼，羅大軍就有可能不准他去羅家玩耍了，或許，羅大軍還擔心他會攤弄短火，如果走了火，死傷了人，該哪條卵負責呢？

後來，王四砣每天想的就是一個問題，我如果也有一把真短火，那我就更加威風了，至少能夠嚇唬那些嘲笑我們的細把戲了。還有，拿著它能夠去打麻雀和茅室婆婆，還能夠打河裡的魚，打樹，打花，砰砰砰，那是多麼的有味道。所以，這也是他仍然去羅家玩耍的原因，他雖然摸不到短火，能夠看它一眼，至少也滿足一點欲望吧？不然，他哪裡願意去羅家呢？難道讓他看那個討厭的賣牛肉的屠夫嗎？當然，他也想過，如果沒有這個討厭的屠夫，又哪來的短火讓他看呢？

在那個年代，竄山小偷小摸的人並不多，所以，羅大軍抓捕的人，一般都是打架的，還有寫反標的，或是從牛棚逃走的牛鬼蛇神。王四砣見過那些人被抓獲時的狼狽樣子，手上戴著鐵銬子，栽著腦殼，一聲不響地走著。羅大軍和李大個子跟在後面，不時地大聲呵叱。羅大軍沒有把短火拿出來，也許是覺得沒有必要吧。其實，他如果拿出短火，王四砣還有點擔心，假如一不小心走了火，被意外擊中的那個人就倒血楣了。

3

總而言之，對於羅大軍的短火，王四砣現在是朝思暮想，甚至有點神魂顛倒了，他沒有想明白的是，以前明明曉得他是有短火的，也看見過他屁股後面鼓鼓囊囊的，為什麼就沒有產生強烈的欲望呢？為什麼在羅家看見短火擺在櫃子上，心裡就像有無數的蜈蚣在爬呢？而且，一直在爬，爬著爬著，就向全身的神經蔓延了，弄得他坐立不安。他希望短火忽然從羅大軍的腰間掉下來，掉落在草叢中，羅大軍又沒有發覺，卻意外地被自己看見了，哈哈，那對不起了，他要撿起來迅速地溜走，不會馬上交給羅大軍，至少也要耍幾天再交給他，這應該是沒有問題的吧。再說，這也不能怪他，他又不是偷的，是撿的，好好地耍它幾天，想必羅大軍也無話可說，應該還會感謝自己的。

所以，有段時間，王四砣像個掃雷的工兵，在羅大軍經常路過的地方，甚至是習慣去的公共茅室，他都要睜大眼睛搜索，希望有一個巨大的驚喜降臨在自己腦殼上。

當然，那些地方沒有降臨過什麼驚喜。

有一天，羅小紅興沖沖地來喊王四砣，說她爺老倌今天去打靶，叫他也去看看。王四砣一聽，十分驚喜，嘴角咧開笑容，打靶就能夠看到真槍實彈了，真是一個不可多得的機會，又擔心說，你爺老倌允不允許我去？羅小紅點點頭說，允許。又說，他起先還不允許我去的，我就哭，一哭，他答應了。又說，那我還要叫王四砣去，他也答應了。

那天的太陽不太大，白雲舒捲，沒有風，天空像藍色的玻璃彈子，很透明。王四砣和羅小紅尾隨兩個大人，興致勃勃地走著。李大個掮著靶子，像掮著一把巨大的綠色芭蕉扇。靶子上貼著綠色靶紙，靶紙上有一道道的白圓圈。羅大軍朝天上看一眼，說，這是個打靶的好天氣。王四砣很興奮，不僅就要看見短火的真面目了，還會看見打槍了，這都是他從來沒有見過的。他以前和羅小紅耍的是木頭短火，子彈是從嘴巴砰砰射出去的。

走了兩里多路，來到醫院後面，他們停了下來。

原來這就是靶場，眼前是一片開闊地，四周長著很多松樹，沒有人來往，顯得十分寂靜，只有雀鳥在樹林中嘰嘰喳喳地吵嘴。當然，還隱約地聞到從醫院飄來的消毒水氣味。李大個將靶子插在前面幾十米遠的位置，然後，朝四周大叫，喂，有人嗎？喂，有人嗎？見沒有人應，迅速地跑回來，說，羅科長，沒有人嘞。

這時，羅大軍從褲袋裡摸出一盒子彈拆開，一粒粒子彈閃爍著銅光，王四砣第一次看見真正的子彈。緊接著，羅大軍把短火從屁股後面摸出來，王四砣的眼珠子差點就粘上去了。短火呈瓦藍色，發出悠悠的光澤，這是他第一次看見短火的真面目，讓他既感到某種害怕，又充滿著巨大的驚喜。羅大軍把六粒子彈壓進彈匣子裡，再把彈匣子啪地推進短火，然後，揮揮短火，朝兩個細把戲威嚴地說，哎，給我離開一點。

王四砣和羅小紅趕緊站到他的身後，緊張得用雙手捂住耳朵。

然後，羅大軍舉起短火，似乎瞄也沒瞄，只聽見砰，砰，砰，砰，砰，砰，六聲，樹林中立即響起轟鳴的回音，許多雀鳥噗地亂竄起來，發出尖銳的驚叫聲。

這時，李大個撒開長腿向靶子跑過去，在靶子上查看，然後，像猿猴般揮動長長的雙手，高興地大叫，羅科長，都是十環嘞——

羅大軍一聽，得意地笑了，對兩個細把戲說，如果有罪犯想逃跑的話，你們說，能夠逃脫我的子彈嗎？

羅小紅為爸爸神奇的槍法感到十分高興，伸手抹抹臉上的笑容。王四砣張著大眼，佩服地說，那肯定跑不脫，你只要一槍，就叫他的狗腦殼開花。

王四砣說完，似乎又懷疑羅大軍的槍法，難道都是十環嗎？那豈不是神槍手了嗎？就悄悄地扯了扯羅小紅，嘴巴朝靶子一指，羅小紅明白他的意思。兩人撒腿往靶子跑去，跑近靶子一看，娘賣腸子的，真的都是十環，唯有中間那個最小的圈內有槍眼，外面的圈子沒有任何破損。

王四砣心悅誠服地說，嘖嘖，你爺老倌的槍法真是蓋一的，神槍手。

王四砣說完，心裡的癢癢就更加厲害了，癢得十分難受，他很想親手試試短火，過過癮，卻怯怯地不敢說。羅小紅呢，像是他肚子裡的蛔蟲，跑回來對羅大軍說，爺老倌，給我和四砣也打一槍吧？

羅大軍臉一板，斷然地說，那不行，你們年紀太小了。

羅小紅不服氣地說，電影裡的兒童團不是也打槍嗎？

羅大軍說，那是電影。

羅小紅又說，難道電影都是假的嗎？

羅大軍不耐煩了，說，你這個妹子家，哪有這麼多的嘴巴呢？然後，不理睬她了，對李大個說，李大個，你也來搞幾槍。他把六粒子彈壓進去，然後，很慎重地把短火遞給李大個。

李大個接過短火，有點緊張，猶豫一下，舉起短火，也砰砰地打出六槍。他打得很不連貫，有點猶豫不決，也有些不太自信。

羅大軍沒有去看靶子，就斷定說，哼，你的槍法只有一般般。

李大個有點不好意思，臉紅了，把短火遞給羅大軍，然後去看靶。王四砣和羅小紅也跑過去，發現李大個的槍法差遠了，六槍都在八環之外，居然三環四環五環的都有。李大個往回走時，慚愧地說，羅科長，你猜準了，只有一個七環，其餘的都在三環至五環之間。

羅大軍哼一聲，你那個鬼槍法，我猜都能猜到的。他意猶未盡，接著又打了六槍。王四砣和羅小紅跟著李大個跑去一看，大叫，哎呀，真是太神了，只有一發是九環，其餘的都是十環。

羅大軍在那一頭仰天大笑，把短火插回腰間。

那天，真是讓王四砣大開眼界，也讓他對羅大軍的印象有所改變。這個人，看起來脾氣不怎麼好，槍法還是蠻不錯的，如果打仗，肯定是個戰鬥英雄。王四砣希望羅大軍能夠經常帶他們來打靶，那就有味道了。

所以，王四砣隔幾天就問羅小紅，哎，你爺老倌去打靶嗎？

羅小紅搖搖頭，說，沒有。

王四砣疑惑地說，他怎麼不打靶了呢？

羅小紅說，我怎麼曉得呢？

儘管王四砣對於看打靶還存有極大的希望，讓他感到遺憾的是，羅大軍再也沒有帶他們打過靶了。

4

從那以後，短火瓦藍色的光芒時時出現王四砣眼前，永不消失似的。

王四砣明白，自己已經著魔了，魂被那把短火勾走了。即使跟羅小紅玩耍時，他也是心不在焉。以前，王四砣跳橡皮筋，一口氣能夠跳百十上下，現在呢，十幾二十幾下也跳不起了，不是腳絆到橡皮筋，就是不能連續起跳了，像沒有力氣似的，水平下降得令人不可思議。以前，王四砣打三角板總是贏多輸少，現在呢，輸多贏少，手氣極差，好像是故意讓給羅小紅的。羅小紅感到很奇怪，問王四砣，你為什麼像掉了魂樣的？是不是夜裡被鬼嚇倒了？王四砣淡淡地說，沒有嘞。他當然不會透露自己的心思，如果對她說了，肯定會嚇她一大跳。而且，王四砣也不主動說去羅家玩耍了，以免引起她的懷疑。羅小紅好心地建議說，如果你走了魂，叫你娘老子請個水師，給你的手巴子腳巴子戴上線圈圈。王四砣搪塞說，我哪裡走魂了？

其實，在王四砣心中，已經悄悄地萌發一個秘密計畫，這個大膽的想法剛冒出來時，連他自己也嚇一大跳。

經過多次觀察，王四砣注意到羅大軍的規律了，他每次回到屋裡，先把短火擺在櫃子上，櫃子在羅小紅爸媽的睡房，是挨著窗子的。窗外是綠色的草地，還有一排排濃密的桃樹，那些桃樹足以把窗子遮掩。窗外的草地，又很少有人經過。王四砣想，這可能也是他放心把短火擺在櫃子上的原因吧？

當然，反過來說，這也是他的大意之處。那只櫃子並不高，王四砣目測了一下，自己如果站在窗臺上，手伸進去，稍稍地拐過胳臂，就能夠把短火拿到手的。還有，羅大軍每次把短火擺到櫃子上，立即進廚房去幫他婆娘了，那間睡屋就空無一人了。

王四砣為這個大膽的計畫激動不已，雖然有點怯場，又想，如果把短火搞到手，如果短火裡有子彈，那麼，自己能夠痛快地耍一盤了，那麼，我要跑到沒有人煙的地方，高高興興地打它幾槍。當然，他不會亂打，子彈只有那麼多，不能隨便浪費，一定要對準某個目標打，或一隻鳥，或一棵樹，或一朵花，沒打準也沒有關係，總而言之，要對準目標試試自己的槍法。然後，再神出鬼沒地把它送回來，你說，哪個鬼曉得呢？我不會老是拿著它，短火老是在自己手中，說不定是個禍害，萬一出事呢？他猜測得出來，羅大軍丟失了短火該是多麼焦急，而失而復得，又是多麼高興。

王四砣沒有急切地實施計畫，他記得爸爸說過的一句話，好事不要做毛了，不做就不做，要做，就一定要做得滴水不漏。所以，他故意找藉口，一連幾天沒有去羅家了，要給羅家造成一個假相，如果短火丟失了，也不會懷疑到他腦殼上來。

那幾天，王四砣按兵不動，內心既緊張又激動，臉上卻裝著很平靜的樣子，像電影裡的地下党，明明處在秘密行動的前夕了，臉上卻水波不驚。王四砣也是這樣，與羅小紅只在外面玩耍，他儘量控制自己的情緒，像平時一樣投入，沒有流露出一絲不安。當羅小紅叫他去她家玩耍時，他卻推說不去，說家裡哪有外面好耍呢？羅小紅感到有點意外，驚疑地看他一眼。在以往，羅小紅叫他去他就去，一點折扣也不打，為什麼現在卻推辭呢？王四砣擔心羅小紅懷疑，又解釋說，你曉得我是怕你爺老倌的。羅小紅這才消除了懷疑。

王四砣的秘密行動，一直到十五天上頭才開始實施。

那天上午，他還跟羅小紅在外面捉迷藏，兩人都很盡興，汗水濕了一身。到下午，他就沒有出來了，像隻老鼠縮在洞裡，他以為羅小紅會來叫他的，所以，他早已編造好謊言，如果羅小紅叫他，他只說他姨媽要來，爺娘都上班去了，他要守在屋裡。不曉得為什麼，羅小紅下午沒有來叫他，這讓他感到有點意外，又覺得正中下懷。所以，整整一個下午，王四砣的眼睛盯著桌子上的鬧鐘，希望它快點走到下班的時間，當然，望著指針一圈圈轉動，他心裡像發條一樣越來越緊了。當鬧鐘終於走到快下班的時間，王四砣走出了家門，無聲無息地溜到羅家的窗外蹲下來，屏著劇烈的心跳，等著關鍵的一刻到來。他非常緊張，渾身顫抖，他想儘量控制住緊張和顫抖，卻控制不住，像蹲在冰天雪地之中。草地上，幾片蝴蝶在彩色地飛舞，茂密的桃樹寂靜地佇立著，誰也想不到在羅家窗子下面，躲藏著一個細把戲。

等待的過程，顯得那樣漫長而難捱。

其實，有那麼一刻，王四砣差點就想離開了，準備放棄，他感到萬分害怕，明白這不是開玩笑的，如果現在離開，一切都還來得及，還有，他無法預料這次行動所產生的後果。在他準備溜走時，忽然聽見羅小紅叫了一聲爺老倌，也就是這聲叫喊，又鬼使神差地把王四砣的雙腳牽住了。

他清楚地聽見羅大軍走進睡屋，窸窸嗦嗦地把短火取下來，叭地擺在櫃子上，然後，一邊朝廚房走，一邊大聲說，桂華，我來幫你。

等到腳步聲完全消失了，王四砣才慢慢地站起來，像伸展的一條大蟲，雙手扶窗臺，一隻腳尺上去，再一撐，瘦小的身子就爬上窗臺了，然後，一隻手伸進去，稍稍地拐過胳臂，就把短火拿到了。此時，他萬分緊張，又有勝利者的巨大喜悅，他趕緊跳下來，脫下短汗衫包著短火，迅速地離開了。

瘋狂地往屋裡奔跑。

王四砣擔心羅大軍發現之後會追來，不時往後面慌亂地看一眼。看到前面來人了，他又馬上剎車，放慢腳步，裝著若無其事的樣子，不讓人看出他內心的恐慌。如果前面沒有人，他又瘋狂地跑。

王四砣像匹野馬，終於汗流滿面地跑到屋裡，此時，爸媽還沒有回來，他想把短火藏起來，藏到哪裡呢？他伸手擦著臉上的汗水，眼睛晶亮地在屋裡掃視，床鋪下？或櫃子裡？或抽屜中？還是柴火堆？忽然，王四砣很失望，屋裡竟然沒有一處合適藏短火，說不定，就會被爸媽輕易地發現。這時，他忽然還意識到，如果羅大軍發現短火丟失了，肯定會大搜查的，那麼，他家裡也不會例外吧？總之，短火藏在屋裡太危險。

王四砣呼著粗氣，又迅速地從屋裡跑出來，瘋狂地朝山腳下跑去。

山腳下離家屬房子很遠，總有三四裡路，那裡雜草叢生，是個藏短火的好地方。當時，沒有人發現王四砣像瘋狗般奔跑。他氣喘吁吁地跑到山腳下，抬頭看看山上，山上長著濃密的樹林，倒是合適藏短火，他卻沒有勇氣上去，十分害怕似的。想了想，匆忙在山腳下扒開一叢雜草，把短火藏進去，看了看，不放心，又拿石頭做個記號。

然後，王四砣才往回走，扭頭一看，夕陽在山頂上繡出一道長長而耀眼的金邊。

現在，王四砣無法猜測，羅大軍發現短火丟失了，是暴跳如雷？還是破口大罵？或是像瘋狗在尋找呢？王四砣回到屋裡，一切風平浪靜，媽媽已經回來了，蹲在地上淘米，爸爸還沒有進屋，門外來來往往的人們，像平常一樣說笑。

5

此時，羅家準備吃飯了。

羅大軍搓著雙手從灶屋走出來，站在廳屋，習慣性地朝睡屋的櫃子上看一眼，不由一驚，哎，短火怎麼沒見了？他眨著眼睛猶疑地走攏去，櫃子上的確沒有短火了，只有一個飯盒大的玻璃相框擺在上面，那是全家照，三個人咧開嘴巴在笑。

他遲疑地叫一聲小紅，你拿了我的短火嗎？

羅小紅在自己的睡屋玩耍，說，我從來不敢拿的。

此時，羅大軍的內心還不太慌張，以為放在另外的地方，儘管他已經沒有多少自信了。每天下班回來，他歷來是放在這個位置的，絕對不會亂放，惟有睡覺時，才把它塞在枕頭底下。羅大軍又翻開枕頭，枕頭下面，只有一張皺巴巴的報紙。這時，他開始慌神了，緊接著，把桌子和櫃子的抽屜一個個打開看，越看越緊張，渾身微微發抖，汗水也流下來了。

羅大軍已經沉不住氣了，臉色鐵青，又跑到廳屋一頓亂翻，然後，又衝進羅小紅的睡屋亂翻起來。

張桂華把飯菜擺好了，看見男人像瘋了一樣亂翻亂掀，責怪說，吃飯了你亂翻什麼？

羅大軍好像沒有聽見，滿臉的焦慮和慌張，當然，他似乎還存有一絲希望，短火一定在屋裡，絕對不會丟失的，剛才下班回來，明明是放在櫃子上的。

它究竟哪裡去了？難道是自己的記憶力出現了差錯嗎？

羅小紅和媽媽坐在飯桌邊了，羅大軍還在焦頭爛額地尋找，像鬼魂樣的在每個房間竄進竄出，甚至還跑到灶屋去了。

張桂華不高興了，哎，你找什麼鬼？

羅小紅曉得爸爸在找短火，卻不敢插嘴，害怕爸爸怪她弄丟了。

這時，羅大軍從灶屋衝出來，終於放棄了尋找，失魂落魄地站著，眼睛怔怔的，突然絕望地喊道，他娘巴爺的，我的短火沒看見了——

母女倆一聽，頓時呆住了，臉色蒼白，也跟著慌亂起來，怎麼沒見了呢？怎麼沒見了呢？

母女倆顧不上吃飯，趕緊幫著尋找。羅小紅拿著一米多長的棍子，在床鋪底下櫃子底下掃來掃去，掃出來的東西，不是一隻落滿灰塵的爛鞋子，就是一個髒兮兮的小玻璃瓶，她多麼希望能夠把短火掃出來。張桂華則在箱子裡翻看，整整齊齊的衣服，被翻得像一堆醃菜，她也多麼希望能夠發現短火，讓男人得到意外的驚喜。雖然她們明白這種尋找是徒勞的——短火絕對不可能跑到這些地方來——也是給失槍者的某種安慰吧？

這時，羅大軍又痛苦地喊道，聲音都變得嘶啞了，不用找了，肯定被人偷走了。

喊罷，羅大軍又衝進睡屋，站在櫃子跟前，冷靜地回憶回來時取下短火的種種細節，認定短火肯定是放在櫃子上的，這是不用懷疑的。他疑慮的目光慢慢地移到窗口，又從窗口移到櫃子上，猛然一怔，似乎受到某種啟發，哦，對了，只有一種可能性，那就是一定有人從窗口把短火偷走了。

那麼，這個偷槍者是誰呢？他竟然有這麼大的狗膽嗎？

羅大軍的思路迅速地轉移到一類人身上，就是搞階級報復的那些人，在當時，只有他們才敢冒死偷槍。再說，最近從邵陽方面也傳來消息，聽說貧下中農殺掉一些地富反壞右分子，所以，在這類壞人中，也有人瘋狂報復，做垂死的掙扎，他們偷槍偷手榴彈，槍殺和炸死了好些人，其氣焰非常囂張，氣氛也十分緊張。那麼，窯山難道就沒有這樣的人了嗎？窯山關了那麼多牛鬼蛇神，既有被打死的，也有被打傷的，那麼，他們的家屬就沒有搞報復的嗎？

羅大軍飯也顧不上吃了，隨即走出屋門，轉到窗外去了。羅小紅和媽媽一無所獲，焦急地站在窗子裡面看著羅大軍，希望他能夠找到短火。陽光斜斜地射在桃樹上，又漏到綠色的草地上，顯得遊手好閒，似乎有一種嘲諷的意味。羅大軍稍稍地冷靜了，彎下腰，睜大銳利的眼睛，仔細地查看著窗臺和草地，以及草地中間的碎石小徑。天氣晴朗，窗臺和小徑上十分乾燥，沒有發現任何腳印，草地上，一點蛛絲馬跡也沒有。羅大軍想，這顯然是個高手，居然做得如此的乾淨俐落。他甚至懷疑，這個偷槍者根本沒有進入這片草地，他好像長著一隻無形的長手，站在桃樹後面，把手遠遠地伸進來，就輕易地把短火取走了。

羅大軍抬起頭，望著一棵桃樹，好像短火掛在上頭，他絕望地歎息著，意識到這事非同小可，也感到某種恐懼。羅大軍緊張地擦了擦額頭上的汗水，想了想，這個案子是瞞不住的，越隱瞞自己越被動，如果偷槍者作案，他是逃不脫責任的。所以，他覺得不可遲疑，趕緊往造反派指揮部走去。

指揮部佔據了辦公樓的幾間房子，幾個頭頭還沒有走，在商量事情，看見羅大軍臉色蒼白地走進來，有人問他有什麼事。羅大軍猶豫一下，把丟失短火的事說了出來。在場的人一聽，似乎害怕了，警惕的眼睛不約而同地望望大門和窗子，似乎擔心第一槍突然會打在自己腦殼上。有人甚至趕緊把門關上，然後，討論起這件案子來。他們一致認為，只有搞階級報復的人，才有可能敢於冒這個險的，所以，目標基本上鎖定在這類人身上。並且決定，趕緊調集人馬，連夜分頭提審被關押的牛鬼蛇神，當然，暫時不要把風聲透露出去，審完之後，如果沒有結果，再統一抄他們的家。

牛棚位於木工房旁邊，離辦公樓不遠，所以，審訊馬上開始了。那些被關押的男女，並不曉得出了什麼事，個個卻如驚弓之鳥，擔憂又有大禍臨頭。當聽說是保衛科的短火被偷了，所以，誰也不可能承認。不承認，當然免不了恐嚇和抽打，審訊的結果，令造反派大為失望，除了四個從牛棚中逃跑的人，這些人都沒有作案時間。當天下午，他們在二工區抬鋼材，二工區離羅家有十里路，即使有人具有作案動機，也沒有機會偷偷地從二工區溜走——有看守嚴密監視的——即使溜走了，也沒有這麼多時間讓他來回奔跑。

提審一無所獲，緊接著，造反派實施第二號方案——抄家。也許是他們的家屬偷走了短火，準備實施報復。所以，大批人馬同時出擊，分頭到礦本部和五個工區，一直搞到深夜，也沒有抄出一根鳥毛。

羅大軍被搞得筋疲力盡，萬分焦慮。他明白，自己的責任重大，如果階級敵人持槍報復，後果不堪設想，他哪能逃得過干係呢？他不斷地抽煙，黑瘦的臉上，似乎被煙霧熏成兩塊臘肉，眼睛血紅而無神。當時，快天亮了，晨光已悄然走來，羅大軍還在指揮部沒有離開，怔怔地望著桌子上的電話，盼望它會突然傳來好消息，好像對抄家還抱有一絲希望。有人勸他回家休息，他哭喪著臉說，我哪裡還睡得著呢？我卵毛都急脫了嘞。

羅大軍把煙屁股往地上一丟，心裡恨死了偷槍者，他娘巴爺的，真是狗膽包天，竟敢偷到我保衛科長的腦殼上了。

6

短火到手之後，王四砣一直沉浸於興奮之中，想得到的東西，終於得到了，他能不興奮嗎？當然，他把興奮壓在心裡，擔心別人看出破綻，所以，連爸媽也沒有看出來，誰也沒有料到，這件轟動一時的失槍案，偷竊者竟然是王四砣。

當夜，王四砣也曉得造反派抄家，這麼大的行動，他不可能不曉得。隔壁吳二毛的家就被抄了，他爺老倌是國民黨員，抓進去五個月了。再隔壁的張小青的家也被抄了，她娘老子是地主階級的孝子賢孫。他聽見從他們屋裡發出的砰砰叭叭翻箱倒櫃的聲音，造反派的呵叱聲，還有張小青的哭聲。王四砣慶幸自己的爸媽沒有問題，他們出身貧下中農，又是一色的工人，清白得像一汪溪水。如果爸媽也有問題，抄家也是難免的。當然，即使如此，他們也抄不到的。

王四砣很興奮，也十分緊張，畢竟是自己製造出了轟動窯山的重大事件。

第二天，羅小紅滿臉焦灼地來到王四砣家，把他叫出來，問他是否拿了她爸爸的短火。

王四砣佯裝膽怯的樣子，說，哎呀，我怎麼敢拿呢？我難道不怕掉卵腦殼麼？

羅小紅倒是沒有懷疑他，只是替爸爸擔憂，順便問問而已，說，我量你也沒有這個膽子。

王四砣承認說，我的確沒有這個膽子，我是屬鼠的，膽小如鼠。

羅小紅聽罷，忽地苦笑起來。

王四砣疑惑地說，你笑什麼鬼呢？

羅小紅說，你膽子哪裡小呢？你不是還敢跟我打啵嗎？

王四砣說，打唬怎麼能跟偷槍相比呢？

羅大軍雖說萬分焦慮，當然也沒有忘記那些接近他的人，現在，他對誰都持懷疑態度，不僅仔細地問過張桂華和羅小紅，甚至還問過李大個，他的眼神像兩把利劍，寒光閃閃地射向他們，企圖從他們眼裡發現某種猶豫和可疑。當然，他也沒有忘記王四砣，這個細把戲經常來自己屋裡玩耍，是不是一時起了賊心呢？當然，丟失短火的那天，他並不在羅家，關於這一點，羅小紅可以作證。他雖然對王四砣沒有抱多大的希望，也量他沒有這個狗膽，卻還是讓羅小紅把王四砣叫到保衛科，說不定，他就是偷槍者。

保衛科不在辦公樓，在旁邊的一棟磚房，土坪裡栽著一棵芭蕉樹，綠色的葉子碩長而肥大，喇叭形狀的紅花，開得老大一朵。王四砣是第一次走進保衛科，發現裡面十分簡陋，一桌兩椅而已，另外，還有一張長木椅子，屋裡寂靜得令人可怕。牆壁上掛著幾本綠色殼面的文件夾，上面肯定記錄著許多案件吧？王四砣被那種莫明其妙的寂靜嚇住了，他想叫羅小紅進來，卻被羅大軍擋在門外。站在空寂的屋裡，王四砣有一種孤立無援的感覺。

羅大軍板著臉，焦慮地轉來轉去，像一隻無聲旋轉的陀螺，一時沒有說話，半天才忽然停住，嚴肅地問道，王四砣，你是不是偷了我的短火？

王四砣害怕地搖搖腦殼，一口咬死說，沒有。

他不曉得哪來的膽量，死不承認。他明白，如果說出來，自己就完蛋了，爸媽肯定也完蛋了，恐怕連許多親戚也跟著完蛋了。

對於這個細把戲，羅大軍顯然沒有多少耐心，只是死馬當做活馬醫罷了，甚至還砰地拍桌子，威脅說，王四砣，你如果不說實話，到時候查出來是你，我會有你好看的，有你全家人好看的，娘巴爺。

王四砣不敢望他，似乎看見他那副兇狠的樣子，會嚇得把那個秘密說出來。他只敢望地上，很委屈的樣子，一隻腳在地上劃來劃去，儘量保持著細把戲的一點頑皮。

羅大軍問一陣子，語氣忽然軟下來，說，王四砣，你如果聽到什麼，就告訴我好嗎？

王四砣抿著嘴巴，拘謹地點點頭。

當然，如果王四砣的父母有問題，羅大軍就不會輕易地放他走了。

羅大軍的短火丟失之後，羅小紅也跟著萎了，無精打采，像一朵枯萎的花，也不再發瘋地玩耍了，王四砣陪著她坐在某個階梯上，愁眉不展。她對王四砣說，現在，我爺老倌經常發脾氣，怪我娘老子堅持把櫃子擺在窗口邊，他說，如果櫃子沒有擺在窗口邊，人家能夠偷得到嗎？罵得我娘老子哭哭啼啼的。哦，他還怪我的眼珠子瞎了，只顧自己玩耍，有人偷走短火也不曉得。

王四砣聽罷，心裡有點憐惜這母女倆，畢竟是自己連累了她們，嘴巴卻說，你爺老倌怪你們是沒有道理的，短火怎麼能夠隨便放呢？如果是我，回到屋裡就鎖起來，看哪個鬼還偷得到手嗎？

後來，羅小紅雖然還跟王四砣玩耍，興趣仍然不大，有時耍著耍著，忽然發起呆來，好像在替她爸爸擔憂，臉上沒有了天真和笑容，似乎一夜之間就成熟起來了。她甚至經常冷眼盯著某個行人，似乎要從別人身上發現可疑的東西。

王四砣勸道，羅小紅，你不要這樣嘞，這不是你的責任嘞。

羅小紅憂鬱地說，你不曉得，我爺老倌如果沒找到短火，肯定會癲掉的，如果癲掉了，我和我娘老子呢？

這個話說得顯然有些嚴重了，王四砣的臉皮跳了跳，內心似乎有了某些觸動。他沒有把握預測羅大軍是否會癲掉，敷衍地說，那不至於吧？心想，如果她爸爸癲掉了，這個事情就鬧大了，那麼，是不是把短火送回去呢？自己畢竟跟羅小紅是好朋友。

王四砣有點猶豫了。

羅小紅還說，現在，我爺老倌老是站在窗外想什麼，還在窗臺和草地上查看，說不定，哪天就會破案的。

聽羅小紅這樣一說，王四砣感到有些害怕了，這不是沒有可能的，他爸爸破過很多的案子，素來有破案高手之稱，那麼，這個發生在他自己身上的案子，難道就破不出嗎？說實話，王四砣很想把短火悄悄地送回去，如果真的破了案，自己肯定要坐牢的，那麼，這輩子就完蛋了。他見過窯山某些坐過牢的人，放出來之後，像蠢寶一樣呆頭呆腦，一點活力也沒有了。還有那些關在牛棚的人，雖說不是坐牢，也是人不像人鬼不像鬼了。

那天，跟羅小紅分手之後，王四砣回去躺在床鋪上，抓抓腦殼，開始考慮怎樣才能把短火送回去。想到羅大軍經常在草地上停留，他又不敢去了，萬一被他撞見呢？那不是自找死路嗎？既要把短火送回去，又不能讓羅大軍發現，這才是最理想的。

當然，如果說王四砣很想把短火送回去，那也是不真實的，無論如何，還是捨不得，他還沒有耍過癮，甚至還沒有仔細地看過它。他想，最好的結局是自己耍膩了，甚至還痛快地打過幾槍了，然後，再送回去，神不知鬼不覺，豈不是更好嗎？

現在，王四砣連羅家附近也不敢路過了，擔心羅大軍懷疑，如果羅大軍再次嚴厲地審問他，他說不準是否會被嚇得供出來。

羅大軍採取許多措施，短火仍然沒有下落，像被有魔法的人偷走了，藏在一個秘密的地方，似乎沒有破案的可能性了。現在，他和李大個每天走訪排查，企圖能夠摸到一點線索。他們不僅在窯山走訪，還包括附近的鄉村，累得筋疲力盡的。李大個雖然滿腹牢騷，又不敢說出來，你羅科長怎麼連短火都守不住呢？死人也要守住棺材，你害我跟著你吃苦受累。

每天，羅大軍帶著失望回到屋裡，然後，就酗酒。

以前喝酒，羅大軍是需要下酒菜的，他尤其喜歡吃油炸花生米，還有酸辣椒炒香乾，喝口酒，吃口菜，吃得津津有味。現在呢，一點菜也不要了，喝空肚酒。張桂華炒了菜，他也不吃，坐在桌子邊，唉聲歎氣地喝，一喝，就喝到半夜，喝得醉醺醺的。張桂華勸他不要喝悶酒，心情不愉快，又喝空肚酒，是很容易傷身體的，短火既然丟了，也只能夠慢慢尋找。

羅大軍卻橫蠻無理，聽不得勸，開口就罵人，桌子一拍，你娘巴爺，關你卵事？

罵得張桂華不敢吱聲。

羅小紅就更加不敢說話了，如果時候不早了，就老老實實地睡覺，把門關上，似乎要把那些酒氣和牢騷拒之門外。如果時間還早，就躡手躡腳地溜出來，找王四砣玩耍，屋裡的氣氛真是太壓抑了。

羅大軍喝醉了，就不停地罵偷槍者，揮著拳頭，重重地拍桌子，吼道，豬弄的傢伙，如果哪天讓老子抓住了，老子要親手斃了你。好像偷槍者就站在他的對面。

羅小紅把這個話說給王四砣聽，王四砣聽罷，嚇得一顫，所以，送還短火的念頭也隨之消失了。

7

一連許多天，王四砣也不敢去看藏在山腳下的短火，儘管十分掛牽它，似乎擔心有人監視，無論如何，內心還是虛慌的，他又擔心看牛伢子把短火撿走了。那一帶地方，常有看牛伢子出沒，短火很有可能被他們意外發現，如果被他們撿走了，又如何是好？

第六天，王四砣終於去了山腳下，看到四周無人時，他才敢小心地扒開一蓬深草叢，發現短火還在，幾粒黑色的螞蟻愉快地在槍套上爬行。他想把短火換個地方，不曉得換到哪裡才更安全，他冷靜地考慮一下，還是把它藏在老地方吧。王四砣似乎這才感到，短火給他的壓力實在太大了，憑著自己這份單薄的力量，已經擔當不起了。他很想把這個天大的秘密對爸爸說，讓他找個保險的地方藏起來，大人的辦法應當要高明得多吧。他又不敢說，害怕爺老倌打人，你這個鬼崽崽竟敢偷短火？你不要狗命了吧？王四砣的爸爸是鉗工，結實有力，一耳巴子扇過來，很可能扇掉半條小命。

這時，王四砣忽然想到了叔叔，相信叔叔會理解他的，如果短火藏到叔叔那裡，羅大軍即使想搜查也並非易事，叔叔在一工區，離礦本部很遠，七八里，再說，誰會抄叔叔的宿舍呢？更重要的是，叔叔最喜歡他，每次帶著張麗來他家時，都要給他買東西，不是一根鮮紅的辣椒糖，就是兩個紫色的乾柿餅，隔老遠就喊，四砣四砣，喊得滿臉笑容，生怕全世界人民不曉得。

在如何妥當藏匿短火的問題上，王四砣已是無計可想，所以，還是決定求助於大人，他相信大人的點子肯定很絕。

那天，王四砣走到一工區，來到叔叔辦公室，叔叔不在，也沒有其他人，叔叔的辦公桌上空空的，只有一個墨水瓶子，上面斜斜地插著一枝點水筆，還有一瓶漿糊。然後，王四砣又來到叔叔的宿舍，宿舍在山坡上，走上去一看，門鎖了的。屋簷下曬太陽的幾個大人，都用怪怪的目光看著他，好像他是叫花子。恍惚之間，王四砣覺得有點不對頭了，比如說，那些大人怎麼用奇怪的目光看他呢？他又不是怪物。王四砣呆呆地站在坪裡，望著陳舊的屋子，遍地的煤灰，企圖在人群中搜出叔叔來，心想，叔叔到哪裡去了呢？莫不是下窯去了吧？

想了想，王四砣決定去找張麗，找到張麗，還怕找不到叔叔麼？

張麗在倉庫上班，倉庫在井口那邊。

起——空，起——空，礦車的碰撞聲不時地傳來，像氣錘的聲音。許多下班的工人，像非洲黑人在匆忙地走著，僅露出一嘴白牙。王四砣來到倉庫，也沒有見到張麗。光線黯淡的倉庫裡坐著三個老女人，居然也用怪怪的眼光看他，似乎有話欲說不說。王四砣沒有問她們，只是覺得奇怪，今天到底怎麼啦？大人們都像吃了鬧藥，神經兮兮的。

王四砣決心弄個明白，轉身去張麗的宿舍。

剛走到宿舍門口，王四砣就聽見嗚嗚的哭聲。王四砣意識到一定是出事了，是不是叔叔在窯下被矸石打傷了？也不對，如果叔叔打傷了，張姨怎麼不去醫院呢？

王四砣小心地推開門，只見張麗伏在床鋪上大哭，身子一抽一抽的。

王四砣走到床邊，輕輕地問，張姨，你哭什麼？

張麗停住哭聲，睜大淚眼一看，忽然坐起來，緊緊地抱住他，痛苦地說，四砣呀，你叔叔被抓走了。

王四砣心裡一緊，以為是短火惹的禍，一想，不對呀，羅大軍怎麼懷疑，也不會懷疑到叔叔的，小心地問，為什麼抓他？

張麗斷斷續續地說了出來。

王四砣的叔叔叫王進取，是個技術員，平時喜歡寫寫畫畫，今天上午興致來了，拿起毛筆，在報紙上寫了打倒劉少奇，誰知報紙背面有毛主席像，有人發現之後，就立即告發，說他居心叵測，從表面上看是打倒劉少奇，而實際上是想打倒毛主席。所以，王進取被戴上現行反革命分子的帽子，被保衛科的人抓走，關進了牛棚。

王四砣一聽，頓時呆住了，淚水流了出來，說，叔叔怎麼這樣蠢呢？

張麗擦著淚水，說，四砣，你快回家吧，告訴你爺娘。

王四砣不想馬上離開，只想陪陪張麗，從某個角度說，她應該是最痛苦的人，她快做新娘子了，誰知出了這等惡事。張麗見他不走，又哀哀地催他，王四砣這才嗯一聲，默默地離開。

王四砣走出宿舍，怔怔地站在屋簷下，很久沒有走開，目光茫然，淚水掛在臉上。他沒有想到，藏短火的絕點子沒有向叔叔討要到手，居然碰上叔叔出了這樣可怕的事。

王四砣幾乎是飛腳跑回屋裡的，滿頭汗水，焦急地對爸媽說，叔叔出事了，大人們一聽，呆住了，媽媽唐曉芝放下手中的抹布，嗚嗚地哭起來，淚水像煮沸的水在臉上蔓延。爸爸王進步在修理板凳，忽然把工具一丟，一拳砸在牆壁上，氣憤地罵道，這個蠢豬嘞，這個蠢豬嘞。接著，大罵老弟太不謹慎了，你寫什麼鬼呀？竟然惹出這麼大的禍來。

唐曉芝哭著對王進步說，你要趕緊想個辦法嘞。

王進步絕望地說，像這樣的事，有什麼卵辦法？

　　王四砣抬頭望著大人們，心想，自己或許有個辦法，那就是拿短火換叔叔出來，跟羅大軍做個交易。只是這個話去跟誰說？如果跟羅大軍說，他就會質問，哎，短火怎麼到你手裡了？你是從哪裡搞到的？那麼，不僅不能把叔叔換回來，自己也會被抓進去的。

8

　　總之，短火得手之後，王四砣沒有痛快地玩耍過，只是偶爾把它從槍套裡取出來，看一眼，又趕緊插進去，也就是幾秒鐘而已。不是他不想玩耍，是害怕被人發現，當然，更沒有勇氣打槍了——他也沒有把握是否能夠把槍打響。

　　王四砣去過醫院後面的靶場，靶場顯得十分空寂，雀鳥在樹林中嘰嘰喳喳地叫喚，更是叫出了特有的寂靜。羅大軍他們打出的槍聲早已消遁，空氣中自然沒有了硝煙的氣味。一隻老鼠迅速地從靶場邊緣溜過去，快消失時，驚恐地望他一眼。王四砣見四周沒有人，伸出右手做短火狀，朝老鼠消失的方向叭叭地開了幾槍。他想，如果拿短火來，做個靶子，盡情地打幾槍，那是多麼的痛快，他倒要看看自己到底能打幾環。或者，瞄準樹上的某隻鳥，或者，瞄準某棵樹，砰砰地開幾槍，也是很痛快的。他敢這樣做嗎？現在，他一點勇氣都沒有了，偷短火的那種勇氣通通消失了，早已不復存在了。他汗水直冒，甚至不敢在靶場上停留過久，擔心羅大軍突然出現，如果羅大軍質問他為什麼來這裡，自己又怎麼回答呢？自己這種鬼鬼祟祟的舉動，不是顯得十分可疑嗎？

　　王四砣站了站，像賊一般飛快地離開了。

有一天，陽光從樹林中金黃色地透過來，靜靜地鋪展在草地上。王四砣揹著自做的靶子插在前方，然後退回去，把短火從腰間抽出來，彈匣子裡有子彈，他熟練地打開保險，瞄準靶子，砰砰砰砰砰砰，六槍，槍口冒出淡淡的煙霧。然後，他跑過去看靶子，發現都命中了十環。他高興得跳起來，激動地大聲高叫，啊啊啊——，娘巴爺的，老子是神槍手——此時，他多麼希望窯山人來看他高超的槍法。正這麼想著，窯山人果真都呼啦啦地湧來了，像變魔術一樣，從四周的樹林中跑出來，羅小紅也來了，她跑得汗流滿面，翹翹辮子一揚一揚的，咧開嘴巴大笑，還不斷地鼓掌。羅大軍也來了，他比較冷靜，站在靶子前面，皺著眉毛仔細地看了看，好像不相信王四砣有這般神奇的槍法，好像王四砣在靶子上做了手腳。李大個也在看靶子，然後，驚奇地向羅大軍點點頭，羅大軍這才舒展臉色，終於朝他微微地笑了笑。王四砣聽隨他們檢查靶子，驕傲地站在原地，嘴巴漫不經心地朝槍管吹了吹，顯得十分神氣。

這當然是王四砣做的美夢，這樣的美夢做得不多，更多的是做噩夢，那些噩夢都與短火有關，而且都與動物有關，這就讓他猜不透了，不明白短火與動物之間有什麼關係。出現在夢中的動物，不是灰色的狐狸，就是斑紋老虎，它們握著短火，好像都癲了，拼命地朝著人群射擊，砰砰砰，死傷無數，痛苦的叫喊聲陣陣傳來，也不明白它們哪來這麼多的子彈，也不明白短火怎麼能夠連續射擊，像機關槍。

王四砣嚇壞了，搖著雙手，拼命地阻止它們，歇斯底里地叫喊，不要開火了，你娘巴爺的，不要開火了，快把短火還給我——

狐狸和老虎根本不聽勸阻，兇神惡煞地威脅說，短火怎麼是你的？王四砣，你不要過來，不然，老子要一槍打死你。

王四砣辯駁說，短火怎麼不是我的？是我從羅大軍那裡偷來的。

狐狸和老虎說，既然是偷來的，那我們也可以耍耍，不然，我們要告訴羅大軍。

這話很具有殺傷力，王四砣不敢阻止了，痛苦地閉上眼睛，雙手把耳朵緊緊地捂住，不敢看那個血淋淋的場面，也不敢聽那些尖銳而激烈的槍聲。

9

王四砣不敢去羅家了，害怕看見羅大軍，如果遠遠地看見羅大軍走過來，他就像泥鰍般溜之大吉。萬一羅大軍又審問自己，自己如果經不起審問，豈不說出來了嗎？即使羅小紅叫他，他也不去，其理由也還成立，他說，我擔心你爺老倌不高興。

羅小紅聽罷，也不勉強。

總之，羅大軍的脾氣越來越大了，原本能夠好好說的話，從他嘴巴出來，就像炸藥爆炸。比如，張桂華小心地問，哎，我們去看看小紅的爺爺吧？羅大軍眼珠子一瞪，叭地拍桌子，吼道，你娘巴爺，問我做什麼？你不曉得去嗎？你腿巴子斷了嗎？

諸如此類。

所以，羅小紅待在屋裡很心煩，以前，她為爸爸配有短火感到驕傲，這是窯山唯一的短火，許多細把戲羨慕死了。現在呢，爺老倌卻為丟失的短火搞得焦頭爛額，娘老子和自己也成了他的出氣筒。

在這期間，窯山又出了一件大新聞，有個從牛棚逃跑的人被抓回來了。

這個人叫張古明，四十來歲，聽說舊時當過一個月憲兵，此人身體很差，好像有嚴重的胃病，不論是批鬥還是勞動，一隻手老是捂著肚子，好像裡面有個鬼怪搗亂，弄得他很不舒服。別看這個弱不禁風的病殼殼，竟然也趁機逃跑了。他是在一次勞動中逃跑的，逃走了三個月，保衛科和造反派也外出抓捕，卻沒有抓到一根屌毛。其實，他很狡猾，沒有逃到很遠的地方，躲在一個遠房親戚那裡，距窯山僅五十多里山路，是個偏僻的山村。當時，這個重要的線索，被保衛科和造反派忽視了，或者說並不知情。有一天，羅大軍和李大個在查訪短火時，無意之間，得知張古明還有個遠房親戚，就立馬趕去把他抓住了。

羅大軍當然不會放過張古明的，帶著李大個連夜審訊，認為他極有可能化妝返回窯山偷走短火，然後，再伺機報復。況且，他當過憲兵，用槍豈不是很熟練的嗎？所以，羅大軍根本不問別的問題，比如說，你是怎麼逃跑的？你想過我們會來抓你嗎？等等，他劈頭蓋腦地只問短火哪裡去了。

娘巴爺的，你偷的短火呢？你偷的短火呢？羅大軍惡狠狠地問道。

張古明一頭霧水，說，什麼短火？我不曉得。

見張古明不承認，羅大軍就不客氣了，與李大個揮起木棒輪流抽打，打得張古明鬼喊鬼叫的，慘叫聲在夜空中迴蕩，那些夜行人不寒而慄。張古明當然不會承認的，這是要命的事，而當他的左腿被打斷之後，他終於承認短火是他偷走的。

這時，已是第二天上午了。

羅大軍見張古明承認了，興奮極了，罵句娘，叫李大個丟掉木棒，他蹲下來，問張古明將短火藏在哪裡。張古明倒在地上，萬分痛苦地說，藏在山腳下。羅大軍連忙叫人把張古明抬到擔架上，去山腳下尋找短火。

那天上午，王四砣和羅小紅在操場上玩耍，看見一行人急促地走過來，羅小紅發現她爸爸也在其中，就問爸爸去哪裡。羅大軍興奮地說去山腳下，又指著擔架上的人，臉上充滿了破案的得意，說，短火就是這個傢伙偷的，他說藏在山腳下。

王四砣一聽，焦急了，心想，擔架上的這個人有勇氣逃跑，卻沒有勇氣否認偷短火，你娘巴爺的，既然沒有偷，為什麼承認呢？還亂說是藏在山腳下呢？那不就是我藏短火的地方嗎？當然，這個人肯定是經不起拷打被迫承認的，不然，也不會躺在擔架上喊哎喲了。

這時，王四砣聽見大人們說，這個人的腿巴子打斷了。王四砣聽罷，感到十分難受，自己偷的短火，卻讓別人無辜受難。他也痛恨羅大軍，你娘的腸子，挑水找錯了碼頭，怎麼找這個人呢？怎麼把人家的腿巴子打斷呢？他擔心的是，如果短火找到了，擔架上的人就該死了，所以，他對羅小紅說，我們也去看看吧。

許多人跟著去看鬧熱，浩浩蕩蕩。張古明躺在擔架上，閉上眼睛呻吟，呻吟聲似乎在空中微微顫動。抬著作案人找贓物，在窯山算個先例。如果不曉得這個人斷了腿巴子，別人還誤認為是去送葬的。

這一行人中，只有兩個人最為緊張。

一個是張古明，自己被迫承認偷了短火，還亂說藏在山腳下，如果沒有找到短火，看你怎麼下臺？當然，他是屈打成招，顯然還沒有想到什麼好的對策。

一個是王四砣，此時，他後悔極了，怪怨自己恰恰把短火藏在山腳下，當然，還埋怨這個姓張的信口開河，又恰恰說準了地方。

越是接近山腳下，王四砣越是緊張，如果找到了短火，不是讓羅大軍撿了一個天大的便宜嗎？自己還沒有盡情地耍夠。更重要的是，像羅大軍這樣凶狠的人，如果找到短火，還不曉得怎樣處置姓張的，興許會槍斃他。王四砣毫無辦法，希望大家的眼睛都突然瞎掉。

來到山腳下，羅大軍問張古明，短火藏在哪裡？

這時，張古明好像才醒過來，睜開眼睛，潦草地往山腳下看一眼，馬虎地說，好像就在這裡吧？又說，他是夜裡把短火丟在草叢中的，也沒有做什麼記號。

羅大軍信心百倍，手一揮，大聲說，娘巴爺的，給我搜，給我看仔細一點。

人們就搜索起來，許多跟著看鬧熱的男女老少，也幫著搜尋，他們覺得很有刺激性，如果自己找到短火，臉上不是很有光彩嗎？這是窯山唯一的短火嘞。王四砣和羅小紅沒有搜尋，羅小紅說，她害怕草叢裡的蟲子和毒蛇。王四砣不願意搜尋，眼睛卻不時地瞟瞟藏短火的那個位置，冷汗悄悄地冒了出來。

人們唰唰地掃開深草叢，許多蟲子和麻蟈驚慌地逃竄，像一場大劫難降臨了。還有一條黑蛇也溜了出來，怕有一米多長，嚇得人們一陣驚呼，連忙退縮。

此時，王四砣還不怎麼焦急，人們尋找的腳步距離藏短火的位置還很遠。

人們搜尋半天，也沒有找到短火，羅大軍懷疑張古明說了假話，凶凶地說，張古明，你說是藏在這裡的，怎麼沒有呢？娘巴爺的，你如果頑固不化，我叫你的右腿巴子也斷掉，你信不信？

張古明痛苦地說，我的確是丟在這裡的。

羅大軍想了想，果斷地說，給我擴大搜尋的範圍，把山腳下都搜一遍。他想，也許是張古明夜裡把短火丟在這裡，的確是記不住準確的位置了。

這一帶的山腳很長，怕有四里多路，哪裡是一時能夠搜遍的呢？人們自然而然地拉開了距離，自覺地分配任務，你一段，他一段，十幾二十米的距離站一個人。

王四砣一看，真的急了，這樣一來，藏短火的地方就逃不過搜尋的範圍了，他連忙說，羅小紅，我們也去找找吧？你爺老倌急得死嘞。

羅小紅還是害怕，小聲說，要去你去，我不去。心裡還是想去的，只是過於膽小了。

王四砣見她不去，裝著漫不經心的樣子，走到藏短火的位置，從地上撿起一根枯枝，假裝仔細地搜尋。他拿著枯枝撥開草叢，看見短火躺在草叢中，很安祥的樣子，似乎不曉得人們正在努力尋找它，也似乎不曉得有人為它打斷了腳巴子。王四砣嚇得冒汗，幸虧今天跟著來了，又幸虧自己佔據了這個地段。其實，這個地段只有二十多米，左右兩邊都站著人的，你想想，這是多麼的危險。王四砣覺得，冥冥之中有高人助他，不然，短火無疑會被人發現的。如果發現了，擔架上的人就要遭大殃了。

羅大軍似乎很不放心，不斷地叫喊，喂，你們的眼珠子吃點油嘞，哪個找到了，我們會有獎勵嘞，還會讓他打幾槍。

有幾個細把戲說，如果我們找到了，讓我們打槍嗎？

羅大軍說，一樣的，都一樣。他充滿希望，雙手努力地掃開腳下的草叢。

王四砣好像很負責似的，在佔據的那段草叢中反覆搜尋，似乎沒有放過任何可疑之處。他做得很老練，故意拖延時間，更不搶先退出搜尋的地盤，他擔心自己退了出來，萬一有人來這段草叢重新尋找呢？所以，等到別人都失望地從各自的地盤退出來時，他才佯裝疲憊的樣子離開，嘴裡還罵罵咧咧的，娘巴爺的，鬼都沒有一個。

這次大搜尋，當然沒有任何結果，更不會有什麼奇蹟發生，等到人們全部退出草叢，羅大軍突然發威，憤怒地走到擔架前，俯下身子，揚起手，狠狠地朝張古明扇了個耳光，罵道，你娘賣騸子的，哪裡有短火？

張古明含糊其詞地說了些什麼，羅大軍又抬起腳朝他猛踢，張古明哎喲哎喲地大叫。羅小紅尖著嗓子叫爸爸，怨恨地看著他，羅大軍才放手，說，娘巴爺的，回去再跟他算賬。

王四砣看著可憐的張古明，心情十分複雜，臉皮痛苦得有些扭曲了，好像羅大軍那幾腳踢在自己身上，他朝藏著短火的位置望一眼，有那麼一瞬，他想把它拿出來，免得張古明受罪，問題是，拿出來了，張古明就不會受罪了嗎？

人們頗為失望地返回窯山，一邊走，一邊議論，張古明還在哎喲哎喲地叫喊。

羅大軍兇狠地說，你叫死？老子不會饒過你的。

擔架走在隊伍前面，一晃一晃，不知是誰在說，娘巴爺的，姓張的倒是蠻舒服嘞。王四砣聽罷，覺得說這個話的人太沒有良心了。

經過河邊時，誰也沒有想到的悲劇發生了，突然，張古明像發神經一樣從擔架上往下一躍，從高高的河岸上掉落下去了，那形狀，像一隻折翅的老鷹，從天空中絕望地摔下來。這突如其來的變故，人們一時沒有反應過來，就聽見河面上傳來一聲沉重的水響。

人們一陣驚呼。

羅大軍最先清醒過來，急躁地喊道，娘巴爺的，還不快給我下去？他明白，張古明如果一死，尋找短火的線索就斷掉了。

河岸太高了，距水面怕有二十多米，所以，誰也不敢冒險往下跳。河面上的陽光陡地破碎了，像一河碎金子，然後，又恢復平靜。人們在河岸上焦躁不安地走來走去，最後，才趕緊往下游跑去。

張古明就這樣淹死了。

他的屍體被河水推走了，人們在楊家村地段才找到他，那已是五里路遠了。

那個晚上，王四砣幾乎沒有睡覺。張古明濕淋淋的屍體老在眼前出現，並兇狠地痛罵他，就是你這個小鬼，逼得我走了絕路，我那可憐的婆娘和崽女怎麼活呢？王四砣神情哀傷，慌忙解釋說，這哪裡怪得我呢？是你自己要承認的。

10

窯山的牛棚像一個不太嚴密的牢房，雖然有人看守，卻還是有人逃跑，他們一般是在勞動中逃跑的。

一天夜裡，又逃走了一個人，竟然是從牛棚裡逃走的。

這個人不是別人，是王四砣的叔叔。

自從王進取被關之後，王四砣的爸媽急得心裡叫血，按照當時的懲治，王進取不說槍斃，至少也要坐桶子，聽說還沒有到時候，專案組正在抓緊整理材料。王四砣給叔叔送過衣服——造反派不准王四砣的爸媽去送——王進取的情緒十分低落，什麼話也沒有跟王四砣說，心情沉重地摸摸他的腦殼。當時，王進取和張麗快結婚了，已經置辦了東西，誰知意外地鬧出了這種要命的案子。

王四砣最喜歡張麗了，張麗也很喜歡他。王四砣每次去一工區，她就買饃饃給他吃，饃饃又白又大又軟和，吃起來真是有味得很。羅小紅曾經對王四砣說過，四砣，你嬸嬸好乖態的。王四砣驕傲地說，當然乖態麼。羅小紅還說，他們結婚那天，我要去吃喜糖。王四砣笑著說，讓你吃個飽。

現在，一切都成了泡影，還吃個屁？

王進取被抓之後，張麗每天以淚洗面，眼珠子紅紅的。她來過王家，讓王進步拿個主意，王進步是個老實質樸的人，痛苦地想了想，直率地說，我也沒有什麼主意，看來，你們沒有緣分。

後來，王四砣去牛棚看王進取時，臨別時，叔叔只對他說了一句話，叫他轉告張麗，一定要她等著他出來。王四砣想，這只是叔叔美好的願望罷了，誰曉得你坐幾年桶子？難道要張姨一直等著你嗎？他還想，以後肯定是去牢房看望叔叔了。王四砣很傷心，把叔叔的話帶給張麗，張麗聽罷，摸著添置的布料和鞋子，默默地流淚。

王進取大概是愛情力量的驅使吧，也許，是害怕坐桶子吧，竟然從牛棚中逃走了。

這是一個相當驚人的消息，這個消息，是羅小紅告訴王四砣的。

那天，她匆忙跑來說，四砣四砣，你叔叔昨夜從牛棚逃走了。

王四砣一聽，怔住了，怎麼也不相信，不可能吧？

羅小紅說，哄你的是小狗。

王四砣張大嘴巴。他不明白，叔叔是怎麼從那個封閉的小屋逃出去的？那裡森嚴壁壘，既有看守的，還有大鐵門，窗口上還安裝了鐵欄杆，而叔叔卻像一隻蚊子飛出去了。後來才曉得，叔叔把窗子的鐵欄杆用鋸片鋸斷了。當時，王四砣聽罷，既高興，又緊張，他很佩服叔叔，同時，也佩服自己冒險偷短火——這大概是王家人具有冒險的血緣吧？

王四砣心裡說，叔叔，你要跑得遠遠的，永遠不要讓他們抓到。然後，又故意說，羅小紅，你是亂說的吧？

羅小紅說，我聽我爺老倌說的，造反派抓他去了。

當時，王四砣跟羅小紅在打三角板，打一陣子，王四砣忽然說不想打了，要回家了，說罷，把三角板塞進褲袋。羅小紅奇怪地說，你怎麼就回家呢？我們還沒有打過癮嘞。王四砣裝著不舒服的樣子，摸摸肚子，皺著眉毛說，反正我要回去了。

羅小紅很想繼續玩耍，不想早早回家，不想看見爸爸暴躁和痛苦的樣子。她見挽留不了王四砣，很失望，嘟著嘴巴說，那你走，那你走。

王四砣慢慢地往屋裡走去，他家住在機關食堂後面，只要拐個彎，羅小紅就看不見他了。所以，王四砣走到食堂後面，就興沖沖地朝一工區走，他走的是小路，小路要近許多，他要把這個驚喜的消息告訴張麗。

那是星期天，王四砣曉得張麗沒有上班，來到她宿舍，卻沒有看見她，同宿舍的李姨驚慌地說，四砣，你還不曉得吧？你張姨被專案組的人叫走了，說你叔叔逃走了，還要調查她。

王四砣哦了一聲，又急忙往回趕告訴爸媽。

王進步夫妻聽說王進取逃跑了，既欣喜，又擔心，欣喜的是他能夠逃出去，躲一天算一天，總比關在牛棚受折磨要好，總比去坐桶子要好。擔心的是，萬一被抓回來，該當何罪？像那個張古明，不是活活地逼上死路了嗎？

他們的話還沒有說完，羅大軍帶著幾個人來了，他嚴厲地對王進步說，王師傅，你老弟逃跑了，你曉得不呢？

王進步顫抖地說，我還是剛剛聽說的。

羅大軍眼睛盯著他，說，他是否跟你們聯繫了？

王進步發誓說，羅科長，我家十八代貧下中農，我向毛主席發誓，他絕對沒有跟我們聯繫，他如果逃到我這裡，我會把他押送給你們的。

羅大軍疑疑地看著他，警告說，你要講實話嘞。

王進步又發誓說，我崽沒有講實話。

從那天起，唐曉芝天天拜毛主席，雙手作揖，粗大的腰身一伸一曲，像一條巨大的曲尺蟲，嘴裡念念有詞，求他老人家保佑小叔子逃得遠遠的，千萬莫讓人抓到了。

王進步厭嫌地說，你也不嫌累嗎？你再拜都是空的，這是他的命嘞。王進步滿臉愁容，彷彿一夜之間老了許多。王進步只有兩兄弟，爺娘早已去世，弟弟是他一手帶大的，也是他給弟弟做的介紹，眼看弟弟就要結婚了，誰知出了這樣的惡事。

唐曉芝不聽男人的勸告，依然虔誠地跪拜。

讓羅大軍惱怒的是，王進取一直沒有蹤影，派出搜捕的人追到邵陽城，甚至追到長沙城，當然，還包括附近的鄉村，卻一律無功而返。王四砣聽羅小紅說，我爺老倌天天發脾氣，說如果抓到你叔叔，他要親手斃了你叔叔。

按王四砣原來的想法，準備把短火送回羅家的，他想過，張古明為短火疑案掉了性命，如果照此下去，肯定還會有人為它丟命的，倒不如把短火丟到羅家的窗臺上，自己心裡就沒有包袱了，平靜了，坦然了。看來，短火不送回去，這個世界就不會安寧，他不想再造成什麼悲劇了。而聽羅小紅這樣一說，王四砣又打消了這個念頭，如果把短火送回去，又如果叔叔被抓住了，她爸爸不是會拿短火斃了叔叔嗎？

那一向，羅大軍天天來王家凶言惡語地威脅，手指頭都戳到王進步夫妻臉上了，說著，罵著，還肆無忌憚地踢門，砰砰砰，像放槍，搞得王家人驚魂未定。

王四砣十分痛恨羅大軍，他很想對羅小紅說，叫她爸爸不要這樣對待他們，他要踢，就去踢他叔叔的宿舍。想一想，又沒有說了，她爸爸會聽她的嗎？看見羅大軍如此瘋狂，王四砣恨之入骨，這個人，他以前就不喜歡，現在，就不是喜不喜歡的事了，簡直是恨死了。王四砣很想跟叔叔取得聯繫，把短火交給叔叔，然後，把羅大軍斃掉，先下手為強，不是你死，就是我活。當然，自己也可以把羅大軍斃掉，只是他還沒有那個膽量，連保險也不曉得打開嘞。即使能夠打開保險，也勾得動扳機，又能夠射得準嗎？如果射不準，自己就死路一條了。另外，他還有些猶豫，自己跟羅小紅是好朋友，卻要親手把她爸爸斃掉，豈不是太殘忍了麼？

這個念頭老是纏著他不放，王四砣也十分矛盾，所以，他還得要尋找叔叔。羅大軍極其兇殘，以後還不曉得有多少人會死於他的手中，倒不如讓叔叔來解決他，也算是為民除害。所以，王四砣甚至比大人們還要焦慮，萬一叔叔被抓住了，那不是死到臨頭了嗎？

有段時間，王四砣很少跟羅小紅玩耍了，窯山幾乎看不見他的身影。他到哪裡去了？他在不知疲憊地尋找王進取，他以為叔叔會躲藏在大山上，或是離窯山較遠的那些小鎮，還有遠近的鄉村。王四砣瘦小的身影，時隱時現地出現在那些地方。尤其每次看見地窖，他雙手做喇叭狀，大聲地喊叔叔，喂，我是王四砣嘞。如果碰上有人問他，小鬼，你找哪個？他就說，我找我叔叔嘞。別人問，你叔叔怎麼啦？王四聰明地回答說，我叔叔是個神經病。

免得人家懷疑。

當然，王四砣辛苦地尋找，最終也是無功而返。那麼，叔叔能夠逃多遠呢？叔叔肯定是擔心牽累了親人，就沒有跟他們聯繫了吧？

羅小紅發現王四砣神出鬼沒的，很久也沒有跟她玩耍了，有一天，早早地把他堵在屋裡，疑惑地說，四砣，你這一向哪裡去了？鬼影子都沒有見一個。

王四砣冷靜地說，我娘老子心口痛，有一味藥醫院沒有，我爺老倌叫我尋藥鋪買藥。甚至還佯裝不快地說，哎呀，腳巴子都快走斷了嘞。

11

王進取一直沒有消息，王進步也叫王四砣去問過張麗，張麗也說沒有消息。

讓王家感到傷心的是，張麗終於承受不起這個沉重的打擊，最後悄悄地調走了。臨走之前，她不好意思來王家，託人帶來一封信，信上說了很多抱愧的話，還說要請他們原諒。另外，還把王進取添置的東西也退回來了。王進步淡然地說，我早就料到這個結果了。唐曉芝十分氣憤，大罵張麗沒有良心，這點風浪都頂不住，那這一世還怎麼跟男人過呢？王四砣的反應卻很複雜，既能夠理解張麗，又覺得叔叔沒有看準人。

後來，風聲漸漸小了，王四砣把短火從山腳下取了回來，主要是擔心被放牛伢子發現了。上次，張古明亂說把短火藏在山腳下的草叢中，就讓他擔驚受怕了一回。王四砣把短火藏在床鋪下的紙盒子裡，上面放一堆花花綠綠的三角板。這樣，他覺得心裡安寧些了。而這種狀態僅僅只有幾天，王四砣又不安寧了，他畢竟還是感到害怕，短火藏在床鋪下，擔心它突然射出子彈傷了自己。當然，最為擔心的還是造反派繼續抄家，如果每家每戶都抄呢？這個，誰又能說得準呢？

王四砣越來越心虛了，甚至又經常做起噩夢，他夢見的，不再是灰色的狐狸和斑紋老虎了，而是羅大軍氣勢洶洶地站在跟前，伸出一隻粗大的手，說，王四砣，你娘巴爺的，快把短火拿出來，我家小紅說是你偷的，你以為能夠瞞住我嗎？短火不就藏在床鋪下面嗎？王四砣不肯承認，說，我沒有偷你的短火。羅大軍冷冰冰地哼一聲，把王四砣一撥，從床鋪下的紙盒子裡將短火搜出來，握在手中，不用瞄準，只聽見叭叭叭三槍，王四砣和爸媽全部中彈倒地，地上頓時鮮血成河。

王四砣每次從噩夢中尖叫地嚇醒過來，汗水淋漓。王進步從走過來，問四砣，你怎麼搞的？鬼喊鬼叫。王四砣搪塞說，我夢見叔叔餓死了。王進步罵道，化生子，好夢不做，盡做這些鬼夢。

總而言之，王四砣持有短火的快感徹底地消失了，沒有一點心思玩耍了，甚至不敢去想它了，它像個定時炸藥，隨時會爆炸。

一個黑夜，王四砣趁爸媽不在，從紙盒子裡把拿出短火，又從槍套中抽出來，戀戀不捨地看了看，然後，放回槍套，把它插在肚子上，用衣服遮蓋著，鬼鬼祟祟地溜出來，走到水塘邊，他拿出短火，努努嘴巴，一發力，把它遠遠地甩了出去。

月光朦朧，短火發出微弱的光亮，然後，嚮進水中。

羅大軍丟失短火，又沒有找回來，受到了嚴厲的處分，把科長撤掉了。李大個順理成章地當上了科長。李科長沒有短火，很不威風，所以，想起這個事就來脾氣。他每天都催促羅大軍，說，老羅，你還是要繼續找短火嘞。羅大軍低聲下氣地說，我曉得。

這時，李大個好像忽然才想起什麼，問，短火裡沒有子彈吧？

沒有，羅大軍說。

王四砣看見羅大軍垂頭喪氣的，像閹掉的公雞，絲毫也沒有賣牛肉的樣子了，明白短火對於他來說，是多麼的重要。當然，羅大軍還是感到有點慶幸，偷槍者沒有進行階級報復，如果發生這類重大案件，他不僅僅是撤職的問題了。

再後來，羅大軍覺得沒有臉待下去了，要求調走，調到了朝陽煤礦，那是一個很小的窯山，距離兩百多里路。

搬家那天，羅小紅臨上車時，匆匆地跑來告訴王四砣，說她家今天要調走了。說著說著，淚水掉了下來。

當時，王四砣差一點就要脫口而出，他想說，是我偷了你爺老倌的短火。

從此，王四砣再也沒有見過羅小紅了。

音樂啟蒙者

1

如果要尊重歷史，那麼，可以肯定地說，吳天師是我們的音樂啟蒙者。

在我們小街上，吳天師引人注目——他有一把小提琴。

據說，是他爸爸留下來的。

我們這個小城到一九四九年，他爸爸就不曉得藏到哪裡去了，像一綹煙霧悄悄地飄逝了，連他媽媽都不曉得。有人說他肯定死掉了，也有人說他是個特務，一定逃到臺灣去了。當時，他媽媽的肚子裡已有了他這粒種子，這個懷孕的女人倒是很有主見，不論男人是死了，還是逃走了，她決定馬上改嫁，嫁給小街上的搬運工劉大草。

吳天師的媽媽叫劉秀美，劉秀美沒有對劉大草隱瞞真相，坦蕩地說自己的肚子裡已經有了，還說，她不願意流下來，還說，她以後也不願意跟劉大草生崽女。這樣的改嫁條件太苛刻了，好在劉大草絲毫也不在意，他無父母兄妹，用不著跟誰商量，也無人干涉，大大咧咧地說，好吧好吧，生吧生吧，好歹也是一條生命。劉秀美就這樣嫁給劉大草，還帶來一把小提琴。劉大草家境貧寒，當然不會嫌棄她，像他這種粗人，去哪裡討這樣乖態的婆娘？再說，自己等於撿了一個崽。

所以說，吳天師相當於一個遺腹子。

身上帶著種種污點的劉秀美，就這樣迅速地嫁掉，其境遇倒也不錯，起碼她母子沒有吃什麼虧，劉大草是硬邦邦的工人階級，誰敢動他的一根卵毛？劉秀美母子也屬堂堂正正的工人家屬。等到吳天師六歲時，劉秀美要吳天師拜師學小提琴，劉大草笑著說，學吧學吧，長大只要不像老子推板車，就算是有出息了。在那樣的年月，劉秀美固執地叫吳天師學小提琴，大約是不想割斷吳家父子的血肉之情吧，或者說，這樣能夠讓她想起那個突然消失的男人。所以，吳天師照樣能夠拉小提琴。如果劉秀美沒有改嫁，或是改嫁給有歷史問題的男人，吳天師拉小提琴試試？小提琴不被別人摔爛，肯定也會被人搶走的。

吳天師叫吳國防，後來，當然就改姓劉了。

當我們曉得他的身世之後，仍然叫他吳國防，總覺得這樣叫他，才對得起他的親生父親。好在劉大草也不見怪，說，叫吧叫吧，你們想怎樣叫，就怎樣叫吧。倒是劉秀美擔心劉大草不高興，所以，經常堵我們的臭嘴巴，讓我們叫劉國防，我們呢，卻老是改不掉。

吳天師拉小提琴，其最大的好處，是把我們帶入了音樂的天地。當然，我們只是他的忠實聽眾而已，並無學琴的奢望，吳天師也未必會教我們。當我們曉得五線譜之後，都叫它豆芽菜。總之，吳天師小小年紀曉得拉小提琴，這不能不叫我們佩服，所以，大家叫他吳天師——這不是貶義，是尊稱——說明他很有本事。其實，吳天師比我們僅僅大四五歲，卻比大家老成得多，不吵不鬧，天天練小提琴，悠揚美妙的琴聲，像透明的水霧瀰漫在小街的上空。他如果拉累了，就坐在屋門口，靜靜地看著小街上的路人和碎語。拜師幾年之後，吳天師就不去老師那裡練琴了，那個戴眼鏡的女老師說，她已經教不下吳天師了，說吳天師很有天分，比她還要拉得好，如果要深造的話，除非去北京。所以，這給劉秀美出了一個難題，她也不知怎麼找門路才能去北京，再說，也花費不起，靠劉大草拖板車，能夠拖出幾個銀子？靠她糊火柴盒子，又能夠糊出幾個錢？吃飯穿衣都很困難。儘管如此，劉秀美還是高瞻遠矚地對吳天師說，那你就在屋裡努力地拉吧，總會有出頭之日的。

吳天師天生是個拉小提琴的，他很自覺，根本不需要大人督促，除非拉累了休息片刻，連空手走路都不放過練習，一邊走，左手不斷地彈奏，右手一揚一拉，這種動作常常引來路人注目。他好像從小明白要練一門硬功夫，以後要靠它吃飯，真是比我們懂事多了。當時，我們哪裡懂事？卵都不懂，只曉得吵事生孽，盡給爺娘添麻煩。經常不是李家氣呼呼地來告狀，就是王家的細妹子哭哭啼啼地說，我們摸了她的屁股，真是把我們爺娘氣暈了。所以，經常聽見我們爺娘立在屋簷下高聲大罵，豬啊狗啊的罵，把我們罵得狗血淋頭，小街似乎成了一條名副其實的罵街。

在那個罕見的年代，唱戲演出成風，凡是演員和懂樂器的人，都是各顯身手，大出風頭。大大小小的單位都成立了文藝宣傳隊，還有街道的，還有劇團的，還有郊區農村的，你唱罷來我登場，好不鬧熱。吳天師雖然拉得一手小提琴，卻沒有參加任何宣傳隊，原因是他不大不小，大人們看不起似的，當然，也可能是別人沒有發現這個深藏小街的小提琴手，所以，他暫時屬於散兵游勇之輩，或者說是個光棍司令。劉秀美好像並不急於讓他露頭，叮囑說，有了硬功夫，不怕沒飯吃。

我們很為他抱不平，說，吳天師，娘賣腸子的，不如找個機會，上檯子拉幾曲看看，讓他們曉得你肚子裡有真貨。

吳天師並不覺得委屈，笑著說，沒關係，機會是給那些有準備的人留著的。

看看，他說出來的話多麼富有哲理，我們的寡嘴巴哪裡說得出來？

儘管他沒有登臺大顯身手，讓更多的人曉得他的本事，我們還是很佩服他的。他每次拉小提琴，我們不吵鬧，也不玩耍。或收起玻璃彈子，或收起鐵環，或收起拳腳和口出粗言的嘴巴，泥鰍般地溜到他屋裡去聽。我們靜靜地坐著或站著，畢恭畢敬。我們羨慕的目光凝視著他俯仰有致的身姿，微微顫抖的臉肌和嘴唇。好像悠揚的提琴聲，是一服治療調皮搗蛋的靈丹妙藥。當時，我們也搞不太懂，像我們這些飛天蜈蚣，爺娘的拳頭和惡罵都不能降服的，怎麼會輕易地被小提琴聲所制服呢？想來想去，可能還是覺得他有本事，佩服他吧。我們呢，屁本事也沒有，只曉得吵吵吵，吵死人。

我們尤其佩服吳天師的是，他說他今後要到北京拉提琴。他說這個話時，很自信，很堅定，好像北京是他家的地盤，想去就去。光是這一點，就讓我們驚訝不已。我們哪裡想過到北京呢？太奢望了吧？北京天遠地遠的，是想去就去的嗎？我們僅僅想過，這一輩子就在寶慶小城生老病死。

由此可見，吳天師的抱負不同一般。

另外，從他屋裡的擺設和整潔來說，也能夠看出來，吳天師今後肯定是個不一般的人。

他的屋跟我們的屋簡直有天壤之別。雖然都住一樣的屋子，破破爛爛的，我們屋裡簡直像個豬欄。潮濕，傢俱腳下起白毛，老鼠毫無顧及地打架追逐，充斥著一股刺鼻的酸菜味和尿臊氣。吳天師屋裡卻是利利索索的，還撒了石灰，以此來對付潮濕。傢俱腳下墊著磚頭，傢俱上面沒有灰塵。四處擺著老鼠夾子，老鼠當然就不敢猖狂了。總之，給人很舒服的感覺。我們明白，這都是劉秀美的功勞。這個女人比我們的媽媽勤快多了，只要有空閒，就掃呀，就抹呀，簡直像一個衛生模範。我們的媽媽懶得要死，很不講究，弄得屋裡邋邋遢遢的，漚氣沖天。好像只要不餓死我們，吊著崽女的四兩氣，她們就盡了大人的責任，所以，註定我們是不會有什麼出息的。當然，吳天師屋裡這樣的整潔，如果靠劉大草，也是靠不住的。他每天拖板車，累得像崽一樣，哪裡還有心思撿拾屋裡呢？

所以，光從這點上說，我們已經強烈地感覺到，吳天師肯定會大有出息的。

那時候，吳天師跟我們的關係十分融洽，我們隨時隨地可以去聽他拉小提琴。他不僅僅在屋裡拉，時不時也到城南公園韻味。當然，一般是晚上去。他總是把這個消息告訴某某人，某某人就會把消息傳遍小街。吃過晚飯，我們這夥人就齊齊地來到他屋門口，像迎接太子般地把他接出來，跟著他浩浩蕩蕩地往城南公園走去。他拿著小提琴，像軍人提著鋼槍。我們則似是赤手空拳的民兵。在那個年代，到處都是吵吵鬧鬧的。遊行啊，歡呼啊，批鬥啊，甚至武鬥啊，沒有一處是安靜的。惟有城南公園還算清靜，況且，離小街又不遠，大約半里路。

來到公園的亭子裡，我們繞著四周團團坐下。吳天師站在中央，問我們拉什麼曲子。我們說《花兒與少年》，或是《花兒為什麼這樣紅》，等等。他很有激情地拉起來，我們則輕輕地哼起來，搖頭晃腦的，像一圈被風吹拂的黑色植物。其實，我們以前哪裡曉得這些是獨奏曲呢？還不是吳天師告訴我們的？我們以前哪裡曉得哼這些曲子呢？還不是耳濡目染嗎？

所以說，吳天師是我們的音樂啟蒙者。

這個音樂啟蒙者，有一個良好的習慣，那就是絕對不讓我們摸小提琴的。好像那是他的生命，甚至比生命還重要。我們當然也很理解他，表示了某種大度和寬容，儘管我們的手也有點發癢。

每次來到公園，吳天師很大度地把主動權交給我們。我們說拉什麼曲子，他就毫不遲疑地拉什麼曲子，很像現在的觀眾點歌。所以，我們經常為先拉哪首曲子爭吵起來。有的說先拉《洪湖水浪打浪》，有的說先拉《北風吹》，都想爭得這個優先權。其實，先拉哪曲，後拉哪曲，有什麼卵關係呢？難道會死人嗎？而我們偏偏要爭個高低。

這個時候，吳天師是最為得意的，不勸我們，任我們爭吵。我們爭吵得越久，他越高興，好像巴不得趁機休息片刻。所以，他扭頭看看這邊，又扭頭看看那邊，臉上露出微笑，委婉地說，嘿嘿，莫爭了嘞。又說，你們這些人，好有味道嘞。當我們通過划拳定出輸贏時，他才用下巴夾著小提琴，運運氣，開始拉起來。美妙的提琴聲驟然在樹枝上徐徐嫋繞，往湛藍的星空嫋嫋飄蕩，春風般地落在我們幼小的心靈中。

此時，我們都沉醉在悅耳動聽的音樂中，看著他不斷搖擺的身姿，激昂或舒緩的表情。同時，在寂靜的夜色中，我們並不是那樣的自私，多麼希望讓更多的人來聽聽這美妙的音樂，最好是讓全寶慶的人都能夠聽到。我們看到過那些拉小提琴的大人，真是風光得很。不僅在臺上風光，在台下也是風光十足，屁股後面跟著一大幫人。如果找對象，居然找的都是十分乖態的妹子。

所以，我們認為，這對吳天師很不公平，實在委屈了他，委屈了他那美妙的小提琴聲。

2

說實話，我們除了聆聽吳天師美妙的小提琴聲，讓浮躁的心靈得到片刻的寧靜，的確也幫不了吳天師什麼忙。也就是說，我們只有索取，沒有回報。所以，這讓我們心存愧疚。後來，我們還是有所覺悟，心想，與其讓我們獨享這動人的琴聲，倒不如讓所有的人來欣賞。所以，我們商量，想要讓吳天師大出風頭，不要埋沒在小街上。我們這樣做也是有私心的，除了想讓寶慶人瞭解他，也想讓大家明白，我們擁有吳天師這樣一位了不起的朋友。

那天，三眼銃首先發言。他說，我們不如去占一個舞臺，讓大家來看他拉琴就是了。三眼銃的額頭中間，很奇怪地生著一個黑疤痕，故稱之為三眼銃。

我說，三眼銃，你也太幼稚了。你說去占個舞臺，誰又會來看呢？

三眼銃雙手好像扯著一張紙，猛地往空中一貼，滿有信心地說，我們不曉得貼海報嗎？

我叭地打掉他的手，嘲笑說，貼你娘的腸子。現在的演出隊多如牛毛，勢力雄厚，而吳天師勢單力薄。況且，別人暫時還不瞭解他，你憑什麼叫人家來看他的演出呢？

三眼銃翹翹嘴巴，說，那你出個主意吧，你是諸葛亮再世。

我的確姓諸葛，叫諸葛光。到底是不是諸葛亮的後代，或是第幾代，我不太清楚，恐怕連我爸爸也不太清楚。他一個殺豬的屠夫，曉得個卵？當然，我的點子的確比他們多，這取決於我的腦殼靈活。我想了想，說，我的主意是，一不要舞臺，二不要海報，叫吳天師站到大街上演奏。大街上的人多得像螞蟻，觀眾不是不叫而來了嗎？嘿嘿，我們要讓他們大開眼界。

夥伴們都同意我的主意，說這個點子很不錯。

然後，我們來到吳天師屋裡，他正在練琴。大家興奮地說出這個主意，他放下小提琴，搖搖頭說他不願意去，好像很害羞。居然還說，我不到大街上出醜。

我說，怎麼是出醜呢？我們是這樣想的，要讓寶慶人曉得小街有你這個小提琴高手。

吳天師謙虛地擺擺手，說，哎呀，我算什麼高手囉？

我說，你當然是高手。你說寶慶城裡，有哪個拉小提琴的比你的年紀還小？

他沒有說話，好像暫時默許了。當然，其決心看來還不是很大。

最後，還是要歸功於劉秀美。這個乖態的女人聽我們一說，放下掃帚，雙手贊成，笑眯眯地說，這是個好主意，這叫做經風雨見世面。又問，哎，這個絕主意是哪個想出來的？

三眼銃沒有貪天之功，指著我說，是諸葛光，他是諸葛亮再世。

劉秀美感激地看我一眼，又給吳天師鼓勇氣，說，你一定要去，你一定要去。

事情就這樣定下來了。

為了讓吳天師一炮打響，轟動寶慶城，我們很認真，也很慎重。而且，做了充分的準備。我們瞄準了最鬧熱的紅旗電影院，那裡面臨大街，是寶慶最主要的街道，來來往往的行人最多。那天，我們都穿得很整潔。三眼銃本來穿短褲的，我嘲諷地說，如果你雞雞硬起來了，不是出我們的醜嗎？三眼銃的臉頓時紅了，又回家換長褲子。然後，一行人來到電影院的大坪，扯起一條長長的橫幅。橫幅兩頭用長竹竿撐起，由三眼銃跟王眯子握著。橫幅上，貼著一行紙剪的黑體大字——小提琴手吳國防獨奏演出。紅色的橫幅和白色的剪字十分醒目，這是我叫我哥哥在單位弄好帶回來的。我們這次精心的策劃，看來效果不錯。橫幅剛徐徐地展開，隨即湧來了許多觀眾。

這時，吳天師很沈著地向我點點頭——我是報幕的——我挺胸昂昂地走到坪中央，扯起鴨公喉嚨，用很不標準的普通話大聲報幕，革命的爺爺奶奶叔叔阿姨哥哥姐姐弟弟妹妹們（大笑），今天，由我們東風巷的革命小將，小提琴手吳國防同志為大家獨奏演出（大笑）。他六歲就開始拉小提琴，這麼多年來，風雨無阻，冬練三九，夏練三伏，馬不停蹄（大笑）。現在，演出開始，第一個節目是《新疆之春》。

不用說，我的報幕獲得了成功，下面就看吳天師的了。

說實話，我們心裡都很緊張。

吳天師穿著白襯衣，袖子緊扣，長藍褲，黃解放牌鞋子，顯得極其的莊重。他走上來，先向觀眾們鞠個躬，然後，把小提琴往下巴上一送，弓輕輕一搭，悠揚地拉了起來。他拉得十分專注，激情澎湃，隨著悠揚的旋律，讓人們彷彿走進了新疆的春天，看到了鮮花朵朵的草原，聞到了花草撲鼻而來的香味。雖說是第一次在大庭廣眾演奏，吳天師一點也不慌張，簡直是旁若無人，像個久經沙場的老手。頓時，這讓我們緊張的心放鬆了下來。每拉完一曲，觀眾掌聲雷動，大聲叫好。許多的後來者，又紛紛打聽吳國防是哪條街上的，爺娘是做什麼的。當聽說他爸爸是拖板車的，眾人不由大驚。我們很為吳天師感到驕傲，好像我們都是出色的小提琴手。吳天師呢，仍然很鎮定，微微地笑著，很有禮貌地點點頭。從安靜的公園來到這個鬧哄哄的地方，他似乎用不著過渡，心理上非常適應。

吳天師越拉越來勁，觀眾也越來越多。有些人看不到，乾脆站到電影院門口高高的階梯上，往下面俯視。有些人則不斷地往前面擠，像一個個拼命的鋼鑽子。我們跟吳天師早已商量好的，打算拉五首曲子散場。現在看這個態勢，五首曲子根本無法滿足觀眾的要求。他拉罷一首，觀眾又高喊再來一個，再來一個。好像沒有了窮盡，彷彿把吳天師當成了轉個不停的留聲機。我明白，要趕緊改變計畫。雙手在嘴巴上做喇叭狀，小聲地跟吳天師商量。他沒有說話，很有涵養地向我伸出五個手指頭。我明白他的意思，又大聲報幕說，感謝革命的觀眾們的厚愛，吳國防同志再獻五首。

那天，吳天師獲得了巨大的成功。為了表示感謝，他買了白糖冰棒犒勞我們。大家津津有味地吃著冰棒，意猶未盡，不斷地回味那個激動人心的場景。甚至，還為在場人數的多少進行友好地爭吵。有的說有百把多人，有的說起碼兩百人不止。吵著吵著，又樂不可支地笑起來。然後，都湧到吳天師的屋裡。

劉秀美很高興，一邊聽我們說，一邊嘖嘖有聲，真的嗎？真的嗎？眼珠子驚喜得像兩粒鳥蛋。她也犒勞我們，每人發一粒糖粒子。另外，還從酸罎子扯出酸豆棵，酸刀把豆，酸辣椒，吃得我們嘴裡又甜又酸。劉大草回來聽我們一說，笑得眼睛像兩條縫，不斷地拍著粗糙的大手，說，好啊好啊，吃吧吃吧。

吳天師屋裡，那天的鬧熱空前，笑語不斷。

其實，出乎我們意料的喜事還在後頭。

吳天師街頭演出之後，其影響仍在不斷地擴大和延續。他不僅獲得人們的議論和誇獎，連東方紅歌舞劇團竟然也來要他了。這個消息，很讓我們激動和高興，吳天師終於引起了社會的注意。我們甚至像一群首尾相連的快樂的羊，在小街上發瘋地跳躍擺動，好像我們都將被劇團招去似的。

那天，劇團派來的是個英俊的男人。他端坐在劉家，說明了來意，先讓吳天師拉一曲《洪湖水浪打浪》。然後，翹起大拇指，對劉大草夫婦說，真是難得，太難得了。這個男人問吳天師，是否願意到劇團拉小提琴。還說，他們急需這樣年少的人才，另外，每月還有十八塊工資。吳天師猶豫不決，劉秀美高興地說，那是大好事，做夢也想不到的嘞。劉大草笑著說，去吧去吧。吳天師看爺娘這樣說了，點點頭，愉快地答應下來。

到劇團的那天，我們全部出動，高高興興地送吳天師。我們提的提箱子，摟的摟被子。我則幫吳天師拿小提琴，這說明，吳天師內心裡面是很感謝我的——我曾經說過，他從來沒有讓別人給他拿過小提琴，也更不會讓別人摸的。他們一家人空著雙手，笑容和陽光盡情地打在臉上。我們浩浩蕩蕩地走在大街上，臉上很有光彩，十分舒服地接受行人們羨慕的目光，以及嘖嘖的讚歎。我們一個精心的策劃，竟然給劇團輸送了一個難得的人才。

然後，我們又嘻嘻哈哈地走進劇團，把他送進宿舍。

宿舍很乾淨，白牆壁，水泥地面。我注意觀察，牆腳沒有老鼠洞。宿舍只住兩個人，另一個是拉二胡的。二胡掛在蚊帳的竹竿上，像把長槍。我們覺得，吳天師理所當然地要住這樣的屋子，這肯定能夠讓他拉得更好。我們幫著劉秀美七手八腳地把床鋪攤好，箱子放在角落的木架子上。然後，我拍拍手說，吳天師，這是你的第二個家。劉大草樂呵呵地說，是啊是啊。劉秀美不知是高興還是傷感，或許兩者兼有吧，她不斷地抹著眼睛，對吳天師說，你間常要回來看看嘞。吳天師呢，顯然對這個新環境有點不太適應，這裡看看，那裡瞄瞄，說，我肯定間常要回來的。我們返回時，吳天師很捨不得，一直把我們送到劇團門口，說，你們要多來我這裡玩耍。喉嚨居然有點哽咽。我倒覺得大可不必，你又不是到北京，我們不是能夠經常見面的嗎？

吳天師沒有出名之前，我們為他抱不平，覺得他受了委屈，沒有得到社會應有的重視。現在，劇團把他要走了，我們又捨不得，不能夠天天在一起，也不能夠隨時隨地聽他拉小提琴了。

有時，吳天師一個月才回家一次。跟他爺娘說說話，喝幾口茶，坐一坐，就匆匆地走了，似驚鴻一瞥。有時呢，一個月也沒有回來，大概是演出任務太重了吧。也許，他們有嚴格的制度，不准隨便回家吧。總之，我們很難看到他的身影了。即使偶爾見面，他也是打個招呼，倉促地向街口走去。

小街沒有了吳天師，也沒有了小提琴聲，我們的生活像缺少了味精，一點樂趣和悠閒也沒有了。在城南公園的夜色中聽他悠揚的琴聲，已成為往事和回憶。歌舞劇團在南門口，很遠。我們想到劇團看看他，重溫過去的日子，而那個討厭的門衛竟然不讓我們進去。哪怕我們把好話說盡，把吳天師怎麼被劇團招來的過程說出來，他仍然不肯鬆口，很固執。他翻起厚眼皮，不耐煩地說，快走開，你們難道耳朵聾了嗎？人家在加緊排練嘞。

我們的確聽見陣陣音樂聲從劇團裡面傳出來。

他娘賣腸子的，誰也沒有想到，這個劇團我們僅僅只進去過一次。

3

沒有了吳天師，我們又像一群野馬吵事生孽，沒有一刻安靜的時候。有天晚上，我們秘密出動，把另一條街上的玻璃窗全部打爛，包括幾盞可憐的路燈，玻璃渣滓掉落一街。事情終於驚動了派出所，我們卻以為查不出來，還為此暗暗高興。誰料派出所的人真是太厲害了，一查一查，最後查獲了我們這群肇事者。派出所的人逼著我們寫檢討不說，還叫我們爺娘賠錢。那一次，個個都挨了一餐痛打，屁股紅腫得像猴子屁股，小街上響起哎喲哎喲的嚎哭聲。現在，我們都很後悔，不該讓吳天師到電影院門口演出。如果沒有那次策劃，他仍然跟我們在一起，讓我們寧靜地聽他拉小提琴。也許，我們就不會心浮氣躁地生事了，也不會挨打受罵了，更不會賠償損失了。

我尤其後悔。原本以為一個很不錯的策劃，誰知卻把吳天師拱手送給了人家，讓我們的生活變得十分糟糕。尤其是三眼銃這個傢伙，並沒有痛改前非。不多久，竟然獨自跑到機械廠的洗澡堂偷看女人洗澡。卻不幸被人家發現，狠狠地挨了一餐飽打，眼珠子腫得像一粒豬血李子。三眼銃十分沮喪，只向我痛訴了這個不可言傳的醜事，還叫我替他保密。

當然，我們還是能夠在劇團演出時看見吳天師，而那是可望而不可及，等於仰望天上的菩薩。我們坐在台子下面，他在舞臺上演奏，又說不上一句話。我們唯一的努力，就是拼命地為他拍手。而他哪裡又看得見我們呢？哪裡曉得是我們在鼓掌呢？如果他沒有獨奏節目，我們連人都看不到。他坐在深深的樂池裡面，一根頭髮都看不見。當然，需要承認的是，吳天師到劇團，終於能夠站在闊大明亮的舞臺上正式演奏了。加上樂器的伴奏，加上服裝和打扮，其演奏效果更加出色了。所以，他的演奏又正式地轟動了寶慶城。許多觀眾都奔他而來，想親眼目睹這個小提琴高手，這個征服寶慶城的神童。

我們為他高興，同時也很失落。到劇團看他演出，畢竟路程很遠，來去一次也不太容易。再說，跟他也說不上一句話，有什麼味道呢？即使我們天天去看他演出，那也是不可能的。劇團經常外出演戲，有時到各個縣區演出，半個月也不回來。看來，由我們一手推出來的小提琴手，已經跟我們遙不可及了。我們有時也來到劇團，既然門衛不讓進去，我們就守在門口打玻璃彈子，或滾鐵環，以此來打發時間，看吳天師能否顯身。讓我們屢屢失望的是，他一次也沒有出來。

他難道這麼忙嗎？忙得把這些捧他愛他的小兄弟們都忘記了嗎？

至於這種情況，我們也不是沒有考慮過的。不如想個辦法把吳天師搞回來，我們就能夠像往日那樣天天見面了。或者說，吳天師因為某種原因被劇團退回來，那我們更是求之不得。而我們又有什麼辦法想呢？我們一手把他推向劇團，現在，想要他回來，恐怕就不是一件容易的事情了，他已經是拿工資的人了。再說，吳天師的小提琴拉得那樣好，劇團會隨隨便便地清退他嗎？

他成了劇團的一塊金字招牌。

夥伴們都責怪我，說是我出的餿主意讓他走了。現在，你諸葛光還是要想個主意把他搞回來。尤其是三眼銃，邊說還邊揮著雙手，不斷地做摟抱狀，急促地劃動著，催促我把吳天師搞回小街。我怨恨地看著他們，說，當時，大聲叫好的是你們，現在，責怪我的又是你們。你們到底是不是在放屁呢？三眼銃他們很討厭，說，反正，你要想個辦法把吳天師搞回來。

對於這些卵人，怨恨歸怨恨，我還是在動腦筋，怎樣才能夠把吳天師搞回來呢？讓我們重新回到以前有趣的日子呢？當然，如果把吳天師搞回來，他肯定是很痛苦的。失去了舞臺，失去了工資，又會像以前那樣是散兵游勇。所以，我也很矛盾，每天拍著腦殼，希望能夠拍出一個絕妙的主意來，也不枉是諸葛亮的後代——如果是諸葛亮先生的後代的話。讓我為難的是，這個絕妙的主意深藏腦海，從不願意輕易問世。

現在，能夠看到吳天師的只有劉秀美。作為家長，她能夠走進劇團。劉大草沒有時間，每天拖板車，簡直是兩頭黑。劉秀美經常給吳天師送衣服送菜，菜裝在玻璃瓶子裡，不是辣椒炒魚嫩子，就是辣椒炒乾子豆腐。劉秀美每次回來，我們都要打聽吳天師的近況。劉秀美喜悅地說，他蠻好的嘞，他說演出很忙，根本沒有時間回來看你們，還叫我代問你們好。這個女人很不錯，如果把吳天師的工資拿回來，都要自豪地揚一揚，讓我們看看。還買冰棒和辣椒糖給大家吃，弄得我們既高興，又眼紅。吳天師能夠拿到工資了，我們呢？一粒扣子都要花爺娘的錢，不由生出許多的愧疚。

我們想，吳天師如果按這樣的態勢發展，在寶慶出了名，以後再到省城出名，然後，肯定會到北京的。那麼，就能夠達到他最後的心願了。所以，我們經常猜測，他是否在省城打響了？如果一炮打響，到北京演奏就指日可待了。

當時，我們的邏輯思維就是如此的幼稚和可笑。

大約一年半之後，沒有想到的事情發生了，吳天師竟然被劇團清退回來了。這把我們都搞懵了，整個小街都為之震動。當然，震動的起碼還有半個寶慶城。

聽說，被清退的原因十分嚴重。那個扮演白毛女的陳妹子，比吳天師大五歲，竟然去勾引他，最終兩人鬥了榫子，甚至還鬥了多次。後來，不幸在床上被人發現了。陳白毛女很苗條，長得也蠻好，兩條長辮子烏黑地吊到屁股上，戲也演得很出彩。該醜聞的發現者，居然是陳白毛女的男朋友，就是那個扮演大春的後生，姓曾。曾大春五官清秀，腳長手長，戲也演得很出彩。曾大春怒不可遏，迅速地叫人來抓姦。這樣，醜聞就鬧了出來。聽說，曾大春當場刮了陳白毛女兩記大耳光，給驚慌的吳天師刮了一記大耳光。原來，這個陳白毛女很有心計，看見吳天師招進劇團，居然開始打他的主意，經常買零食給他吃。又曉得他正在吃長飯，還悄悄地送飯菜票給他。為了遮人耳目，陳白毛女讓吳天師叫姐姐。吳天師不太懂事，哪裡曉得她的花花腸子呢？只是覺得陳白毛女這個人很好，所以，根本沒有在意。該吃的吃，該拿的拿，還以為她在無微不至地關心自己。當然，也感到一種不可言喻的溫暖。出事的那天晚上，陳白毛女喝了酒，醉醺醺地來到吳天師的宿舍，那個拉二胡的又偏偏不在，她一把抱住吳天師往床上滾，然後，兩人鬥了榫子。陳白毛女萬萬沒有想到的是，曾大春早有提防，已經跟蹤多日。

據陳白毛女和吳天師交代，兩人已經不是第一次鬥榫子，起碼有十三次之多。陳白毛女罪有應得，被劇團開除，回到原來的寶慶毛紡廠去了。臨走時，居然還哭哭啼啼地對吳天師說，國防，我一輩子也忘不了你。吳天師呢，當然也被清退回家。他沒有想到，自己懵裡懵懂地破了身子，還引起這麼嚴重的後果。所以，他悔死了，大哭了一場。其主要責任當然在於陳白毛女，吳天師雖然年少，也有不可推卸的責任。如果陳白毛女勾引你，誘惑你，你不上鉤，你經得起誘惑，你態度堅決，陳白毛女難道還會強姦你嗎？

那一向，大街小巷幾乎都在議論這樁天大的醜聞。人們都曉得吳天師是東風巷的，所以，這讓我們感到無地自容，好像這樁醜事是我們親自犯下的。有一段時問，我們居然不敢到大街上，生怕別人認出來，對我們指指戳戳的。

我們都為吳天師感到十分痛心，他徹底地毀掉了自己的大好前程。

記得那天上午，太陽斜斜地射在小街上，青石板發出耀眼的光芒。挑水人灑下的水跡，像斷斷續續的省略號。我們看到劇團派人——又是那個英俊的男人——把吳天師送回家。吳天師栽著腦殼，滿臉的沮喪和悔意，提著小提琴，背著被子。那個男人幫他提著箱子，吳天師一言不發，默默地跟在後面向小街慢慢走來。那個英俊的男人咳著嗽，很痛惜地對吳天師爺娘說了原因，然後，朝街邊飆出一砣黃色的濃痰。劉秀美聽罷，當即嗚地一聲哭了起來，渾身顫慄，像打秋擺子。劉大草則口水飛濺，大罵陳白毛女。說這個紅顏禍水，害苦了我的國防崽嘞，老子要一拳打死這個婊子養的。劉大草的拳頭猛擊牆壁，嘴裡叫道，打死她打死她。劉大草是一個很守誠信的人，沒有跟劉秀美生崽女，把吳天師視為己出。劉大草惡惡地罵罷，掄著粗大的拳頭，要去找陳白毛女算賬。那個英俊的男人趕緊擋住，說，劉師傅劉師傅，一定要冷靜，打是不能解決問題的。何況，劇團已經開除她了。又指著躲進裡屋的吳天師，輕輕地說，你們還是要好好地教育他，也不要打罵，他年紀畢竟還小，能夠改過來的。再說吧，主要責任也不在他身上。

當時，我們慌亂地站在吳天師屋門口，不敢進去，渾身抖動，都被這樁突如其來的事情搞得不知所措。吳天師屋裡的光線很暗，我們既想看見他，又害怕看見他。總之，我們的心情很複雜，有一種兔死狐悲的感覺。想進去安慰安慰他吧，而這樣的醜事又怎樣安慰呢？以我們這種年紀是根本說不出口的。我們原本希望吳天師重新回到小街來，能夠聽他拉小提琴，沒有想到，他竟然是為這個原因回來的，我們的臉上都感到無光無彩。

吳天師回來之後，很久也沒有拉小提琴，關在屋裡不出來，覺得沒有臉見人。我們呢，也不便闖進他屋裡，以免雙方尷尬。或許，他還會大發脾氣的。劉大草還是拖他的板車，陰沈著臉，不再高聲大叫了，也沒有去教訓陳白毛女。我們主張他去教訓陳白毛女，娘賣腸子的，你有一個曾大春了，為什麼還要心懷叵測地勾引吳天師呢？他還只有多大呢？你不是害了他一世嗎？

劉秀美那雙乖態的眼睛起碼紅了半個月，也不跟街坊們打招呼了。吳天師出這種大醜事，作為母親，比劉大草感到更加痛苦和羞辱。一個對崽寄予很大希望的人，誰知崽年紀輕輕地居然就倒在了男女關係上，怎麼不叫她倍感痛苦呢？那個年代，像這種男女之事是很醜的。更何況，吳天師還是小黃花崽，陳白毛女吃的是嫩草。像這種醜事，我們簡直是聞所未聞。所以，既替他感到難過，又替他感到害羞。我們年紀還小，沒有嘗過鬥榫子的滋味，也不明白吳天師為什麼要多次地跟陳白毛女上床，難道這種事情也跟吃飯一樣百吃不厭嗎？所以，我們也責怪吳天師，你如果只跟陳白毛女鬥一次——最多鬥兩次榫子——曾大春不就發現不了了嗎？我們沒有想到，像吳天師這樣的聰明人，也會做出如此的蠢事來。

大約個多月吧，吳天師才終於走出屋門，像犯人邁出牢房，臉色戛白，似營養不良。低著腦殼，無臉見街坊，更不齒我們，經常出來買菜買米。人很憔悴，單薄得像冰棒棍子，似乎陡然老了許多。他默默無語，像一條清瘦的絲瓜在小街上蠕動，身後拖著單瘦而頎長的影子。我們喊他，吳天師，吳天師。是想讓他感到我們的溫暖，重新回到朋友們的懷抱。他也不抬頭，好像沒有聽見，喊聲就飄到屋頂上去了。我們以為，他終於走出了屋門，說明他的心情相對平靜了。況且，風波過去這麼久了，他會重新拉小提琴的。不然，每天躲在屋裡做什麼呢？看老鼠打架嗎？他屋裡又少有老鼠。他難道忍心讓琴藝荒廢嗎？往後不靠這個吃飯了嗎？難道不想到北京了嗎？

讓我們倍感失望的是，還是沒有琴聲從他屋裡悠揚地傳出來。

所以說，他回家或不回家，幾乎沒有什麼區別。從此，小街陷入了死氣沈沈的境地，悠揚的小提琴聲，似乎被這椿醜事戛然扯斷了琴弦。我們不知他是否想起過自己宏大的理想，像他這樣自暴自棄，又怎麼行呢？我們雖然不拉小提琴，也沒有任何特長，卻明白一個道理，三天不練手生，三天不唱口生。吳天師如果繼續頹廢下去，也太可惜了吧？我們後悔死了，如果不策劃他到電影院門口演奏，他哪裡會有今天這個慘澹的境地呢？而他到劇團紅得發紫，難道不應該感謝我們嗎？至於他跟陳白毛女鬥榫子，那不是我們的責任，是他經不起陳白毛女的誘惑。

吳天師一蹶不振，像個生病的小老倌子。他好像很後悔拉小提琴，如果不拉小提琴，就不會被劇團招去。如果不被劇團招去，就不會碰到陳白毛女。如果不碰到陳白毛女，自己就不會上鉤。如果不上鉤，就不會有今天這樣可怕的處境。現在，他似乎跟小提琴徹底絕緣，沒有一絲琴聲從屋裡響出來。我們猜測，小提琴的琴弦可能生鏽了吧？聽說，劉秀美經常罵他，叫他繼續練琴，他也聽不進去。倒是劉大草善解人意，說，哎呀，算了吧算了吧。他不想拉琴，就不要逼他。不如幫我推板車，這樣天天關在屋裡，會憋出病來的。

吳天師也不知是怎麼想的，真的幫劉大草推板車，那雙皮膚細膩的手推在粗糙的貨物上。父子倆起早貪黑，每天清早，板車起空起空地拖出小街。晚上呢，板車又起空起空地拖回來——這是父子倆出去與歸來的信號。劉秀美氣得捶胸頓足，差一點沒有吐血。她茶飯不思，也顧不上打扮，頭髮像一蓬亂草。劉大草父子則精神抖擻，好像結成了聯盟，共同對付痛苦不堪的劉秀美。

所以說，雖然吳天師回到小街上，也出來拖板車了，我們仍然難以看到他。偶爾看見他，發現他曬得很黑很黑，皮膚上竟然有一層油亮，身體倒是結實了不少。他戴著破爛的斗笠，邋遢的長羅巾繫在腰上，腳下穿著黑車胎做的草鞋，酷似一個推車的老手。

我們深深地為他感到遺憾，小提琴手竟然變成了老推車手，人世的變化讓我們目瞪口呆。

4

眼看著吳天師變成推板車的人，我們心裡更是難過，也替他感到十分可惜。

有時候，我們也為吳天師令人眼花繚亂的變化爭吵。爭吵的焦點，還是那次在電影院門口的演出。可以說，那是吳天師人生一個重大的轉捩點，儘管大家都在場，他們卻把責任推在我一個人身上。也就是說，吳天師落到今天這個可憐而可惜的地步，是跟我諸葛光緊密聯繫在一起的，我推脫不了這個責任。所以，說著說著，我脾氣來了，跳起罵娘，說，你們不也是一起去了嗎？我說，你們不是一起操辦的嗎？我說，為什麼只怪我一個人呢？我說，哦，好事來了，人人有份。壞事來了，都落在我腦殼上。我說，天下哪有這樣的怪事呢？

三眼銃看見我動了真脾氣，充當起和事佬，息事寧人地說，哎呀，吵死人，莫吵了。我看還是要想辦法把吳天師挽救過來，不能夠眼睜睜地看著他這樣子下去。或許，說不定他往後是中國的小提琴大師，那不也是我們的驕傲嗎？到時候，他到了北京，肯定會記住大家的，會請大家去耍的，到時候，我們可以大言不慚地說，吳天師是我們挽救的。不然，他只是一個寶慶城拖板車的。

三眼銃的這番話引起了我們的共鳴。如果任何一個人拖板車，我們都覺得是天經地義自然而然的，誰也不覺得有絲毫奇怪。而吳天師拖板車，總覺得太可惜，簡直是大材小用，他哪裡是拖板車的料子呢？

我們商量好久，做出一個重大的決定。由我們輪流幫劉大草推板車，換下吳天師，讓他安心拉小提琴。要讓他重整旗鼓，恢復信心。

第一天，我們決計都去幫劉大草推板車，主要是擔心如果某個人去幫忙，勢單力薄，吳天師很有可能會把某個人趕回來的。我們如果一起去，那麼，就可以動用集體的力量說服他。所以，當大家齊齊地出現在馬路上，並向劉家父子說明來意時，劉大草很感動，抹著汗水說，哎呀，推吧推吧，你們真是他的好朋友。吳天師的態度卻不太友好，不僅沒有感激之情，甚至還有拒絕之意。他板著臉色，離開板車，默默地走到馬路邊，背向大家，很不歡迎我們的這個壯舉。

氣氛就有點尷尬了。

在這個特殊的時候，如果對吳天師解釋，他肯定是不會接受的。所以，我對劉大草說，劉伯伯，我們這樣做，沒有其他的用意，只是想讓他拉小提琴，我們好喜歡聽的嘞。我說，劉伯伯，我們以後輪流幫你推板車好嗎？

劉大草一怔，感激地說，哎呀哎呀，那怎麼要得呢？耽誤你們的工嘞。

我笑著說，我們都是些閒人，鍛煉一下，不也是很好的嗎？萬一我們以後也吃這碗飯呢？

三眼銃他們紛紛附和，就是就是，鍛煉鍛煉。

這時，吳天師反轉身，滿臉羞辱，氣憤地取下斗笠，大吼，不要——，我不需要你們推——吼罷，像垮了堤壩，淚水洶湧而出。陽光金黃色地照著他，臉上一片閃閃淚光。

我們驚呆了，先還以為他只是不歡迎我們而已，沒有想到他的反應竟然如此之強烈。

劉大草一時說不出話來，一隻拿著長羅巾的手抖動地指著吳天師，張大嘴巴，驚愕地說，你……你……

誰知吳天師滿臉通紅，又是一聲歇斯底里的大喊，你們通通給我回去——

劉大草見此情景，明白吳天師暫時不會接受，很無奈地說，他既然不願意，那就謝謝你們的好意了。我看你們還是回家吧，回吧回吧。

我們沒有動，面面相覷。

我擔心事情沒有進展達不到目的，豈不是白來了嗎？這時，我急中生智，也沒有示意三眼銃他們，雙腿一彎，突然跪下來，跪在滾燙的柏油馬路上，痛心疾首地說，吳天師，我諸葛光求求你了，你千萬不要推板車，你不是這塊料。

三眼銃他們陡然一驚，也相繼跪下來，重複著我剛才的話，像一排忠心耿耿的大臣向皇上苦諫。行人們投來驚異的目光，不明白發生了什麼事情。既不像批鬥會，也不像在表忠心，這些細把戲究竟在演哪曲戲呢？

我悲壯地說，吳天師，我們這些小兄弟都是為你好，你千萬不要放棄。我們是沒有什麼出息的，你肯定是有出息的。今天，你如果不答應，我們就不起來。

三眼銃他們也說，你如果不答應，我們就不起來。

我們哀求的目光，默默地射向吳天師。

吳天師渾身抖動一下，把身子轉過去，仍然沒有說話。

劉大草被我們感動了，這個粗獷的男人差一點流下了淚水。為了儘快結束這個僵局，他自作主張地說，好吧好吧，我替他答應了。

我們這一跪，只能說是初見成效，至於最後的效果如何，暫時還猜測不到。兄弟們好心好意地幫吳天師，誰料落得這樣的結果。所以，在返回小街的路上，三眼銃憤憤地說，吳天師真是癲了，我們是好心沒有好報，黃泥巴霸黑灶。

大家也同意三眼銃的觀點，指責吳天師太不領情了。然後，又埋怨我，光伢子，如果你不帶頭跪，我們哪裡會下跪呢？我們在爺娘面前也沒有跪過的嘞。

我解釋說，其實，我哪裡想跪呢？我也是沒有更好的辦法了。我還不是想讓他有所醒悟，有所震動，我才想出這個計策嗎？當然，也怪不得他，他肯定是覺得沒有面子，這樣的醜事誰能夠忍受呢？如果放在我們身上，也受不了的。依我看，還是慢慢來吧。我不相信，吳天師不明白大家的一片苦心，我們都給他下跪了。何況，他爺老倌還是支持我們的。

到了夜晚，我們在小街上瘋跑，打打鬧鬧，好像把白天下跪的事情忘記了。一到夏天，小街上顯得有點擁擠，街坊們為了歇涼，把涼床竹椅門板都搬到外面，還在青石板上灑水，企圖撲滅地上的暑氣。

這時，忽然聽見有人叫我，光伢子，光伢子。

我扭頭一看，原來是劉秀美。

劉秀美把我拉到一邊，感動地說，光伢子，我聽你劉伯伯講了，你們真是好朋友。國防現在變成這個樣子，我心裡好痛，心裡出血嘞。我剛才跟他講，如果他不答應，我就要摔爛小提琴。他聽我這樣一說，大概是害怕了，緊緊地護著小提琴。看來他還是捨不得它，心裡還是想拉琴的。

我擦著汗水，說，那就有希望了。這樣吧，從明天開始，我們輪流幫劉伯伯推板車，好嗎？

劉秀美淚水盈盈，沒有說話，伸出手，摸了摸我的腦殼。

第二天，我清早起來，往腰間繫上長羅巾，帶著斗笠和水壺，全副武裝地走到吳天師屋門口等候。沒過多久，門吱呀地打開，劉大草先走出來，露出黃牙朝我笑笑，說，哎呀，太麻煩你了，光伢子。

我說，不麻煩。

接著，吳天師也悄然地出來了，手裡拿著斗笠，肩上挎著黃漆剝蝕的水壺。我不由一驚，他怎麼還要去呢？細想，哦，也許是他的腦筋一時還轉不過彎吧？

那天，我跟著劉家父子到火車站拉黃片糖。貨裝在麻布袋裡，層層疊疊地碼在板車上，再拿粗繩子橫一下豎一下紮緊，簡直像一座小山。我跟吳天師在後面用勁地推著，他一直沒有說話，低頭望著地面，雙手撐在貨物上，跟我好像是陌生人。我也不便主動地跟他說話，不然，一定會討個沒趣的。我想，如果吳天師還像以前一樣，我們就合夥把麻布袋弄個小洞，這樣，能夠偷黃片糖吃。那麼，在沉重苦力的過程中，該是多麼的有趣，會生出一點悠然和甜意。我們欠著細細的腰身，拱起小小的屁股使勁地推著。我是第一次推板車，才體會到這個買賣太費力氣了。加之天氣又熱，太陽毒辣，整個世界像熱氣騰騰的大蒸籠，汗水拼命地往下流，潷水一樣。我瞟瞟身邊的吳天師，暗暗歎息，哎呀，擺著好好的小提琴不拉，為什麼要來推板車呢？

推了幾里路，我感到很吃力，手腳酸痛，胯骨酸痛，像脫臼。我想叫劉大草歇歇氣，他好像沒有這個意思，像一頭老黃牛，俯身弓步，一尺一尺地往前拉著。膠輪壓在滾熱發泡的柏油路上，響出滋滋的聲音。知了在樹上狂燥地叫著，兩種煩躁的聲音摻雜在一起，讓這個鬼天氣顯得更加炎熱。劉大草拉著板車走出火車站很遠了，終於像牛屎蟲爬上一個叫雙坡嶺的地方，然後，才停下來，呼呼地喘著氣，說，喂，歇一歇吧。

太陽仍然很大，好像在考驗我們。我恨不得扯一塊巨大的厚布，把這個張狂的傢伙遮擋起來。三頂破爛的斗笠下面，是三張汗流滿面的臉。我們躲在路邊的槐樹下，用長羅巾擦汗，打開水壺咕咕嘟嘟地喝水。後面許多板車，像一粒粒黑色的螞蟻馱著食物，在艱難地移動著。

這時，馬路右邊突然傳來小提琴聲。我一聽，是《新疆之春》，悠揚的旋律隨著熱風響來，倒覺得像陣陣和煦的春風。

這是誰呢？

我們不由扭頭朝右邊望去。

離馬路大約五十米，有幾十排新砌的房子，被濃密的樹林綠色地掩映著。在最前面一排房子的屋簷下，原來有個妹子在拉小提琴，年紀估計二十歲左右吧。我清楚，那是寶慶印刷廠，一個很大的新建的廠子，聽說有三千多人，絕大多數是從北京或上海遷來的。他們的到來給偏遠保守的寶慶小城，帶來了時髦的穿著打扮，還有語言。他們的打扮和語言，多少影響了小小的寶慶。許多人東施效顰，簡直讓人哭笑不得。

我聽得出來，這個妹子的琴藝沒有吳天師的水平，拉得不怎麼流暢。不用想，這不是一個高手。我側眼看看吳天師，他卻聽得十分入迷。長羅巾纏在手上癡癡地望著，有點激動和驚喜，也有些許的遺憾。汗水像透明的鼻涕蟲不斷地在他臉上流淌，他好像忘記了在推板車，又回到拉琴的忘我的日子。很難說，他現在是把自己當作普通觀眾的角色，還是當作訓練有素的小提琴家，或許，兩者兼有吧。我能夠感覺到，他內心有一種強烈的衝動，極想走過去教教那個妹子（他應該叫她姐姐）。他完全有資格充當她的老師，還會嫺熟地拉一曲《新疆之春》，讓她領略他的水平，欣賞他美妙的琴聲。遠遠看去，妹子似乎很乖態，苗條的腰肢，白短袖衣，白短褲，修長的雙腿。當她拉罷一曲，抬眼望著馬路這個方向時，我這才發現，她的眼珠子很大很亮，臉上泛出激動和愉悅。

劉大草也在靜靜地聽著，彷彿在聽吳天師的琴聲。當然，他畢竟記起了這堆沉重的貨物，催促說，走吧走吧。連說幾聲，吳天師好像也沒有聽見，仍然在安靜地聽著。

這時，那邊在拉《洪湖水浪打浪》。

我想，她拉得還沒有你好，你為什麼不拉呢？

我沒有說出來，擔心刺激他。

第二天，奇蹟終於出現了。這天是輪到三眼銃推板車，吳天師竟然沒有去了。三眼銃晚上回來告訴我們，劉大草高興死了，說他家國防肯定要拉小提琴了，不來推板車了。三眼銃又說，哎呀，娘賣腸子的，推板車太費力，我受不了嘞。哪天沒有被累死，也會被太陽曬死的。

我們聽罷，也很高興，這的確是一個很好的跡象。預示著吳天師要重新撿起小提琴，要回到音樂的世界中去。我把昨天看到的情景告訴夥伴們，大家疑惑地說，難道他從那個妹子身上獲取勇氣了嗎？總之，不管他是否在那個妹子身上獲取了勇氣，只要他拉琴，音樂的序幕就會徐徐地扯開。

所以，我還說，不論我們怎麼累，也要堅持下去，千萬不要兩天打魚，三天曬網。

讓我們感到極其困惑的是，哪怕我們就是尖起狗耳朵，也沒有聽到小提琴聲從劉家快樂地飄出來，一連幾天也沒有。難道他又回到封閉的狀態中去了嗎？難道我們的挽救工作沒有一點效果嗎？難道他沒有從那個妹子身上獲取勇氣嗎？我們幫劉大草推板車，日曬雨淋，還不是為他好嗎？其實，我們累得像孫子一樣。

我們著急了，問劉秀美。劉秀美眨眨眼，故作神秘地說，哦，放心吧，他每天拿著小提琴出去了。

我哦一聲，頓時明白，吳天師肯定到那個妹子那裡去了。他大概不好意思在屋裡拉小提琴，就去了遠遠的雙坡嶺。何況，那裡還有一個乖態的女同道。

5

總之，我們跟劉大草夫婦都很高興，我們甚至還有一種巨大的成就感。

我們終於把吳天師從頹廢的泥淖中拯救出來了（或許，那個妹子也有一份功勞吧），讓他重新回到音樂的天地裡，讓他的特長能夠繼續有所長進。那麼，他往後一定會有出息的。如果放棄，豈不是太可惜了嗎？我們懂得堅持不懈是何等的重要。小街上，原來有一個把式，叫古四爺。一老拳打得門板爛，三五個男人都不敢攏邊。後來呢，不明白為什麼不練功了。幾年下來，恐怕連一個人都打不贏了，走路起飄，武功生生地廢掉了。雖然吳天師不在屋裡拉琴，小街上也聽不到他的琴聲，更不會跟我們到公園開音樂會，我們仍然感到很高興。只要他重拾小提琴，就說明大家的努力沒有白費。我們的心胸開闊，不需要任何回報。

吳天師拉小提琴去了，我們說話算數，仍然輪流幫劉大草推板車。劉大草很客氣，說，算了吧算了吧，我以前不也是一個人拉板車嗎？

我們卻堅持幫他推板車，以便讓吳天師放心，也能夠證實我們的承諾並非兒戲。大家都很自覺，按順序輪流推板車。如果某人今天幫劉大草推車，晚上回來，就會提醒另一個人明天要起早床。還要特意拍拍對方的肩膀，說，豬腦殼，莫睡懶覺嘞。

雖然幫劉大草推板車沒有分文報酬，我們爺娘也很支持，認為這是在做一件功德無量的好事。更重要的是，沒有人牢騷沖天或哭哭號號地來告狀了，覺得日子安靜多了。每天清早，我們爺娘還按時叫床，拍著我們的屁股說，快起來，快起來，太陽曬屁股了嘞。儘管是輪流推板車，大家還是曬得像黑雷公。同時，也深刻地體會到劉大草的不易。他吃得苦，又沒有親生崽女。所以，我們推板車時，總是說起吳天師的種種優點。還說，往後小街上只有他有出息，我們都是無用之人，讓劉大草感到一種寬慰。

當然，無論是誰幫劉大草推板車經過雙坡嶺，都能夠看到吳天師在拉小琴。我們卻沒有一起到過雙坡嶺，如果一起去看他跟那個妹子拉小琴，其刺激性顯然是不一樣的。有一天，我們相邀而去，當然沒有走近，更沒有讓吳天師發現，擔心引起他的反感。

我們都零零散散地躲在馬路邊的槐樹後面，或農舍後面，隔老遠，靜靜地望著，聽著。

看見了什麼呢？

哈哈，吳天師跟那個妹子愉悅地站在屋簷下面，要麼獨奏，要麼合奏，要麼是吳天師對她進行指點。雙方都很投入，兩粒黑色的腦殼有時差點碰在了一起，顯得很親密。好像忘記了這個喧鬧的世界，忘記了這個炎熱的夏天。拉的曲子也都是我們很熟悉的，所以，我們不由輕輕地跟著哼起來，三眼銃還一隻手打著拍子。

吳天師算是碰到了好運氣，碰到在寶慶印刷廠這個地點。這裡離街上有一段距離，其風氣卻跟街上完全不一樣。比方說，這對男女即使天天在拉小提琴，那些北京人跟上海人也不會說三道四的，他們的眼界和見識，比寶慶人顯示出大城市人的胸懷和氣度。不然，吳天師肯定受不了那些閒言碎語的，會重新回到小街上閉門不出。有時，兩人又咯咯地笑起來，笑得是那樣的單純，可愛和坦誠。是的，在這裡他們不必忌諱什麼，不必提防什麼，不必迴避什麼。他們可以把自己以及美妙的小提琴聲，盡情地袒露在屋簷下面，袒露在人們眼前。

在他們旁邊，擺著兩把淡綠色的小竹椅，顯然是供休息用的。一條深黃色的長板凳上，擺著兩個小小的白茶杯。我們肯定那個妹子是寶慶印刷廠的。問題是，如果她是個工人，難道不要上班嗎？能夠天天拉琴嗎？哦，她或許有病吧？請了長期病假？也或許是個知青吧？不然，她哪裡能夠一直閑在屋裡呢？當時，很多知青藉故在城裡逗留，三不三，才很不情願地到鄉村打個轉身。

我們對那個妹子的身份猜測不斷，卻沒有確切的答案。想問問吳天師，還想問問她叫什麼名字，又擔心他生氣，繼而破壞他的情緒——他不喜歡別人打探他的秘密。所以，我們把這個猜測小心翼翼地存貯起來。心想，往後一定會有一個準確的答案。我們甚至也沒有問過劉大草夫婦，只要吳天師拉小提琴，大家就徹底放心了。我們曾經相伴多次到過雙坡嶺，羨慕地望著吳天師兩人，覺得他們的生活充滿了濃濃的詩意，我們希望這種詩意一直能夠飄蕩在雙坡嶺的上空。

當然，有人偶爾看見吳天師跟那個妹子進過電影院，說說笑笑，吃著冰棒，或剝著瓜子，似乎一點忌諱也沒有。說實話，對於他們進城看電影，我們畢竟還有點擔心的。在那個年代，男女排對子是需要勇氣的。說不定，閒言碎語就會追隨而來，像虱婆滿天飛揚。三眼銃還提供一個新消息，說他娘老子看見吳天師跟一個妹子在商店買東西，妹子給吳天師買了一件紅背心。還說，妹子肯定比吳天師大幾歲。

只要沒有閒言碎語，對於這些現象我們也很理解的。吳天師又不是神仙不需要休息，也不可能時時刻刻地拉小提琴，也需要勞逸結合。不是有人說過，會休息的人才會工作嗎？他看看電影，他逛逛商店，他散散步，不就是一種很好的休息嗎？

吳天師重新出山，對於我們這幫人來說，也是一個很好的促進。大家好像很懂事了，好像都在小心翼翼地維護吳天師的現狀。當然，我們也需要玩耍。比如，跳跳馬，耍耍玻璃彈子，打打三角板，滾滾鐵環，再就是成群結隊地去雙坡嶺。有的大人很不理解，驚訝地說，哎呀，這些鬼崽崽屌巴長毛了吧？蠻懂事了。

說這個話的人，哪裡懂得我們的心思呢？他卵都不懂。

後來，三眼銃提議說，我們不如走到他們身邊聽聽，那就更有味道了。每次都是遠遠地看著，像做賊一樣，太不過癮了。

我斷然反對，說，豬腦殼，千萬不能去嘞。你也不想想，吳天師在屋裡都不拉小提琴的，你說我們能走過去嗎？他難道不反感嗎？

三眼銃說，我是想把我們跟他的距離拉近一些，像以前那樣。

我說，以前是以前，現在是現在。情況已經變化了，豬腦殼你懂嗎？

夥伴們都同意我的意見，否決了三眼銃的提議。

三眼銃好像並不服氣，似有去吳天師身邊的意思。其實，他要瞞著大家到雙坡嶺，我們哪裡能夠阻止呢？只是這樣一來，肯定會攪亂吳天師安靜的局面。我覺得，這不是一件小事，它勢必影響到吳天師的情緒。所以，當著夥伴們，我警告三眼銃說，三眼銃，你如果單獨偷偷地到雙坡嶺，我們決不會饒你的。我說，要去，也要一起去。當然，還是像以前那樣，躲在槐樹和屋子後面看看。我說，這跟你走近他難道有什麼區別嗎？吳天師又不是沒有看到過的。三眼銃終於忍不住，說，我想仔細看看那個妹子。我大笑，一拳擂在他的胸脯上，說，豬啊，你終於吐真言了。

這樣安穩的局面維持了四個月之久吧。

夏季已向秋天走去，樹葉開始紛紛揚揚地飄落。小街青石板上的樹葉像金幣鋪蓋，也似一隻隻樹木的眼睛，金黃色地好奇地注視著世事的變化。沒過多久，輪到吳天師下鄉了，插隊在城步的大山裡。得到通知時，他好像沒有其他知青的痛苦和消沉，好像還很輕鬆和高興。照樣到雙坡嶺，或跟著劉秀美上街採買生活用品，好像是招工了。我們弄不懂，插隊對於他來說，難道是很高興的事情嗎？他難道不明白，城裡戶口隨他落到了那個偏遠窮困的大山了嗎？

送行的那天，秋風徐徐向小街吹來。吳天師提著小提琴，我們幫他拿著行李。他沒有反對我們送行，當然，也沒有說感謝的話。我們並不計較這些，只要他繼續拉琴，倒也無憾。大家幫他推板車，不就是一個很好的證明嗎？

在闊大的操場上，擺著許多送行的汽車。汽車披紅戴彩，鑼鼓喧天，人如山如海。在一片喧鬧聲中，也不時地溢出微弱的哭聲，像波濤洶湧的大海，翻出幾朵小小的浪花。劉大草夫婦不斷地囑咐吳天師，劉大草還不時地拍拍他的肩膀，好像在試探他的力氣。劉秀美淚水汪汪，手裡拿著藍色的方格子手帕，擦一下，又擦一下，一副很捨不得的樣子。吳天師卻沒有這種離別的傷感，微笑著，對於爺娘的交代不斷嗯嗯地點頭。好像他不是出遠門，更不是插隊，而是到城南公園拉琴。那天，我們發現他衣服裡面穿了一件紅背心。在等待上車的時候，他也沒有跟我們說話，仍然是很生疏的樣子。我們很想跟他說說話，他卻沒有說話的意思。所以，大家欲言又止。直到上了車，他才看看他的爺娘，再掃了我們一眼，招招手，說，你們回去吧。

這話好像是對他爺娘說的，又好像是對我們說的。不論他是對誰說的，我們希望吳天師到了大山裡，絕對不要放棄。更希望他靠著自己的特長，能夠早日招工回城。

就在汽車準備開動的時候，我們突然看見一個穿著別致的妹子從人群中衝過來，大喊，劉國防——，緊接著，努起小嘴巴，把一包捆紮整齊的東西往車上拋去，像拋炸藥包一樣。然後，雙手捂著臉嗚嗚地哭起來，很傷心。

站在車上的吳天師，一手緊緊地抱著那包東西，淚水也嘩地流了出來。

從那天起，我們終於結束了推板車的歷史。

6

吳天師插隊之後，我們更加難以看到他了。

他每次回家，都是帶著小提琴回來的，跡象說明他並沒有放棄，所以，這讓我們感到有些許的安慰。可想而知，大山裡的生活條件肯定很差勁，比不上寶慶城。而大山也並非沒有絲毫的長處，比如說，大自然的清新和美妙，花香與鳥鳴，肯定會給他帶來許多的靈感和激情。他將會更加珍惜那種寂靜的環境，琴藝一定會提高得更快。

吳天師顯然變得結實許多。骨架大了，皮膚更黑了，鬍子也稀稀拉拉地長了出來。總之，像一個大男子漢了。我們明白，這是大山風雨的鍛造。我們呢，仍然像一根根孱弱的豆芽菜，生長在陰暗潮濕的小街上。我們驚愕的是，他回來仍然沒有在家裡拉過小提琴。他每次風塵僕僕地回到小街，放下黃挎包，洗漱一番，就提著小提琴出去了，好像是去參加演出。

他每次出門，都穿得很整潔。衣褲顯然是換過的，頭髮梳得亮亮的，好像是去相親。跟剛進屋的那一副潦草模樣截然不同，迅速徹底地剔除了鄉村泥土的氣息，渾身又顯示出城裡人的做派。吳天師匆匆回家又匆忙而去，究竟到哪裡呢？是不是在鄉下結識了新的同道，跟他們切磋琴藝去了呢？是不是知青們回城自得其樂地搞小範圍的演唱會呢？我們清楚，知青中有很多極具才華的人，有打球游泳的，有努力寫作的，有讀書思考的，有唱歌跳舞搞樂器的，還有玩魔術或雜技的，簡直是五花八門。

我們想摸清吳天師回家之後的行蹤，當然不是出於窺視的原因，而是關心他，看他到底去了哪裡。有一次，吳天師又回來了，在屋裡沒有待上半個小時，就拿著小提琴匆匆地走了，朵朵朵地消失在石板路的小街上。我們早已架勢跟蹤他的，所以，這次悄悄地跟在他後面，看他去哪裡。走著跟著，吳天師過了東風橋，居然往雙坡嶺方向走去。他步履急促，很興奮，好像有些迫不及待，也沒有往後面看一眼。如果多看幾眼，或許會發現我們的。

哦，我終於明白了，左手果斷地在空中一砍，陡地停住腳步。

三眼銃驚疑地說，哎，光伢子，怎麼不走了？

我笑笑地說，不要走了，他肯定到雙坡嶺。

原來，他不是去找新結識的同道，也不是去參加知青的小型演唱會，而是去找那個妹子。他始終沒有忘記她，這不由讓我們有些嫉妒。望著吳天師漸行漸遠的背影，我的懷疑由此而生，如果他是去幫那個妹子提高琴藝，同時，自己也在刻苦地練習，那另當別論。有男有女，算是相互促進和激勵吧。如果不是呢？我這個人的想像力比較豐富，居然聯想起他跟陳白毛女的那樁事情，如果——我說的僅僅是如果，如果他跟這個大幾歲的妹子又是……這時，我不敢往下想了，也沒有勇氣往下想。我惟願他們沒有那種關係，僅僅是切磋琴藝而已。我沒有把這種可怕的聯想對夥伴們說，是不願讓大家也往這上面去想。那麼，吳天師跟那個妹子的來往如此密切和長久，還有那個妹子送行時的淚流滿面，這到底又是什麼感情呢？

聽到那些睡眠不好的街坊說，吳天師每夜很晚才從外面回來，很興奮的樣子，輕輕地哼著曲子，似乎發生了難以抑制的高興之事。我們聽罷，很理解他。有個乖態妹子跟著練琴，哪怕就是一個鬼，也會感到高興和幸福的。

吳天師從鄉下回到小街上，一般住個十天八天的。他好像不太情願回到大山去，每天樂於串行於小街與雙坡嶺之間，那是一段十里多路的距離。他即使無奈地到了遙遠的大山，頂多一個月左右又回來了，像一隻不辭辛苦的候鳥飛來飛去的。他仍然不齒我們，似乎願意做一隻孤單的候鳥。據劉大草說，他曾經勸過吳天師，叫他跟我們玩耍，像以前那樣親密無間。劉大草還說，諸葛光和三眼銃這些人，曾經給了他們許多的幫助，叫他不要忘記了。吳天師卻沒有聽他的話，嘴巴嗯嗯地應承著，行動上依然我行我素。看來，他把這些崇拜者和支持者忘到腦後去了。為此，劉大草向我們解釋時，臉上湧出愧疚和無奈，粗大的雙手搓動出難以抑制的遺憾。面對這個粗獷的男人，我們勸他不必愧疚，說，他只要拉小提琴，大家就很知足了。

我們說的這些話是真心實意的。當然，也不排除有一種遺憾和微詞。他竟然把這些好心的夥伴忘記了，或許是，他覺得跟我們玩耍沒有多少味道吧？

對於吳天師的行為，相對而言，劉秀美要比劉大草敏感。她臉上經常泛起憂慮，好像擔心有什麼大事又將發生在吳天師身上。顯而易見，只要吳天師回到大山，劉秀美的臉色才開朗起來，渾身像卸下了沉重的包袱，跟街坊們也有話說了。而吳天師一旦回來，按說，作母親的應該感到高興才是。她卻沒有高興，反而憂心忡忡，一副很緊張的樣子。那幾天，她跟街坊也不說話，神情恍惚，甚至丟三落四的。有時到菜場買菜，回來時仍然提著空籃子。走著走著，突然想起，腦殼一抬，輕輕地哦一聲，又沮喪地返回菜場。

後來，母子之間的衝突終於發生了。

那次，我們在小街上耍跳馬的遊戲。這個遊戲是叫某個人站著，雙手捂住腦殼，弓下腰，讓其他人從背上一一跳過。如果沒有跳過的，就要換下做跳馬的人。這時，我們看到吳天師從鄉下回來了。當他從我們身邊走過時，居然沒有看我們一眼，徑直往屋裡走去。據我們的經驗，他進屋洗漱一番，很快就會出來的。然後，馬不停蹄地去雙坡嶺。

誰知時間過去了很久，還不見吳天師出來。

——這是怎麼回事呢？

我們緊張地盯著劉家的門口，似乎有一種不祥的預感。娘賣腸子的，肯定要出事了。

這時，只見劉秀美滿臉怒氣，揚起腳猛地一踢，砰地把門關上。接著，響起劉秀美的吼叫聲。聲音很模糊，我們隱隱約約只聽見一句，她罵道，你的記性難道被狗巴走了嗎？可以想見，劉秀美很憤怒，她從來沒有像今天這樣發過脾氣，對吳天師歷來是愛護有加。即使出了陳白毛女勾引吳天師的醜聞風波，她也沒有罵過吳天師。今天，她肯定是再也忍無可忍了吧。她的罵聲嗡嗡營營地從門窗縫裡鑽出來，飽含了小街特有的潮濕和風格。

我們早已停止了快樂的遊戲，怔怔地站著，像一粒粒呆板的跳子棋。小街上的嘈雜聲似乎都消失了，給劉秀美的叫罵聲提供了一個寂靜的背景。我們很想聽到吳天師的回擊，卻沒有聽到他大聲說話。或許，他在小聲地解釋吧？以求得母親的寬容和體諒吧？或許，他栽著腦殼默默無聲，拿著小提琴，讓劉秀美盡情而痛快地發洩吧？他一定明白，惟有等到劉秀美發洩過了，她才有可能無奈地閃開一條通往雙坡嶺的通道。劉秀美一定是在極力地阻止他跟那個妹子的頻繁往來，她一定有所預感，像他們這樣繼續接觸下去，悲劇將會重新隆重上演。

我們估計，吳天師今天終於死了猴子，不可能如期到雙坡嶺了，他跟那個妹子將會感到十分的遺憾。

三眼銃甚至有點幸災樂禍，說，他肯定去不成了。

三眼銃的話剛說完，劉家的屋門咣地打開，只見吳天師帶著惱怒的臉色走出來，不快地扯了扯衣領，又把頭髮抹了幾下，嘴裡不滿地嘀咕著什麼。然後，挺挺胸，匆匆地朝街口走去。

我們沒有看到劉秀美追出來。兩頁屋門在無聲地扇動，惟有她嗚咽的哭聲固執地朝吳天師哀哀地追趕而去。

7

這是劉秀美唯一一次阻止吳天師，卻沒有取得成功。

看來，她阻止不住吳天師的行動。

吳天師已經長大了，有自己的主見了，不再是以前那個順從聽話的人了，也不是那個幼稚的容易受騙上當的人了。他這種罕見的固執，讓劉秀美無可奈何。其實，我們都無可奈何。難道不是嗎？劉秀美的憂愁和吳天師的快樂，形成了鮮明的對比。倒是劉大草胸襟開闊，勸劉秀美不要阻止吳天師，說，去吧去吧，他想去就去，又不是做壞事。劉秀美氣惱地反問道，你怎麼曉得他不是做壞事呢？這一問，把劉大草問懵了。所以，劉大草又來問我們，低聲而困惑地說，哎，你們說說看，我國防是去做壞事嗎？我們搖著頭，安慰說，不是，不是，肯定不是的。

吳天師到雙坡嶺拉小提琴，一直持續三年多。不論春夏秋冬，只要回家，照去不誤。吳天師從大山回來很高興，然後，箭直往雙坡嶺跑。他終於戰勝了劉秀美，排除了這道障礙。當然，為了安慰爺娘，他經常帶回一些山貨。像冬筍啦，像蕨菜啦，像野兔肉啦，甚至像野豬肉和麂子肉啦，等等。聽說，他還給那個妹子送些山貨，以獲取她的歡喜。我們覺得，他這樣做並沒有什麼不對，為了能夠跟那個妹子一起拉琴，這點小恩小惠實在算不了什麼。而且，他沒有像其他的知青那樣，三年時間已經熬不住了，甚而開始蠢蠢欲動。或千方百計找藉口留在城裡，以躲避鄉村艱苦而漫長的日子。或想方設法開後門招工，以奪回城裡人的身份。吳天師沒有去活動，沒有拿山貨送禮。他似乎沒有感到鄉村生活的艱苦和枯燥，他的心裡總是懷有一個希望，這個希望就在雙坡嶺，在那個妹子身上。

總之，他毫不猶豫地跟我們劃出了一條不可逾越的鴻溝，跟他爺娘也劃出了一條不可逾越的鴻溝。這些年來，他成了一個自得其樂的孤家寡人。對此，他好像絲毫也不在乎。

深秋的一天夜晚，劉家終於爆發了一場驚天動地的哭聲。好像死了爺娘，把整個小街都震動了。街坊們像一群預感地震的動物紛紛地跑出來，慌亂不安地聚集在劉家門口，不知發生了什麼大事。那顯然不是劉秀美的哭聲，也不是劉大草的哭聲，而是吳天師的哭聲。那種哭聲好像要把門窗衝破，把洶湧的淚水拋灑在小街的青石板路上，將街坊們淋得像落水雞。一個男子漢哭得如此傷心，肯定是發生了重大的事情。如果說是劉大草夫婦出事吧，卻又不像。我們清楚地聽見了他夫婦的勸說聲，甚至還摻雜著他夫婦的斥責聲。

那麼，事情肯定是發生在吳天師的身上。

究竟發生了什麼事情呢？

暫時，誰也不明白。

明明暗暗的夜色中，街坊們的臉上堆起許多的猜測和疑惑，以及莫明其妙的興奮。他們零零碎碎地站在小街上，像一捆捆說話的稻草。他們沒有敲門勸解，只是在嘰嘰喳喳地議論著，耐心地等待著事態的進一步演變。

不出意料，緊接著，我們聽到更為可怕而刺心的聲音——可以肯定，那不是劉大草夫婦所為——而是吳天師瘋狂的舉動。他在狠狠地摔著小提琴，木塊發出驚心動魄的砰砰聲，還有琴弦清脆悲鳴的斷裂聲。加上吳天師嚎啕的哭泣聲，簡直震得我們的耳朵發麻，心裡一跳一跳的，讓夜色中的小街陷入更為悲傷的境地。街坊們驟然噤聲，驚愕地張大嘴巴，鼓著眼珠子，都被這種強烈而不可信的聲音嚇住了。誰都明白，小提琴是吳天師的親生父親留下來的，它忠實地伴隨了他多年，主人也對它愛惜有加。現在，他竟然如此狠心地把它摔爛，肯定碰到了極其絕望和痛苦的事情。不然，他會這樣狠心嗎？會拿它來發洩嗎？以前，我們想摸一摸他都不答應的。

我們多麼不希望他再起什麼風波了，讓他平靜地把小提琴拉下去，一直拉到北京，實現他最終的夢想。而生活卻是這樣的殘酷無情，偏偏讓他重蹈覆轍。

——這難道是命運嗎？還是由於他的性格使然？

直到第二天，我們才終於明白事情的原委。

上一次，吳天師在劇團鬧出的軒然大波，可以說他還年幼無知，不明白生活的複雜性。而且，又是陳白毛女引誘他的，他處於被動而懵懂的位置上，應該是可以原諒的，儘管他也吃了大虧。這一次，則是他主動地愛上那個妹子的——比他大六歲的黃秀秀——黃秀秀並非不清楚吳天師的往事和底細，而這個長期在家養病的妹子卻不計較，甚至驚世駭俗地答應跟他戀愛。當然，吳天師也不計較她的身體（究竟是什麼病，我們沒有打聽過），小提琴當然是悅耳動聽的忠實媒人。兩人竟然熱戀了整整四年半，這其中少不了山盟海誓。他們甚至精心地設計了美妙的藍圖，往後一起到北京的舞臺上演奏。到那個時候，在結束演出之後，再當眾公開兩人的戀情。現在，兩人都對雙方的爺娘隱瞞的——

儘管劉秀美已有預感和提防——以小提琴作為幌子，居然瞞過了許多的眼睛。誰也想不到，他們已經陷入了熱戀的境地難以自拔，怪不得吳天師對於插隊毫不痛苦和絕望。因為他抱有一個巨大的希望，那個希望高高地懸掛在他眼前，像一輪太陽十分耀眼和誘人，讓人無法拒絕。後來，誰知事情發生了不可逆轉的變化，黃秀秀要跟隨爺娘調回北京——這不啻是一個驚天劈雷——黃秀秀痛苦不堪，甚至為此休克過。為了報答吳天師這幾年的付出，黃秀秀第一次——當然也是最後一次——在郊區的桔園裡面，跟吳天師鬥了榫子。然後，不得不揮淚斬斷這段罕見的情緣。所以，這讓吳天師更加的傷心和絕望，覺得天一下子垮掉了。

據我們猜測，吳天師肯定有過如此精密的考慮，認為碰到黃秀秀，愛上黃秀秀，這是上天的恩賜。黃秀秀一家是北京人，以後一定有機會返回北京的，那麼，他不是也能夠隨同而去嗎？那麼，他不是能夠達到去北京拉小提琴的目的嗎？而現在，一切轉眼都化成了泡影。

這樣的打擊，對於他來說未免太沉重了，比劇團風波所給他的打擊更為深重，所以，他徹底地絕望了。不然，他會發癲似地摔爛心愛的小提琴嗎？

後來，聽街坊們說，吳天師那天晚上回來時，跟平時的情緒截然兩樣，臉色十分難看。垂著頭，很孤單很痛苦的樣子。雙腿沉重，好像被一個無形的人拖著走。當然，也沒有哼曲子。手裡提著小提琴，好像小提琴有千鈞之力，隨時會從手中脫落。這讓那些看見他的街坊感到十分驚愕。

第二天清早，悲傷欲絕的吳天師突然從小街上消失了。

據劉大草夫婦解釋說，吳天師已經返回大山，說要回到寂靜的大山冷靜冷靜，似乎要讓冷冽的山風吹醒狂熱的頭腦。令人困惑的是，吳天師再也沒有回來了。甚至，包括過年過節。看來，他不再留戀這個小街了，包括他的爺娘。我們猜測，他是否悄悄地尾隨黃秀秀到北京去了呢？那麼，黃秀秀的爺娘能夠大度地接納他嗎？即使接納，戶口能夠得到解決嗎？這種種疑問，都懸掛在街坊們的心裡。

所以，每每提起吳天師，無人不連連歎息。

總之，小街上好像沒有吳天師這個人了。這個曾經風光過的人，也接二連三地鬧出過重大醜聞的人，連一絲悅耳的小提琴聲也沒有留下來。劉大草夫妻呢，好像沒有這個崽，吳天師彷彿從地球上消失了，也從不對街坊提起。劉秀美憂鬱重重，白髮爆出，像鋪了一層薄雪。聽說，那把小提琴的碎片她都保存下來，用一塊藍布包著，經常打開看看。睹物思人，淚如雨下。劉大草以往的高聲大叫，變成了默默無聲，像個啞巴。惟有拉著板車來去時，在石板路上發出起空起空的響亮。

夫婦倆陡地蒼老了許多。

吳天師的崩潰，對我們的打擊也很大。我們寄予他的希望一點也看不到了，他像扶不上牆的稀泥巴，讓我們屢屢失望。所以，我們大罵吳天師太不爭氣了，簡直是個蠢豬。在他走掉的第五天，我們做出了一起驚動寶慶城的大事件。在一個深夜，我們竟然像癲了一般，把大街上許多的標語通通地撕掉，街道頓時像鋪上無數破爛的彩色衣服。我們不明白自己為什麼這樣瘋狂，為什麼做出這樣驚人的舉動——日後細想，大概也是為了發洩吧？

這起很可能要抓去坐牢的重大事件，造反派居然沒有查到我們的頭上。八天之後，下鄉的號令輪到我們了。我跟三眼銃這夥人終於結束了幾年閒散的生活，離別了爺娘和兄弟姐妹，離開了陪伴我們長大的小街，以及光滑破損的青石板路，還有小街那種特有的氣味，插隊到遙遠而陌生的綏寧。那是跟城步相鄰的一個小縣，我們幸虧都落在茶場，這多少能夠驅散一點孤寂和痛苦。在茶場，我認識一個下放的美術老師。於百般無聊之中，我跟隨他學習畫畫。當聽到某個知青的小提琴聲時，不由讓我們時常想起吳天師。並多次說要到城步的大山探望他，瞭解他的現狀，卻又屢屢停留在口頭上。而我們每次相邀回到寶慶時，也沒有看到過他。

我們猜測，他不會躲在大山的某座廟裡當和尚吧？不會去做白毛女那樣的野人吧？難道他徹底地跟小提琴絕緣了嗎？難道他再也難以重整旗鼓一蹶不振了嗎？

8

二〇〇二年五月二十一號至二十六號，是值得我個人記憶的日子。這是我到省城舉辦第一次個人畫展，都是三眼銃給我籌畫和資助的。三眼銃發了大財，一直跟我保持著聯繫。畫展之後的晚上，三眼銃請我喝茶，並且神秘地說帶我去看看某個人。我不曉得這某人是誰，也沒有問他。他帶著我走進一家大酒店，大廳一側是茶座，有不少的客人。

坐了好一陣，也不見三眼銃說起那個某人。我正感疑惑，這時，他忽然抬起下巴，朝服務台一指。我順著方向看去，哦呵，我忽然看到了吳天師。

他從裡間走出來，一隻手握成喇叭狀湊在嘴邊，匆匆地對女服務員說著什麼。然後，迅速地掃了茶座一眼，又返回裡間。我這才明白，原來是三眼銃特意安排的，讓我看看多年不見的吳天師。吳天師沒有看到我，或許，看到我也不一定認得出來。他身材高大，穿著花格子襯衣，很瀟灑的樣子，比往年更富有男人的魅力。

三眼銃低聲地說，他跟婆娘經營著這個茶座，你曉得他婆娘比他大幾歲嗎？

我搖搖頭。

三眼銃伸出一隻手，做出兩頭翹。

我輕輕地哦一聲。

我想看看吳天師的婆娘，三眼銃站起來，四處望了望，說，不在。

我天真地問，他還拉小提琴嗎？

三眼銃驚奇地看我一眼，冷笑道，哎呀，還拉什麼小提琴？

牛皮籃球

1

我萬萬沒有想到，李上生後來對我有那麼大的仇恨。

按說，這件事情完全不應該由我來負責，所以，我一直覺得自己很委屈。

當時，我初中畢業插隊下鄉，下在一個叫龍井塘的小山村。從鄉下回家，有時在窯山附近的農村碰見李上生。他不是挽起褲腳準備出工，就是滿腳泥巴轉向另一塊水田勞動。一看他就是知青打扮。如果天冷，他就穿那種勞動布衣褲，如果天熱，就是藍色的短球褲，球褲的小袋子上，還有個用白布踩上去的6，白背心上也印著一個紅色的6。他從不像真正的農民那樣，把一條長長的羅巾纏在腰間。也不穿那種膠輪皮子做的草鞋，要麼是赤腳，要麼是破舊的藍網鞋。

我們點點頭。

他說回來了？

我說回來了。

然後，匆匆地走開。

相對來說，我倆在農忙季節見面要少一些，我也不可能回來，季節不等人。農閒時，我卻時常回家。這個時常的概念，是個把月回家一次吧。奇怪的是，我們沒有像以前那樣有許多話說，似乎自從插隊之後，我們變得有些生分了，也似乎變得成熟了。不像以前閑在家裡時，整天嘰嘰喳喳像一群幼稚的小麻雀，捧著個破舊的橡皮籃球，在球場上拼命地奔跑。

我停下步子，羨慕地望著他結實的背影。他是北方人，他爺老倌是窯山機修廠的六級鐵匠師傅，身材高大而有力，十八磅的鐵錘揮舞得呼呼有聲。有其父，必有其子。所以，李上生也長得高大而有力，已經有一米七五了，我們跟他不是一個等量級的。相比之下，我們這些南方伢子長得像豆芽菜，身材瘦小，個子矮小。我跟他是同學，他一下鄉竟然拿到了八分工，我只拿婦女的工分，每天六分，真是慚愧而又羡慕。還有，我插隊在很遠的小山村，離父母家起碼五十多里，他卻插隊在窯山附近的農村，每天可以回家吃飯睡覺，仍然可以時時享受爺娘的溫暖，可以享受窯山那份獨特的鬧熱。我至今也沒有弄清楚，他為什麼可以下在窯山附近的農村呢？我卻下在五十多里的小山村？我想，要麼是他家出身好，有點照顧吧？要麼是他爺老倌悄悄地給窯山的頭頭做了私貨，比如火鉗爐蓋菜刀之類的吧？

所以，我只能待在偏僻的小山村，品嘗著寂寞的滋味。

我跟李上生的籃球都打得很不錯的。他身體高大結實，風格兇猛，出手果斷，像坦克一般在球場上擂來擂去。他的三步籃，簡直不可阻攔，挾風帶火。所以，我們都叫他坦克。我是左撇子，中線投籃是很準的，一般人很難封蓋我的球。當然，我們還有一幫球友，像王高潮、岳朝陽等等。下鄉之前，我們幾乎整天都死在球場上，不曉得疲累，不曉得饑餓，拼命地叫啊喊啊，不打到老天完全斷黑，是絕對不會休戰的。休戰之後，我們忍著饑餓向河邊走去。那條河流離我們不遠，大約兩里路。我們有說有笑地走到河邊，身上的汗水就完全息了，然後，剝個卵打精光，一個撲嗵，栽入清澈的河水中，洗滌全身的汗水和疲乏。

現在，李上生跟王高潮他們仍然還可以經常打球，我呢，只有回家時，才能夠一試身手。在那個偏僻的小山村，哪有什麼球場呢？遍地是荒涼的山坡，還有一片片隨著季節變化顏色的田土。三天不練手生。所以，我的球藝每況愈下，想盡力追趕吧，心有餘而力不足。

當然，我們儘管在球場外見面時話少了許多，而一旦走進球場，我們還是像以前一樣生龍活虎龍爭虎鬥，喧叫聲一片，吸引許多人前來觀看。那時候的觀眾極為虔誠，雖說我們的水平不高，也不斷地為我們鼓掌或歎息。我們一般是打半場，以當時的人數來決定，或兩人一邊，或三人一邊，然後，分成幾組，每一輪打五個球，輸者下，贏者繼續坐莊。

插隊下鄉，並沒有把我們打球的興趣扼殺掉。

當然，所謂打球打球，如果沒有球，又何來打球之說？

這個故事的起因，就是為了一個籃球。

2

那時，我們打的是一個破舊的橡皮籃球。

這個籃球，還是教體育的古老師悄悄地送給我們的，也算是送給我們的一個離校紀念品吧，我們幾個人是他最喜歡的學生。只是這個籃球很破舊，古老師還沒有膽量送好籃球給我們。當然，無論如何，我們已是感激涕零。如果古老師沒有送這個籃球給我們，我們肯定會痛苦得要死。我們如果沒有球打，又做什麼呢？

打球，是我們唯一的興趣所在。

我們起先是非常珍惜這個籃球的，它給我們帶來了唯一的快樂。當時，在我們的生活中，已經不能沒有這個圓圓的東西了。所以，我們決定把球交給李上生保管。這既是他球藝頗高所致，也是對他的一種信任。我們說好了，每個人都有使用權，都可以隨時到他家拿球，而另外的人呢，就沒有這個權力了。

由此可見，這個籃球屬於集體財物，並不屬於某個私人所有。

令人頗為遺憾的是，這個籃球不說千孔百瘡吧，也已有了砂眼。所以，經常漏氣。我們把它打足氣，不一陣子，又變得軟綿綿的，像一個熟透的柿子，真是煩死人。我們又離不開它，如果沒有它，我們的生活將變得枯燥無味。所以，我們請修五金修鞋子的楊師傅，免費為它補了三個補疤。當然，我們跟楊師傅之間，是有交換條件的。誰家的鞋子或門鎖或雨傘破了，或壞了，一定要拿到他手裡修補。肥水不流外人田。儘管如此，我們打起球來還是覺得很不過癮。橡皮球上的粒粒全部磨光了，很滑手，一不小心，球就脫手了，很是難以控制，這給運球接球和投籃帶來了極大的障礙。

所以，我們覺得自己像落水的鳳凰不如雞。如果還在學校，我們就可以打好的橡皮球，一旦離開，就只有這種破舊的籃球打了。

也所以，我們十分羡慕礦球隊的牛皮籃球，那種籃球拿在手裡的感覺不一樣。有時候，礦球隊練球時，我們千方百計地爭取摸摸牛皮籃球，或是不惜奔跑遠遠地給他們撿球，返回時，能夠不停地拍球，顯得高興而激動。所以，是十分珍惜這個機會的。而那種牛皮籃球，不是我們隨隨便便能夠享用的，我們一次也沒有盡情地享用過。

那個籃球，是由礦球隊的張長子保管的。礦球隊的人練完球，然後，由張長子拿回家。那個張長子卻是一個很不好說話的人，對於後浪們的成長，一點也不給予關心和培養。我們對他說借牛皮球過一把癮吧，他卻老鼠眼一瞪，喂，打壞了哪個賠？你賠還是你賠？真是討厭死了。我們曾經對他小恩小惠過，偷過爺老倌的一根或兩根煙送給他。這個傢伙竟然貪得無厭，抽了我們的煙，卻不拿球給我們打，居然還厚顏無恥地說，起碼要五包煙才行嘞。

他娘巴爺的，我們到哪裡搞五包煙呢？

我們終於對他失望了。曉得他剛結婚，所以，暗暗地咒罵他，咒他生崽沒有屁眼。去買個新橡皮球吧，我們哪裡買得起呢？肚子都不得飽嘞。所以，只好拿著那個破舊的橡皮球，來敷衍和維持我們唯一的愛好。

這是我們下鄉之前關於籃球的狀況。

3

有一次，我從鄉下回家，已是傍晚。路過球場時，看見李上生跟王高潮那幫人在打球，他們打得很瘋狂。我一看，似乎有了某些變化，變化在哪裡呢？仔細一看，哦，居然不是那個破舊的橡皮籃球了，是一個八成新的牛皮籃球。他們打得十分興奮，咿咿呀呀地叫喊，像一幫饑餓的土匪在搶一塊肥肉。我站在球場邊也很高興，以為是那個張長子終於開恩了，讓我們品嘗梨子的滋味了。這時，籃球忽然滾到我腳下，我順勢拿在手裡一看，哎，不是張長子的那個籃球。那個籃球我認得，只有五成新，表面上顯得駁駁斑斑的。這個籃球的表面還是橘紅色的，沒有更多滄桑的痕跡。心裡納悶，這個球是誰的呢？

趁著李上生下場休息時，我走過去問他，喂，坦克，這個籃球是哪裡來的？

李上生擦著圓臉上的汗水，不說話，好像沒有聽見。

我又問一句，喂，坦克，這個籃球是哪裡來的？

他明白，再也無法迴避了，不高興地瞟我一眼，答非所問地說，你管是哪裡來的？你有蛋啵啵吃，還問是哪個雞婆生的嗎？

如此看來，這個球應該是他拿來的，不然，他也不會這般傲氣。後來，我又悄悄地問王高潮，他說他也不曉得，反正是坦克拿來的，問他他也不說，還說是從天上掉下來的。我再問岳朝陽他們，回答幾乎跟王高潮一樣。

我似乎有點不心甘，最後又問李上生，喂，坦克，這個籃球是哪裡來的？

李上生還是不說。

我覺得十分奇怪，他娘賣鬍子的，不就是一個牛皮籃球嗎？有什麼說不得呢？又不是原子彈屬於軍事秘密，又不是你娘偷人屬於醜事。我暗想，莫不是坦克偷來的吧？如果是偷來的，他或許不好意思說是從哪裡拿來的了，擔心我們告狀。如果人家曉得了，一定會來找他麻煩的。那麼，賊的罪名是鐵定背上了的。即使是偷來的，你坦然地告訴我們，我們也絕對不會說出來的，說出來，我們哪裡還有這種球打呢？我們不是也在享受你的勞動成果嗎？我們還巴不得你有這個本事。

那時，我們窯山的牛皮籃球屈指可數，說出來你也許不會相信，僅僅只有兩個。礦球隊一個，還有礦工會一個。礦球隊的這個球，是經常出現在球場上的。他們拿著練球啦，或是有外單位的球隊來比賽啦，像個正當年的不辭辛苦的壯年漢子。礦工會的那個球，一年到頭也難以看到它的蹤影，像個退休工人隱居深山。所以，你想想看，哪裡還有牛皮籃球讓他偷呢？非此即彼，一目了然。如果說是他買來的，那也不像。如果是買來的，應該是嶄新的，不會只有八成新了。

況且，李上生也買不起。

我們都買不起。

所以，關於這個牛皮籃球的來歷，我覺得存在一個很大的疑點。對於我們這些喜愛打籃球的人來說，打牛皮籃球，是我們的一種奢望。如果打這種球，人都要顯得精神抖擻多了。那麼，這個球到底是從哪裡來的呢？我又不便過多去問李上生，如果惹得他不高興，他是可以不讓我打牛皮籃球的，是可以取消我的資格的。籃球是誰拿來的，誰有這個權力——這是我們約定俗成的規矩。

如果李上生坦然地對我說了，那麼，這個疑點就不成其為疑點了，也不會發生後來的故事了。

4

自從李上生有了牛皮籃球，他當然就喜新厭舊了，慷慨地把那個破舊的橡皮籃球交給王高潮保管，權力下放。當然，王高潮也很少打這個破舊的球了，跟牛皮籃球相比，索然無味，已經提不起諸位打球的興趣了。王高潮他們總是希望李上生拿牛皮球出來打——是指那種整天整天地打。而李上生的原則是，他本人不到，那個牛皮球就不會出現在球場上。再說，李上生每天還要出工，打球能夠掙工分嗎？

對於這個牛皮球的來歷，王高潮他們顯然沒有這份好奇去破譯這個疑團的，他們只要有牛皮球打就行了。有奶便是娘。所以，這個破譯疑團的任務，理所當然地歷史性地落在我的腦殼上。我這個人，歷來對於生活中的疑點，充滿一種好奇，一種興趣，有一種不破譯就欲罷不能的決心。

而我的時間顯然是有限的，每次回家的日子非常短暫。我不可能老待在窯山，把全部時間放在破譯工作上。我每次最多只在家裡住三兩天，然後，要回到鄉下去，起碼要個把月再回家。所以，我的破譯工作是斷斷續續的，不可能在連續的時間內一氣呵成。我要掙工分養活自己，爺娘已經沒有能力養活我了，爺娘都是資產階級技術權威，工資已經減少三分之二，雙雙押到五工區勞動，一直不准回家。家裡還有爺爺奶奶和三個弟弟，我怎麼能夠忍心還讓爺娘操心呢？我每次回家，已經是揩了家裡的油水了。

以前回家，我都是死在球場上的，拼命地奔跑和吶喊，跟坦克們盡情地揮霍著青春而騷動的力氣，這至少能夠讓我暫時忘記家裡的困境，籃球對於我而言，的確是一劑最好的麻醉藥。自從李上生的牛皮籃球勾起我的好奇心之後，我的心思已不在球場上了，即使去打球，也是應付式的，有點心猿意馬。不是把球誤傳給對方，就是把球投得離籃框起碼一米多遠。他們如果責怪我，我就解釋說，我如今不像你們天天還能夠死在球場上嘞，球藝自然差了許多嘞。其實，只有我自己清楚，我更多的心思，轉移到牛皮籃球的來歷上了。我覺得，它的來歷頗為可疑。我想，既然問李坦克無果，那麼，只有先從礦工會查起，或許是礦工會的那個球吧？那個球極少露面，像待字閨中的女子，的確顯得有點神秘。

礦工會在機關二樓頂裡面的那間房子，門上掛著紅漆剝落的牌子，這並不難找。我不認識工會的人，只曉得那個腦殼頂上呈現出光亮的胖子，是工會的人。我悄悄地站在門邊，看見那個胖子坐在辦公桌邊，對著一面小鏡子，不斷地撥弄著稀稀拉拉的幾絲頭髮，企圖掩蓋住頂上的那片光亮。也許他很敏感，感覺到門口有人，迅速地把鏡子鋪在桌子上，拿報紙蓋住鏡子，然後，反轉臉來，望著我說，哎，你找哪個？

我嘿嘿地笑著說，我不找哪個，我在找籃球嘞。

胖子眨著眼珠子，說，找什麼籃球？

我說，我在想……不曉得工會的那個籃球還在不在？

胖子聽我這樣一說，笑得眼珠子眯了起來，說，你怕是吃鹹蘿蔔操空心吧？我們的籃球怎麼會不在呢？難道被人偷走了嗎？他似乎有些警惕，好像我的話給他某種提醒，馬上站起來，打開靠牆壁的一個紅色的大櫃子，在一堆亂七八糟的錦旗裡面翻了翻，終於把籃球翻了出來。然後，用汗毛深長的雙手捧著籃球，說，怎麼不在？喊。

我一看，那個牛皮球真的還在，怕有九成新，像一個熟透的巨大的桔子，它肯定不是李上生的那個。我點頭哈腰地說，在就好，在就好。然後，迅速地溜走了。

我聽見胖子在冷冰冰地說，這個伢子的腦殼怕是有毛病嘞。

我沒有感到這是對我的一種侮辱，我終於證實了坦克的那個球不是工會的。那麼，下一步我應該到哪裡查找呢？我一時有些茫然，也覺得自己的思路有問題。如果要查清這個籃球的神秘來歷，恐怕還得要擴大查找的範圍。那麼，看來只有去查查李上生的鄰居，或許是哪個鄰居送給他的吧？

問題是，那些鄰居哪有這麼好的球送給他呢？

當天下午，我準備去查坦克的那些鄰居，我的隊長朱五爺卻揹著一根長長的竹子找來了，這讓我感到有點驚訝，他怎麼來了呢？朱五爺看出我眼中的疑問，說他是來窯山的鎮子上買竹子的，這裡的竹子比較好，然後，順便來我家看看。他是第一次來，我自然不敢怠慢，讓他把竹子靠在屋簷下的牆壁上，然後，陪著他在窯山轉轉，讓他見識一下窯山工業的氣派，我盡心盡力地做一個稱職的解說員。兩人轉一大圈回到家裡，我叫爺爺奶奶煮飯菜。

隊長問，你爺娘呢？

我搪塞說，他們到工區搞勞動去了，起碼要搞幾個月嘞。

吃了晚飯，我以為朱五爺會連夜趕回家的，他卻沒有回家的意思，叫我端熱水給他泡腳。我也不便催促，晚上他就在我家睡下了。

第二天，他竟然叫我一起回村裡。

而我還惦記著那個籃球的來歷，說，我還要去看看我爺娘嘞。

隊長狡黠地說，你真是個蠢寶，你跟著我回去，幫我揹揹竹子，是有工分的嘞。

我看他這樣說了，不便推辭，吃過早飯，就跟著他上路了。

5

當然，我心裡老不情願，埋怨隊長朱五爺來的真不是時候。他早不來，遲不來，偏偏在我專心致志調查那個籃球的來歷時，他居然就來了。並且，還叫我一起回隊裡，還拿工分誘惑我。至於工分，我當然想要。只是這樣一來，忽然掐斷了我調查的時間，我起碼要個把月之後才能夠繼續我的調查了。

在隊裡的那些日子，我老是想著李上生那個籃球的來歷。出工也想，散工也想。想來想去，想不出一個滿意的結果來。莫不是真的像他所說的，是從天上掉下來的嗎？

我隔壁的生產隊，有個叫映四爺的老人。聽說，他以前是算卦象的，專門靠這個吃飯。後來破四舊，他就不敢再搞了，每天在隊裡出工。出工又沒有幾兩狗力氣，農活不裡手，聽說活得很不是滋味。我以前沒有想過要見他的，一個算卦象的，找他做什麼呢？這時，我忽然想起了他，我想請他打一卦，至少可以縮小調查的範圍吧？

我拿著幾個紅薯到他家，也算是給他的報酬。

映四爺聽說我是來請他打卦象的，趕緊把門關緊，慌裡慌張地說，哎，你一個知青也信這個嗎？

我奉承地說，映四爺，我早就聽說過你的大名了，只是沒有來拜訪。今天來，也是無事不登三寶殿。

映四爺毫不客氣地接過我的紅薯，感激涕零地說，你是看得起我嘞，你有什麼事要我打一卦，儘管說吧。

我詳細地把心中的疑惑說出來，要請他卦出這個牛皮籃球是哪裡的。

映四爺聽罷，哦哦幾聲，說，這個不難。然後，把藏在牆壁內的兩塊小黑船般的卦具拿出來。他站立著，讓我閉目，他呢，煞有介事地念念有詞。然後，把手中的兩塊卦突然往地上嘩啦一丟。

我睜開眼睛一看，一塊朝天，一塊向地。

映四爺欣喜地說，嘿，是寶卦嘞。

我問，寶卦怎麼解釋？

映四爺說，寶卦是好卦嘞。

再打一次，又是寶卦。連打三次，竟然都是寶卦。

映四爺收了卦，不繼續打了，說，這是以三次為限的。

我忍不住問他，你說那個球是哪個給他的呢？

映四爺沒有說出具體的人，卻滿有把握地說，這個球嘞，來自於周邊團轉的嘞。

我激動地說，是他家附近的人給他的嗎？

映四爺仍然是高深莫測地說，這個球嘞，來自於周邊團轉的嘞。

也許是天機不可洩露吧，我沒有繼續往下問了，我心裡已經有底了。他所說的一切，跟我準備調查坦克的鄰居竟然十分吻合。我得意地說，坦克啊坦克，老子如果不查出來，老子就是你的崽。

那一個月鄉下的日子，我感到最難捱，我想儘快地調查出那個籃球的來歷。我還順著映四爺所指示的，利用晚上的時間，在紙上畫了一張圖紙，按照住房的順序排列出來——那是李上生樓上樓下的鄰居——並且張三李四地標上去，然後，一家家地進行分析，試圖分析出到底是哪家給他的。當然，這樣的分析有點像紙上談兵，居然毫無進展。據我分析，在李上生的這些鄰居中，沒有人對籃球表示親近，都屬於球盲之輩。我只曉得住在樓下那個姓胡的女人家裡，她有個妹子喜歡打乒乓球，還是學校小學部乒乓球隊的。除此而外，沒有人跟球有任何關係了。這讓我感到極大的困惑，難道映四爺打的卦不準確嗎？是故意逗我的嗎？

我天天數著日子，恨不能馬上請假回家，只是我沒有更充分的理由請假，我不是剛來村裡的嗎？當然，我可以說個謊，說我的爺爺奶奶，或是爺娘生病了，只是他們已被搞得焦頭爛額了，我如果還說這樣的謊，真是大逆不道。

我那種急迫的心情，由此可見一斑。

僅僅過去二十八天，我就急不可耐地請假回家。

6

回到家裡的第二天上午，我去了李上生那裡。

我當然不是去找他的，找他也沒有用處，他已守口如瓶。我是企圖在那些鄰居中尋找出新的線索。李上生住在電車路邊的家屬房子，那是一棟兩層的破舊樓房。他家住在樓上，走廊筆直從東通到西，走廊兩邊是住房。那時候，還沒有什麼套間之類。所以，李上生家有兩間房子，走廊左邊一間，走廊右邊一間，並且是正對門。我家沒有住在那裡，我家住的是平房子，離他家有半里路。

我以前到過李上生家，他爺老倌的身份我在前面已經說過，他娘老子是家屬工，在廠裡做雜事，抬鋼管扛木材之類。一個弟弟讀書，我們叫他癲子鬼。他一張嘴巴不歇氣，吵死人。當然，我也十分熟悉那棟樓上的人家，趙錢孫李地數得出來。

我趁著李上生出工時，悄然地到了那棟樓房，裝著找人的樣子。上了樓，樓道裡光線黯淡，走廊堆積著許多的雜物，還有爐灶煤炭之類，瀰漫著一股酸罈子的漚氣。人們幾乎都上班或上學去了，房門都是關閉著的，像一張張啞巴的嘴，整棟樓房靜悄悄的。所以，我走上樓有點失望，曉得自己肯定是空手而歸的，我應該在他們回家時再來。只是這樣一來，我肯定會碰到坦克，那他會懷疑我到此地的動機。當時，我還在李上生的家門前站了站，他家兩邊房子的門上都鎖了，是那種鄉村常見的掛鎖，像兩條半截茄子。

這時，我忽然發現從李上生家過去的第三間房子，好像屋門沒有關嚴，有一縷光線斜斜地立在那裡。可能是對方聽見了我的腳步聲，屋裡馬上閃出一個女人來。

我一看，頓時驚訝了，這個女人很陌生，卻是十分的乖態，我還沒有看見過這麼乖態的女人。年紀二十五歲左右，皮膚白潔，尤其豐腴，眼睛很大，像洋娃娃。穿著也不同一般，花短袖衣，花短褲子，落落大方的，一點也不感到絲毫的羞澀。

她坦然地看我一眼，又進了屋裡，輕輕地把門關死。

我下了樓，心想，這家原來並不是住的這個女人，是個姓左的人家，左家有一個乖態的細妹子，叫左芳芳，身材像一根蔥。哦，難道左芳芳隨她爺娘調走了嗎？然後，又搬來這一家嗎？我現在可以肯定，這個乖態的女人，一定是從外單位調來不久的。

不然，以前怎麼沒有看到過呢？

當時，我有一種強烈的預感，那只牛皮籃球莫非是她家的？莫非是她送給李上生的？還有，她肯定是個上班的人，那麼，她今天怎麼沒有上班呢？莫不是請了病假？

這個意外的發現，給了我莫大的刺激和興奮。雖然還不能夠斷定牛皮籃球是她家的，我卻以為，已經在一步步地逼近了案底。所以，我繼續進行調查，像一個毫無功利目的的偵探，在謀求生活中疑點的真實答案。

我幾乎沒有花費多大心思，只是問了問我家隔壁的劉叔叔，調查結果就終於出來了。劉叔叔在機關搞收發，收發室是消息集散之地，什麼大大小小的消息，他能夠在第一時間曉得。劉叔叔說，這家人是新調來的，是從斗笠山煤礦調來的，她男人姓張，在運輸工區搞採購，此人經常出差，不大看得到人影子。女人叫吳曉華，在礦機關生產科繪圖，聽說她的身體不是怎麼好，經常請病假。還聽說，夫妻已結婚多年，也沒有生崽女，到底是誰的問題，那我就調查不出來了，連劉叔叔也不曉得。

劉叔叔風趣地說，你一個伢子家，問人家生崽女的事情做什麼呢？

那個牛皮籃球是否出自於她家呢？對此，我也表示過懷疑，不曉得這個球跟這個姓吳的女人之間有著什麼樣的關係。更何況，她又不是打球的人。

我這次在家只有三天時間，雖然自以為調查已有了一點眉目，我也沒有向任何人——包括坦克——顯示我初步的調查結果。我覺得還不是時候。等到我有了十足的把握時，等到事實確鑿，我肯定會向世人宣佈的，讓李上生的謬論徹底破產——他不是說過，那個球是從天上掉來的嗎？

所以，我去打球時，心裡在暗暗地嘲笑李上生，坦克啊坦克，崽啊崽，老子已經逼近那個籃球的真實來歷了。到時候，看你還說是從天上掉下來的嗎？你哪怕騙得了全世界的人，也騙不了我金大毛嘞。

7

我在窯山的這幾天，球場上發生了一個小小的插曲。這個插曲，差點逼著李上生把牛皮球的來歷說出來了。

事情是由李上生自己引起的。

我們那個球場的邊上是一條路，來往的人很多。那天傍晚，我們正打得十分激烈，哪邊也不能老是坐莊，不是你贏我輸，就是你輸我贏，這個極不穩定的狀況，一直沒有得到絲毫改觀。那天有九個人，分三邊，哪邊都不服氣。一上場，狠狠地說要把對方打掉，果真就打掉了。只是哪邊的屁股都像塗了機油，誰也坐不穩當。李上生有點發輸火，在平時，他那邊總要穩穩地坐幾盤莊的，今天見了鬼，誰也坐不成。

這時，又輪到李上生這邊上場了。他拿著球，一個長傳，岳朝陽沒有接住，球兇狠地飛了出去，砰地打在一個細妹子的臉上，細妹子當即摔倒在地，鼻血飆流。細妹子的爺老倌十分憤怒，馬上抱起她，慌忙拿紙團塞住細妹子的鼻孔，然後，把球撿回來，緊緊地抱在手裡，眼珠子恨恨地望著李上生。

我們飛快地跑過去，見此情景，我們都嚇壞了，呆呆地不曉得說些什麼。鼻子出血在球場上是常見的，我們早已習慣了。而這是一個兩三歲的細妹子，哪裡經得起這般重重地擊打呢？更何況，還是牛皮球呢？這個細妹子的爺老倌我們都曉得他，姓周，人瘦得像根豆芽菜，似乎手無縛雞之力，我們背地裡卻叫他周歹毒。他的性格極其暴躁，婆娘一句話說得不對頭，居然把婆娘往死裡打，好像婆娘是鋼鐵鑄成的，派出所都警告他好幾回，說如果再這樣打婆娘就要抓人。

現在，李上生把他的細妹子打得血糊四海，他會饒恕嗎？

我們朝球場上望去，李上生怔怔地站著，驚慌失措，像嚇破了膽子。他沒有跑過來，似乎害怕周歹毒打他。我看細妹子的鼻血還是止不住，馬上到食堂端一缽子清水，叫細妹子腦殼朝天，然後，我用手沾著水輕輕地拍她的脖子。周歹毒沒有阻止我的救治，眼睛仍然兇狠地望著李上生。

我估計會發生一場暴力事件，馬上叫坦克，你還不趕快過來道歉？

李上生這才膽怯地慢慢走過來，球場上的威風已蕩然無存。他栽下腦殼，小聲地說，對不起，我不是故意的。

如果周歹毒是個籃球的熱心觀眾，他可能會理解，坦克並不是故意的。如果不是碰到他周歹毒，事態也不至於這樣嚴重。而他平時連球場也不看一眼的，加之性格又是這樣的暴躁，所以，這很難得說了。

周歹毒凶凶地說，道個歉就沒有事了嗎？那我往你腦殼上斫一刀，也道個歉可以嗎？

我拍完細妹子的脖子，血不繼續流了，跟王高潮他們勸道，周師傅，真是對不起嘞。

周歹毒卻糾纏不休，說，哼，沒有這麼輕鬆的事，流鼻血只是表面上的，如果打出腦震盪呢？豈不是害她一世嗎？那她讀書也不行了，長大了，還有哪個男人討她呢？更嚴重的是，如果是腦內出血呢？那麼，命都救不到了。他越說越氣憤，似乎還想說出什麼更厲害的話來，說著說著，眼珠子注意到腳下的球，忽然想起了什麼。

問，這個球是哪個的？

我們指指坦克。

問，是你的嗎？

李上生點點頭。

問，哪裡來的？

李上生沒有吱聲。

問，是礦球隊的嗎？

李上生搖搖腦殼。

問，是礦工會的嗎？

又搖頭。

問，那是哪來的呢？

李上生沈默不語。

我們不明白，周歹毒為什麼忽然關心這個籃球，對待坦克像是審犯人似的。我們實在討厭他，似乎又有點激動，或說幸災樂禍吧，他可能會逼著坦克說出這個球的神秘來歷。

我們望著坦克的嘴巴，希望他說出來。那麼，關於這個球的來歷會真相大白，我也不必費盡心機地去調查了。坦克卻像威武不屈的戰士——雖然神態上沒有那樣強硬，很膽怯——其效果卻是一樣的，他最終還是沒有說，像是拼死也要保密。

天色漸漸地黑了下來，像一張巨大的黑幔罩著天地。

這時，周歹毒也懶得跟坦克說了，一手牽著細妹子，一手抱著籃球走了。

我們默默地看著一高一矮遠去的身影。

這時，李上生突然鼻子一聳，哇哇地大哭起來，哭聲在黑色中震盪。我們也感到十分傷感，以為這個球不會回到坦克的手中了，也不會出現在球場上了，那麼，我們今後只能打那個破舊的橡皮球了。

第二天傍晚，李上生竟然又捧著這個球出現在球場上。我們感到萬分驚訝，不曉得他是採取怎樣的手段索要回來的。我們沒有問他，估計問他，他也不會說的。據我猜測，他肯定動用了他那個鐵匠爺老倌。他那個高大有力的北方胯子爺老倌，如果再加上一把火鉗之類的禮物，來一個軟硬兼施，是完全可能從周歹毒手中拿回來的。

坦克卻牛皮兮兮地說，嘁，他娘賣鬍子的，想昧老子的球，絕對辦不到。

這個風波過去之後，我就回鄉下去了。

8

一個月之後，我又回來了。

我現在回家的心情，跟以前完全不一樣。以前回家，只是想在家裡揩點油，然後，死在球場上，那種生活是毫無懸念的，幾乎是一成不變的。現在呢，我卻被那個籃球的疑點深深地誘惑著，它一直在吸引著我去探求真實的答案。

這次回家，我終於輕而易舉地得到一個比較確切的答案。

我再次到李上生住的那棟樓房時，偶然在樓房的門洞裡——只有一個門洞——碰到了姓張的男人。

這是一個重大的收穫。

他似乎是剛剛出差回來，穿一件米黃色的風衣，手裡提著黑皮革袋子，風塵僕僕的樣子。毫無疑問，這是當時出差人員的顯著特徵。這個男人個子很高，起碼有一米八幾。另外，從他走路的姿態可以看出來，他肯定是個打球的。他的臉膛很黑，步姿矯健，時而還情不自禁地甩甩手腕動作。他並沒有注意到我，匆匆地上樓。

我跟王高潮他們都很羨慕高個子，高個子打球有著天然的優勢。我們甚至責怪過各自的爺娘，為何生下個子不高的我們，那麼，我們在球場上要比高長子辛苦多了。當然，李上生沒有這個苦惱和遺憾，他天生有一副北方胯子的身材，優勢是不言而喻的。而像吳曉華的男人，肯定是個打球的好料子。他在原來的那個窯山一定是打主力的，而現在，為什麼不打球了呢？為什麼不參加礦球隊呢？這些附生出來的謎團，對於我來說，並沒有什麼價值，我只要查出這個牛皮籃球的來歷，就達到了目的。

所以，我對自己的調查結果做出了定論，如果不出意外，那個牛皮籃球肯定是他送給坦克的。看來，這個張比那個張要關心後浪們的成長和培養。為此，我對他暗暗地懷有好感和欽佩。

那天下午，李上生散了工，拿著籃球一擺一搖地來到球場。我當著許多人的面，想顯示一下自己的偵探本事，滿有把握地對李上生說，坦克，我曉得你這個籃球是哪個的。

李上生看我還在糾纏這個籃球的來歷，很討厭地看我一眼，神態十分煩躁，兇狠地說，大毛，你曉得個卵子嘞。把球狠狠地往地上一磕。

看他居然如此無禮，我毫不示弱地說，我當然曉得嘞，你要不要我說出來？

李上生簡直吼了起來，那你說啊？說啊？他雙手抓緊籃球，似乎要朝我猛打過來。

一時，空氣顯得十分緊張。

王高潮他們沒有說話，更沒有勸阻，默默地看看我，又看看李上生，態度相當曖昧，似乎是處於中立態度，也似乎是急於打球，並不想對於籃球的來歷有什麼興趣。我明白，他們暗裡還是站我這邊的，他們也想順便（！）曉得這個牛皮籃球的來歷。而明裡呢，又像是站在李上生一邊，誰也不想失去打牛皮籃球的資格。

這讓我仍然感到疑惑的是，李上生為什麼對誰都要迴避這個問題呢？而且對我這般氣勢洶洶，好像我會揭開他什麼臭不可聞的老底。我想，即使是那個姓吳的女人，或是那個姓張的男人送給他的，又有何說不得呢？更何況，這的確是像從天上掉下來的餡餅，那麼，更應該讓人高興才是。我最終還是沒有把謎底說出來——坦克也極力反對我說——儘管許多雙眼睛暗暗地希望和鼓勵我說出來，我也是存有一點私心的，為了保住自己具有打牛皮球的資格，終於還是沒有勇氣說。

李上生看我沒有說出來，當然讓我打球。從他這副兇神惡煞的態度來看，他是絕對不希望我說出來的。

我說過，我只是探求這個籃球來歷的答案，並無其他奢望。當我明白了這個球的來歷之後，只是想把它公佈於眾，讓大家分享而已，不想讓坦克把一個籃球搞得這麼神秘。它如果僅僅是憋在我的肚子裡，那麼，就失去了它誘人的價值。既然李上生不願意讓我說出來，我就讓它漚在肚子裡做肥料吧。我禁不住那個牛皮籃球的誘惑，它在手中的感覺是那樣不一般，不沾不滑，不軟不鼓，拍在水泥球場上的聲音，清脆而明快，這是那個破舊的橡皮球不可同日而語的。

對於吳曉華的男人沒有打球的問題，我還是順便問了問礦球隊的七矮子。我說，運輸工區有個姓張的長子，聽說是新調來的，看來是個打球的，你們為什麼不要他參加呢？

七矮子身材矮小，一聽說是個高長子，皺著眉頭滿不在乎地說，長子又怎麼樣呢？長子未必比我這個矮子打得好些嗎？喊。又說，劉隊長也曾經請他參加礦球隊，他居然翹尾巴，不願意來，說經常出差，實在累得很。他娘賣騷子的，不來就不來，他不來，我們難道不打球了嗎？

關於吳曉華男人的拒絕，我還是感到迷惑不解。像他這樣以前是打球的人，怎麼調到我們這個窯山來就不打了呢？不繼續在球場上馳騁風雲了呢——哪怕是當個熱心的觀眾，也是不錯的吧。是不是打球曾經給他帶來過巨大的痛苦呢？是摔傷過手腳？還是扭傷了腰子？為此留下了永難忘記的傷疾呢？當然，既然要打球，這些傷痛是經常發生的，不足為怪，習以為常。

我想，肯定是個不一般的痛苦吧？而那個痛苦足以讓他刻骨銘心，所以，斷然洗手不打了。

9

讓我沒有想到的是王高潮。

這個身材瘦小的傢伙野心勃勃，企圖把李上生的那個籃球據為己有。

這也是我後來的一大發現。

我的眼珠子十分尖銳，我從他的眼神可以看出來。王高潮每當看見這個牛皮籃球時，眼中大放綠光，那是一種隱隱的貪婪之光，像狼的眼睛令人可怕，恨不能把李上生的球占為己有，已經不像我們只是停留在羨慕的程度上了。我還有個強烈的預感，李上生的這個牛皮球，遲早會落於王高潮之手。至於王高潮採取何種手段，我尚不得而知。

王高潮除了不斷地發射這種貪婪的眼神，還從他不安好心的言行中也可以看出來。有時候，那個籃球飛出很遠，滾到那一大片深草叢中，當他跑去撿球時，故意慢吞吞的。往左邊走幾步，又往右邊走幾步，似乎是在從各種角度進行目測，籃球藏在這片草叢中是否能被人發現。有好幾次，他撿球時，甚至還故意驚慌失措地叫道，哎呀，球怎麼沒有看見了呢？跑到哪裡去了呢？說罷，故意用腿掃蕩叢叢雜草，東找西尋，總要尋找好一陣子。

那片雜草的確很深，有狗尾巴草，也有蒿草，還有亂七八糟的不知名的草。似乎那片土地很肥沃，草叢十分茂密，高度起碼有膝蓋骨深，面積起碼有好幾畝地。風一吹，草叢搖曳，顯得十分神秘，似乎草叢中隱藏著許多的秘密。它離球場僅僅三十來米左右，球一旦飛進那片草叢中，就需要尋找很久。如果誰把球甩到那片草叢中，誰肯定會挨罵的，它耽誤了打球的時間。李上生總是擔心球找不到，所以，球每次飛進草叢中，他就要暗暗地捏把汗，神色緊張，生怕球丟掉了。

對於這片闊大的草叢，不僅是我們，就是礦球隊的人也深感惱火，尋找球的過程讓人煩不勝煩。他們也經常議論，要麼，乾脆一把大火燒掉算了，反正這些草叢長在這裡也沒有任何用處。要麼，用一線鐵絲網在草叢的邊緣網起來，阻擋球的進入。

當然，這都是紙上談兵泛泛而談而已，並沒有人付諸於行動。

有一次，天已傍晚，我們還在球場上打球。我跟王高潮打一邊，他站在左邊，我站在右邊，他本來是可以很輕鬆地把球傳給我的，他卻像忽然失了手，狠狠地把球向我傳來。當時，我就覺得他的力氣用得太大，球傳得太高，完全沒有那個必要。我當然沒有接到這個球，球迅速地向那片草叢飛了過去。王高潮迅速地跑過去找球，還責怪我說，你的手摸了妹子的屁股嗎？怎麼連這樣的球都接不到呢？

我沒有說話，隱約地認為他有其目的。

等待他去撿球的工夫，我跟李上生那些人說些閒話，順帶罵王高潮亂甩球。我們原想王高潮很快會回來的，這次卻不一樣，我們等了許久，王高潮還沒有回來。李上生不滿地說，這個傢伙的眼珠子沒有吃油嗎？怎麼連個球也找不到呢？

我們也等得不耐煩了，想趁天色還沒有完全黑下來繼續打一打，紛紛地往草叢那邊望去，看見王高潮模糊的身影在彎腰尋找。

我大叫，王高潮，你娘巴爺，快點好不？你眼珠子是不是被卵戳瞎了？天快要黑了嘞。

王高潮也焦慮地喊，我還沒有找到嘞——

李上生這下焦急了，揮揮手說，我們都過去找找吧。

我們走到那片草叢中分頭尋找，雙腿在草叢裡掃來掃去，像一群探雷的工兵。草叢裡真是藏汙納垢之地，破鞋子，破籃子，破帽子，無其不有。尤其是蚊蠅營營，老鼠竄梭，讓人感到心驚肉跳。我懷疑還有蛇蠍，如果被蛇蠍咬一口，那真是划不來。我們都是戰戰兢兢的，生怕被蛇蠍所傷。八九個人找了半天，還是沒有尋找到。這個球像跟我們在捉迷藏，偏偏不出來，似如故意逗我們生氣。

李上生憤憤地掃著雜草，似乎要哭了，說，何得了呢？何得了呢？

王高潮也不斷地罵道，娘賣騸子的，老子恨不能把這些雜草通通鏟平。

岳朝陽也說，這片草叢真是害人嘞。

我勸李上生不要焦急，還是慢慢找吧，難道它會鑽到地下去嗎？我說這話時，發現站在不遠的王高潮的臉色突然變得很緊張，他馬上接著我的話說，相信它不會鑽到地下去吧？

草叢中，發出一陣陣腿掃雜草的聲音，唰唰唰，像割草的聲音。找了好久，還是不見球的蹤影。李上生顯得有點無可奈何，幾乎是求我們了，他雙手作揖，說，請你們把眼珠子睜大點，哪個找到了，我明天借給他打一天，老子說話是算數的嘞。

這時，王高潮似乎不太耐煩了，看了看將黑的天色，說，坦克，要麼我們回家拿手電筒來，要麼明天來找，只要我們不說出去，誰也不曉得球藏在這裡面。

李上生一聽，似乎很警惕，決然地說，那不行嘞，一定要找到嘞。他擔心大家回家，不幫他繼續尋找了，竟然威脅說，哪個不幫我找的，以後不准他打我的球。

這一句話很具有殺手鐧的威力，把我們的雙腳都留在了草叢中。

找了一陣子，還是沒有找到。這時，我的腳下似乎感覺到了什麼，並不是球的感覺，好像是有一處鬆動的草皮，它的位置處於那片草叢的邊緣，是一個容易疏漏和不太容易掃蕩到的角落。當時，我覺得十分異常，莫非有人在此藏匿了什麼秘密嗎？像我的爺老倌一樣，把以前的書信藏匿在雞籠子裡，提防別人抄家。如果此處藏匿的是金銀細軟之類，那我就發大財了。此時，我很冷靜，也很謹慎，不想驚動他們，我想獨享其財。我沒有吱聲，本想暫時放棄，等到夜晚再來取出，卻畢竟按捺不住內心的好奇和貪婪，輕輕地伸出一隻腳，把那塊鬆動的草皮小心地撬起來，再伸出腳一探，天啦，裡面是那個牛皮球。

一切我都明白了。

這肯定是王高潮做下的手腳。

可以想見，他早已偷偷地在此挖了一個洞子，把那塊草皮完整地保留下來，掩蓋在洞口上，然後，趁著獨自尋找球的機會，把球迅速地埋藏在此。他一定認為，自己這一手很高明——同時，也並沒有超出我以前對他的猜疑。他的貪婪之心，終於開始落實在具體的行動上了。我卻認為，他這一手並不十分高明，在眾目睽睽之下，李上生如果暫時找不到球，肯定不會離開草叢的，他一定要死守陣地，直到把球找到為止。

他擔心自己一旦離開，事態的變化就很難說了。

此時，我如果說是在這個掩藏的洞裡找到籃球的，那麼，誰都明白這是王高潮耍的花招，其陰謀將暴露無遺。李上生肯定會恨死他的，同時，也宣告結束了他打牛皮球的歷史，而我們呢，也會失去一個多年的球友。所以，我於心不忍。我思考再三，覺得還是要保護王高潮，不能說出他耍的花招來。還有一點重要的是，這個球如果不拿出來，我們是不可能離開草叢的，那麼，大家都深受其害。另外，我還要看看王高潮以後想竊取這個籃球，還會採取哪些高明的手段。

我決然地拿起球來，把那塊鬆動的草皮複蓋上。然後，快速地朝李上生跑去，雙手舉著球，裝著興奮的樣子，大喊，找到了，找到了嘞。李上生趕緊抱住球，激動的淚水都快掉下來了。在暮色中，我看見王高潮驚恐萬狀，呆呆地望著我，流露出一種絕望的眼神。我假裝沒有看見他恐慌的表情，讓他不必這般緊張。李上生問我是在哪裡找到的——我沒有出賣王高潮——含糊其辭地隨便朝那邊一指，說，它娘巴爺的，就是那邊嘞。

王高潮看我如此回答，渾身立即輕鬆下來，暗暗地向我投來感激的一瞥。

就這樣，我獲得了一次少見的榮譽。

李上生說話算數，卻沒有馬上把球給我，而是在第二天上午，他把球送到我家裡來。他說他要出工了，不陪我打球了，散工時再來。又叮囑說，大毛，你還是要小心一點嘞，不要把球滾到草叢那邊去了，真是太難找了嘞。如果掉了，你要負責嘞。我安慰說，你放心吧，難道和尚還守個廟不住嗎？

我吃過飯，拿著球獨自到球場。王高潮早已在球場上等著了，岳朝陽那些人還沒有來。我對他會意地笑了笑，他也有點尷尬地笑了一下。我看他沒有主動說起昨天的事情，我也沒有說，免得讓他尷尬，彼此心照不宣罷了。從王高潮的言行中，他是非常感激我的。他從口袋裡拿出一本《李有才板話》送給我，以示感謝。然後，我們開始打球，投投籃什麼的。打了一陣子，岳朝陽他們才跑來，興奮地大喊，哈哈，你們好韻味嘞。

王高潮趕緊說，娘賣腸子的，我們今天是托了大毛的福嘞。

自從這次艱難地尋找到籃球之後，李上生越來越警惕了，似乎在懷疑身邊的每個人都在打他籃球的主意，都想竊為己有。另外，還對那片草叢抱以深深的痛恨，讓他過多地產生隨時有丟失球的擔憂。他站在球場邊休息時，眼睛不時地盯著草叢，射出厭惡而痛恨的目光，似乎想一舉鏟平它們。

我隱隱約約地感覺到，那片草叢遲早會毀在他的手裡。

10

我的猜測沒有錯，等到我再次回家時，那片深長的草叢已被徹底地燒毀了，頓感視野開闊了許多。只留下一片闊大的黑色灰燼，像農民撒下的大面積的灰肥，綠色陡地消失了。

王高潮對我說，大毛你不曉得嘞，那天晚上只見火光沖天，半個天空都紅透了，一片火海，嗶駁聲充滿了整個世界，加上又颳大風，真是嚇死人嘞。窯山的人幾乎都來看了，幸虧夜裡草叢中沒有人，不然，肯定會燒死人的。本來，礦救護隊要來滅火的，窯山卻決定不必滅火了，反正是一片荒草，況且，又沒有人在。你說那把火燒了多久嗎？整整兩個多小時嘞。他說得驚恐萬狀，不斷地打著慌亂的手勢。

我問，查出來是誰放的火嗎？

他說，查得卵出來？可能是哪個叫花子無聊放的火吧。

我聽罷，嘿嘿地笑了起來。

王高潮困惑地說，你笑什麼大毛？

我當然不會告訴他。

王高潮沒有下鄉，他是獨子，爺娘在礦福利科。他爺老倌是管房屋修理的，娘老子在煤站開票，夫妻倆整天都是邋邋遢遢的。王高潮雖然沒有下鄉，窯山也沒有馬上給他安排工作。所以，他暫時還在家裡待著，至少比我跟李上生要舒服一些，而且，在身份上也高貴一些，他吃的畢竟是國家糧。他爺娘的老家在斗笠山煤礦附近的鄉下，他曾經對我們說過多次，說他爺娘遲早要調到那個窯山去的。我們勸他不要調走，你如果隨你爺娘走了，我們打球就沒有味道了。他說，如果我爺娘走了我不走，又怎麼可能呢？替他想想也是，我們都是爺娘翼下的嫩雞崽子，哪有不跟爺娘走的呢？

王高潮這個傢伙運球很有一手，可以把球在胯下運過來拍過去，甚至還會在背後傳球，手腳十分靈活。球也傳得很到位，他如果看見你往三秒區飛快地插進去，他手中的球就會及時地傳給你。他既沒有下鄉，也暫時沒有工作，所以，他在球場上的時間是很多的。何況，還有岳朝陽他們幾個。岳朝陽他們幾個是爺娘挨鬥，學校不准他們繼續讀書了，卻又沒有到下鄉的年紀，所以，也跟著天天死在球場上。

現在，王高潮也有了煩惱，打坦克的牛皮籃球打習慣了，再來打那個破舊的橡皮籃球，沒有多大的興趣了——儘管橡皮球是歸他保管的——所以，顯然成了雞肋。他希望李上生不要出工，那麼，就可以整天打牛皮球了，

李上生不可能整天死在球場上的，他還要出工，除非是下雨。而下雨打球，又有什麼味道呢？何況，李上生也不會把牛皮球放在雨水中浸泡，那經得起幾下浸泡呢？儘管他的球癮很大，這點常識還

是有的。如果天氣好，李上生也只有在散工之後才來打球。

那麼，白天大把大把的時間是王高潮最難捱的。他曾經故意多次把那個破舊的橡膠球朝草叢甩過去，心想，尋找不到算了，也就死了這份牽掛。偏偏又容易找到，好像已經跟他有很深的感情了，已經離不開他了，即使甩，也甩不掉了。所以，他經常氣得把橡皮球往籃板上猛磕，砰——，一下。砰——，又一下。根本磕不爛。如果拿刀子噗地一戳，那倒是很容易的，而王高潮又做不出來。那樣做的話，對橡皮球也過於殘忍了。

王高潮明明曉得李上生很小氣，也忍不住向李上生提出過借球打打。那種可憐的口氣，幾乎是哀求了，像叫花子討米。李上生也做得出來，板著臉孔，從來不借，眼裡似乎沒有這些球友——除非是他自己來打球。這讓王高潮心裡感到很不痛快，不痛快，就發火。他惱怒地說，坦克，我們都是雞巴耍灰長大的，都是老朋友了，借個球打打，你哪裡這樣小氣呢？打不爛的嘞。

怎麼打不爛呢？李上生反駁說，那個橡皮球不是打爛了嗎？

王高潮說，牛皮球是難得打爛的。

李上生嘲諷地說，你以為是鐵球嗎？礦球隊不是打爛了好幾個牛皮球嗎？

王高潮看他這樣說，也就懶得跟他爭論了。

如果李上生沒有來球場，他就跟岳朝陽幾個人懶洋洋地打橡皮球。打得是那樣沒有氣勢，沒有幹勁，無精打采的。像是資本家克扣了工資，工人故意磨洋工似的。

11

後來，王高潮居然很少打橡皮球了。對於橡皮球，他再也提不起精神了，胃口已經變大了。所以，他把保管橡膠球的權力，下放到岳朝陽手中。這像我在破譯李上生那個牛皮球的來歷時，他的興趣也不在球場上了。我回家時，竟然看見王高潮跟那個修五金補鞋子的楊師傅混得很好了，經常守著他，蹲在攤子邊上，流露出一副虔誠的樣子，認真地看他修鎖補鞋子，好像是楊師傅的關門徒弟。到中午，甚至還爭著幫楊師傅到食堂打飯，或端茶水，極盡殷勤之能事。

有時，我也在楊師傅的修理攤子旁邊站站，我曾經仔細地觀察過王高潮的神態。當楊師傅修鎖時，他專注的程度是極為罕見的，眼珠子一眨也不眨，死死地盯著，生怕漏掉了某個細節和工序。嘴裡還不斷地發問，讓楊師傅解答。楊師傅誨人不倦，總是耐心地回答。

就說修鎖吧，楊師傅會修理各式各樣的鎖，像彈子鎖，砰鎖，還有那種古老的掛鎖。掛鎖有各種形狀的，有呈長方形的，像豬腰子，也有像半截茄子的，它們一般都是銅質的，當然也有鐵質的。鑰匙幾乎都是一樣的，是一個長長的類似鐵鉤的物件。後來，我甚至還注意到，王高潮好像只對那種掛鎖十分感興趣，有一種偏愛。對楊師傅修其他類型的鎖，或是修鞋子和雨傘之類，王高潮則忽略不計。

所以，據我估計，他是在討教或是在剽學開鎖的本事，尤其是針對那種掛鎖來的。他是想開誰家的鎖呢？不然，為什麼只專注這一類型的鎖呢？

這是一個疑點。

或是，王高潮是否也想趁此機會學一手為生的本事吧？是不是開始為自己的前途設計了呢？即使如此，也不應該僅僅對掛鎖感興趣吧？如果要學的話，就要把楊師傅所有的本事學到手，那麼，以後才能吃得開。他這樣跟著楊師傅，想必是認定了楊師傅的這門手藝也還不錯，其優點很多，晴天坐陰處，雨天坐乾處。又是手上功夫，不必流汗流血，不必冒險和費大力氣，比起當農民來，不知強了多少倍。

我曾經當著楊師傅的面說過王高潮，我說楊師傅，你看王高潮幾乎天天守著你，你不如收他為徒吧。

王高潮對我的話似乎並不反感，蹲在地上抬頭看我一眼，說，人家楊師傅不會收我嘞。

楊師傅四十多歲，額頭上過早地出現了許多抬頭紋。他是楊柳橋人，離窯山八里路。每天早上來，傍晚回家，守在機關食堂的屋簷下面，簡直雷打不動。

楊師傅笑著說，跟我學什麼？沒出息嘞，你們以後是要當工人的嘞，要吃國家糧的嘞。

我說，我現在還不是農民嗎？

楊師傅像個天師般地說，你以後一定會當工人的。

我自嘲地說，哈哈，那借你的吉言嘞。

王高潮卻取笑我，說，哎大毛，你當了農民，怎麼說話反而文吊吊的呢？

第二天，李上生散工回家拿球時，我們早在球場上等著了，人人躍躍欲試，準備熱熱身就分邊打球。

誰知他一來，居然跺腳罵娘。

我問他出了什麼事，值得這樣生氣嗎？

他說，他家白天肯定進了賊。

我問，偷的是你睡的那個屋，還是你爺娘睡的那個屋呢？

李上生說，是我睡的那個屋嘞。

王高潮馬上問，沒有掉什麼東西吧？

李上生說，還好，只偷了幾張蝴蝶郵票。我的集郵冊擺在桌子上，我想不通的是，這個賊為什麼不全部拿走呢？為什麼只偷幾張呢？

我對王高潮說，喂，你分析分析看。

王高潮別開眼睛，說，我哪裡分析得出來呢？我又不是偵察員。

我說，那只有一種可能，說明這個賊還是一個有良心的賊，是個文賊，肯定是個集郵的人。他缺少哪幾張，只偷哪幾張。

李上生憤然地說，幸好我現在不怎麼集郵了，不然，我會痛苦死的嘞。又說，幸虧我這個籃球沒有被偷走，哼，我藏球的地方，無論那個賊再厲害，也偷不到的。

王高潮嘿嘿一笑，說，哪個賊會偷你的球呢？他只要偷出來敢在球場上打，豈不是不打自招自投羅網嗎？

我說，高潮說得對，如果誰偷了球，是絕對不敢拿出來的。如果不敢拿出來，那麼，他偷球就失去了意義。

李上生說，這個賊看來還蠻厲害的，我家的鎖根本沒有被撬壞，還是好好的，賊又把它鎖上了。

王高潮馬上接著說，那一定是從邵陽城裡流竄來的偷竊高手。

李上生說，我看不一定是從邵陽那邊來的。哎，你們說說看，這個賊是不是想偷我的球呢？

王高潮說，不可能不可能，絕對不可能的嘞。

李上生盯著他說，你怎麼認為不可能呢？

王高潮侃侃而談，第一，偷郵票以後很可能會值錢的，偷一個籃球有什麼卵用呢？才多少錢呢？第二，他就是偷到了球，能夠拿出來打嗎？他有這個狗膽嗎？第三，如果他不拿出來打，他偷球還有什麼意義呢？第四……

王高潮還準備繼續往下說的，李上生卻打斷了他的話，掃了大家一眼，說，不要說五六七八九了，我感覺這個賊是衝著我的球來的。

我說，有這個可能嗎？

王高潮也說，如果要偷的話，那他肯定會偷得到手的。你想想，你家只有兩間小小的房子，你能夠把球藏到屁眼裡去嗎？

李上生得意地說，嘿嘿，我藏球的地方，只有天知地知我知，連我爺娘他們都不曉得。

我忽然問，坦克，你家是什麼樣的鎖？

李上生說，是農村的那種掛鎖。

我意味深長地哦了一聲。我故意這樣問，是想看看王高潮此時的表情。他卻似乎沒有聽見，也好像是躲避我的目光，迅速地從李上生手中把球拿過去，突然在胯下運球，起步，然後，一個三步籃，飛快地衝到籃下去了。

據我的判斷，這肯定是王高潮所為，只是我沒有揭穿王高潮的秘密。我是想看看他除了這一手之外，還有什麼高超的手段。由此可見，他是在一步步地採取手段的。我卻暗暗地罵王高潮太愚蠢了，你沒有偷到球，為什麼要故意偷幾張郵票呢？這不是打草驚蛇嗎？我覺得他太不老練了。也許是他開鎖進入坦克家之後，沒有偷到球，就順手拿了幾張郵票，大概是想對自己順利地潛入李家感到欣慰——而那幾張郵票，是作為一種潛入的紀念吧？

12

再說吳曉華吧。

吳曉華如果從球場路過，有時也喜歡看我們打球。她不喜歡跟別的觀眾擠擠捱捱地站在一起，她是單獨站在某一處的。她生得十分乖態，又穿得精緻，短袖碎花衣，深藍色的府綢長褲，腳上是黑色涼鞋，顯得鶴立雞群。

她看球也跟別人不一樣。別的觀眾要看球場上每個人的表演，也就是說，眼珠子是跟著球走的，球在哪裡，目光射向哪裡。我發現吳曉華不是這樣。她似乎並不關心別人的表現如何，她最喜歡看的是李上生。她雙手悠閒地抱在鼓鼓的胸前，目光死死地盯著李上生，眼睛笑眯眯的，嘴角還顯出兩個小酒窩，長長的睫毛不斷地眨動著，興奮而激動。

那副神態真是好看極了。

李上生總是赤膊上陣，皮膚黑油油的，肌腱鼓鼓的，汗水遍身，像塗了一層光油閃閃發亮。此時，李上生在她的眼裡，像是一坨巨大的磁鐵，她就是一片細小的鐵屑，緊緊地被它吸引著。如果我們幾個人進了球，她只是輕輕地鼓掌。李上生進了球，她反而不拍手了，好像有一種故意。

僅從這點看來，她是刻意而為之的。在我眼裡，這也算是欲蓋彌彰吧。可以說，球場內外的人，誰也沒有注意到吳曉華這些微妙的細節，卻逃不過我的眼睛。

李上生並不計較她的掌聲，只要她在球場邊出現，李上生就像吃了一服興奮劑，像一輛馬力十足的坦克，兇猛而凌厲，橫衝直撞，似如猛虎下山，吼叫之聲不絕於耳，水平也發揮得空前之好。球只要到他手裡，對方就別想阻止他，更別想斷掉他手中的球。他轟隆轟隆地發動著，一飆一飆，幾步就衝到了籃下，唰——兩分。或是急速地運著球，左突右衝，突然止步跳投，唰——又是兩分。他像一台不知疲倦的機器，在高速地嗚嗚地旋轉著，好像目中無人。更好像球場上僅有他一個人，而他呢，只是打給場外的一個女人看的。

吳曉華看球很有節制，每次不看很久，少至十來分鐘，最多不超過二十分鐘吧，然後，悄無聲息地離開。從她那姍姍的腳步可以看出來，她似乎不願意這麼快離開，願意看到我們散場，卻又有某些顧忌和猶豫。所以，明明走開了，還要忍不住回頭看一眼。

李上生很顯形，只要看到吳曉華離開了，兇猛的氣勢漸漸地降了下來，好像沒有油了。當然，他的氣勢並不是陡地降下來的，而是慢慢地，一點一點地降下來。似乎做得很老練，讓人覺察不出來。

而這一切，又瞞得過我的眼珠子嗎？

這進一步證實了我的調查結果，那個牛皮籃球不是她男人送給李上生的，而是吳曉華送的。在這之前，我只曉得那個球是她家的，並不曉得是她還是她男人送的。王高潮岳朝陽那些人，根本沒有注意到這些重要而微妙的細節。這些蠢寶的注意力，全部放到打球上了。只要有牛皮球打，他們就忘記了這個世界的豐富性和複雜性——這就是我跟他們的區別。

我又想，如果是吳曉華送給李上生的，那麼，她的男人曉得之後有什麼反感嗎？也許沒有吧？李上生只是一個後生伢子，又是隔鄰隔壁的，不足以對他構成什麼威脅，也不足以引起他的注意吧。

況且，那個球也是在家裡閑著的。

我還有個特別的發現，吳曉華並不是每次從球場邊路過就停下來看球，也是很有節制的，她只是三不三地看一回。如果她某次不看球的話，就從球場邊匆匆地走過，好像家裡有什麼急事，竟然目不斜視，好像李上生並不在球場上龍騰虎躍。那麼，李上生的臉色會令人難以覺察地陰沈一下，然後，再舒展開來。

似乎有一種理解和釋然。

我沒有往男女關係上去想，吳曉華對李上生那樣的好，只是一種姐姐般的喜歡而已——況且，李上生也沒有姐姐——並不存在其他令人難以置信的因素。對於這個，我也是十分理解的。就說我吧，在鄉下也有一個叫玉嫂的女人，比我只大四五歲。她對我十分關心，看我一個人在鄉下，總是不時地給我送菜，或是縫補衣服，我為此對她非常感激。當然，我跟她之間沒有什麼更深的感情。我想，如果再往深處發展，那是根本不可能的——這是我當時的思維定勢。

世界上的事情，就是這樣的讓人感到迷惑不解。兩相比較，我隱隱約約地覺得，自己跟玉嫂之間和李上生跟吳曉華之間，終究還是有所區別的。我跟玉嫂之間的那種感情，是很純潔的，透明的，像一塊明淨的玻璃。而李上生跟吳曉華之間，似乎有點過了。我為什麼這樣說呢？我發現吳曉華跟李上生在人們面前有點遮遮掩掩，眼神有點曖昧，有點說不清的東西含雜在裡面，而我跟玉嫂是絕對沒有的。

還有一個細節，也很值得一提。

有一次，我回到家裡，然後，到合作社買鹽。通往合作社有兩條路，既可以走馬路，也可以走小路，小路要近一些，所以，我選擇了小路。

在那條青石板小路上，遠遠的，我忽然看見吳曉華走在我的前面，而李上生正好從對面走來。他們也許都沒有注意到我，以為這條小路上沒有其他人，吳曉華跟李上生碰面之後，兩人都停下來，說了說話。吳曉華竟然還伸出手，從李上生的肩膀上扯下一根雜草之類的東西。

我心裡一震，裝著沒有看見，馬上往小路邊上的山坡走去，以免他們尷尬。我躲在桃樹後面，看見吳和李說了很久才分手。

所以，我感覺他們的關係不同一般。

13

後來的事實，也進一步證實了我的這個感覺。

有一次回家，我實在是閑得無聊了，加之天氣又好，太陽不大，還有白雲朵朵，還有微風陣陣，這的確是打球的最佳天氣。所以，我去李上生家，想借他的球打打。當時，王高潮和岳朝陽他們也慫恿我去借球。他們覺得我去借球的把握性最大，是我幫他在草叢中找到球的——雖然他已經借給我打了一天——應該還會給我一個面子吧？

不巧的是，他不在家。

我想，他此時應該在家裡的，隊裡出工一般都在九點左右，而我不到八點半就去了。他根本用不著去這麼早的，再說，他走到他的隊裡，只需要十來分鐘。

樓上仍然是靜靜的，沒有人。唯有一隻黑雞婆蹲在地上，在嘰嘰咕咕地發著細碎的牢騷。李家的兩間房子都鎖上了，還是那種掛鎖。我想，坦克明明曉得有人開鎖潛入屋裡，為什麼不換上其他的鎖呢？比如彈子鎖之類的。又想，王高潮以前也一定是趁此機會來的。接著，我又想，這個李上生怎麼這樣積極呢？是不是圖表現想招工呢？而我們才剛剛下鄉不到一年就想招工，這不是癡心妄想嗎？

這時，我經過吳曉華的屋子，忽然聽見裡面有女人微弱的呻吟聲。我先還以為是她生病了，是疼痛所發出的聲音。另外，又響起一個男人呼呼哧哧的聲音，這個聲音很模糊。我恍然大悟，以為是她的男人剛出差回來，忍不住跟她上床唱被窩戲。對於這種聲音，我並不陌生——這是我必須要承認的，無論是在家裡還是鄉村——只是這種聲音在白天響起，我還是第一次聽到，所以，畢竟還是感到有點心跳和慌張。

我正準備離開，忽然，聽見吳曉華激動地說，上生快快快。

我一下子懵了，半天也沒有回過神來。怎麼？難道是坦克嗎？不是她男人嗎？難道是坦克在她身上橫衝直撞嗎？跟她在唱被窩戲嗎？我堅信我沒有聽錯，我的聽覺不會發生絲毫的差錯。難道說，我以前的感覺都是準確無誤的嗎？

我沒有繼續停留，馬上輕輕地溜下樓來。

我全身嚇出了大汗。

我真是佩服自己，我不僅調查出了那個牛皮球的來歷，還漸漸地發覺了他倆之間不同尋常的關係。到今天，終於又意外地證實了這個事實。儘管如此，我還是杞人憂天，暗暗地替他倆焦急，如果吳曉華的男人出差回來了呢？

俗話說，不怕一萬，只怕萬一。

對於這個重大而意外的秘密，我沒有跟任何人說，我意識到與人訴說的嚴重後果。在那個年代，像這種事情是不可饒恕的。更何況，是大女小男的苟合呢？更何況，吳曉華是有丈夫的呢？

我忐忑不安地來到球場上，王高潮他們看我兩手空空，失望地問，怎麼沒有借到球呢？

我很鎮靜，淡淡地說，那條狗卵不在家嘞。

傍晚打球時，我沒有像調查出球的來歷那樣向李上生叫板了——我最終還是沒有把籃球的來歷說出來——像這種男女苟合之事，更加說不得。如果說出來，肯定會轟動全窯山，那麼，李上生跟吳曉華會一舉成名。我不想把這個秘密洩露出來，生生地毀掉了兩個人。至於以後如果被別人發現了，這個秘密暴露了，那也不是我的問題了。再說，我的爺娘不也是被別人打小報告所害的嗎？說他倆在暗地裡發牢騷，說如果繼續像這樣亂搞下去，以後恐怕連飯都沒有吃的了，會餓死人的嘞。我已經很久沒有看到我爺娘了，不曉得沉重的勞動以及思想上的壓力，讓他們臉上增添了多少皺紋，讓他們的頭髮蒼白了多少。儘管這兩者的性質並不一樣，它都會讓人一輩子也抬不起頭來，永遠背上一個沉重的包袱。

如果從私心上來說，我以後要掌控這個牛皮籃球簡直太容易了，我只要把李上生叫到一邊，把我在上午發現的秘密一說，不點中他的死穴，我就不姓金。我相信，我哪怕是叫他把球送給我，他也毫無怨言——儘管這是一樁誰也不曉得的交易，也是坦克不情願的買賣。

我根本沒有必要像王高潮那樣，賊一樣地潛入坦克的家。

現在，王高潮不再蹲在楊師傅的攤子邊了，他打開掛鎖的功夫早已練成。他最多是經過那個攤子時，跟楊師傅打個招呼，如此而已。楊師傅的眼神中，微微地流露出一種失望。

我猜測，王高潮即使把李上生的球偷到手，也絕對不敢拿出來打的，他需要隱藏很久，一直要等待著某種事態的變化。而這個變化是，要麼是李上生的家調走了，要麼是他的家調走了。

不然，根本拿不出來。

14

季節已是冬天了，寒風呼嘯。

那天我回家，忽然看見派出所門前人山人海（不要以為這個詞過分了），我不曉得發生了什麼事情，難道值得這麼多的人前來觀看嗎？或許是，又抓獲了一個寫反標的人吧？窯山已經出現過好幾起這樣的案件了。只是即便抓一個寫反標的人，也不曾有這麼多的人來觀看，像那種事情，誰都是躲避不及的。

我走過去一問，腦殼當即懵了。

天哪，原來是李上生跟吳曉華在床鋪上被抓起了。

捉姦歷來是很富有刺激性的。是的，那天的確鼎人山人海。窯山這麼多年來，哪裡出現過這樣的奇事呢？一個比李上生大八九歲的女人，竟然勾引上一個後生伢子，其轟動效應可想而知。觀看的人們紛至遝來，連附近的農民也興奮地趕來了，像是來觀看馬戲團的表演。人們一個勁地往派出所的門前擠去，想親眼看看吳曉華和李上生的窘態。

派出所位於一排平房子的中間，只有一間房子，這排房子的周圍全部被人們包圍了，連馬路上也是人，像海浪衝擊著一座小小的島嶼。我聽身邊的人說，吳曉華的男人還在安徽出差，暫時還不曉得。

我沒有在那堆翻滾的海浪中停留，更沒有心思去看李上生和那個女人。不用猜測，他倆已是無地自容，恨不能被這堆海浪淹沒，也不願意讓海浪不斷痛苦而猛烈地沖刷。要說他倆的這個秘密，我是第一個知曉者，我卻沒有告發，我曉得告發之後的後果。

據說，關在派出所裡的李上生嚇得戰戰兢兢，球場上的那種威風和兇猛蕩然無存，點點滴滴的細節都交代出來了，還說是吳曉華引誘他的。說有一天，他捧著那個破舊的橡皮球經過她家門口時，吳曉華站在屋裡向他招了招手。平時，他倆也只是點點頭而已，吳曉華才搬來不久。當時，他不曉得她有什麼事情，走了進去。然後，吳曉華從床鋪下面拿出一個牛皮籃球，笑眯眯地說，小李子，你要嗎？我送給你。李上生簡直不敢相信自己的耳目，難道說，天下真的掉下餡餅了嗎？他高興地笑起來，說，真的嗎？吳曉華說，那還有假嗎？自此，兩人就非常熟悉了。為了表示感謝，李上生經常幫她搬煤炭上樓，如果樓下的自來水斷水了，還幫她到很遠的井裡挑水。對於這個，鄰居們都曉得，還誇李上生這個伢子不錯，幫助和關心鄰居。有一天，樓上的人都不在，上班或上學去了，李上生也準備到隊裡出工。他經過吳曉華的房子時，她還沒有去上班。她看見李上生，叫他進來，說是有事情要對他說。李上生毫無顧慮地走進去，誰知走進屋裡，吳曉華把門一關，笑眯眯地說，哦，有一件事我倒是忘記了，上次，我不是送了一個球給你嗎？李上生仍然感激地說，是嘞是嘞。吳曉華說，按照我家鄉的規矩，當某人送給對方一件禮物之後，對方要在某人的臉上打個啵。李上生聽罷，雖然雙方都十分熟悉，聽說要打啵，他還是感到很害羞的，他從來也沒有跟女人來過這一手，以前連女同學的手都沒有摸過。所以，他一下子臉紅了。吳曉華卻步步緊迫，笑著說，是不願意嗎？如果不願意就算了，不要勉強嘞。李上生哪裡會放棄這個寶貴的機會呢？他主要是擔心她反悔，把球又要回去，牛皮籃球是他夢寐以求的。心想，打個啵就打個啵吧，不就是一個啵嗎？反正又沒有人看見。所以，跟吳曉華打了啵。吳曉華卻緊緊地抱住他不放，然後，兩人把被窩戲唱成功了。

據吳曉華交代說，的確是她引誘李上生的，她太寂寞了。男人長年出差，她看上了李上生，他年輕，身體又結實，而且在附近下鄉，每天都回家，彼此來往很方便。她卻沒有想到，自從撩撥了李上生之後，誰知他在那方面特別厲害，根本不像一個十七歲的後生，幾乎隔天要來她家。她感到有點害怕，擔心雙方來往過於頻繁，會被人發現。再者，她的身體竟然承受不了他那過於強烈的要求。她還說，她即使來了月經，李上生也是不管不顧，這讓她感到非常惱火，又不便發作。她曾經也對李上生說過，以後我們再不要這樣了，李上生卻不願意，甚至還威脅說，你如果不願意，我就要說出去。所以，她十分害怕李上生，心裡有苦難言。更何況，這件事情是由她引發的。

總而言之，不論雙方是哪種說法，肯定是吳曉華勾引李上生的。關於這一點，是毫無疑義的。窯山和附近農村的人們津津樂道，談論著這件從來也沒有發生過的風流韻事，這是由於它的奇特，由於它的秘密，由於它終於又暴露無遺——而這個報案的人，又是那樣神秘。

人們一直不曉得這個報案的人究竟是誰。

當時，我看見岳朝陽幾個人也在圍觀，嘰嘰喳喳地議論著，臉上既有興奮之色，也有某種遺憾和歎息。

我卻沒有看見王高潮。

我問他們，王高潮呢？

他們回答說，今天跟著他爺娘調走了。

王高潮走了嗎？難道就這樣不聲不響地隨著爺娘調走了嗎？我幾乎有點不相信。我們這麼多年來都混在一起，畢竟還是有些感情的，卻連一句告別的話也沒有，竟然匆匆地分手了。為此，我很感到十分的遺憾。如果我在家，趕上他搬家，那麼，在他臨走時，我要把他企圖竊取籃球的一切手段說出來——我並沒有任何惡意，只是說明我這個人很敏感。我會嘻嘻哈哈對他說的，讓他感到非常輕鬆。也讓他覺得，他這些留在這個窯山的秘密，只有我一個人曉得。

窯山沸沸揚揚的，無人不在談論這件重大的新聞。

而在當天夜晚，窯山又發生了一件更為重大的事件——吳曉華投河自盡了。

吳曉華傍晚從派出所回家之後，一直閉門不開，晚飯也沒有吃。在那棟樓下，仍然還圍著許多人。到晚上，圍觀的人才終於散去。大約十一點鐘左右吧，吳曉華悄無聲息地溜了出來，跳河自盡。是一個姓雷的工人發現的。

他上夜班從河邊回家時，忽然發現有個女人站在河邊。姓雷的工人是個好心腸，曉得在那個年代經常有人跳河自盡。為了不驚動她，他悄無聲息地走過去，想斷掉她的自盡之路。吳曉華卻十分警惕，好像早已發覺有人在注意她，在悄悄地向她走近了，然後，她毫不遲疑地跳進了刺骨的河水中。河水很急，等到姓雷的跑過去跳下河去救她時，已經摸不到人了，寒冷的河水早已把她沖得很遠了。姓雷的馬上報案，派出所的人順著河流往下尋找，終於在白蓮寨那個地段找到了屍體。那已是十多里路遠了，如果不是河邊的樹杈掛住她的衣服，還不曉得要漂多遠。

據說，她肚子裡已經有兩個月的毛毛了。吳曉華在跳河之前，還把給毛毛準備的衣服捆在身上，這種做法既讓人鄙視——你一個大女人怎麼去勾引後生伢子呢——又讓人歎息和同情。

15

關於李上生和吳曉華的秘密，我不曉得還有誰看見了。世上沒有不透風的牆。或許是張三發現了，或是李四王五曉得了，所以，他們立即報了案。李上生後來卻認定是我透露出去的，我曾經說過我曉得那個籃球的來歷——當時，他並不懷疑我說過的話，只是他壓著我沒有說出來而已。

據我的估計，這個發現秘密並報案的人，既不是張三，也不是李四，一定是王高潮。是他發現了這個秘密之後透露出去的，也就是說，是王高潮告發的。

我的猜測如下，不曉得是否符合邏輯——

李上生和吳曉華的秘密，應該說也是王高潮的一個意外發現——他像我一樣，也是意外發現的——這樣，他把這個秘密告發了，作為他最後瘋狂的報復——那是他最終也沒有把牛皮籃球搞到手。

那天，王高潮馬上要跟隨著爺娘調走了，所有的傢俱已經搬到了汽車上。臨走時，他一定是趁著還有一點空閒，所以，決心採取最後一次行動。如果這次得手，他就可以抱著那個牛皮籃球遠走高飛了，籃球也永遠歸他所有了。

這次，他肯定是想去打開李上生家的另一間房子——也就是坦克爺娘住的那間房子——去尋找那個牛皮籃球。無奈李上生很狡猾，不知把籃球藏到哪裡去了。所以，當王高潮打開李上生爺娘的那間房子尋找時，仍然沒有如願以償。所以，他十分懊喪和氣憤，暗暗大罵李上生太狡猾了，也為自己的兩次行動無功而返感到沮喪。當他輕輕地走出李家鎖上掛鎖之後，經過吳曉華的家時，忽然聽見裡面有異常的響聲。他把耳朵貼門一聽，那個女的竟然是吳曉華，男的必定是李上生無疑。即使李上生不說話，光聽那種清晰的喘氣聲，他也能夠辨別出來——這是坦克的聲音。這種聲音，是多年來在球場上熟悉的。對於床上那種男女的聲音，王高潮也不陌生，我們都不陌生——各家住房的狹窄，爺娘隱秘的生活皆在耳下。此時，王高潮滿腔的懊惱無處發洩，報復之心油然而生。他肯定沒有絲毫猶豫，不像我一樣顧慮重重，他沒有考慮東窗事發的嚴重後果，反正自己馬上要離開窯山了，跟誰也見不到面了——他認為，這是一個老天所賜的最佳時機。

這樣，王高潮匆匆忙忙地跑到派出所報了案。報過案之後，他匆忙跑回家，爬上搬家的汽車遠走高飛。至於他是以何種方式報的案，已不得而知。如果他是當面報的案，那麼，派出所是要替報案人保密的。我想，鑒於王高潮的鬼聰明，他很可能是採取另一種形式報的案。也就是說，他自己沒有出面，而是把這個巨大的秘密急忙寫在紙條上，然後，把紙條悄悄地塞進派出所的門縫裡。

16

李上生再也沒有出現在球場上了，當然，那個牛皮籃球也不會拿出來了。

那是他一個青春歲月的痛苦記憶，足以讓他一輩子難以忘記。或許，他已經把牛皮籃球丟掉了，丟在那條清澈的河流中，讓它隨著吳曉華漂浮過的行程，永遠地向下游漂流而去。

我也沒有興致打球了，一切的一切，都是由籃球引發而來的。所以，我後來一旦看見籃球，心裡就有一種恐懼感。只有岳朝陽那幫人，仍然還拿著破舊的橡皮籃球，要死不活地在球場上跑來跑去。球場上，再也沒有以前那種喧鬧和精彩了。

偶然，我也看見過李上生。他沈默寡言，臉色憂鬱，彷彿一下子老了許多。額頭上出現了許多的皺紋，這跟他的實際年齡很不相稱。那副打扮卻更像農民，把一條長長的變了顏色的羅巾繫在腰間，腳上穿著黑色的膠輪皮子做的草鞋。

他再不齒我了，好像我是他的仇人，眼裡射出一股仇恨的目光。

看到這一切，我心裡也十分難受，很想找個機會跟他解釋。這一切，並不是我引起的，我也想向他坦露自己的清白之身。

卻永遠也沒有機會了。

——不久之後，我的爺娘也調走了，調到了一個很遠的窯山。

所以，我從鄉下回家，路程也更遠了。

他娘賣騷子的。

子彈殼

1

有很長一段時間，大約三年多吧，窯山的細把戲最喜歡的遊戲是打彈殼。那是真彈殼，一點也不摻假，它比打三角板和玻璃彈子新鮮多了，以前，他們哪裡見過這麼多的彈殼呢？毫不誇張地說，一粒彈殼影子也沒有看到過。彈殼金黃金黃，十分光澤，將彈殼放近鼻子，還能夠聞到淡淡的硝煙味。雖然是空彈殼，想起它曾經能夠打死人，心裡的那種感覺就特別不一樣了。

彈殼的來源得益於窯山的造反派，不曉得他們從哪裡搞來這麼多的槍支彈藥，除了參加武鬥真槍實彈地較量，平時，他們還經常組織打靶，不斷地提高射擊水平，以便在往後的武鬥中大顯威風。武鬥的戰場不在窯山，離窯山兩百多里，在一個叫高坳的地方。所以，要想撿到戰場上的彈殼，對於細把戲來說，純屬空想主義，路程太遠。而造反派在窯山打靶，那就能夠撿到金燦燦的彈殼了，只要你願意去靶場，多少還是有所收穫的。當然，這需要你能夠及時地獲得打靶的消息，如果去遲了，那還撿條卵？早已被別的細把戲撿走了。造反派很大方，似乎子彈不要錢，手槍步槍衝鋒槍，甚至還有機關槍，叭叭叭，砰砰砰，靶場上槍聲震耳，硝煙瀰漫，一打就是半天，周圍樹林中的雀鳥，早已嚇得逃到雲南四川去了。靶場上落下的彈殼自然不少，細把戲放肆撿，如獲至寶，然後，發明了一種新的玩法。

這種玩法，一般以兩人一組為宜，雙方先划拳，划輸的一方，把一粒彈殼立在地上，划贏的一方，站在三米遠的位置，手持彈殼瞄準，向立在地上的彈殼打去，如果擊倒彈殼，這粒彈殼就歸他所有，如果沒有擊倒，那就乖乖地把自己的彈殼立在地上，讓對方擊打。

應當說，這是一個公平的遊戲。

當然，大家想贏彈殼是一個重要的方面，另一個方面，他們喜歡聽彈殼碰撞的聲音，噹——，噹——，清脆而短暫。打彈殼的人很多，頻頻地響起噹噹噹的聲音，清脆之聲，不絕於耳。誇張點說，簡直像個小小的金屬加工廠。

2

李上游撿的彈殼不算多，不屬於彈殼的富有者，而且，在曠日持久的遊戲中，他的手氣也不佳，彈殼越來越少，像有一隻無形而討厭的手，從他的口袋裡偷走了，這讓他感到十分沮喪。有時候，他乾脆不打彈殼，呆呆地站在旁邊，看人家興味盎然地打，儘管手也發癢。當然，造成這種尷尬的局面不能怪人家，只怪自己的眼力太差，瞄不準目標，或是瞄準目標了，用力不當，不是打偏了，就是打得太近或太遠，目標仍然屹立不動，所以，他贏少輸多。莫看這樣一個不起眼的遊戲，還是需要一點功夫的，不是哪個鬼都能夠隨便當贏家的。李上游看見有人輸了，就幸災樂禍，暗暗地說，娘巴爺，跟我的手氣差不多。看見有人贏了，就羨慕不已，嘖嘖有聲，哎呀，你娘的腳，又贏了。

至今為止，只有毋勝利贏得最多，毋勝利這個豬，手氣太好，無論跟誰打彈殼，口袋裡總是大珠小珠落玉盤似的響亮，每次都是得勝而歸，惹得大家眼珠子出血，恨不能從他手裡搶出一把彈殼。最令人羨慕的是，毋勝利每次打完彈殼，把彈殼全部拿出來丟到地上，然後，故意慢吞吞的，一五一十的，噹噹地數起來，數得別人饞涎欲滴，好像地上擺著一粒粒金黃色的糖。

毋勝利屢戰屢勝的法寶，自然是他令人佩服的功夫，他功夫的秘訣就是穩準狠，毫不手軟，似乎立在眼前的不是一粒彈殼，而是一個敵人。其實，這是他的一種天賦，別人即使再刻苦練習，也不一定能夠戰勝他。他每次擊倒彈殼，喜歡怪叫一聲，哎哈——，故意把聲音拖得很長，叫得對手心煩意亂。所以，大家都不准他叫，指責他像鬼叫一樣。毋勝利也不見怪，興奮地說，那我像貓狸拜號，要得不呢？

毋勝利屢戰屢勝，不僅是別人，連李上游也在猜疑，這個毋豬，除了他穩準狠的功夫，莫非是他的名字取得吉利一些嗎？所以，就經常贏嗎？那我李上游的名字也蠻不錯，怎麼沒有爭到上游呢？尤其讓李上游不愉快的是，手中的彈殼已寥寥無幾，像幾個可憐巴巴的孤兒。

為此，李上游悶悶不樂，人家叫他打彈殼，他也不像以前發瘋般地奔去，獨自遠遠地蹲著，情緒低落，看著尚存的彈殼，像農民一樣，還要留著寶貴的幾粒稻種。要麼，就躲在屋裡練習打彈殼，心想，只有提高擊打水平，才能夠當贏家的。

那天，李上游仍然沒有出去，在屋裡練習打彈殼，這時，表哥從邵東縣城來了，一進屋，就大喊上游上游。李上游並不顯得高興，悶悶地叫一聲表哥，就不吱聲了，像喉嚨發炎。表哥大他五歲，是個小後生了，看見李上游似乎有心事，問，哎，你怎麼像個賣牛肉的？是不是挨別人的栗殼了？在以前，有人欺侮李上游，如果剛巧碰到表哥來了 表哥就要揮起拳頭教訓人家。此時，李上游也不隱瞞，苦起臉色，如此這般地說了。表哥一聽，忽然嘎嘎大笑，笑一氣，說，蠢寶哎，這還不容易嗎？表哥出個絕主意，保證你是常勝將軍。

李上游一聽，臉上馬上開了笑容，近乎討好地說，表哥，你莫哄我嘞。

表哥說，我哄你做什麼卵？

表哥叫李上游拿一粒彈殼，又讓他找來一顆長釘子，一把錘子。表哥叫李上游將彈殼按在石板上，然後，表哥把長釘子對準彈殼的屁股中間，揮起錘子狠狠地敲幾錘，把彈殼屁股鑿開一個小洞，然後，將釘子拔出來，又把釘子從彈殼的口子插進去，這樣，釘子從彈殼的屁股裡伸出來，大約伸出三釐米。

表哥搖了搖卡在彈殼中的釘子，釘子很穩固，然後，把特製的彈殼舉起來，得意地說，上游，你明白了嗎？

李上游眨了眨眼，躬起瘦小的身子，像個日本翻譯官，連連說，我的沒有明白。

表哥譏笑道，哎呀，你是個蠢豬嘞，我告訴你，如果你打別人的彈殼時，你就從口袋裡拿普通的彈殼打，如果別人打你的，你就悄悄地拿出這粒特製的彈殼，千萬不要讓別人發現，把它趕緊插進泥土裡，你說，哪個能把你的彈殼打倒呢？說罷，表哥把特製的彈殼插在地上，拿彈殼打它，砰，打中了，它卻沒有倒下。

李上游恍然大悟，大為高興，一掃多日堆積的愁容，哈哈，那我不成常勝將軍了嗎？

表哥說，沒錯嘞。又交代說，當然囉，你的動作一定要非常隱蔽，絕對不要讓別人看出其中的貓膩，不然，就像水桶爆箍，沒有卵味道了。

李上游有點擔心，說，我還是怕人家看出來嘞。

表哥拍拍他的肩，說，不要怕，我現在陪你去贏彈殼，鍛煉鍛煉你這個癩殼子。

說罷，兩人說說笑笑地朝土坪走去。

土坪裡有許多細把戲打彈殼，很鬧熱，遍地響起噹噹清亮之聲，像一群小鐵匠在辛苦地勞作。地上是泥沙，不太平坦，如若把彈殼擺平，還需要掃掃泥沙。當然，如果打彈殼的地方是水泥地，或是三合泥，李上游的秘密武器就失去了用武之地，而泥沙地，卻是掩飾釘子洞眼的天然保護網。

大家都在乒乒乓乓地打彈殼，起勁得很，時時響起呵呵的歡叫聲。暫時沒有對手，李上游和表哥就站在一邊觀戰，看看這組，又看看那組，像兩個遊動的軍事觀察員。

看一陣，這時，毋勝利一跳一跳地跑來，這個傢伙總是一副志在必得的樣子，看見李上游沒有打彈殼，大大咧咧地說，哎，上游豬，我們打吧，剛才我娘老子叫我給外公送菜，討厭死了。

李上游怯怯地看表哥一眼，說，好嘞。

兩人劃剪刀拳頭布。李上游送出一塊布，毋勝利是一把大剪刀，李上游划輸了，他看見毋勝利拿石片彎腰在地上畫三米線，李上游的內心有點緊張，趕緊把特製的彈殼插進泥沙，動作很不自然，虧得表哥使勁地眨眼睛，李上游惶惶的心跳才有所緩解。

這時，毋勝利自信地舉起彈殼瞄準目標，然後，重重地打過去，當一聲，分明打中了，立在地上的彈殼居然沒有倒下。

毋勝利驚愕地哎一聲，憑他的經驗，一般來說，只要彈殼相撞，立著的目標必倒無疑，哦，也許是目標立得太穩了吧？或許是力量還不夠吧？平時，也出現過這種情況的。毋勝利這樣安慰自己，沒有懷疑對方的彈殼，然後，說，你來吧豬。眼睛看著旁邊的一組人打彈殼。

李上游把自己的彈殼拿起來，迅速地掃掃泥沙，把小小的釘子眼掩蓋，又在口袋裡換一粒，緊接著，把毋勝利的彈殼立在泥沙上，然後，走到三米線上，瞄了瞄，果斷地打過去，當——，目標倒了。

李上游高興地說，嘿嘿，我贏了。

表哥也咧開嘴巴笑，還假裝教訓地說，你看看，還只贏一粒，就翹狗尾巴了。

毋勝利悻悻地說，老子背時，老子背時。

兩人沒有打多久，李上游居然贏了八粒彈殼，他興奮極了，還想繼續贏，恨不能把毋勝利的彈殼都贏過來。毋勝利也不服輸，準備繼續打，表哥卻插嘴，上游，莫耍了，陪我去車站買票吧。

毋勝利還想扳本，像這樣的輸贏，在他打彈殼的歷史上，還沒有出現過，故而，臉上很不好看，像爬了幾條毛毛蟲。看見李上游的表哥說話了，又無可奈何，說，記著嘞豬，我們還要打的嘞豬。

一直走到沒有人的地方，李上游和表哥才哈哈大笑，李上游把口袋裡的彈殼撥得嘩啦啦響，說，表哥，你讓我出了一口惡氣。

表哥說，蠢寶咬，你要老練點，每次贏幾粒就不要打了，只說屋裡有事，不然，如果贏多了，別人是不會放過你的。還有，你不要每盤都拿出秘密武器，如果它老是不倒，別人會起疑心的，所以，你三不三也要拿一般的彈殼讓他們打，輸掉就輸掉，這樣，人家就不會生疑心了，記住了嗎？

李上游點點頭說，表哥，我記住了。

3

李上游自從有了這個秘密武器，說他百戰百勝，一點也不為過。當然，他記住表哥的話，偶爾也故意輸掉幾粒，甚至還裝模作樣地苦著臉，說，老子背時嘞，又輸一粒。其實，這並不影響他最終還是一個大贏家。所以，每次回到屋裡，他嘩啦啦地把彈殼倒出來欣賞，金黃色的彈殼像一堆小金山，黃燦燦的，耀得都睜不開眼睛。當然，他還要感謝那個秘密武器，所以，拿著它看來看去的，欣喜地說，哎呀，多虧了你嘞，我的寶貝。

所以，現在輸贏的形勢來了一個大逆轉，最牛皮的人不是毋勝利，而是李上游。

這搞得那幫細把戲羨慕死了，都說李上游的運氣來了，還說，李上游的彈殼有時真是太神奇，明明打中了，它就是不倒。他們都跟毋勝利一樣，沒有懷疑他的秘密武器，更沒有拿起來看看——這是他們最大的疏忽——只是寬慰自己，娘的腳，看來李上游的名字也號得好，終於壓住了毋勝利。

最沮喪的當然是毋勝利，他在李上游的秘密武器沒有出現之前，是最牛皮的人，誰也贏不過他。這一點，是公認的。所以，大家都說他的名字號得好，毋勝利毋勝利，勝利麼。

現在，毋勝利在李上游手裡栽了跟頭，心裡雖然很不服氣，嘴巴卻不亂說，甚至還很謙虛地向李上游討教——當然是討教功夫上的細節問題——李上游也隨便敷衍，說到最後，只說，這是運氣，運氣只是暫時的。

某天，大家打彈殼打累了，坐在屋簷下議論各人的輸贏，說著說著，就說到了毋勝利，說他近來為什麼沒有贏。這時，劉高潮插嘴說，依我看，毋勝利不可能老是贏的。

別人問，為什麼？你有什麼根據？

劉高潮嚴肅地說，勝利這兩個字的確號得不錯，而你們想過沒有，他姓什麼？姓毋，毋跟一無所有的無同音不呢？同音吧？無就是沒有，所以，三個字連起來，就是沒有勝利。

大家一聽，驚詫地叫起來，哎呀，我們怎麼沒有想到這個姓呢？我們只想到勝利兩個字，又讚歎說，高潮，你怎麼像個算八字的呢？

劉高潮嘿嘿地笑起來，很得意，說，你們看李上游的名字號得多好，李跟你是同音吧？李上游就是你上游，所以，他最終是必定要贏的。

大家聽罷，又是一番驚歎，說，沒錯嘞，沒錯嘞，好運輪到李上游的腦殼上了。

劉高潮跟隨爺娘調來窯山不久，爺老倌在學校教書，娘老子開電車。劉高潮跟大家的年紀差不多，卻顯得持重老成，說出來的話，總要比大家高出一籌，顯得幾許深奧。就說李上游和毋勝利的名字吧，誰會像他那樣說出一套一套的呢？劉高潮打彈殼的興趣不大，也不怎麼合群，而他說出來的話，總是讓人信服。

就說上次吧，窯山的造反派去湘鄉打仗，劉高潮就猜測窯山的隊伍一定會大勝而歸。有人問他為什麼，劉高潮頭頭是道地分析說，窯山絕大部分是走窯的，個個有體力，比那些豆芽菜一樣的城裡人有耐力得多，再說，打靶打得多，射擊水平肯定要高一些，我估計湘鄉那邊的人，不可能經常打靶的，所以，窯山大勝是必定的。後來，窯山的造反派果真大獲全勝，僅五個人受傷，湘鄉方面死五人，傷二十八人——劉高潮的猜測真是太神了。

那天，劉高潮在分析李上游和毋勝利的姓名時，兩個當事人都不在場，李上游到縣城表哥家吃生日酒，毋勝利幫娘老子到藥鋪撿藥。當然，他倆不在場，不等於不曉得劉高潮說的這番話。細把戲歷來是傳話的急先鋒，窯山的大小諸事，都是由他們迅速傳播開的，像鋪天蓋地的急旋風。所以，李上游聽到劉高潮說的話，自然很高興，他高興的不是劉對其姓名的分析，而是劉的話起到了轉移視線的作用，讓大家迷信他的姓名，忽略他的秘密武器。

毋勝利當然很不高興，甚至討厭劉高潮——儘管覺得劉說的不無道理——他本來準備跟劉吵一架，又擔心奈何不了對方，劉長得高大結實，如果打架，自己肯定不是他的對手。所以，討厭來討厭去，毋勝利最終討厭起自己的姓，娘的腳，一定是這個毋字害得他屢屢慘敗——卻沒有想過以前自己是常勝將軍了。

那時候，人們生崽女沒有指標，只要做爺娘的願意生，生五六個，或七八個，也是常事。窯山有個姓崔的，娘那個腳，竟然生了一十三個，也沒有人說閒話，反而羡慕他夫妻多子多福。毋勝利的爺娘僅僅生了他這個獨生子，聽說他娘老子有什麼病，屁眼再拱不出血坨坨了。按理說，毋家是有能力多生的，俗話說，天旱三年，餓不死夥頭軍。毋勝利的父親毋得明在食堂掌廚，媽媽常玉香是家屬工，在二工區打雜，夫妻多生幾個崽女，又怕什麼卵呢？肯定是餓不死的。所以，毋勝利就有些嬌生慣養，平時無論什麼事情，爺娘都順著他，生怕他的眉毛打皺。

那些天，毋勝利的心情很不好，陰沈著臉乖，眉毛打皺，也不欣賞越來越少的彈殼，以前，他贏來的彈殼足足放滿五個大紙盒，現在呢，僅有一個紙盒裡還有些彈殼，零零碎碎的，看見它們，他就有一種深深的刺痛，好像彈殼怨氣沖天地打進自己胸膛。所以，毋勝利也不愛飯了，似乎是吃鬧藥，有一口沒一口，像瘟雞無精打采。

毋得明還以為是飯菜不好，就胖著身子從食堂端葷菜回來，一缽油亮亮的紅燒肉，毋勝利卻皺著眉毛不伸筷子。常玉香拿筷子輕輕地敲崽的飯碗，心痛地問，崽呀，你何事不吃呢？毋勝利半天不語，然後，筷子漫不經心地敲打著飯碗，當，當，當，像和尚敲木魚。常玉香以為崽生病，伸出粗糙的手，摸毋勝利的額頭，說，哎，沒有發燒麼。毋得明相信崽沒有病，又夾一塊紅燒肉堆在崽的碗裡，勸道，崽，快吃吧。

天色已黑了，常玉香扯亮電燈，蚊子像轟炸機般俯衝而來，她又點燃黃蛇似的蚊香。這時，毋勝利雖然不敲飯碗，雙手卻搭在桌子上，栽下腦殼伏著，像瞌睡了。

毋得明夫妻怔怔地對視著，不明白毋勝利為哪樁事不愉快，而且，他的表現方式跟以往也不一樣。以前毋勝利沒有沈默的習慣，如果有什麼要求，會很乾脆地說出來，如果達不到目的，他要麼大鬧，要麼大哭。總之，他的要求沒有達不到的——當然，也是在爺娘的能力範圍之內——所以，他大哭大鬧也是短暫的，像天上的雲彩轉瞬即逝。惟有一個獨生子，毋得明夫妻不可能不滿足他。所以，毋勝利這種罕見的沈默，讓夫妻倆惶惶不安，也吃不下飯，他們隱隱地預感到，哎呀，這恐怕不是一件小事。

那又是什麼卵大事呢？

夫妻倆的目光複雜地在空中交織著，交織出更多的疑惑和不安。毋得明疼崽，只是嘴巴不太會說話，然後，使個眼色，叫婆娘再勸勸。

常玉香會意，撫摸著毋勝利的腦殼，小聲說，勝利崽唦，你看你不吃，我們都吃不下，你有什麼話說出來好嗎？像你這樣憋在心裡，會憋出病的。

這句話好像終於起了作用，毋勝利抬起頭，額頭上有紅紅的印子，像茄子，那是壓在手巴子上所造成的美學效果。此時，他目光中閃出一種堅定，聲音低沉地說，我要改姓。

什麼什麼？毋得明夫妻驚疑地問道，似乎沒有聽清楚。

毋勝利又說一遍，口氣很不客氣，你們是沒有聽清楚？還是故意裝聾子？你們給我聽清楚，我要改姓，如果不讓我改，我就絕食。說罷，火爆地站起來，咚咚咚地走進睡屋。

什麼？要改姓？

夫妻倆真正驚訝起來，張大嘴巴，瞪圓眼睛相對，好像仍然不相信毋勝利說的話。要改姓？嘁，這個崽怎麼搞的？莫不是腦殼有毛病？平時，你提出任何要求，我們哪樣沒有滿足你？哪有提這個要求的呢？真是荒唐。再說，即使改姓，也不是由崽女提出來，更不是像我們這樣的家庭需要改姓。當然，地方上也不是沒有改姓的，比如，那些跟著寡婦娘改嫁的崽女，還比如，那些孤兒從小被收養的——這些人要改姓，別人沒有任何異議，你說你的爺娘都在世，好好的一屋人，改什麼鬼姓呢？

夫妻倆弄不清寶貝崽為何生出這個荒唐的念頭，卻可以斷定，毋勝利提出這個要求，是經過慎重考慮的，不然，他不會遲遲不說，不像以前提出要求時那樣的痛快和乾脆。

那麼，他的理由何在？根據何在？

毋得明打著赤膊，渾身肉肉的，兩粒油亮的眼珠，轉向充滿驚愕的常玉香，目光裡開始含一絲懷疑——當年，常玉香是不是帶著肚子來的呢？所以，現在毋勝利是不是聽到什麼風聲，就鬧著改姓呢？當然，這個懷疑是沒有根據的，新婚之夜，常玉香不是見紅了嗎？見了紅，哪能帶著肚子來我毋家呢？哦，毋得明忽然想起來，常玉香在跟他談對象之前，還跟尹之光談過兩年戀愛，那麼，是不是常玉香跟自己結婚之後，卻偷偷地讓尹之光裝上窯了呢？毋勝利其實是尹家的種子呢？尹之光在一工區走窯，是個採煤工，當年，常玉香的爺娘堅決不同意這門婚事，說我玉香絕對不能嫁給走窯的，免得以後守寡，甚至還威脅常玉香，如果你不跟姓尹的分手，我們就撞死在你面前，常玉香害怕鬧出人命，只好被迫放棄。至於毋得明，還是後來託人做媒，才討到常玉香的。在窯山，伙頭軍是個絕好的差使，常玉香問爺娘的意見，父親只說了一句話，天旱三年，餓不死伙頭軍。就這樣，兩人飛快地辦了婚事。

看來晚飯是吃不下了，吊在空中的燈光亮得有氣無力，一隻黑色的大蜘蛛，沿著電線慢慢地往上爬行，顯得老態龍鍾。蚊子的轟鳴聲，在蚊香的薰染之下，漸漸地弱下去。其實，毋得明最氣憤，娘的屄，毋家三代單傳，如果不是常玉香患婦科病，他起碼要生五六個或七八個，讓毋家血脈在他手中發揚光大，而且打罵起崽女來，也不會像現在這樣縮手縮腳。當然，命運如此，他也認命。所以，他總是叮囑毋勝利經過水塘時要小心，千萬不要跟別人打架，跨過水溝時要注意，生怕他出什麼意外。

毋勝利至今沒有出什麼意外，卻偏偏說要改姓，真是豈有此理。

毋得明滋滋地抽煙，煙霧像纏繞一隻沈默的油葫蘆，他越想越惱怒，忽然站起來，衝進毋勝利的睡屋，大聲吼道，你這個化生子，你說你要改個什麼姓？為什麼要改？你說。

毋勝利一根麻花樣地歪躺在床鋪上，兩手枕著頭，眼珠子茫然地望著天花板，他不曉得這個姓能不能夠改掉，也明白改姓不那麼容易，將會遇到重重阻礙。毋勝利沒有看胖子父親，也沒有說改姓的理由，只是任性地說，我要跟娘老子姓常。

這個姓，他早已考慮好的，如果能改掉，以後他就叫常勝利，說不定，能夠把人家的彈殼全部贏過來。

不行——

毋得明吼起來，簡直是歇斯底里，圓圓的臉脹成豬肝色，他氣得幾乎發瘋，渾身的肥肉顫慄，口水直飆。娘巴爺的，哪有跟娘老子姓的？如果跟娘老子姓，那麼，他毋家呢？不是連個姓毋的後代都沒有了嗎？望著躺在床鋪上滿不在乎的毋勝利，毋得明恨不得猛撲上去，伸出肥嘟嘟的雙手，死死地掐住豆芽菜似的脖子，讓化生子再也說不出荒唐的話來。娘巴爺的，如果多有幾個崽女，現在，他肯定會不計後果地動粗，他要狠狠地扇，扇爛他的臭嘴巴。又冷靜一想，老子只有這個獨崽，如果對他下狠手的話，傷及哪裡了呢？窯山有個姓張的蠢豬，怕是吃了三兩炸藥，對著女兒發脾氣，然後，一個驚天動地的耳巴子扇過去，結果呢，把女兒扇成一個聾子，至今後悔不已。毋得明清楚自己的力氣很大，耳巴子扇過去，說不定會把崽扇個半死。所以，毋得明拼命忍耐，心裡說，毋得明嘞，你要忍住嘞，毋得明嘞，你要忍住嘞，這不是扇豬嘞，是在扇自己的崽嘞。

他氣呼呼地站在床邊，好像拿著毋勝利無可奈何，就朝外面屋裡喊，你還不死進來？

常玉香像個罪犯似的走進來，剛想開口，毋得明滿臉怒火地說，翻了天，你崽要跟你姓。

常玉香猛地一怔，不明白毋勝利怎麼提出要跟她姓，斷然說，那要不得，勝利崽，你是毋家的血脈嘞。

毋勝利尖銳地看媽媽一眼，反駁說，那我身上沒有你的血脈嗎？

常玉香梗了梗，說，當然有，你是從娘肚子裡掉下來的嘞。

那也能夠跟你姓麼。毋勝利陡地來了精神，從床鋪上一翻而起，覺得應該跟爺娘講講道理，也許他們會同意的。

毋得明冷冷一笑，說，你看哪有跟娘姓的？你隨便說一個，老子就讓你改。

毋勝利想了想，據自己所知，只有一些人把名字改成向東向陽的，或是衛東文革之類，卻沒有改姓的，更沒有跟娘姓的，所以，他張了張嘴巴，回答不了這個問題。

4

毋勝利想徵得爺娘的同意把姓改掉，業已宣告失敗。

毋勝利並不甘心，他的脾氣很犟，那好吧，爺娘不讓我改，我偏偏要改，自己改。既然跟娘老子姓常你們不允許，那我要想個更好的姓。姓曾？姓王？姓張？姓任？毋勝利想來想去，都覺得不理想，後來，他終於想到尹姓，尹跟永同音，我如果改成尹勝利，那不是永遠勝利嗎？想到這裡，他咧開嘴巴笑起來，哈哈，這是一個多麼理想的姓名，尹勝利尹勝利尹勝利，以後，看誰還來跟老子比輸贏？即使是李上游那個豬，老子也不怕他，他只是李上游而已，老子呢，老子是誰？老子是尹勝利。

毋勝利決定之後，不再跟爺娘鬥嘴，鬥來鬥去，也鬥不過他們。雖然自己壬慣了，在改姓的重大問題上，他就是再壬，也拗不過爺娘。

第二天，他擅自向夥伴們宣佈，你們聽著，以後大家都叫我尹勝利，哪個再叫我毋勝利，我絕對不會答應的。

大家一聽，驚訝了，紛紛說，毋勝利，你當真改姓了嗎？是不是找到新爺老倌了？

毋勝利甩甩手中的彈殼，不屑地說，你娘巴爺，你以為老子跟你開玩笑嗎？不找新爺老倌就改不得姓嗎？

那天，劉高潮也在場，提醒說，你爺娘同意了嗎？

毋勝利裝著大大咧咧地說，我爺娘很開明，說反正是鬧著好耍的，我就是叫張勝利劉勝利王勝利，都沒有什麼關係。

毋勝利擔心夥伴們不會叫他尹勝利，就採取拉攏手段，慷慨地送給每人兩粒彈殼，一邊給彈殼，一邊叮囑說，你要記住嘞，我叫尹勝利了嘞。

惟有李上游在暗暗嘲笑毋勝利，看來，這個蠢豬真的相信劉高潮的屁話，如果我把秘密武器透露出來，不是笑翻一坪人嗎？李上游沒有反對毋勝利改姓，心想，讓這個蠢豬去相信吧，去改姓吧，我只要少跟他打彈殼，他就會贏的，那我跟別人打就是了，贏別人的也是贏，就讓他高興高興吧。

細把戲經不起誘惑，兩粒彈殼就輕易被收買，所以，大家都叫他尹勝利。當然，也有一時改不了口的，仍然叫毋勝利毋勝利，毋勝利一聽，瞪起眼珠子，怒指對方，喂，你這條狗卵，剛才叫我什麼？你難道忘記老子給你彈殼了嗎？別人拍拍腦殼，哦哦歉意地說，忘記了，忘記了，你叫尹勝利。

李上游有意迴避毋勝利，讓他跟別人打彈殼，這樣一來，毋勝利又是雄風再起屢屢獲勝，臉上的陰雲一掃而光。毋勝利很有味道，每贏一回，就沾沾自喜地說，哎呀，我這個姓改得太及時了，如果早點改掉，那我不曉得贏好多彈殼嘞。

有一天，毋勝利悄悄地去靶場，造反派要打靶了，這個消息是他昨晚聽父親說的，父親曉得崽喜歡彈殼，聽到打靶的消息就告訴他。毋勝利很狡猾，沒有告訴別人，如果大家曉得了，還撿個貓屁？

半上午，一幫細把戲不曉得毋勝利去靶場，想叫他玩耍，走到毋家屋門口，大叫尹勝利尹勝利。毋得明昨晚值班，白天休息，聽見有人叫尹勝利，端著大茶缸橫在屋門口，疑惑地問，哎，你們叫哪個？你們難道不曉得我家姓毋嗎？

細把戲認真地說，我們沒叫錯嘞，是叫尹勝利嘞，尹勝利就是你的寶貝崽嘞。說罷，嘻嘻哈哈地笑起來。

毋得明聽罷，怒火中燒，對於這個姓，他十分敏感，不由惡聲罵道，你們娘巴爺，我家哪有姓尹的？你們莫不是發神經了吧？

嚇得細把戲腦殼一縮，一哄而散。

毋得明氣得不行，把大茶缸叭地摔在地上，摔脫一塊拇指大的白漆，看見手中沒有什麼摔的，又抓起桌上的玻璃鏡子狠狠一摔，鏡子摔成五大塊。他想找婆娘出氣，婆娘沒下班，想找毋勝利出氣，毋勝利也沒回來。

好不容易挨到中午，常玉香先回來，她丟下破爛的紗手套，拿臉盆準備舀水洗臉，卻不料被毋得明一掌打掉，臉盆咣噹掉落在地。

常玉香驚訝地說，得明，什麼事惹火你了？

毋得明的胸脯一起一伏，像有一台微型鼓風機藏在裡面飛旋，他睜大眼珠子，問道，你曉得你崽改成什麼姓嗎？

常玉香神情懵裡懵懂，搖搖腦殼，驚詫地說，我不曉得，我們不是不准他改嗎？

毋得明又是咣當一腳，踢飛地上的臉盆，咬牙切齒地說，娘巴爺，你崽改成姓尹了。

常玉香聽罷，臉乖忽地一紅，暗暗大罵，這個蠢寶崽，這個姓不改，那個姓不改，怎麼偏偏改成姓尹呢？這個姓也太敏感了，即使我沒有意見，你爺老倌也會恨死的。一時，她不曉得說些什麼才好。

看見常玉香沒有大罵毋勝利，毋得明的猜疑更重，這個臭婆娘，肯定還在想著那個姓尹的，不然，她怎麼沒有罵毋勝利呢？

毋得明朝前後屋門看了看，幾步衝過去，砰地關上前門，又幾步衝回來，砰地關上灶屋門，然後，揮起菜刀，兇狠地吼道，娘巴爺的你說，是不是你慫恿的你說？

常玉香嚇死了，趕緊往牆角落退縮，生怕鬧出人命案，她身子彎曲，雙手捂住腦殼，眼裡一片恐慌，叫苦不迭地說，得明，我怎麼會做這號鬼腦殼事呢？我們夫妻多年，你還不相信我嗎？

跟常玉香成親，毋得明原本是沾沾自喜的，常玉香的爺娘在窯山，更何況，她長得還不錯，在窯山，她的長相不說有十分，七八分還是足足有餘，小嘴巴，兩個嘴角月月的，像時刻都在微笑，眼睛黑亮。尤其是穿著得體，既不像有的女人那樣風騷，又不是像有的女人土裡土氣。當然，這份喜悅隨著歲月漸漸地消失，再翻撿起常玉香的戀愛史，他覺得她跟姓尹的戀愛，其中必有許多親昵的動作，所以，想起來心裡很不舒服。後來，毋得明在床上喜歡問常玉香，哎，你跟姓尹的打過啵沒有？哎，他摸過你的奶脯沒有？哎，他摸過你的屁股沒有？接下來的話自然更難聽，簡直不堪入耳，弄得常玉香很難堪。回想起與尹的戀愛史，她也責怪過尹喜歡動手腳，每次與他見面，不是摸她的奶脯，就是摸她的屁股，常玉香總是半推半就，也就羞澀地讓他摸，內心卻不得不承認，男人的手摸在身上很舒服，像觸電。當然，尹之光纏著要跟她鬥榫子，她卻堅決拒絕，不然，毋得明不會讓她這一世有好日子過。面對毋得明的種種刁難，常玉香確乎不好回答，你說讓姓尹的摸了吧，毋得明肯定會大吵大鬧，斥責道，你為什麼讓他摸呢？你難道沒有一點原則性嗎？你說沒有讓他摸過吧，男人又不會相信，罵你在扯謊，你們談了兩年多，難道沒有摸過嗎？我們才認識五天，我不就摸了你嗎？所以，常玉香心裡很煩，又不敢發作，只得小心翼翼地安慰道，得明，你何苦跟自己過不去呢？進洞房那夜，我不是見了紅嗎？這是她的一張王牌。毋得明竟然粗魯無恥地說，哪個曉得你沒有放豬血呢？常玉香十分委屈，嚶嚶地哭著說，得明，虧你想得出來。哭過一陣子，漸漸地驅逐不快的情緒，常玉香就變得萬般柔情地招呼男人，摸他，舔他，纏他，她掌握了男人的規律，每到關鍵時刻，只要她柔情似水，男人的火氣就會慢慢地熄滅。

所以，嚇壞的常玉香，此時還想按規律辦事——雖然不是在床上——她放下捂住腦殼的雙手，馬上變得笑眯眯的，像一個不畏刀槍的英雄，走上去抱住男人，一隻手伸向男人的胯下，企圖化干戈為玉帛，想用溫柔軟化這隻暴躁的獅子。誰知毋得明不吃這一套，一掌推開常玉香，揮起菜刀啪地砍在桌子上，吼道，你說，百家姓上那麼多的姓，他為什麼偏偏改成姓尹的？

常玉香的淚珠湧上來，嗚嗚地哭，萬般無奈地說，得明，你就是砍死我，把我碎屍萬段，我也無法解釋，我向天發誓，我問心無愧，至於勝利崽為什麼要改那個姓，你只有去問他。說罷，一屁股扽在板凳上，彎下身子捂住臉，嚎啕大哭。

毋得明望著縮成像一捆醃菜的女人，心裡的怒火雖然未消，也明白可能是冤枉了婆娘，嘴巴上卻怨道，如果你沒有跟姓尹的談過，老子今天哪裡有這個痛苦呢？毋得明歷來聽不得這個尹字，一旦聽見，像喉嚨裡面灌了一勺子豬屎。

等到毋勝利回來時，夫妻間的戰火已經熄滅，常玉香在噹噹咣咣地煮飯菜，毋得明在嗞嗞地喝茶抽煙。當然，在沒有得到準確的答案之前，毋得明心裡仍然不平衡。毋勝利卻很高興，自從改了姓，常常贏彈殼，今天還撿了不少的彈殼，嘴裡哼著向前進向前進，像個勝利凱旋的英雄。他走進自己的睡屋，從口袋裡將彈殼拿出來，叮叮噹噹地數著，放進紙盒子裡。

這時，毋得明板著臉色走進來，問，你說，是哪個叫你改姓的？

蹲著的毋勝利抬起頭，看父親一眼，高興的神色消失了，沒有說話，繼續放著彈殼。

毋得明終於忍不住，大聲吼道，你到底說不說？你不說，老子今天要你的狗命。在此之前，他從來不說這樣歹毒的話，一個獨生子是他的命，哪裡還敢要崽的狗命呢？現在，他顧不得這麼多，渾身的肥肉好像丟在大火中，嗞嗞嗚嗚地煉出了油。

毋勝利認為父親不會打他，只是嚇嚇而已，淡淡地說，我沒有改。

你還說沒有改？你還說沒有改？你還扯謊？細把戲都說是你讓他們叫尹勝利的，是不是？毋得明惱羞成怒，揚起的一隻粗手抖動起來，抖著，抖著，終於控制不住，大約只隔兩三秒鐘，叭地一聲響下去，毋勝利哇地大哭起來，把彈殼嘩啦一丟，倒在地上滾來滾去，像窯下電溜子的滾筒。

毋得明扇崽的耳巴子，這是第一次。他實在不願意動手，平時把崽含在嘴裡還怕溶化，所以，這個耳巴子扇得既狠毒，又後悔，似乎才記起張蠢豬扇聾女兒耳朵的教訓，他怔怔地望著動粗的右掌，好像不明白它是怎麼扇過去的。

常玉香急促地跑進來一看，眼裡頓時盈滿淚水，此時，她哪敢維護毋勝利？擔心男人多疑，哽咽地埋怨說，勝利崽，你哪裡這樣蠢？是哪個叫你自作主張改姓的？這個姓，你能夠隨隨便便改的嗎？

毋勝利在地上瘋狂滾動，灰塵沾在身上像一塊大麻糖，他大聲地哭嚎，像死了大人。

毋得明很煩躁，不想繼續看他哭鬧，也沒有逼問他為什麼改姓，然後，來到自己的睡屋，坐在床邊抽煙，憂鬱的眼睛默默地望著門外。一隻麻色的鴨子嘎嘎地伸縮著脖子，一搖一擺地走過去，腳巴子上拖著一截髒兮兮的帶子。在這短暫的時間內，毋得明好像消瘦許多，渾身的肥肉變得軟遝遝的，似乎沒有一點力氣。他想，勝利崽這麼小，鳥雞雞還沒有長毛，他斷定不會想到改姓的，這是其一。其二，退一萬步講，即使改，怎麼改個尹呢？毋得明隱約地感覺到，在這件不同尋常的改姓事件背後，肯定有大人唆使，那麼，這是不是姓尹的一個陰謀呢？肯定是看見常玉香跟他分了手，他心懷不滿，產生報復之心，所以，到現在就故意生出是非，企圖鬧得我毋家雞犬不寧呢？不然，為什麼毋勝利不說是誰唆使的呢？為什麼不說改姓的理由呢？當然，他能夠斷定毋勝利是自己的親崽，常玉香是帶著團身子來毋家的。那麼，肯定是姓尹的不懷好意，這個豬弄的，難道多年過去了，他還懷恨在心嗎？再說，當初又不是我毋某挖你的牆角，是常玉香的爺娘死活不同意她嫁給你，你為何把怨氣發在我腦殼上呢？

當然，毋得明還懷疑常玉香，姓尹的在一丅區，雖說有點距離，如果兩人想偷偷地見個面，那還是很容易的。再進一步分析，當年，並不是常玉香不願意嫁給姓尹的，是她爺娘不答應，拆散這對準鴛鴦，那麼，也就是說，常尹之間還是有感情的。想到這裡，毋得明不由大驚，娘巴爺的，莫不是常尹之間還在明來暗往？至於姓尹的情況，毋得明略知一二，他討個農村婆娘，生了兩個女，婆娘後來病死了，窯山見他可憐，破例給他分了房子。還聽說，姓尹的再也沒有討女人了。哦，是不是姓尹的看見自己沒有崽，就讓毋勝利改為姓尹呢？一是鬧得毋家不安寧，二者，他也求得一個心理上的安慰，所以，就來它個一箭雙雕呢？還有，他是不是沒有討婆娘，就跟常玉香暗暗來往呢？

細細分析，毋得明委實地怔住了，甚至還很慌張，他隱隱地覺得，懵裡懵懂地掉進一個巨大的陷阱，自己居然還渾然不知。

毋得明抬起手，在肥碩的腦殼上扇一下，罵道，你真是個蠢豬嘞。

5

那些年，窯山有許多聰明人，他們能夠採用不同的材料做出各種忠字牌，比如有鋼材做的，比如有黃豆做的，比如有透明塑膠做的，比如有木料做的，比如有煤炭做的，等等。其形狀也多樣，有圓形的，有橢圓形的，有菱形的，有四方形的，等等。大小一不，有的小如手板，也有的大如門板，真是煞費苦心，十分可觀。他們間常隔段時間，就把忠字牌拿出來亮相，通通地擺在操場上，其實就是比賽，讓觀眾評判高低。

誰都沒有想到採用彈殼做忠字牌，這個點子屬於張大興的獨創。

張大興是電焊工，這個一頭捲髮的人，心比天高，一點也看不起別人的忠字牌，決心做個最大的忠字牌，徹底壓倒那些牛皮兮兮的傢伙，尤其在材料上獨一無二，想在眾多的忠字牌中大出風頭。張大興做事很穩重，擔心別人曉得他獨特的想法，會來分奪彈殼這種別致的材料，張大興就悄悄地向細把戲收彈殼，雖然沒有報酬，其承諾對細把戲卻很有吸引力，他說，他會在忠字牌上刻下彈殼提供者的名單，你說誰的忠字牌會這樣做呢？當然，其順序是按照提供數量的多少來排名，這樣，不是流芳百世了嗎？張大興有個本子，專門記下細把戲交來的彈殼數量，還特別要求他們千萬不要聲張，洩露秘密就沒有什麼味道了。為了保密，張大興專門租農民的屋子，地點偏遠，除了細把戲來交彈殼，他總是獨來獨往，顯得十分神秘。

這個建議，自然對細把戲太有誘惑力，他們年紀雖小，也想一鳴驚人，讓大人們刮目相看，所以，這些曾經是消息的傳播者，竟然守口如瓶，共同守護著一個秘密。也所以，現在對於他們來說，打彈殼雖然繼續進行，其意義已經完全改變，其輸贏也顯得更為重要。對於毋勝利來說，當然想把名字排在頂前面，在張大興的本子上，記載的名字是尹勝利。

毋勝利慶幸自己早改了姓，不然，想要排在頂前面是毫無希望的，當然，還得力於他的勤奮，他幾乎把所有的時間放在打彈殼上，所以，贏得也多。他經常向張大興交彈殼，還要看看李上游的數量，看見李上游的數量步步緊逼自己，不由有點擔憂，哎呀，上游豬只隔我一點點。張大興鼓勵說，不要擔心，你發狠贏麼。張大興的租屋有許多木料，有些拼接成四方形，一大塊一大塊，還有樹脂膠，彈殼就是用樹脂膠粘上去的。

有一次，毋勝利從張大興的租屋出來，半路上，偶然發現毋得明在跟蹤常玉香，父親小心地走幾步，又停幾步，生怕媽媽發現。這讓毋勝利感到很疑惑，爺老倌怎麼像個特務呢？跟蹤娘老子做什麼呢？毋勝利搞不懂大人之間的事情，很想問問毋得明，又覺得不合適，所以，僅僅出於好奇，跟在後面想探個究竟。

毋勝利看見父親悄悄地去二工區，媽媽跟十來個穿著破舊的女人在打雜，像一堆女叫花子。她們抬廢支架，清理廢風筒和廢電線。有時候，大家一聲不響地搬東運西，有時候，嘻嘻哈哈像一窩嘰嘰喳喳的麻雀。當然，也說些痞話，卻沒有發現媽媽有什麼異常。父親則胖著身子躲在牆角，偷偷地觀察一陣子，然後，沮喪地走了。

這讓毋勝利感到十分奇怪，也讓他格外注意起父親，倒想看看父親是否偶爾為之，後來，毋勝利發現，父親竟然繼續跟蹤媽媽。

窯山邊有個集市，七天一場——也就是星期天——毋勝利發現父親也跟蹤媽媽。每到這天，常玉香穿得很整潔，走路一嫋一嫋，還不時地抹抹頭髮。常玉香進入集市，融在人海裡，毋得明則小心地躲在人群中，眼睛死死地盯著她。其實，媽媽只是在菜擔子跟前看看而已，或買點菜，並無可疑之處。所以，毋勝利覺得父親很無聊，媽媽上個班，媽媽買個菜，他怎麼也不放心呢？他到底想發現媽媽什麼秘密呢？當然，毋勝利沒有更多的耐心窺探爺娘之間的秘密，他還要去打彈殼，現在，他信心倍增，尤其是有張大興的鼓勵，他決心獨佔鰲頭。

所以，毋勝利經常是看一陣子，就悄悄地溜走，回到自己快樂的天地去了。

當然，毋勝利很想告訴常玉香，說爺老倌跟蹤你，又擔心爺娘吵架。總之，他覺得哪裡出了問題，父親近來臉色陰沈，心情憂鬱，歎氣不斷，又總是悄悄外出。毋得明除了值夜班，如果白天上班，到晚上，就像個幽靈溜了出去，消失在巨大的黑幕之中。這個反常的現象，讓常玉香感到奇怪，平時男人晚上很少出去，坐在屋簷下，抽抽煙，喝喝茶，扯扯淡，仰頭望望天上的月亮和星星，感歎一番浩瀚的夜空，或是，跟隔壁的楊相公殺幾盤象棋而已。現在，變化很大，一斷黑，他就悄悄地溜走了。常玉香懷疑，他是不是有親家母了？窯山將跟男人相好的女人叫親家母。那麼，這個騷女人又是哪個？當然，她很快否定這個想法，他不可能有親家母的，她還是很瞭解他的。儘管如此，常玉香還是問過他，你晚上到哪裡去？毋得明冷冷地說，我哪裡也沒去。說罷，肥短的腳巴子果斷地往黑夜尺去。

毋勝利呢，卻曉得父親去了一工區，他和細把戲在玩捉羊的遊戲時，看見父親經過時，他就悄悄地跟上去。當然，他只跟蹤過一次，就再沒有跟蹤了。毋勝利看見父親站在某家窗外，默默地往裡面偷看。等到父親離開，他也來到那個窗外，看見裡面有個人在碾藥。毋勝利不明白父親為什麼來偷窺這個人，這個人有什麼讓他感興趣的呢？父親跟蹤媽媽，去過二工區，去過集市，而媽媽沒有去過一工區，父親為什麼也去呢？去悄悄地盯著這個人呢？後來，毋勝利沒有跟著去一工區，太遠了，足有五里路，他實在沒有這個耐心，再說，黑沉沉一片，太可怕。所以，他經常看見父親往那個方向走，像一頭黑熊遁入夜色。

毋勝利隱隱覺得，毋家將會有事情出現，或許，一工區那個男人跟媽媽有什麼關係？

其實，毋得明是去觀察姓尹的動靜，或許能發現什麼，所以，他覺得這種詭秘的行動很有刺激性，走在黑黢黢的馬路上，並不覺得枯燥乏味，像肩負重任的偵察兵，對尚未獲取的情報十分神往和渴望。

憑心而論，尹之光長得很武實，是個走窯的好坯子，好坯子又如何呢？常玉香不是乖乖地成了自己的女人嗎？他姓尹的終究是個失敗者。在這個缺少女人的黑色世界裡，能夠討個滿意的婆娘，是令人羨慕的。當然，如果毋勝利不是自作主張地改姓——竟然還改成姓尹的——毋得明也沒有這種猜疑，也不會如此費盡心機。

毋得明記得第一次來一工區的情景，那裡的家屬房子並不多，大約十多排，四周是大大小小的菜園子，空氣中散發出屎尿淡淡的臭味，毋得明不中打了個噴嚏。他不曉得姓尹的住哪裡，又不便問，就一間一間地看過去，那些幽暗的燈光無精打采，像沒有吃飽飯。

在他查看到第五排房子時，突然看到了姓尹的。

姓尹的雙腿叉開，騎在長板凳上，低著腦殼，彎下腰身，雙手緊握藥碾子的把柄，在一個船形的鐵槽裡來回碾藥。毋得明不明白姓尹的碾藥做什麼，莫非想當郎中嗎？他暗暗冷笑，哼，婆娘死了就想當郎中了？婆娘沒有死時，你怎麼沒有這個心思呢？哦，是不是給常玉香治病呢？她一直在吃中藥，那個鬼婦科病，害得老子犁不開那丘田土，播不下種子。

毋得明認為，姓尹的行為十分可疑，他大約曉得常玉香的病情，是否就下決心給她治病呢？毋得明小心地躲在窗外，屋裡飄出來淡淡的藥材味，沖淡了菜園子散發的屎尿味。他還看見裡面擺著藥櫃子，還有許多玻璃罐罐，裡面裝了各種藥材。此時，毋得明又釋然了，這恐怕不是給常玉香治病吧？她一個人哪裡需要吃這麼多的藥呢？

屋裡十分安靜，只聽見藥碾子在喳喳碎響，很有節奏感，類似礦車輕輕滑動的聲音。

姓尹的老是一個碾藥的動作和姿勢，終於讓毋得明覺得索然無味，然後，小心地離開。經過多次查看，毋得明放心不少，姓尹的並無可疑之處，晚上他除了碾藥，就是看病。

尹之光的這些變化，毋得明並不知情。

尹之光的婆娘去世之後，兩個女兒又患有嚴重的風濕病，他不忍心看著她們遭受病痛的折磨，去藥鋪或醫院吧，又沒有錢，所以，他開始翻藥書，遍訪民間郎中，決心治好女兒們的病。一旦有空閒，就背個竹簍子上山採藥，遍嚐百草，像古代的炎帝老爺爺。日久天長，竟然把女兒們的病治癒了，不由名氣大振，有人就找上門來看病，藥費便宜不說，主要是對於風濕病療效極佳。所以，尹之光除了上班，索性專注起來。當然，他也歎息命運多舛，如果討到常玉香，命運也許就不會這樣坎坷。

尹之光沒有想到的是，那個與他毫無關係的毋勝利，為了贏彈殼，竟然擅自改成姓尹，現在，已鬧得毋家很不安寧，當然，更不清楚毋得明已遷怒於他和常玉香，甚至還暗暗觀察他的行蹤。當年，痛苦地與常玉香分了手，誰知多年之後，麻煩又莫明其妙地找到他腦殼上了。

6

毋勝利的嘴巴像生鐵鑄造，對於父親詭秘的行動守口如瓶，佯裝一無所知，只是覺得媽媽太冤枉。另外，他仍然不肯說為什麼改姓，如果坦蕩地說出來，明白改姓的真正目的，或許，毋得明只會啞然一笑，或許，不至於如此惱羞成怒，也不會疑神疑鬼自尋煩惱。

問題在於，毋勝利不說，毋得明的猜疑就會延續下去，甚至會越陷越深，越演越烈。當然，對於毋勝利來說，也不清楚父親為他改成尹姓耿耿於懷，更不清楚的是，這個尹字在父親看來，就像一把利劍戳進胸膛。如果說，毋勝利瞭解這段大人之間的情史，是絕對不會改成姓尹的，而一個十一二歲的細把戲，哪裡曉得大人之間的秘史呢？他只是在耍一種符合細把戲思維的天真遊戲而已，所以，自然不會考慮爺娘痛苦的感受，也不明白爺娘為什麼發這麼大的脾氣。

總之，他的想法相當純粹，先是為了贏彈殼，後來，由於張大興的出現，他是為了多交彈殼，爭取把名字排在忠字牌最前面，如此而已。

所以，他仍然讓夥伴們叫他尹勝利。

那天，毋勝利又在強調此事時，有人插嘴說，喊不得嘞豬啊，你爺老倌看見我們叫你尹勝利，發了大脾氣嘞。

毋勝利沒有說自己為此還挨了大人的耳巴子，他淡淡地說，哼，他發他的牛脾氣，我叫我的尹勝利。儘管如此，他還是叮囑大家，最好不要當著他父親叫尹勝利，免得雙方都不愉快。

跟蹤婆娘和姓尹的，毋得明雖然一無所獲，卻沒有放棄對毋勝利的誘供。他認為，只要毋勝利說出原由，真相就大白，所以，他需要瞭解毋勝利改姓的真正原因。他沒有採取打罵的強硬態度，上次扇了崽的耳巴子，右手至今還在後怕地顫抖，這是毋家唯一的種子，萬一傷了哪裡呢？現在，他對毋勝利頻頻示好，毋勝利想吃豬肝，就端豬肝回來，毋勝利想吃豬舌子，就端豬舌子回來，毋勝利想吃豬腦殼肉，就端豬腦殼肉回來。總之，他盡力地滿足和迎奉毋勝利。

在飯桌上，毋得明經常指著油花花的葷菜，說，勝利崽，人家細把戲哪有你這個口福哦？毋勝利似乎並不買賬，亮著油嘟嘟的嘴巴說，那人家屋裡兄妹都有好幾個，我就一個，你能不能跟娘老子再生幾個呢？

毋得明一聽，立即啞住，恨恨地看一眼常玉香，女人臉上則泛起深深的愧疚，說到底，毋家人丁不旺，是她一手造成的。

毋得明伸著筷子，對常玉香戳了戳，說，你娘老子身體不好，不然，你要幾個弟弟妹妹，我們就給你生幾個。說罷，莫明其妙地笑起來。

毋勝利冷冷地哼一聲，說，虧你還笑出來。他覺得父親近來十分反常，媽媽還蒙在鼓裡，他很想說出父親跟蹤的秘密，卻馬上夾一塊肥肉堵住自己的嘴巴，他希望媽媽不要出現任何意外，父親已經盯著她了，還有一工區的那個男人。當他和媽媽在一起時，他很想問問，她和一工區那個男人有什麼關係，又擔心媽媽傷心，或是惹出禍來，也就閉上了嘴巴。

毋得明收走笑聲，低著腦殼吃飯，又在想另一個問題，老子對崽這麼好，崽不可能不對老子說吧？等到崽把改姓的真相說出來，老子再跟常玉香算賬。

有一天，毋得明聽說合作社來了一批海紋衫，他立即放下菜刀，走出食堂，四處尋找毋勝利，他認為，這又是一個討好崽的機會。當時，毋勝利在土坪裡打彈殼，聽父親說要給他買海紋衫，他趕緊把彈殼收起來，跟著毋得明去合作社。那時，海紋衫是細把戲最喜歡的衣服，穿上它儼然像個小海軍，威風得很。合作社有許多人在搶購海紋衫，毋得明拼命地往人堆裡擠，大聲說，我還要上班嘞，請各位伯伯嬸嬸哥哥嫂嫂讓一讓好不？叫著叫著，肥胖的身子像輪船破浪擠到櫃檯邊。買到之後，毋得明滿頭大汗地鑽出來，往毋勝利手中一塞，笑著說，崽，你穿一下試試看。毋勝利也很高興，脫下破爛的白背心，穿上嶄新的海紋衫，問，爺老倌，乖態不？

毋得明翹起大拇指，蠻乖態。

又說，哎，爺老倌對你蠻好吧？你看我還在上班就偷偷地跑出來了。

毋勝利笑了笑，說，你對我是蠻好的。又想，你真的對我好嗎？好個卵，你如果對我好，怎麼不說說你為什麼跟蹤娘老子呢？怎麼不說說你為什麼夜裡去一工區呢？他覺得父親有很多秘密，那些秘密已經充滿了他的全身。

這時，毋得明認為機會來了，溫和地問，勝利崽，你告訴爺老倌，為什麼要改成姓尹呢？好久沒有聽見父親提這個事了，見他又問起此事，毋勝利立即敏感起來，也覺得很煩，原來父親還在糾纏這個事。毋勝利默不吱聲，板起臉，堵氣地把海紋衫脫下來，往父親手中一丟，換上破爛的白背心。

毋勝利認為，如果說是為了贏彈殼改姓，父親肯定會扇他的耳巴子，你說哪有為贏彈殼改姓的呢？這不是挨扇嗎？倒不如不說。他不願意挨扇，他曾經向夥伴們吹噓過，他從來沒有挨過扇的，所以，上次挨扇的事，他不好意思說出來。當然，他也想過，倒是可以跟父親交換各自的秘密，只是這個念頭一閃而過。

毋得明停住腳步，栽下腦殼看看手中的海紋衫，又抬頭望毋勝利瘦小的背影，深感失望，疑心也更重了。他固執地認為，毋勝利肯定有難言之隱，不然，有什麼說不得呢？莫看鬼崽崽年紀小，名堂還蠻多的。他歎口氣，加快步伐，超過慢慢行走的吳勝利，悶悶不樂地朝食堂走去。走進食堂，毋得明抄起雪亮的菜刀，突然朝砧板上兇狠地斫去，砰——，桌臺上的缽缽盆盆七七八八地跳起來，嚇大家一大跳，大家都紛紛責罵，死胖子，你發癲？毋得明也不說話，陰下臉色，坐在大南瓜上氣呼呼地抽煙。

總之，毋勝利改姓的事，一直悶在毋得明心裡，幾乎快讓他發瘋，問崽，崽不說，問婆娘，婆娘說不曉得，娘賣腸子的，看來只有去問尹之光。問題是，姓尹的會說出真相嗎？如果他也說不清楚，自己怎麼下臺？況且，像這種事去問姓尹的，哪裡說得出口呢？他幾次站在尹家窗外，內心有一種強烈的衝動，大膽地闖進去問他，我崽改姓到底是怎麼回事？當然，終究還是沒有這個勇氣，擔心被別人一餐臭罵。

常玉香沒有像男人那樣疑神疑鬼，或是逼迫和引誘毋勝利說出改姓的原由，她只覺得奇怪，勝利崽怎麼要改姓呢？而且，偏偏改成尹姓呢？當然，她也問過毋勝利，毋勝利照樣不說，還拿警惕的眼睛望她，望得她心裡發虛，莫不是崽曉得她與尹之光的戀愛史？然後，故意改成姓尹的來氣大人吧？或許是，有不安好心的人造謠說他是尹家的種子，所以，他就自作主張地改姓吧？常玉香猜不透到底哪裡出了問題，又不願意深究，擔心深究會惹出大麻煩，尤其是碰上毋得明這樣多疑的男人。

即使上班，常玉香也不願搬出這樁奇怪的家事讓女人們分析。平時，女人們喜歡搬出家長裡短讓大家分析，比如，我男人這一向怎麼不粘我的身子呢？比如，我那個死鬼怎麼像頭水牛，我來月經他還要唱被窩戲呢？還比如，我妹妹的對象是個鄉村鐵匠，你們說嫁不嫁得呢？等等，既讓這些問題得到一種肯定的或是多種不確定的答案，也讓枯燥的時間潤滑起來。

常玉香惟願改姓風波快點過去，又明白，毋得明是不會輕易放手的。她害怕生出什麼禍事，有時候又懷疑，難道真的會生出禍事嗎？由於它的糾纏，常玉香有時上班不是忘記拿手套，就是往菜鍋再放一勺鹽。這一點，連毋勝利都看了出來，媽媽有點神不守舍，她是不是心裡有鬼呢？不然，父親為什麼跟蹤她呢？毋勝利沒有問，只是大叫，哎呀，娘老子，菜鹹得苦嘞。後來，常玉香乾脆採取鴕鳥政策，不願意提及它，也不願意去想它，讓它隨著時間自然消失。當然，她也明白，這只是一廂情願而已，事態的發展她無法預料，也不是她能夠掌握的。她也不知男人跟蹤自己，不然，更會認為男人是多麼的可怕。

總之，夫妻倆都欠缺考慮和冷靜，他們什麼都想到了，唯一沒有想到的是問問其他的細把戲，只要隨便一問，這個揮之不去的煩惱和痛苦，就不會纏繞他們了。

對於毋勝利來說，先是覺得改成尹姓大有甜頭，打彈殼簡直是所向披靡，無往而不勝，現在，他的目標跟夥伴們一樣，不僅僅是為贏彈殼歸於己有，而是想在那個巨大的忠字牌上，看到自己靠前的大名。到目前為止，他和李上游交給張大興的彈殼不相上下，時而他多一些，時而李上游又在前頭，兩人競爭得十分激烈。當然，其他人遠遠地落在後面，對他倆還形不成威脅。

漸漸地，毋勝利還是覺得哪裡出了問題，想半天，才意識到自己雖然贏了不少彈殼，而那都是贏別人的，當自己有時與李上游對挖時，自己卻是贏少輸多，所以，他心裡總覺得不是個滋味。現在，惟有李上游對自己的威脅大一些，彈殼的數量緊緊地咬著自己，如果不能夠更多地贏他的彈殼，這個威脅就會時時出現，而他想遠遠地甩開李上游。有時，針對李上游的彈殼擊而不倒的奇怪現象，毋勝利也檢查過，卻沒有發現任何異常——殊不知，李上游已經迅速地換上普通的彈殼了，或者，乾脆擺上普通的彈殼讓他擊打。

另外，毋勝利還明顯地感覺到，李上游好像在有意迴避自己，儘量少與他打彈殼，所以，他直截了當地問過李上游，上游豬，你何事不太跟我打彈殼呢？

李上游裝得十分坦率，說，其實，我還是很怕你的，尤其改了姓，你的手氣又上來了，再說，我也想在忠字牌上把名字往前面靠嘞。

毋勝利鼓起眼睛，懷疑地看著他，企圖從對方的目光中看出謊言，又無法察出。

當然，毋勝利還是很感謝劉高潮，說是劉高潮提醒他改姓的，不然，還不曉得會輸到什麼慘重的地步，或許，連卵尻子都會輸掉的。劉高潮無所謂地笑了笑，並不解釋，這更是引起毋勝利的尊重。有時候，毋勝利興致來了，還會大方地送給劉高潮幾粒彈殼，讓他跟別人打，贏了歸劉高潮，輸了也不要他還——這就是毋勝利感謝劉高潮的方式。

7

也許，上天註定常玉香和尹之光還要打交道吧。

有一天，毋勝利在屋裡數彈殼，準備交給張大興，毋勝利每次都拿一個紅布袋子裝彈殼，覺得紅色很吉利。張大興最近催得很緊，說還需要大量的彈殼，又鼓勵毋勝利，說他暫時比李上游多了一些，這讓他信心倍增。毋勝利經常在心裡默念，上游豬啊上游豬，我的名字如果不在你前頭，我就不是人。這時，常玉香的老父撐著拐棍來了，滿頭大汗，喘氣不贏。看到老父忽然來了，常玉香感到驚訝，以往有什麼事，都是她去爺娘那裡的，不必麻煩爺娘親自登門，就問有什麼事。老父的嘴巴咧了半天，看見毋勝利在數彈殼，沒有說出話來。

毋勝利哪裡曉得大人的苦惱，叫一聲外公，背上紅布袋子走了。

這時，老父才吞吞吐吐地說出原委，聽說尹之光治風濕病很有一手，自己的風濕病越來越嚴重，痛得走不動路了，老人痛苦地捶著雙腿。他沒有說自己不便去找尹之光，當年阻止常玉香與尹之光成親的是他，說得嚴重點，他是拆開這對準鴛鴦的罪魁禍首，老人不可能忘記過去的一幕。

常玉香聽罷，終於明白老父的意思，老人擔心尹之光不給他治病，讓她去探試對方的口氣，以免遭逐客之辱。常玉香看著老人，沒有痛快地答應下來，更沒有說起家裡發生的風波，她想，如果自己去找尹之光，不是恰好給了毋得明口實嗎？

她很為難地看著老人，建議說，你不曉得叫娘老子去？

老父喃喃地說，她說她也沒有臉去，當年，她也是個幫兇嘞。又說，玉香，我看這個事誰去問都不合適，只有你合適，他會給你面子的。

常玉香遞給老父蒲扇，自己也拿一把扇起來，不悅地說，我有什麼面子？我……她張開嘴巴，又趕緊閉上，差點把家裡的煩心事說了出來，她立即冷靜下來，提醒說，要不，你叫鄰居去問問吧。

老父顯然沒有耐心了，臉陰沈下來，皺紋霸在一起，憤憤地說，算了算了，我痛死算了，唉，看來養女也靠不住。說罷，咧著缺了黃牙的嘴巴，撐起拐棍，困難地站起來，一拐一拐地走了。

常玉香沒有挽留老人，站在屋門口，望著老人佝僂的背影，憐惜之心湧上來，她最終還是猶豫了，手中的扇子也停止搖動。要說這樁婚姻，爺娘畢竟還是看得準的，雖然當年逼著她跟尹之光分手，自己十分痛苦，甚至還想到過自殺，現在看來，爺娘刀砍鐵削般的舉措，終究還是為了她好。這些年在窯下掉命的，或是致殘的，恐怕有幾十號人了，丟下的那些女人幾多可憐。雖然尹之光沒有掉命，也沒有受傷，而命運誰說得準呢？說不定哪天就嘩地出了天大的事故。

當然，如果沒有毋勝利鬧著改姓的風波，毋得明也沒有任何猜忌，或者說，毋得明是個心胸開闊的男人，那麼，她的顧忌就小多了，可以明打明地去尹家，一點猶豫也沒有。又想，即使自己落落大方地去尹家，又擔心尹之光不會答應，尤其是給拆散他們的老人治病——這難道不是尹之光最好的報復機會嗎？

眼下的常玉香，不知如何是好。

一頭是撐著拐棍的老父，一頭是心胸狹窄疑神疑鬼的男人，另一頭呢，又是過去的情人。這就像俗話所說的那樣，伸出一隻腳，會踢著爺老倌，縮回一隻腳，又會踢著娘老子，叫人左右為難。尤其擔憂的是，如果讓丈夫曉得，他不鬧翻天嗎？常玉香考慮很久，遲遲不敢輕舉妄動，她一定要想個絕妙的主意，才敢小心行事。

這時，毋勝利興沖沖地回來了，看見媽媽苦著臉色在想什麼，說，外公走了？外公有什麼事？

常玉香淡淡地說，屁事。

毋勝利卻認為一定是有事的，外公的腿不好，一年到頭很難來這裡的，媽媽既然不說，他也就不問，心想，哼，那我也不說爺老倌跟蹤你，你呢，還蠢裡蠢氣地不曉得這個秘密。

當然，常玉香首先想到的是趕場，這是個機會。她想，尹之光總要來買菜的吧？只要碰上面，不就能夠說了嗎？想了想，感到終歸還是不妥，場上的人太多，人家不可能不看見的，萬一被哪個長舌婦傳出來，又不幸地傳到毋得明的耳裡，那她就百口莫辯了。

忽然，常玉香想起了張彩芳，這個散發著狐臭氣的女人，不是說過她男人在尹之光手裡治病嗎？那就讓她帶個口信問問尹之光，只說自己的爺老倌有風濕病，想請他治治，不知是否可以。張彩芳才來窯山不久，不清楚自己與尹之光的戀愛史，肯定不會多嘴多舌。

上班時，常玉香看見張彩芳去解溲，就跟了上去，裝著很關心地問，哎，你男人好些麼？張彩芳高興地說，哎呀，那個尹師傅開的藥，很靈的嘞，我男人好多了。常玉香若有所思地哦一聲，說，我爺老倌的風濕病也蠻厲害的，拐棍撐了好幾年，不曉得能治好不？張彩芳好像是醫生，說，治得好的，一定能治得好的嘞。常玉香說，那，那麻煩你男人幫我問一聲尹師傅，看他願意幫我爺老倌治嗎？張彩芳驚訝地說，這難道還要問嗎？尹師傅巴不得有人去看病嘞。常玉香有難言之隱，說，哎呀，你就幫我問問吧。

第二天，張彩芳告訴常玉香，說我男人幫你問過了，尹師傅說歡迎你爺老倌去。常玉香一聽，心裡頓時輕鬆多了，看來尹之光的胸襟還是蠻寬闊的，沒有跟那個罪魁禍首計較。

常玉香下班跑到爺娘屋裡，高興地對老父說，你去就是了，叫娘老子陪著去吧。老父死活不答應，得寸進尺地說，玉香，你一定要陪我去。

老娘也不好意思地說，玉香，還是你陪著去吧。

這時，常玉香有點惱火了，哦，你們現在怕見人家了？那時候，你們像個閻王老子，恨不得殺死人家嘞。看著老父痛苦的樣子，她心又軟了，唉，真是山不轉水轉。

常玉香雖然答應了，卻做得非常慎重，像這種事情，千萬不能讓毋得明曉得，不然，會被他抓住把柄的，認為毋勝利改姓一定是她的鬼主意。她太瞭解毋得明，他的心胸只有針眼小，莫說是男女作風問題，就是男女之間正常的交往，他也生疑多怪。比方說，常玉香跟某個男人開句玩笑，不幸被他看見了，他當面不說，甚至還假裝沒有看見，回來他就擺開架勢，氣勢洶洶地對常玉香審問半天，像審賊一樣，只差沒有像警察做筆錄了，他要逼著她把與某個男人說的話，一字不漏地說出來。然後，他細細分析，聲聲責問，句句惡罵。像這樣的苦頭常玉香吃過不少，所以，在與男人們打交道時，她慎之又慎，絕對不敢有絲毫的造次。

那天，常玉香決定陪老父去尹家時，做了充分的準備，她仍然穿著破舊衣服，好像是去上班，其實，她沒有上班，頭天就請了假，然後，帶著老父去尹家。在路上，常玉香不時警惕地往四下裡看，老父見她像做賊似的，問她看什麼，常玉香也不迴避，說，如果讓得明看見，肯定會跟我吵架的。老父說，哎呀，成家這麼多年了，還吵什麼吵？你不要怕麼，又不是去偷人。常玉香怪怨地說，爺老倌，你嘴巴沒有含草吧？

老父意識到話說得不妥，岔開說，你怎麼穿工作服？

常玉香說，我怎麼敢穿乾淨衣服？那得明不就曉得了嗎？

常玉香當然想穿乾淨衣服去尹家，畢竟是第一次去，一個女人穿得太褸水，會在男人眼裡低幾檔。人家會想，哎呀，沒有幾年工夫，這個女人怎麼變成這副樣子了？她不想讓他小看自己，只是穿得如此褸水，實在叫她臉上不太光彩。

尹家雖然沒有女人，卻也撿拾得十分乾淨，常玉香看到了他的一雙女兒，都長得蠻利索的，像尹之光，不苗條，很結實。

當時，還沒有別人來看病，尹之光很熱情，十分客氣，沒有一絲對常父的不恭，還叫了一聲常伯伯。常父倒是有點尷尬，不斷地咳嗽，以此掩飾內心的複雜和虛弱。

尹之光倒了茶，讓老人坐下，自己蹲著，把老人的褲子捲上去，在枯枝般的腿巴子和膝蓋上摸一摸，揿一揿，然後，問痛不痛？痛的時間有多長？是晚上痛？還是白天痛？變天時痛得厲害嗎？問得相當仔細。

這讓常玉香十分感動，也覺得尹之光很不錯，他七摸八索的，就成了治風濕病的高手。

臨走時，尹之光配了五服草藥讓常玉香提走，還有十帖自製的膏藥，說，常伯伯，你先吃這五服草藥，沒有了我會送來的，或是讓別人帶來，路程這麼遠，你們走一趟也不容易。說罷，看了常玉香一眼。

常玉香的臉頓時像被火燒，彷彿想起尹之光多年前纏綿的目光。她一直沒有怎麼說話，覺得再這樣沈默也太不自在，趕緊找話說，多少錢？

尹之光忽然笑起來，拍拍手，說，這個錢，我不能收。

老人感激地說，那怎麼要得？

尹之光說，要得，我說了算數。又客氣地送他們出門，說，你們慢走。一直等父女倆拐了彎，他才轉身進屋。

老人往後面望了望，邊走感歎，哎呀，尹之光蠻不錯的，你屋裡那個人，對我們做爺娘的有這麼耐心嗎？

常玉香白了老父一眼，不快地說，你現在說又有什麼用呢？

老父自知愧疚，趕緊閉上嘴巴。

離屋裡不遠時，碰見吳勝利在打彈殼，毋勝利眼尖，抹一把汗水，大聲說，娘老子，你跟外公到哪裡去了？

父女倆有點緊張，常玉香則在心裡罵，哎呀，怎麼都讓他碰到了？像個特務一樣。暗暗地扯扯老父的衣服，意思是叫他不要說話，然後說，哦，我陪你外公去看個老伯伯。

毋勝利哦一聲，心想，媽媽難道沒有上班嗎？他懷疑地瞟常玉香一眼，就把注意力放在打彈殼上去了。

常香玉終於鬆了口氣。

8

有一天，尹之光到礦本部這邊來了，是造反派帶信叫他來的，說他們頭頭的風濕病很惱火，去醫院也沒有效果。患者叫谷子光，以前是走窯的，後來，當上了造反派頭頭。

尹之光出門，像個江湖遊醫，黑色的輪胎草鞋，金黃色的斗笠，肩膀上吊著藍色的鼓鼓囊囊的布袋子，他還順便給常父帶來了幾副草藥。

到礦本部時，一個光腦殼細把戲喊毋勝利，毋勝利正在打彈殼，他聽見之後，朝光腦殼大罵，你是豬腦殼嗎？一點記性都沒有，怎麼又忘記了？要叫我尹勝利。

這時，毋勝利怔住了，他突然看見尹之光，心想，這不是爺老倌經常偷看的那個人嗎？他是否跟娘老子有什麼關係？毋勝利有點緊張，又有點興奮，好像擔心對方看出自己也偷看過他，趕緊轉過臉去。

光腦殼嘟嘟噥噥地說，明明叫毋勝利，偏偏讓我們叫他尹勝利，真是一頭蠢豬。光腦殼大約不是毋勝利一夥的，沒有得過他的好處，自然叫他毋勝利。

尹之光經過光腦殼身邊，覺得好奇，信口問道，他是哪個的崽？蠻有味道的。

光腦殼說，機關食堂毋胖子的崽。

尹勝利哦一聲，心裡納悶，這是怎麼回事？他明明姓毋，怎麼又姓尹呢？哦，難道是常玉香還掛記自己，就把崽的姓改了嗎？那她男人也不願意呀？不可能，絕對不可能，世上哪有這種怪事呢？他想不出個所以然來。他覺得，毋勝利很像他的父親，有點胖，眼睛卻像常玉香，是帶點靈氣的那種。這個小鬼打彈殼打得很起勁，太陽照在他稚氣的臉上，汗水晶亮。他羨慕吳得明討到常玉香，還羨慕他生了個崽，自己如果也有個崽，那該多好。

尹之光陡然歎出人生的遺憾。

然後，尹之光把藥送到常家，又問了問老人的病情，聽說常父的病情有明顯的好轉，尹之光咧開嘴巴笑著說，那就好，那就好。他坐也沒坐，就去給造反派頭頭看病。

看病出來，尹之光準備回去，經過馬路時，忽然看見一個瘦子拖著板車走過來，板車上堆著菜蔬，毋得明在後面推，眼光四下裡掃蕩。

尹之光見此，趕緊往另一條小路走。

其實，這個躲閃的舉動，連尹之光自己也弄不明白，不斷地自問，我為什麼要躲避姓毋的呢？我堂堂正正給別人治病，怕他個卵子？哦，是不是剛才聽說他的崽改成姓尹的，自己心裡就發虛呢？擔心毋得明找麻煩呢？所以，自己變得鬼鬼祟祟了呢？他責怪自己這種莫明其妙的虛弱，拔腿快走，藍布袋一晃一晃地打在背上，裡面像藏著一隻驚惶失措的貓狸。

即便尹之光飛快避開，也讓毋得明不經意看見了，他猛地一怔，哎呀，姓尹的怎麼來了？娘賣腸子的，莫看他晚上不出來，白天倒是大膽地出籠了，聯想起崽改姓的事情，他警惕的神經頓時繃緊了，莫不是趁我上班，這個傢伙就跟常玉香偷偷見面吧？

毋得明對瘦子說，豆芽菜，我屙肚子，你一個人拖回去算了。

說罷，飛快地朝屋裡跑去，肥胖的身體一嘟一嘟的，雙手像划船，像一隻長著雙手的大皮球在飛速地滾動。他需要證實常玉香是否趁機溜回了家，如果真是這樣，老子就不客氣了。

毋得明氣呼呼地跑到屋門口，門上竟然鐵鎖一把，他頓感失望。

回到食堂，毋得明心不在焉地扒幾口飯，接著大忙一陣子，然後，又朝屋裡跑去。其時，毋勝利吃過飯準備出去玩耍，衝得太急，與匆匆歸來的父親撞了一下。

毋勝利不滿地說，哎呀，你像個神經病嘞。他不明白父親為什麼回來，好像有急事似的，又想，你去一工區偷看的那個人，今天過來了，老子不告訴你，哼。

毋得明沒有理睬，直往屋裡衝進去，常玉香在七七八八地收碗筷，忽見男人回來，信口說，食堂熱不？

毋得明沒有回答，鼓起眼珠子冷冷地盯著她，常玉香覺得奇怪，笑笑說，瞄我做什麼？我臉上又沒有長花。

毋得明陰冷地說，有人看你臉上長了花，你曉得不？

常玉香一聽，立即不敢接腔。心想，莫不是他聽見什麼風聲了吧？是不是他曉得自己陪父親去尹家呢？如果曉得，他會聯想到崽改姓的事情，那麼，一連串的麻煩會接踵而來，該死的，一定是哪個長舌鬼透露出去了。所以，她小心地端著碗筷走進灶屋。

毋得明明白常玉香是在刻意迴避，在他看來，這是一種掩飾，其實，她心裡是很虛的。他呼呼地扇著扇子，等著婆娘出來，倒要看看婆娘的神態。

常玉香故意把碗洗得慢吞吞的，企圖捱時間，想必男人就會走的，男人卻沒有離開的意思，自己呢，也不可能老在灶屋待著，等下還要上班。

她屏著氣走出來，毋得明果然不冷不熱地說，喂，你曉得姓尹的今天來這邊做什麼嗎？

終於來了，常玉香心裡一緊，臉上卻極力地裝得無事一般，淡淡地說，我哪裡曉得？

難道你不曉得嗎？未必？毋得明是想詐她，好像證據在手，只看她承不承認了，他扇著破爛的扇子，扇出啪啦啪啦的亂響聲。

常玉香終於憋不住，手拍胸脯發誓說，我如果曉得，我就是你崽，我就是你孫子，好不？

毋得明怔住了，儘管沒有得到想要的東西，心裡畢竟生出了快感，婆娘還是怕老子的。然後，咕嚕咕嚕喝罷茶，威脅說，如果有什麼事，老子就會要你的命。說罷，匆忙地往食堂走去。

陽光像火一般照在他油亮亮的臉上。

9

後來，尹之光再來礦本部，儘可能不走馬路，他不喜歡看見毋得明，尤其是曉得毋勝利改成姓尹的之後，他更加小心了，擔心惹出麻煩來。他也沒有問別人，毋勝利為什麼要改成尹姓，唯恐聽到對他不利的消息。

那天，他看完幾個病人，拖了一點時間，到礦本部時，中午的汽笛嗚嗚地響了起來，他趕緊去給谷子光送藥，然後，又去給常父送藥。

尹之光來到常家，看見門上掛著一把牛頭鎖，就打算把藥放在鄰居家，鄰居偏偏也沒有人。尹之光想了想，不如送到常玉香的手裡，由她轉給老人。

尹之光不曉得常玉香住在何處，家屬房子這裡一片，那裡一片，像撒胡椒一樣零零碎碎的。問過幾個人，終於問到了常玉香的家。其實，去常玉香的家，他並不是沒有猶豫，萬一碰見討厭的毋得明，恐怕就解釋不清楚了，還誤以為他是去重續舊緣，加之，毋勝利又莫名其妙地改姓，如果把這兩者結合起來，等於是送給人家最好的口實。又想，毋得明此時不是在食堂忙嗎？那他肯定不會回家的，所以，尹之光終於決定去毋家。

毋家住在電車道邊。

當時，常玉香洗罷碗，拿起掃帚掃地，毋勝利已經被細把戲叫走了，屋門敞開的，尹之光沒有進去，站在門邊，用乾澀的嗓子輕輕地喊了一聲。

常玉香抬頭一看，哎呀，原來是尹之光。心裡一忐，不由有點緊張，臉上顯出微微的驚訝，然後，馬上擠出一絲笑容，把掃帚撐在牆壁上，說，哎呀，天太熱了，快進來坐坐吧。

尹之光笑了笑說，我就不進屋了。然後，從布袋裡把草藥拿出來，揚了揚，說，你爺老倌屋裡沒有人，我只好交給你。

常玉香接過藥，感激地說，真是太麻煩你了，快進屋坐坐吧。心想，毋得明這時是絕對不會回來的，如果讓他看見，還不知鬧到什麼地步。

尹之光頓了頓，取下斗笠，坦然地走進去坐下，看了屋裡幾眼，說，還蠻不錯麼。

常玉香端茶遞給尹之光，說，什麼不錯哦？還不是過日子？又端水叫他洗臉，尹之光蹲下來，嘩啦啦地洗著，說，這鬼天氣也太熱了。

兩人似乎心照不宣，要抓緊時間說說話。自從分手之後，像兩人這樣單獨在一起，還是頭一回。待兩人坐定，似乎又覺得無話可說，所以，默默地對視幾眼，氣氛就有些尷尬起來。此時，尹之光倒是很想問問，你的崽為什麼要姓尹呢？又擔心讓她難堪。常玉香明白，他肯定沒有吃飯的，想說請他吃飯，話卻卡在喉嚨出不來，好像是擔心什麼。

尹之光是個聰明人，明白此地不可久留，喝幾口茶，起身說我走了。常玉香也不想多留，心裡頭一直是緊緊張張的，汗水嘩嘩地流著，所以，也就順口說道，那我不留你了，我還要上班。

其實，常玉香心裡還是很愧疚的，人家給你老父治病，還經常送藥，現在人家來了，自己卻連留他吃飯的話也不敢說出來。

尹之光看出了她臉上的愧意，背上布袋子，戴好斗笠準備走，這時，毋得明卻突然撞了進來，像一頭狂躁的水牛。

常玉香一臉驚慌，站起來，怔怔地不知說什麼好，她好像碰見了一頭怪獸，嚇得不知拔腿逃跑。尹之光也呆了呆，只是他還算比較的鎮定，坦然地說，哦，毋師傅回來了？我給你岳父老子送藥，你岳父老子屋裡沒有人，我就把藥送到你屋裡來了。又補充說，你們的屋，我也是問過幾個人才問到的。說罷，指了指擺在櫃子上的藥，然後，準備提腳出門。毋得明卻一把拖住他的胳膊，眼珠子一瞪，喝道，給老子慢點走。

毋得明伸出腳一磴，把屋門砰地關上，氣勢洶洶地說，姓尹的，你來這裡做什麼？

屋裡的光線頓時黯淡下來，尹之光的臉處在斗笠下，顯得更陰暗，他沈著地說，送藥。

送藥？哼，你哄鬼？送藥送到我屋裡來了？毋得明轉過臉，質問常玉香，是不是趁我中午不回來，你就叫他來？說。

常玉香漲紅臉，急忙解釋說，你你你莫亂講，尹師傅是給我爺老倌送藥來的。

這時的毋得明哪裡還聽得進去？眼前的這兩個人，他悄悄地跟蹤過，也偷偷地查看過，都一無所獲。現在，好不容易捉了個現場，他會輕易放手嗎？毋得明說，娘巴爺，難怪我不曉得，你們原來瞞得鐵緊的，你們是不是早就勾上了？說。

尹之光氣憤地說，毋師傅，你不要冤枉人。

我冤枉人？我抓了現場，還冤枉你嗎？毋得明眼珠子冒出呼呼火焰。

尹之光覺得與他說不清楚，心想，只有走掉，免得再讓他糾纏。所以，他想掰開毋得明的手，毋得明卻把他的胳膊抓得死死的，像焊在了上面。毋得明說，哼，你想走？天下哪有這個好事？

常玉香急促地說，得明，尹師傅的確是來送藥的，你怎麼不相信？

你給老子閉嘴——

毋得明吼叫起來，滿臉血紅，說，你怎麼叫我相信？他給你爺老倌治病，為什麼瞞著我呢？你說，你這個騷豬婆。

常玉香滿臉驚愕和羞辱，張開嘴巴，一時無話。

尹之光的心情簡直壞透了，只想儘快脫身，他沒有想到自己一番好意，卻遭到猜疑和汙陷。他再次伸手狠狠一掰，又順勢將毋得明一推，毋得明一個趔趄，差點跌倒在地。

毋得明終於激怒了，破口大罵，娘賣膣的，你姓尹的欺侮到我屋裡來了，還要打人嗎？他渾身冒火，此時，他什麼也不顧了，四下裡望望，腰身忽然一彎，從床鋪下面拖出一把斧頭，揚起來，兇狠地朝對方砍過去。

屋裡響起尹之光絕望的慘叫聲，還有常玉香的驚哭。

這時，毋勝利一頭闖進來，萬分驚恐，尖利地大叫起來。

尹之光的命大，或許，閻王老子還沒有在他的名字上打勾，幸虧斧頭砍偏了，落在他的右肩膀上，肩胛骨被砍裂了。後來，尹之光雖然傷癒，卻成了個半殘疾，右手提不起水桶了，變天時節，右肩膀像有無數的火毛蟲在噬咬，隱隱地疼痛。

毋得明砍人的情節實屬惡劣，雖然比起造反派打死打傷人不算什麼，而他這般砍人卻不是為了造反，所以，派出所來抓人。況且，那些風濕病患者和鄰居，都紛紛替尹之光說話，說他的確是給常父治病的，跟常玉香沒有任何曖昧之意。另外，常玉香和尹之光的口供一致，毫無通姦嫌疑。再說，毋得明也拿不出任何鐵證，純屬有意傷害罪，最終被判二十五年。

宣判大會是在窯山開的，那些牛鬼蛇神也被押來陪鬥。宣判會剛結束，常玉香就提出離婚，當時，毋得明痛哭流涕，說，玉香，你怎麼這樣心狠呢？常玉香也很傷心，說，你如果聽我的勸告，哪裡會落到這種地步？

那天下午，常玉香去了醫院，對尹之光說，等你養好傷，我們就結婚。

尹之光懷疑地看著她，驚訝地說，常玉香，你不是腦殼有毛病吧？

常玉香點點頭，肯定地說，哪個哄你？

常玉香竟然天天去醫院招呼尹之光，且十分的細心。四個月之後，尹之光傷癒出院，常玉香果真沒有食言，馬上跟尹之光結婚。這次，常家爺娘不敢刁難了，默認這是他們的前世姻緣。

那天，常玉香高興地跟著尹之光打了結婚證，接著，又去派出所給毋勝利改姓，回到屋裡，常玉香心情複雜地摸著毋勝利的腦殼，說，勝利崽，你現在正式姓尹了。

毋勝利沒有點頭，也沒有流露出高興的神色，此時，他的心情複雜莫名。

也就是同一天，張大興的忠字牌製作成功，它竟然有一扇牆壁那般大，是由幾大塊拼起來的，它赫然地擺在操場上，引起了很大的轟動，它的確巨大，由彈殼拼成的忠字金光閃閃，前來觀看的人絡繹不絕。

毋勝利拼命地擠進去一看，大驚，忠字牌上的彈殼提供者的名單上，尹勝利排列第二，第一是李上游。

10

多少年之後，陽光斜斜地打在長沙一家酒店的玻璃窗上，尹勝利、李上游、劉高潮終於在此相聚，此時，他們已是四十多歲的人了。三個昔日的夥伴興奮不已，痛痛快快地喝酒，酣暢淋漓地回憶小時的往事，當說到瘋狂地打彈殼的遊戲時，劉高潮不好意思地撐了撐眼鏡，說，唉，那時候我也太幼稚了，居然以姓名來分析你們的輸贏，真是太可笑了，哈哈。

李上游噴口煙，驕傲地說，那我還可笑一些，我表哥幫我在彈殼上做了手腳，所以，你們怎麼也贏不了我。

當時，尹勝利已有了醉意，忽然問，你怎麼做手腳？

李上游如實地說出來。

尹勝利沈默不語，紅著眼珠子，握著啤酒瓶子不停地轉動，轉著轉著，突然揮起啤酒瓶子，朝李上游的腦殼打來。

李上游捂住腦殼大叫一聲，頓時鮮血直流。

洞穴

1

在我們這個不大不小的煤礦山，有許多細把戲，他們都是一幫一幫的，三五一群，七八一幫，像大人們一樣，也是物以類聚人以群分的。我們這幫子人不多不少，四個。我一個，葛朝陽一個，賴皮一個，還有張麻蟈。我們本來跟張麻蟈耍得很好，每天形影不離，像有一坨無形的磁鐵，把四個人緊緊地吸在一起。讀書是一個班，另外呢，不論是捉泥鰍捉黃鱔，還是打三角板或是丟岩，或是捉羊和抓小雞，或是打土仗，或是去搗亂（比如追打人家的雞鴨，比如往人家水缸裡丟泥巴，比如將髒東西丟進人家屋裡），幾個人都是很快樂的，沒有任何隔閡。尤其是幹那些無聊的勾當時，竟然配合得天衣無縫，沒有出過任何破綻。

張麻蟈雖然跟我們的年紀差不多，都是十一、二歲吧，他卻好像從來沒有吃飽過飯，個子長得格外瘦小，小手小腿小腰身，像個小弟弟跟在我們屁股後面癲著。他的性格也不錯，很聽話的，叫他往左他不敢向右，叫他朝下他不敢向上。

儘管如此，我們從來也不欺侮他，他是一個戰壕裡的戰友，是我們的弟兄。

我，葛朝陽以及賴皮住在一排房子，張麻蟈住在後面一排，也就是十幾米的距離吧。那是煤礦山的家屬區，工人幹部混住一起，等級似乎並不森嚴。而只要仔細觀察，還是有些區別的——雖然房子是一樣，紅磚黑瓦，破舊不堪，每家每戶還因為面積太小，絞盡腦汁用板皮油毛氈砌個小小的廚房，就像雞窩的屁股後面，吊著一隻巨大的秤砣——幹部們住在一排，工人們住在一排，其他的房子也不例外。當然，我們那時沒有這個概念，不論你是誰的崽，只要耍得來，就在一起高高興興地耍，以便共同度過一個美好的童年。因為我們四個人天天死在一起，其言行又比較出格，很討人厭嫌，所以，大人們幾乎不叫我們的名字，叫四坨牛屎。當初，聽到這個集體性的綽號時，我們都很反感，他娘賣鬍子的，我們是牛屎，那你們就是狗屎。當然，漸漸地就聽習慣了，也就默認了，認為牛屎也並沒有什麼不好，何況還是肥料呢，聽說，草原上的人還拿它燒火煮飯呢。所以，後來別人如果大叫四坨牛屎——，我們就不約而同地抬起腦殼，呵呵呵，咧開嘴巴寬容地笑，居然沒有任何反感了。

張麻蟈的爸爸是二工區的機電工，這個機電工很看重張麻蟈。他一連生了兩個女，生到第三個，才終於生個崽。每天上班之前，他都要充滿深情地看一眼睡熟的張麻蟈，欣賞著張家唯一的希望。一下了班，就四處尋找張麻蟈，好像一整天沒看見他，就像掉了魂。一旦看見了，就百米衝刺般地跑過來，喘著粗氣，痛愛地拍拍崽的腦殼，笑笑地說，哦，你在這裡耍啊。放心地透口氣，又近乎討好地對我們笑笑，說，我家麻蟈跟你們耍，我就放心了。很親切。張麻蟈的爸爸時有驚人之舉，那就是買冰棒給我們吃，吃得我們嘴裡清涼，渾身溫暖。他從來沒有叫我們四坨牛屎，顯得很有修養。他那雙黃色翻毛皮鞋被油污浸蝕著，像兩隻黑色的饅頭，全身散發著濃厚的機油氣味，我們卻從來也沒有嫌棄他。

張麻蟈的爸爸中等個子，偏瘦，臉色白靜，頭髮黑長，如果把油污污的工作服換掉，跟幹部們幾乎沒有什麼區別。我們的爸爸雖然當幹部，如果換上油污污的衣服，那還不是跟工人一條卵嗎？

我們的爸爸脾氣卻很大，好像喉嚨裡裝上了無數的雷管，平時，為了卵屎大的事，喉嚨裡就叭地爆響一根雷管，就要打罵我們。

葛朝陽的爸爸是個禿腦殼，每次當葛朝陽從憤怒亂舞的掃帚下逃脫之後，他就站在坪裡，像悍婦一般的惡罵。賴皮那個近視眼爸爸，氣憤地抽打著東躲西藏的賴皮，眼鏡經常掉落，他卻拿著掃帚繼續戰鬥，不是把燈泡打碎了，就是狠狠地舞在賴皮媽媽的臉上，目標經常出錯。我爸爸的手段特別惡劣，以前也是用掃帚教訓我的，用的是同一種武器。後來，他大概認為掃帚沒有什麼殺傷力，就陰毒地改用像鐵棍一樣的荊條棍——也就是井下拿來擋矸石的那種棍子。我爸爸憤怒起來時，揮舞著荊條棍，像孫悟空揮著金箍棒追著我打，我則像個小妖怪拼命地逃跑。我卻怎麼也跑不過他，爸爸的腿像鷺鷥腿，幾丈幾丈，就飛快地丈到我屁股後面了。

對於這些挨打的經歷，我們三個人都有共同而深刻的感受。所以，一直認為，我們當幹部的爸爸，比起當工人的張麻蟈的爸爸修養差多了，脾氣也壞多了，具有天壤之別。我們經常背著父輩，群情激昂地聲討他們的斑斑劣跡，毫不留情地稱之為打人兇手。三個人不理解的是，他們為什麼對我們這些祖國的花朵恨之入骨？難道我們不是他們的親骨肉嗎？是從石頭縫裡蹦出來的嗎？口水四濺地聲討一番之後，就非常羨慕張麻蟈，我們十分動情地對他說，還是你命好呃，攤上了這麼一個好爸爸呃。我們甚至想過，如果家裡允許，我們都心甘情願地給他爸爸做繼崽，徹底背叛自己的家庭。張麻蟈呢，這時一般不吱聲，拿著細細的樹枝，很舒服地在背上扒扒，或是在大腿上劃劃，看著我們聲嘶力竭地聲討父輩們，當然，從他的臉上可以看出來，他為自己有個好爸爸感到無比的驕傲。等到兄弟們終於羨慕完了，張麻蟈居然像個大人似的說，還是你們的爸爸好呃，你們爸爸是幹部呃，我爸爸是個工人呃。

似乎有點自卑。

我們卻說，寧願要你這樣當一個工人的爸爸。

那時候，我們除了玩耍之外，對各自爸爸的問題議論最多，我們真是恨鐵不成鋼，你們如果像春風化雨般地對待你們的崽，而不是粗暴地施以打罵，那該是多麼的好啊，還用得著羨慕張麻蟈嗎？我們有時也很迷惑，為什麼投胎在這種暴力頻仍的家裡呢？為什麼不投胎在張麻蟈那樣溫暖的家裡呢？

如果世事不變，四坨牛屎肯定會從小學讀到初中，然後從初中讀到高中，然後從高中讀到大學，然後參加工作走向社會，然後結婚生子，讓兄弟們的友誼長存。我們甚至還無限美好地憧憬著未來，說，一定要考上大學，然後，分到同一個單位，把工作搞得十分出色，個個都有出息，看別人還叫四坨牛屎不？長大一定要做四坨閃閃發光的金子，做四顆永不生鏽的螺絲釘。

而誰哪能夠料到世事變化莫測呢？

2

張麻蟈的爸爸突然抖起來了，似乎就是一夜之間。一個忽略不計的機電工人，突然坐上了紅煤兵司令的寶座，像坐火箭。

我們的爸爸卻開始遭殃了。

我爸爸是計畫科長，葛朝陽的爸爸是財務科長，賴皮的爸爸是副利科副科長，他們跟幾十個叔叔阿姨都被揪出來了，從天上絆到了地上。他們胸脯前面，掛著一塊紙箱子做的牌子，上面寫著他們的大名和罪名。我爸爸的罪名是地主分子加反動學術權威，葛朝陽的爸爸是富農分子，賴皮的爸爸是國民黨殘渣餘孽。關於其他人的罪名，可謂五花八門。如果不相信，我就舉例說一個吧。有個叫吳桂花的阿姨，她的罪名如下：老破鞋＋裡通外國＋偽團長三姨太太＋資產階級小姐十好逸惡勞。很難記住吧？當然，也有人很聰明地只念她罪名的簡稱，老裡偽資好。如果是不明就裡的人，還以為是在說老李位置好嘞。

張麻蟈的爸爸叫張之東，每天兇神惡煞地站在檯子上飆口水。我們就不理解，他以前的微笑與和藹藏到哪裡去了呢？難道都鑽進厚厚的煤層裡去了嗎？本來，我們對張之東懷有一絲感激之情的，感謝他替我們出了一口惡氣，覺得教訓教訓這三個小科長也是應該的，不然，他們實在也太囂張了，好像我們不是他們的崽，而是小奴隸，是他們砧板上的一坨五花肉。

果然，我們馬上感到家裡有了巨大的變化，爸爸們不再打罵我們了，三坨牛屎頓時有了一種農奴翻身得解放的感覺。就說我爸爸吧，每天出門或回家，低著頭看地上的螞蟻，回到家裡悶頭抽煙，憂心忡忡，像一隻瘟雞子，只等著主人一刀殺掉了。這個變化讓我十分驚詫，就問葛朝陽和賴皮，問他們的爺老倌是否也有了變化。他們說，變化了變化了，他們的爺老倌也像一隻瘟雞子了。

我們卻好像是天生的賤骨頭，沒有挨爸爸的打罵了，皮膚就發癢了，身上像生了一窩虱婆，偏要故意逗大人生氣，企圖軍閥重開戰。而任憑我們怎樣吵鬧，也挑不起他們打罵的欲望了，好像放下屠刀立地成佛了。

為了試探他們的脾氣是否徹底改掉了，三坨牛屎被迫提高了搗蛋的水平。我撕開鴨公喉嚨大吼大叫，像瘋子一樣。我爸爸卻不為所動，像個聾子。我再接再厲，把一疊碗盞（約有五個以上）嘩啦一摔，摔得滿地碎片。爸爸居然沒有啟動鷺鷥腿追打我，他甚至像一個教唆犯，慫恿我繼續鬧事。

葛朝陽趁媽媽不在家，抓著一隻黃雞婆狠狠幾腳，就把其聲哀哀的黃雞婆活活地踢死了。他爸爸呢，居然像瞎了眼，仍然抽著煙在沉思默想，好像踢死的不是肥碩的雞婆，而是一隻討厭的老鼠。

賴皮就更厲害了，先揮著火鉗將燈泡打爛，誰知他爸爸毫無動靜，取下眼鏡，歪躺在床上，望著天花板發呆。他就更來勁了，扯下褲子，對準他爸爸的一隻皮鞋，公然地屙了一泡稀屎，屋裡頓時臭氣熏天。而他爸爸的嗅覺似乎失靈了，竟然無動於衷。

對於大人們這些異常的表現，我們這才深深地感到他們的可憐。他們已是自顧不暇了，泥菩薩過河了，沒有一絲心思放在崽身上了。爸爸們不再跟我們明爭暗鬥了，我們就覺得生活中缺少了一點刺激性。後來，學校也用不著去了，這又缺少了一點味道。當然，更讓我們感到生活少鹽無味的是，張麻蠅竟然不跟我們玩耍了，這令三坨牛屎感到十分驚訝。

那天，我們早上起來，看看天空，太陽是個好太陽，像這樣的天氣，是足以好好地瘋一盤的。見張麻蠅還沒有出來，我們就一起去叫他。走到他家門口一看，門卻是關得緊緊的——而在這以前，他早就站在門口等著兄弟們了，或是跑到我們家裡來喊人。

這是怎麼啦？好像不對頭呃，難道這坨牛屎還在床上挺屍嗎？

三個人舉起拳頭嘭嘭嘭地擂門，並且高聲大叫，張麻蠅快出來。擂門也不見他露面，大聲喊他也不出來。是不是睡死了？不可能呃，太陽已經燒猴子屁股了，還在做什麼美夢呢？我們氣憤了，又伸腳踢門，手腳並用。一陣嘭嘭嘭的猛響之後，終於把張麻蠅擂出來了，他竟然沒有打開門來迎閻王，站在窗子裡面，玻璃窗沾滿了灰塵，張麻蠅的臉孔顯得很模糊，五官不甚分明，卻也不像是剛從床上爬起來的。我們以為他會說些病了之類的理由，然後，再向兄弟們真誠地道歉，而他竟然生氣地說，你們不要擂門了好不好？咦，他這種惡劣的態度，我們從來也沒見過的，張麻蝈的性格歷來是很溫和的，說話也是低聲細語的，就像他爸爸以前一樣。

今天卻不曉得他吃錯了哪服鬧藥。

我手指頭當當當地戳著玻璃窗問他，張麻蝈你搞什麼鬼？為什麼不出來你？連門也不開啊你？

葛朝陽和賴皮仍然在擂門。

他皺著眉頭，極不高興地說，也沒有什麼，是我爺老倌不讓我跟你們耍了。

這句話大家聽得很清楚，它像利針一樣深深地刺進了六個耳鼓，擂門聲陡地停止了。這扇曾經多麼熟悉的門，忽然變得十分陌生起來，門板上一條條粗細不一的縫隙，也變得張牙舞爪起來。

它居然拒絕了我們。

三個人沒再說什麼，轉過身，啞然地離開了，很傷心。現在，不僅爸爸們不再理睬我們了，連張麻蝈也不理睬了。我們的爸爸不理睬了，還情有可原。張麻蝈也不理不睬了，這個事實讓兄弟們就想不通了，四坨牛屎是從屁股沾著煤灰玩耍大的朋友，你怎麼就把你爸爸的屁話當聖旨呢？你娘賣𩭤子的，怎麼捨得一下子把兄弟們拋棄呢？

這當然都怪那個張之東，總根源在他身上。張機電啊張機電，你是否做得太過分了吧？你批鬥我們的爺老倌，在下沒有意見，為什麼又不准你的崽跟朋友們耍了呢？我們是沒有問題的呀，一個個都是清白之身，何況，年紀還這麼小，既不可能向農民收過什麼租子，也不可能參加什麼三青團國民黨，更不可能當什麼兇惡的把頭，你為什麼如此冷漠地對待我們呢？

現在，張之東看見我們也不笑了，似乎真的碰上三坨稀牛屎了。板著臉，昂起腦殼，眼睛翻翻的，很司令地走了過去，到辦公樓威風去了。他穿著藍色的新工作服，戴一頂嶄新的黃軍帽，胸脯上掛著一個小飯碗般大的塑膠像章，衣袖上戴著鮮紅的袖筒，上面印著金黃色的三個字——紅煤兵。完全是一副舊貌換新顏的樣子了。許多人看見他，都畢恭畢敬地叫張司令，他只是輕輕地哼一聲，目中無人。

對於他的這種變化，我們感到極其反感。如果看見他雄糾糾地走過來，三個人馬上哦呵一聲，像湖鴨子似地跑開了，惹不起躲得起，其中還包含了蔑視的意思。以前我們叫他張叔叔，現在叫張狗屎。

他雖然當上威風凜凜的司令了，卻還是那樣喜歡張麻蝨，他對誰的態度都變了，惟一對張麻蝨的態度沒有變。他甚至忍痛割愛，把煤礦山裡那個最大的塑膠像章也送給了崽。張麻蝨人長得矮小，胸脯狹窄，那個碗大的像章戴在胸前，幾乎遮掉了一半，很滑稽。張麻蝨為了顯示這個像章，天天戴著在外面奔走，以便引起人家的羨慕。許多大人或細把戲看見了，自然就會擋著他看像章，嘴巴裡嘖嘖有聲，好大的啊，好大的啊。張麻蝨就不無自豪地說，你們沒有吧？

就讓人家萬分慚愧。

張之東甚至還把司令部的鳳凰新單車拿給張麻蝨騎，這惹得許多細把戲更加眼紅了，都想方設法地去巴結他。或是把彩色的玻璃彈子送給他，或是把嶄新的三角板相送於他，或是從家裡的酸罎子裡拿點酸蘿蔔和鹽辣椒送來，小恩小惠的，其目的，不外乎就是叫張麻蝨能夠讓自己伸手摸一摸單車，摸摸那光滑的龍頭坐墊羽板和鋼圈，或是，嘩啦啦地搖一搖踩板，過一把手癮，僅此而已。

如果誰想讓張麻蝨給他騎一盤，那肯定是個極大的奢望。

張麻蝨對於大家的各種禮物來者不拒，如果送來的是玻璃彈子和三角板，他接過來就迅速地放進口袋裡，連數也不數。至於酸蘿蔔和鹽辣椒之類，送得太多了，一時也吃不完，張麻蝨就乾脆拿來一隻大海碗公，擺在自家的窗臺上，讓人把酸菜之類的逕直放在大海碗裡。

這似乎成了約定俗成的規矩。

張麻蟈人矮小，騎單車根本就騎不到坐墊上去，當然，這個傢伙還是蠻動腦筋的，把左腳踩著左踩板，右腿呢，則從三角架的中間伸到右邊，踩著右踩板，居然也能把單車騎得滑溜溜地走。他不斷地在坪裡轉著圈子，胸脯上的像章一晃一晃的。一幫細把戲站在邊上拍手叫好，目光裡流露出許多的羨慕。

既然張麻蟈說不再跟兄弟們玩耍了，那麼，我們的臉皮也沒有那麼厚，硬要死皮賴臉地去沾他。現在，已經不再是四坨牛屎了，分化了，成了三坨牛屎了。當然，三坨牛屎還是很有骨氣的，儘管張麻蟈戴著碗大的像章，又有嶄新的單車，儘管心裡也是癢癢的，我們卻從來也不去湊那個熱鬧，只是遠遠地冷若冰霜地看一眼，然後，就憤然地走開了。

當然，誰也不敢叫他張麻蟈了，都叫他的學名。我們呢，卻連他的綽號都懶得提了。現在，張麻蟈簡直就像一個小皇帝，千人擁著萬人跟著。他的穿著也像他爺老倌，明顯的不一樣了，而且，他是煤礦山第一個穿塑膠涼鞋的，涼鞋是那種豬肝色的，有幾條經絆，就又讓人羨慕不已。別的細把戲連看都沒有看過，就紛紛地蹲在他腳下，望著豬肝色的涼鞋，指指點點，評頭論足。現在，張麻蟈用不著再跟我們玩耍了，也用不著當我們的跟屁蟲了。他已經有了另外的樂趣，每天在坪裡騎單車轉圈圈，那種神氣屌裡屌氣的，更何況，身邊還雷打不動地圍了許多歡呼雀躍的細把戲。

我們這才深深地感到，這個世界的確是變化了。

3

當我們的爸爸有一天帶著滿身傷痛回家時，我們小小的心靈終於被激怒了——那是對張之東的痛恨。你娘賣鬍子的，你帶人批鬥我們的爸爸，我們也就不說什麼了，你卻讓手下人狠狠地打他們，那是往死裡打嘞。你難道沒想過嗎？你也是一個做爸爸的人，如果別人把你也往死裡打，張麻蠅又會有什麼感受呢？會不痛苦嗎？你怎麼是一個如此狠毒的人呢？

看著我們的爸爸那呼天喊地的痛苦聲，哼哼嘰嘰的呻吟聲，我們對張之東的仇恨急劇加深了。那天，我爸爸的腦殼被打破了，血流如注，臉上身上都是血，像一個沾滿鮮血的豬腦殼。我爸爸拿衣服捂著傷口回來時，我媽媽的淚水一聳就出來了，一邊給爸爸擦洗傷口，一邊叫我趕緊拿紅藥水和消炎粉。我爸爸腦殼上打破了一道口子，口子是凹形的，恐怕有一寸長，像個嬰孩的嘴巴。這肯定是拿方木棍打的。我爸爸不停地喊著哎喲痛嘞痛嘞。幸虧媽媽是醫生，還曉得及時處理，輕輕地把傷口擦洗之後，塗了紅藥水，又撒上消炎粉。我媽媽傷心地說，像這麼長的口子，是要縫針的嘞。又到哪裡去縫呢？醫院有規定的——其實也是張之東指使的——像這些牛鬼蛇神，不論是病了還是傷了，醫院一律不准接受。然後，媽媽就用紗布一圈一圈給爸爸包紮起來，爸爸的腦殼就像戴了一頂白色的帽子。

葛朝陽的爸爸傷勢相對輕一絲，臉上不曉得被巴掌狠狠地抽了多少下，反正眼睛腫了，臉乖腫了，鼻子腫了，嘴唇腫了，連那個禿腦殼也腫了，紅紅紫紫的，像一個又大又圓的胡蘿蔔，好像被瘋狂的馬蜂狠狠地螫了一頓。尤其是眼睛，眯成了一條細細的縫，像賴皮爸爸那種高度近視眼。葛朝陽的媽媽哭泣著，又沒有什麼辦法可想，只好拿著熱毛巾一遍遍地敷著。他爸爸的哎喲聲從毛巾下面潮濕地飄出來，斷斷續續的，像個死人又活過來了，其聲音令人感到十分恐懼。

賴皮的爸爸被打得最厲害，左腿巴子被打斷了。據當時在場的人說，一個死胖子用長條板凳瘋狂地朝他爸爸的腿巴子上砍，砍到第四下時，只聽見咔嚓一聲，他爸爸一聲慘叫倒在了地上。當時，許多人都興奮地驚叫起來，腿巴子斷了，腿巴子斷了。他爸爸是被人抬回家的。我和葛朝陽去賴皮家時，他爸爸正躺在床上，眼鏡沒戴了，枯乾而痛苦的眼睛眯眯地望著天花板，嘴裡哎喲哎喲地叫喊著。他爸爸的腿巴子像長著黑毛的麻桿，左腿巴了明顯地受到重創，當面骨有一道深紫色，估計那就是斷骨處。賴皮的媽媽哭得像個淚人，披頭散髮的，不斷地用湘潭話哭喊道，這姨（何）得了啊？這姨（何）得了啊？一邊不斷地跺腳，跺得灰塵飛揚，一邊又束手無策。

我馬上跑回家告訴我娘老子，說賴皮爸爸的腿巴子被打斷了。媽媽一聽，毫不遲疑地對爸爸說，你好好躺著，我去看看就來。我媽媽雖然不是骨科醫生，一般的救護常識卻還是曉得的，她輕輕地摸了摸賴皮爸爸的斷骨處，立即叫我們找來兩塊薄板子，將那條斷腿巴子進行臨時性固定。然後，又對賴皮媽媽說，她認識附近農村的一個水師，姓趙，叫趙結巴，接骨很厲害，就住在小水村，叫她趕緊去請他。小水村離我們不遠，大概兩裡多路吧，賴皮的媽媽嗯嗯地抹著淚水，就匆匆忙忙地走了。看著賴皮爸爸痛苦的喊叫，我們都默默地流淚了，心裡顫抖了，沒有勇氣再待下去了。

我悄悄地扯了扯賴皮的衣服，三個人從他家裡走了出來。

我們毫無目的地狂走著，像突然懂得了許多人世間的事情，我們走過那些七零八落的家屬房子，跨過那像蚯蚓般狹窄的電車道，繞過那口不時讓魚蝦們掀起浪花的水塘，然後，來到綠草茵茵的山腳下。剛才走過的這些地方，曾經留下了我們童年歡樂的笑聲和頑皮的足跡，而現在，我們一絲也高興不起來了，嚴肅著稚嫩的臉，在山腳下坐下來，誰也沒有說話，好像我們來到此地的目的，就是沈默沈默再沈默。

幾隻頑皮的黑色雀鳥，在天空中歡樂地追逐著，像黑色的流星。還有一些雀鳥在草地上不停地跳躍，樹上呢，也有雀鳥在婉轉地唱歌，它們全然不顧我們晦暗而痛苦的心情，與我們大唱反調。我和葛朝陽憤怒起來，撿起石頭，頻頻地朝它們打去，它們就像子彈一般地跳起來，驚叫著忽地飛開了。惟有天空飛翔的雀鳥，我們無可奈何。

然後，又坐下來。

葛朝陽咬牙切齒地說，我們難道就看著張狗屎這個雜種猖狂嗎？袖手旁觀嗎？

賴皮一直沒動，還在傷心著，晶瑩的淚水又掉落下來。葛朝陽的眼睛默然地看著我，意思是要我拿個主意。我沒有說話，覺得此時說話純屬多餘，同時，也好像沒有什麼辦法。

一隻淡綠色翅膀的蚱蜢，不知天高地厚地跳到我的腳邊，我突然伸出手，飛快地抓住它，然後，久久地望著這隻企圖掙扎的蚱蜢。牠鼓鼓的花斑斑的眼睛迷惘地看著我，渾身顫抖，不曉得我該如何處置它。而從它可憐的眼神可以看出來，它多麼希望我高抬貴手，目光中，早已預支了許多的感激。我卻並沒有發善心放掉它，好像是在有意地玩弄它，似乎是想欣賞它那種焦躁不安的神態。

時間在沈默中滑過。

葛朝陽一直呆呆地望著我手中的蚱蜢。我的大拇指和食指輕輕地夾著它的腦殼，牙齒忽然狠狠一咬，兩個手指頭用力一捏，蚱蜢的腦殼頓時變成了一團肉泥。是的，的確是肉泥。我沒有聽見蚱蜢的哀號聲，只聽見它腦殼粉碎的聲音，那種聲音，就像玻璃粉末短暫的磨擦。

葛朝陽很聰明，頓時明白地說，哦，我跟你的想法是一樣的。

我反轉頭來，舉起手中那隻死亡的蚱蜢，問賴皮願不願意跟著我們幹。賴皮擦著滴到下巴上的一瓣淚水，毫不猶豫地點點頭。

你張之東既然叫我們的爸爸痛苦不堪，那麼，我們也要讓你嘗嘗痛苦的滋味。

我們決心進行報復。

報復之心在三顆小小的心靈裡開始萌發，像山火一般燃燒。

4

我們的目標當然是對著張之東的，他一人做事一人當，別人只是他的手下，是按他的命令行事的。這叫做擒賊先擒王。至於張麻蟈麼，並不在我們的報復名單之列，他畢竟曾經跟我們玩耍過，畢竟是個細把戲。他不跟我們玩耍，那是他爸爸唆使的。

我們不會盲目行事，明白如果事情一旦暴露，其後果不堪設想，所以，我們慎之又慎。首先悄悄地去辦公樓進行了多次的偵察，發現張麻蟈的爸爸在司令部很晚才回家，幾乎每晚都是這樣，更為理想的是，四周沒有站崗的。司令部就設在一樓，他的桌椅擺在窗口下，我們能夠輕而易舉地看見他的腦殼。那正是夏天，他的窗戶是打開的，吊扇在嗚嗚地旋轉著，不時地吹動著他的頭髮。窗外栽著許多松柏，松柏的葉子離地很近，幾乎能把我們的身了全部掩蔽，這無疑是一道天然的屏障。

所以，要報復他是很容易的。

那天晚上，大約九點多鐘吧，我們準備好彈弓和小石頭，就悄悄地來到辦公樓，小心地躲在那排松柏後面。整個煤礦山很安靜，沒有碰上夜間遊行之類，也沒有行人，這無疑給我們創造了一個極好的條件。兩層辦公樓的燈光，還有三五盞在明亮著，並不時有說話聲傳出來，這當然引不起兄弟們的任何興趣，我們只要看見張之東的窗口有燈光，就明白一切條件都已經成熟了。

還在去辦公樓的路上，賴皮就自告奮勇地說讓他來當射手。他憤怒地說，我爺老倌被他害得最慘，今晚上，就讓我來叫那個豬腦殼開花吧。我卻沒有讓他當射手，曉得他心裡非常氣憤，而過度的氣憤情緒，肯定會影響命中率的，說不定石頭射到對面牆上去了，或是從張之東的耳邊擦過。如果一旦有什麼失誤，那麼，以後再要尋找這樣的機會是很困難的。我不願意看見頭一炮就打個啞炮，希望準確命中，一炮見紅。

所以，我決定由葛朝陽動手，他的眼法很準，他一旦舉起彈弓，就能夠屏氣凝神地瞄準目標。平時，我們用彈弓打麻雀比賽，他每次打得最多，是公認的神射手。所以，葛朝陽是當仁不讓的。賴皮卻不答應，他的情緒看來很不穩定，甚至想違抗我的決定，他說到時候他就要動手，打碎那個豬腦殼。我擔心他會破壞整個行動，弄出個雞飛蛋打竹籃打水，我就冷靜地給葛朝陽丟個眼色，葛朝陽會意，趁賴皮沒有留意，突然緊緊地抱住賴皮，我就迅速地從他口袋裡把彈弓和石頭繳了出來。我極其嚴肅地說，賴皮，這不是開玩笑的，你如果不樂意這個決定，你就不要去了，不如就站在這裡，等著勝利的消息吧。賴皮最終還是奈何不了我們，沮喪地說，那就讓葛朝陽打吧，只是我還是要去看的。我叮囑他，你去看可以，卻不能壞了大事。

我們躲在那排松柏後面盯著張之東，兩者之間大約在六七米開外吧。明亮的燈光，從窗口裡射出來，他坐在椅子上，時而在大聲地打電話，時而栽下腦殼看什麼文件，似乎十分忙碌。他沒有馬上離開的意思，這無疑給了我們充足的時間。我們小心地躲在那排松柏後面，屁股後面還有一排松柏。所以，嚴格地說，三個人是躲在兩排松柏的中間。而頂外面，就是一條馬路了，幸虧路上沒有人經過。即使有人經過，如果不注意的話，也是很難發現我們的。

夜裡很安靜，惟有離礦本部最近的二工區，不時傳來井口礦車砰砰撞擊的聲音，把夜色震得微微顫動。我們心裡是十分緊張的，一是擔心有人發現，二是擔心如果把張之東打死了怎麼辦？我們並不想叫他死，只是給他一點教訓而已。我不放心，就小聲地對葛朝陽說，你只打他的臉，千萬不要打他的腦殼。我擔心葛朝陽沒聽見，又指指他手中的彈弓，再指指自己的臉。

葛朝陽明白了我的意思，胸有成竹地點點頭。

葛朝陽把彈弓從口袋裡拿出來，他的彈弓也是最好的，用的是十號鐵絲，彈弓帶子是上好的單車內胎皮子，其張力和韌性是蓋一的，包皮呢，則是一指寬的薄薄的翻毛皮子。那些小石頭，是他下午精心挑選的，一粒粒溜圓結實，像鐵蛋一般，不像有的石頭，看起來蠻不錯的，一旦擊中目標，立即就成了粉末，並沒有什麼殺傷力。我和賴皮稍稍地站開了，留下更大的空間給葛朝陽，然後，兩人又伸手把松柏輕輕地拔開，以便讓葛朝陽更好地射擊。

葛朝陽將一粒石頭緊緊地夾在彈皮裡，慢慢拉開了彈弓，將彈弓拉到最大的限度，然後，屏著氣，久久地瞄準目標。張之東的腦殼在燈光下顯得特別大，他絲毫也不曉得窗外有一把厲害的彈弓對準了他，一粒兇猛的石頭即將脫弓而出射向他，危險在一秒一秒地逼近他。他的眼睛仍然望著桌子上，好像還在翻看什麼卵文件。當他準備抬起腦殼時，葛朝陽猛一鬆手，石頭箭直地飛了出去，砰地一聲，準確地擊在張之東的右臉上，他大叫一聲哎喲，雙手就捂著臉朝後面倒了下去，椅子發出嘩啦的聲音。有燈光的那些窗口，立即有了一陣騷動，有人敏感地驚呼起來，出事了出事了。樓道裡，響起了跑馬似的腳步聲。我們擔心有人會衝出辦公樓來抓捕，就放棄了觀看張之東痛苦不堪的樣子，飛快地逃走了。

我們像一群偷吃了獵物而又驚慌失措逃竄的野狗，迅速地朝黑暗的山腳下跑去。我們似乎很有這方面的經驗，迅速地把石頭丟掉，把彈弓埋在一塊大石頭下面，並做上記號，然後，坐下來呼呼地出著粗氣。我們雖然十分興奮，馬到成功了，而誰也沒有說話。不曉得會不會被查出來，這是大家最為擔憂的。我們甚至做了種種猜測，最後的結論卻是模棱兩可的，不會發現吧？不會發現吧？他張之東未必是神仙嗎？三個人忐忑不安地坐了許久，似乎在默默地等待著事件的變化，卻沒看見有人拿著手電筒四處追捕，煤礦山仍然是寂靜的。遠處的電車道上，一列電車在緩緩地蠕動，不時嚓嚓地閃爍著藍色的光芒，短暫而耀眼。

一直到深夜了，我才說，回家吧。

那天晚上，我卻很難入睡，提心吊膽的，生怕屋門突然敲響。如果被人抓著了，我可是頭子嘞。我甚至想像著被人從床上抓起來的那副可憐的樣子。

第二天，我起得很晚，還是葛朝陽和賴皮來喊我，我才睜開眼睛，一看桌子上那個生鏽的鬧鐘，已經九點多鐘了。葛朝陽把我的彈弓丟到床上，我就曉得他把藏在石頭下的彈弓取回來了。我第一句話就問，你們看到了嗎？他們搖搖頭說，還沒有看到。他們的臉上仍有幾分驚悸。我冷靜地說，喂，一定要自然點，你們臉上這個樣子，人家一眼就看出來了。葛朝陽和賴皮覺得我的話說得有道理，就想裝得輕鬆點，嘿嘿地笑了起來，故意說起某次將泥巴塗在各自雞雞上的趣事。

而我覺得他們還是很做作。

我跳下床鋪，匆忙洗臉刷牙吃飯，然後，叫他們回家拿鐵環。賴皮不明白地說，拿鐵環做麼子？我罵道，蠢卵子，難道我們拿著彈弓去嗎？賴皮恍然大悟地哦哦幾聲，馬上和葛朝陽回家拿鐵環去了。

我心情急迫，希望早點看到受到懲罰的張之東，一是想親眼看到我們的戰果，二是想要瞭解他傷勢的程度。我拿著鐵環，站在屋外的坪裡，等待葛朝陽和賴皮出來，他倆拿著鐵環走近之後，我又低聲地叮囑，一定要裝得自然點。

葛朝陽和賴皮說，曉得曉得嘞，我的爺老倌呢。

三個人就滾著鐵環朝辦公樓走去。我們的家離辦公樓並不遠，半里多路的樣子，路是一條比較平坦的沙子路，鐵環滾在地面上，發出沙沙沙悅耳的聲音。那天，我們故意把鐵環滾得很慢很慢，好像是在搞什麼競技比賽，誰最慢誰就贏。其實，我們是尖著耳朵在聽人們的反應。在路上，果然聽到了大人們在紛紛議論，他們驚訝地說，張司令被人打了。有人問，被什麼人打的？回答說，鬼曉得？好像是彈弓打的吧？離眼睛只差三公分了，眼珠子差一絲就打瞎了。我們聽了，心裡暗暗高興，不由自主地對視了一下。我還佩服地向葛朝陽投去一眼，意思是，你真是個神射手嘞。

葛朝陽得意地抿著嘴巴笑了笑。

我們把鐵環滾到辦公樓的大坪前時，正好碰見張之東從大樓裡走出來，他屁股後面，還跟著一行神色嚴肅的人。我們終於看到了昨晚上的勝利戰果，張之東的右臉上，敷了一塊四方形的白色紗布，白膠布在紗布上橫兩道豎兩道，右臉腫得很大，像個肉包子賴在上面，連右眼也眯了起來。

我發現，他眼裡仍然閃爍著驚惶不安的神色，好像昨晚上的那一幕，繼續在驚心動魄地上演著。他的腦殼也不像以前那樣的昂然了，很是一副受挫的神態。他又不得不裝腔作勢，極力地在恢復著司令應有的威風，他慷慨激昂地說著話，一隻手還在大幅度地甩動著，好像是說，一定要把這個兇手抓出來。他身邊的那些人就頻頻點頭。儘管如此，他的確遭受了一次沉重而空前的打擊。

在煤礦山，誰敢在他腦殼上動土呢？

我們不敢做更多的逗留，以防引起他的懷疑。我使了個眼色，三個人就裝著若無其事地滾動鐵環走開了。我們心裡都很得意，這無疑是一個傑作。等到離開大樓時，我們沒有再繼續用鐵鉤子滾鐵環了，而是把鐵鉤子掛在後面的衣領上，乾脆把鐵環往地上使勁朝前一甩，讓鐵環獨自歡快地朝前滾去。我想，張之東這下子應該要汲取教訓了吧？他難道不去想想，人家為什麼要這樣暗中報復你呢？我們也很想把這件秘密的事情對自己的爸爸說，嘿，我幫你出了一口惡氣了，嘿，以後麼，張麻蠅的爸爸就不敢對你怎麼樣了。嘿，我們當然不會說的，還不至於愚蠢到這種地步，只是有這個衝動的想法而已。

山腳下，是一條蜿蜒的河流。那天，我們在河邊大大地慶祝了一番。三個小窮光蛋又拿什麼東西來慶祝呢？這個，當然有辦法麼。我們把鐵環放到家裡。然後，我叫葛朝陽和賴皮拿上彈弓。賴皮問，拿彈弓做什麼？我笑笑說，蠢卵子，我叫你拿就拿麼，肯定不是再去打張狗屎了麼。

我還帶上洋火，又用紙包了一點碎鹽。

然後，我們就在山腳下打麻雀，也許是心情不錯的緣故吧，三個人幾乎是百發百中，一粒石頭箭直地射出去，砰——，只見樹上的麻雀應聲墜地。我們覺得有一種空前的快感，把這些麻雀都當成張麻蠅的爸爸了，並且讓他一命嗚呼。

這個感覺，是從來也沒有過的。

我們一共打了十五隻麻雀，然後，就蹲在河邊拔毛剖肚。這些看來很瑣碎的雜事，卻根本難不倒我們，我們經常打麻雀吃麻雀，一個個已經鍛煉成老手了。把麻雀們弄乾淨之後，又在麻雀身上抹了碎鹽。然後，撿來一抱柴禾，用樹枝把麻雀串起來，放在火上燒烤。漸漸地，麻雀就烤得發出了陣陣香味。我們一邊吃，一邊哈哈大笑，說，張麻蠅的爺老倌這下子曉得什麼叫痛苦了。

河水在靜靜地流淌，水很清澈。那條河流並不寬，所以，我們可以看到對岸那些參差不齊的農舍，距離最近的那間農舍，屋門是敞開的，卻沒有人進出，惟有一條肥大的黑狗坐在階基上，默默地望著我們。突然，它汪汪地大叫幾聲。它莫明其妙地叫什麼呢？是它曉得了我們的秘密了嗎？還是對於我們大打牙祭殘涎欲滴呢？

我們一齊抬起腦殼，張開嘴巴，對著它汪汪地大叫幾聲，然後，狂笑起來，一齊振臂高喊，烏啦——，烏啦——

聲音激蕩。

對於這次流血事件，張之東進行了大規模的調查。聽說，他們在窗外的松柏樹下，看到了幾個雜亂無章的腳印，由於土質很堅硬，那些腳印十分模糊，而無法確定是誰的。他們沒有往細把戲身上想。一致認為，這件事情絕對是大人做的，而且一定是當過兵的人，這個眼法實在是太準確了，不然，為什麼沒擊中腦殼呢？為什麼沒擊中眼睛呢？而僅僅是打他的臉部呢？這個射手是極有膽量的，一般的人，是不可能敢下這個手的。張之東就把查找的對象，定位在被批鬥的曾經當過兵的人身上。聽說，他把各種手段都使用過了，打，吊，壓，綑，甚至灌辣椒水，查來查去，仍然查不出來。無奈之下，他除了派人二十四個小時站崗之外，此事也就不了了之。

這件案子在煤礦山傳了很久，成了一個不解之謎。

張之東臉上的傷勢沒有癒合時，就很少拋頭露面了，這可能是考慮到自己的形象問題吧，所以，在那段時間，批鬥會和遊行幾乎沒有搞了。我們非常高興，覺得自己的努力畢竟是有成效的，也是很好耍的，像貓捉老鼠的遊戲。而事情的發展，並非像我們所想像的那樣，後來，讓我們感到失望和氣憤的是，張之東臉上的傷勢好了之後，他對我們的爸爸他們的批鬥更為厲害了。他甚至下令，逼迫他們打著赤腳在柏油馬路上遊行。柏油路在氣溫低的天氣之下，還是蠻不錯的，伸展著一副平平坦坦的黑色身體，像一條冬眠的長龍。而一到夏天，讓毒辣的太陽一照，它就迅速地溶化了，滾燙的黑亮亮的柏油冒著氣泡，就像一條渾身冒著熱油的黑龍了。可憐的我們的爸爸他們，則像小丑般地在柏油路上跳來跳去，那不等於逼著他們將腳巴子放在油鍋裡煎嗎？張狗屎還命令手下人，把那些阿姨的半邊頭髮咔嚓咔嚓地剃掉，一個個既像尼姑又像魔鬼。還有個變化是，現在，我們的爸爸他們都通通地關到牛棚裡去了，我們無法看到他們的腳板到底燙成什麼樣子了，據猜測，肯定跟煨熟了的腳板薯差不多了。

牛棚就位於大操場下面，那裡本來就有一排破爛的長長的房子，以前不曉得是些什麼人在居住，可能是些臨時家屬吧？他們叫臨時家屬搬走之後，在離房子兩米遠的距離用鐵欄杆圍攏，再用長長的油毛氈遮擋起來，這樣，裡外就看不見了。在房子的當頭，還安了一扇鐵門，是用來進出的。我們每次經過牛棚時，多想聽見我們爸爸的聲音，卻一次都不曾聽見。我們也很想喊我們的爸爸，而看見站在鐵門口的人凶著一副臉孔，就不敢喊了。三個人都有這個感覺，再也沒有像現在這樣想念我們的爸爸了。

我們說，等到爺老倌們從牛棚出來，再也不敢惹他們生氣了。

5

張之東既然變本加厲，那麼，我們的報復行動只能繼續進行。其實，我們並不想繼續報復的，畢竟還是害怕呀，畢竟還是擔心被這隻狡猾的老貓捉住呀——這是張之東逼著我們做的。三個人甚至商量過，只要張之東一天不停止對我們的爸爸他們的折磨，我們就要與他鬥到底。我們要想方設法，以自身的微薄之力，堅決阻止他殘酷的行動。要像游擊隊員一樣，躲在暗處，打一槍，換一個地方，讓他感到心驚肉跳。

所以，我們沒有採取老一套的報復手段了——比如拿彈弓射擊——那無疑會乖乖地束手就擒。

你們不要以為我們小小的年紀做事魯莽，在那樣令人恐怖的環境下，不能不膽大心細。所以，第二個報復行動並沒有緊接著展開。我們一致決定，一定要等到張之東的警惕性鬆懈之後再動手。

第二個報復計畫是我想出來的，同樣也在那個山腳下。我在前面說過，從我們所住的家屬房子到辦公樓是一條沙子路，這條沙子路快要到我們住房時，在半路上就岔開了，伸出了另一條小路，而那條岔開的小路，卻是通往張之東那排房子的，他家就住在那排房子的當頭。所以，他回家走那條岔路要便捷得多。為了摸透張之東的規律，我曾經多次單獨在夜裡潛伏觀察（我之所以沒有叫葛朝陽和賴皮，是為我這個方案尋找更充分的理由），發現張之東回家時，必定走那條岔開的小路。其實，他也是可以走正道的，而他一定是嫌麻煩吧。那條岔路跟正道一樣，也是沙土的，十分便於挖掘。而且，從辦公樓到我們的住房這段距離，一律沒有路燈，光線黯淡。晚上一般也沒有人經過。每天一到斷黑，人們都龜縮在家了，聽說要真槍真炮地打仗了，戰場就在離煤礦山不遠的咼家坳，而且，的確不時地傳來驚心動魄的槍炮聲。在夜晚，還能夠看見子彈在天空中火閃閃地呼呼劃過。那麼，我們可以在這條路上挖個大坑，讓他猛地踩進去，不說摔斷腳巴子吧，至少也會閃傷腰子，一定會叫他刻骨銘心的。

當然，這個方案的缺陷是，比用彈弓射擊麻煩多了，也複雜得多。

那天，當我把這個方案說給葛朝陽和賴皮時，一開始，兩人都不同意，認為它太費時間了，況且，也不隱蔽，十分容易暴露。一是在挖坑時，難說不準被人看見，二一個，萬一是別人而不是張之東踩進坑裡去了呢？那不是分明害了無辜的人嗎？

他們的擔心不是沒有一絲道理，我卻憑著三寸不爛之舌，終於說服了他們。我說，絕對不能再拿彈弓打了，所謂一計不可兩用，我們的手段應當多些花樣才是，讓他防不勝防。挖坑的確是費神費力一些，張之東卻根本不會有這個提防的，他甚至連想也想不到的，這起碼就解除了他在這方面的警惕性，他沒有了警惕性，這個行動就一定能夠成功。再說吧，設下這個坑，可以讓他嘗到更加痛苦的滋味，如果摔斷了一條腿，他就不會帶頭出來折磨人了，起碼要在床上睡三個月吧，就像民間所說的傷筋動骨一百天，那麼，我們可憐的爸爸和那些叔叔阿姨，至少暫時可以解除許多的痛苦。

他們畢竟不很固執，想了想，終於同意了這個方案。

我們悄悄地準備了一切工具和所需之物，比如鋤頭和鏟子，又比如幾根又軟又薄的木片，還有一張水泥袋子。我們卻一直沒有行動，葛朝陽曾經問過我幾次，問我好久動手，我說不要性急。賴皮也問過我，我說性急喝不得熱稀飯。

在那些日子裡，我帶著葛朝陽和賴皮四處玩耍，在河裡洗澡，捉魚，打麻雀，耍得十分愉快。我甚至還帶著他們去了範家山，範家山是個小鎮，離煤礦山有八里路，那裡有許多燒磚瓦的窯子，那些龐大的窯子一排排的，像蒙古包。有的窯子正在燒著，有的正往窯子裡裝磚瓦坯子，那些農民伯伯赤膊上陣，一擔擔地往窯裡運著磚瓦，汗水像油似地塗在古銅色的身上，在陽光下閃閃發亮。有的窯子還是空閒著的，可能暫時還沒用它罷。我們站在空閒窯子的上面往窯膛裡看去，發現窯膛的肚子很大，可以裝許多的磚瓦，我們那天算是開了眼界。葛朝陽和賴皮驚訝地感歎，哦，磚瓦原來是這樣燒出來的啊。我嘿嘿地發笑，說沒有白來吧？兩人連連說，沒白來沒白來。葛朝陽和賴皮也不像以前那樣，老是迫不及待地問我何時動手了，好像已經忘記肩上的使命和任務了。

我卻沒有忘記。我表面上裝得十分輕鬆，在內心裡，卻時時想著那個方案的實施，仔細地考慮著其中的種種細節。

一直等到彈弓事件過去一個多月之後，我們才開始動手。

那天上午，賴皮跑來問我，今天準備去哪裡耍？

這個傢伙看來是耍瘋了，我當時還躺在床上，沒有半點起來的意思，我說，今天不去耍了。

他問為什麼？

我捏緊一隻拳頭揚了揚，神秘地說，今晚上動手。

他一怔，似乎沒有明白我的意思，旋即又恍然大悟，哦哦地高興起來，舉起拳頭說，消滅法西斯。在原地飛速地轉了兩個圈子。

我向他招招手，說，你快去告訴朝陽，今天哪裡也不去了，通通給我睡覺，把精神養足。

賴皮聽罷，馬上通知葛朝陽去了。

整整一個白天，三個人都在家裡睡覺，像疲倦的貓。

那天晚上十一點多鐘吧，我們開始行動了。承蒙老天爺看得起，沒有把浩大的月亮放出來，天黑得一塌糊塗。我們沒有拿手電筒，那無疑容易暴露，三個人拿著工具木片以及水泥袋子，悄悄地來到那條岔路上。我們好像已經習慣於夜間工作了，一聲不響，配合默契，快速地挖掘著。那些沙土很鬆散，它們在鋤頭和鏟子的掀動下，紛紛地被拋到了一邊，好像十分配合我們的行動。三個人輪流地挖著，個個手腳利索，迅速地挖出了一個大坑。

大坑起碼有一米深，半米寬，像一張巨獸黑洞洞的嘴巴。然後，我們趕緊把幾根木片小心地架在上面，鋪上水泥袋子，再把沙土薄薄地鋪上一層。為了盡可能地不露一絲痕跡，甚至還從垃圾堆撿來大人的破鞋子，小心翼翼地在沙土上面蓋兩個腳印。之後，再把那些多餘的沙土，紛紛地扒到岔路邊的草叢裡。我們仔細看了看這個陷阱，覺得它十分完美，然後，就飛速地離開了。

此時，我才發現自己已是滿身大汗，精疲力竭了。我問葛朝陽累不，他說累。我問賴皮累不，他說不累。我感到奇怪，我們都很累，你怎麼就不累呢？賴皮說，一想起我爺老倌的腿巴子打斷了，我就不累了。賴皮又咬牙切齒地說，一想起張狗屎，我就不累了。

那天晚上，我們感到非常刺激，還覺得自己聰明絕頂。當然，也不是沒有某種隱隱的擔憂，萬一張之東沒有踩進這個坑裡呢？萬一是別人踩進去了呢？那麼，報復計畫就會流產，還要為那個平白無故受到暗害的人感到內疚。我們一時也等不到確切的消息，不曉得張之東到底什麼時候回來，就各自回家了。

第二天，我得到了一個絕好的消息。當時，我還沒起床，就聽說張之東又出事了。這個消息是我娘老子說的，媽媽憤然地說，這是報應嘞。我裝聾作啞，哦，難道有這種事嗎？等到媽媽出去之後，我高興得把雙腿伸到空中一通亂踢，哈，果然不出所料，張之東踏進坑裡了，左腿巴子摔斷了，當夜被送進了醫院。

這是我們的第二個傑作。

我想起床告訴葛朝陽和賴皮，沒想到他們也來了，每人在我屁股上重重地打了一下，哈哈，懶蟲，還不快起來？打得我屁股麻麻的。

我一翻而起，說，走，我們慶祝去。

這次慶祝沒有打麻雀吃了，也要換換花樣對吧？我們就在河裡捉魚，三粒腦殼就像三隻黑不溜秋的水鴨子，時沉時浮地漂在清悠悠的水面上。我抓到了一條鏈魚，從水中伸出腦殼吐口水，問賴皮，你爸爸的腿巴子好些麼？他說，聽我娘老子說，那個水師趙結巴很神，畫了一碗水，噴在我爸爸的腿巴子上，又敷了些草藥，好得蠻快的。我說，那就好。

我們的水性都不錯，不屬一流，也是二流。三個人抓到魚就往岸上甩，在灼熱的陽光下，只見空中不時地閃爍著一道道靈動而銀色的光芒，乖態極了。那些魚有鯽魚，鯿魚，鏈魚。魚不是很大，二三兩一條吧。這樣大小的魚，最適合燒烤了。抓了七八條之後，我們就上岸剖魚，然後，團團地圍在一起，放在火上燒烤。三個人一邊大快朵頤地吃著，一邊舉起烤魚呼喊，烏啦——，烏啦——

我們就是以不同的物質來慶祝勝利，犒勞自己。

這一次，張之東不能夠親自查案了，斷掉的腿巴子將他像囚犯一般禁錮在病床上。他的手下雖然也忙亂了一陣，四處查找，卻也沒有查出來。聽說，張之東非常生氣，狠狠地把手下大罵了一通，此事又不了了之。

這個案子，又在煤礦山傳了很久，成了第二個不解之謎。

我們曾經天真地認為，只要張之東進了醫院，一定會安心養傷的，身體畢竟是革命的本錢，他暫時會放下手頭上的工作。而沒有想到，張之東雖然腿巴子摔斷了，他的腦殼卻沒有摔糊塗，我們仍然沒有阻止他的瘋狂。他說，他決不會在困難面前低頭的，越是艱險越向前。在病房裡，他仍然還在指揮，甚至，破天荒地把電話也拉到病房裡來了。

那段時間，張麻蠣沒有騎單車了，每天躲在家裡，或是去醫院看他爸爸。我們估計，這肯定是張之東的主意，既然有人屢次暗害他，那麼，下次就很有可能把目標指向張麻蠣——他居然沒有考慮婆娘和兩個女是否危險——所以，張麻蠣每次去醫院，都是由張之東的手下護送去的，就足以可見，張之東是非常警惕的。那個手下長得高大粗壯，警惕性很高，一邊走，尖銳的眼睛一邊像鷹眼東張西望的，隨時提防有人搞突然襲擊。

即使張之東困在醫院裡，我們的爸爸他們仍然遭受著殘酷的迫害，甚至有過之而無不及。我爸爸的一根肋骨被打斷了，這一回，輪到我媽媽去請那個趙結巴水師了。葛朝陽的爸爸呢，左耳朵被撕掉了一半，又是我媽媽去包紮的。賴皮的爸爸則是霜上加雪，打斷的腿巴子還沒有完全好，眼睛卻差一點被人搞瞎了，是鋼筆狠狠地戳傷的。也是我媽媽去敷的藥。我娘老子在那些日子裡，真是痛苦加辛苦，含著淚水，馬不停蹄地為三個男人辛勤地勞動，彷彿成了他們的保健醫生。如果我媽媽不是醫生，不曉得鄉村還有一個醫術高明的趙結巴水師，那麼，三個人的爸爸留下殘疾是毫不奇怪的。

其間還有個叫劉阿姨的人，才三十多歲，長得十分乖態，聽說有海外關係，這個女人忍受不了萬般痛苦的折磨，居然想方設法從牛棚裡逃出來了（鬼才不曉得她是怎樣從那個森嚴壁壘之地逃出來的），然後，就跳河自盡了。那天，我們也去了河邊的草地上，看到了劉阿姨的屍體（那正是上次捉魚慶祝勝利的地點），這個可憐的女人臉色慘白，頭髮淩亂，四肢被水草綠色地纏繞著，衣褲水淋淋地緊緊貼著身體，沒有一絲活著時的那樣乖態了，她的眼睛永遠地閉上了。我們害怕地看著她，渾身不由地顫抖。葛朝陽和賴皮緊緊地抓著我的手不放，似乎一鬆開，也會馬上像劉阿姨一樣永遠地躺在地上。我擔心我爸爸哪天也會走這條絕路，所以，我看著劉阿姨的屍體，心裡卻在說，爺老倌你要給我頂住嘞，無論如何，你也不要學劉阿姨嘞。

這個自盡事件，雖然也震動了整個煤礦山，而這種震動僅僅只有幾天而已，我們煤礦山跟全中國都一樣，死人的事是經常發生的，武鬥而傷亡的人就不少，更何況，是牛鬼蛇神的死去呢？所以，對於一個畏罪自盡的女人，人們已經麻木了。造反的人忙於激動和瘋狂，挨批的人則人人自危。僅僅幾天，乖態的劉阿姨就從人們的頭腦裡消失了。

6

殘酷無情的事實，讓我們終於明白，像這般小打小唱地報復張之東，對於他來說，內心是毫無觸動的，他沒有絲毫的收斂，反而更加瘋狂了。如果對他繼續進行類似的報復，已經沒有多大的意義了，他簡直像條瘋狗，會繼續咬人的。

為此，我們很是苦惱和不安。

本以為能夠阻止張之東的瘋狂，能夠減輕我們的爸爸他們的痛苦，誰知，一切都事與願違。現在看來，我們真是太幼稚了，太天真了。

那怎麼辦呢？報復行動繼不繼續下去？如果不繼續，也太不心甘了，我們不忍心看著父輩們陷於這樣的慘境，這三坨牛屎是十分固執的。如果繼續，又根本無法制止張之東的瘋狂，甚至還會加重父輩們的痛苦。

張之東似乎也在暗暗地跟我們較量。

仔細想想，是要改變改變打擊的目標了。我們甚至不約而同地想到了張麻蟈，想在他身上下手，這是張之東的獨子，是張家唯一的煙火，更何況，張之東對張麻蟈視為掌上明珠。惟有對他下手，才會構成對張之東致命的打擊。問題在於，張麻蟈已經不再跟我們耍了，我們無法接近他，如果讓他願意主動地接近我們，沒有極其誘惑的東西，恐怕是不可能的。

我們明白，這次行動的意義不同一般，它將是最厲害的殺手鐗，對於張之東來說，將是一次毀滅性的重創。為了讓這次行動能夠順利進行，三個人商量了很久，到底用什麼東西才能吸引張麻蟈呢？到底用怎樣的手段對付他呢？

我們內心是異常激動的，卻又一籌莫展。

幾乎是絞盡了腦汁，三個人還是沒有想出一個兩全其美的方案。山腳下，已經成了我們的密謀之地，每個方案都是從這裡謀劃出來的。這時，葛朝陽獻了一計，說，不如趁張麻蟈一個人玩耍時，把他拖到山腳下打一餐。我們可以趁他沒有注意時，飛快地用黑布把他眼睛蒙上，用抹布把他嘴巴堵上，用繩子把他手腳捆起來，拖到山腳下搞他一餐死的。我們只要不說話，他就猜不出到底是誰做的。我聽罷，罵葛朝陽沒腦筋，我說千萬不能來蠻的，一定要用什麼東西誘惑他，然後，再去悄悄地教訓他，而且，我們最好不要露面，人不知鬼不覺的。賴皮不斷地拍打著腦殼，也沒想出什麼好主意，也就有些不耐煩了，說，不如一刀殺掉他。我嘲諷地說，那你也莫想要你的卵腦殼了，你爺老倌的腦殼也保不住，殺人是要償命的賴皮。

賴皮不服氣地說，那你有什麼好辦法？

我無奈地說，暫時也沒有。

大家的思路碰到空前的呆滯，像終年運煤的電車突然脫了軌，一時無法行駛了。既然暫時都想不出什麼好手段，我就說，我們不如到山上走走，好嗎？

別看我們這樣頑皮，這麼貪玩，身後的這座大山卻從來也沒有上去過，這座山太大了，連綿起伏，一直伸向遙遠的天邊。山上樹林茂密，陰森森的，聽說還有不少野物，比如毒蛇野狗野豬之類，所以，我們害怕，平時只是在山腳上玩耍而已。今天，也許是心血來潮了吧，也許是想在這山上打點什麼主意吧，反正，我也說不清楚，三個人就慢慢地朝大山裡走去。山上沉積著腐爛的枯葉，很厚很厚，像一床床棉絮鋪展在地上，發出濃郁的腐敗氣息。不時，就有什麼野物呼哨地在草叢中竄過，讓人心驚肉跳。陣陣山風明顯地冷了，迅速地將身上的汗水收走了。那些樹林枯藤和灌木叢，面孔猙獰，似乎藏匿著無數大大小小的陰謀和危險，千奇百怪地繪製了一幅令人恐懼的圖畫。

葛朝陽忽然說，如果把張麻轟搞到這裡來，任他怎麼叫喊，誰也聽不見的。

賴皮接著說，就是把他殺到這山上，鬼都不曉得嘞。

我說，你們就不要出這些鬼主意了好嗎？這肯定是行不通的。

我意識到這山上的恐怖和危險，就從樹上折下三根樹枝，一人拿一根，我說，萬一出現了什麼野物，我們一定要齊心嘞。

三個人的神經很緊張，繼續小心翼翼地往山上走，快走到山腰時，只見一片比較寬敞的坡地上，沒有生長樹林，也沒有灌木叢，只有茂盛的齊腰深的茅草。我們甚至為這片草地感到驚喜，沒想到，在這座大山上，竟然有這片寬敞的地方。賴皮勾著腦殼只顧往前走，突然腳下一滑，眼看就要滑下去了，我急忙一把拉住他，大叫，走不得。

賴皮趕緊收住腳，穩住了身體。

三個人都站住了，不敢貿然地朝前走去。我們拿著樹枝，掃開那片茅草一看，天啦，忽然發現腳下竟然是個天然的洞穴，它被四周陰險的茅草擋住了。誰不敢走到洞穴的邊上去，所以，並不曉得它到底有多深，只是感覺到陰風嗖嗖。目光所及，洞穴裡的四壁也長著茅草，讓人感到十分恐怖。

我們嚇得出了一身冷汗。

賴皮的臉變得十分蒼白，抖抖索索地說，好險啊好險啊。

葛朝陽說，剛才要不是三毛拉住你，你就沒卵命了嘞。

看見這個令人毛骨悚然的洞穴，我的眼前，此時彷彿有另外一個圓圓的形狀出現，它的體積不大，似乎也很輕盈，不停地在洞穴上面上上下下地飄浮著，這個形狀圓圓的東西，與巨大的洞穴疊加在一起，忽近忽遠，忽大忽小，忽而清晰，忽而模糊，它們像具有一種無窮的魅力，在深深地誘惑我，讓我激動不已。

此時，一個絕妙的主意，突然從我腦殼裡蹦出來了。

這是否就是所謂的靈感呢？

我把手中的棍子呼地朝洞穴裡一甩，激動得大叫起來，葛朝陽賴皮，我有主意了。

他們急忙問，你快說，快說吧。

我迫不及待地說了出來，他們一聽，也像我一樣，激動地把棍子往洞穴裡一甩，好啊，好啊。

然後，一齊在大山裡興奮地叫喊起來，啊——啊——啊——

寂靜的大山，好像是第一次被人類的聲音所震撼，聲音在大山裡產生了強烈的共鳴，發出嗡嗡的回聲。那些茂密的樹葉，那些密不透風的灌木叢，那些擠擠挨挨的茅草，似乎都被驚醒了，搖頭擺腦地晃動起來。

張之東還在醫院，聽說快出院了。張麻蠅呢，仍然不出來玩耍，或是仍然由那個粗壯高大的傢伙陪著去醫院。也許，是張麻蠅受不了這種枯燥而單調的生活吧，終於有一天，竟然又出來耍了。也許這一切，他爸爸並不曉得，不然，他是不敢自作主張出來玩耍的。他像以前一樣，仍然在房子前面的坪裡騎著單車，許多的細把戲見他又出來了，紛紛又來湊熱鬧。

我們暗喜，甚至認為，張麻蠅這樣漸漸地接近我們設下的圈套，是老天爺在冥冥之中給了他某種暗示罷。

那天，天氣十分炎熱，張麻蠅在坪裡騎著單車，騎得興頭來了，把背心也脫了，赤膊上陣。他沒有把背心放回家裡，而是放在自家的窗臺上，那個很大的像章就擺在上面，他猶豫了一下，然後，用背心把像章遮蓋了起來。窗臺上，還擺著一隻大海碗，那仍是給別人主動進貢的。坪裡許多雙眼睛，目不轉睛地看著張麻蠅騎車。實話說吧，張麻蠅雖然不能正式地騎上去，不能像大人們那樣騎，而他站著踩車行駛的技術也是非常熟練了，一圈又一圈地滑行著，鏈條發出嗞嗞悅耳的聲音。

還是像以前一樣，這裡是細把戲的世界。沒有人人觀看，大人們都忙自己的去了。

為了等到這一天，我們的耐心已經達到了極限。張麻蠅如果不出來玩耍，那麼，我們的計畫幾乎沒有成功的可能性。

現在，他終於出來了。他像一個縮頭烏龜，終於把又小又尖的腦殼伸出來了。

這個時候，我們在哪裡呢？

就在不遠，就躲在張麻蠅那排房子的當頭，任何人也沒有發現。張麻蠅的家在當頭的那一間，離我們只有兩米左右的距離。他家的窗臺上，堆著張麻蠅的那件白色背心，我們就是對他的白色背心感興趣。在那件白色的背心上，有我們的所需之物。

這一次，由我親自出手了，也不曉得是為何種緣故，如果由葛朝陽或賴皮出手，我有些不放心。當然，他們也要求親自動手，參戰的情緒很是高漲。我卻說，這次還是由我來吧。

許多細把戲圍成了一個圈子，是背向著我們的，他們不時發出一陣陣歡呼聲，那一定是張麻蟈在屌什麼高超的動作了吧？我們不想看他在屌什麼動作，他的炫耀，對於我們沒有絲毫的吸引力，我們只注意是否有人往我們這個方向投來目光。幸運的是，並沒有人注意，他們都專心致志地觀看張麻蟈去了。趁此機會，我屏氣凝神，突然悄無聲息地走出房子當頭，迅速地竄到窗臺邊，翻開那件背心，十分熟練地把像章取了下來，又飛快地溜回去。

這一切，簡直是一氣呵氣，沒有任何人發現。

然後，三個人匆匆忙忙地跑到我家裡，葛朝陽和賴皮情不自禁地翹起大拇指，對我的神速讚不絕口。

賴皮欣喜若狂地說，你真像一條泥鰍呢。

葛朝陽頻頻點頭，說，就是就是，我的爺老倌呀。

我把那枚像章藏到床墊下面，以防不測。興奮地說，哈哈，已經成功一半了嘞。

接下來，我們的任務是照舊外出玩耍，玩耍卻增添了一重內容，那就是暗暗地觀察張麻蟈的動靜。果然不出所料，張麻蟈騎累了之後，把單車推進屋裡，當他再來拿背心，頓時就蠢住了，背心上的像章不見了。他默默地呆在窗臺邊，半天沒動，然後，又心懷僥倖地拿開那只大海碗，希望像章擺在大海碗下面。大海碗下面當然也沒有，又匆忙翻動大海碗裡的酸菜，當然，也沒有找到。然後，他睜大眼睛，十分焦急地在坪裡尋找，他又哪裡找得到呢？

他站在坪裡默然著，眼珠子一眨一眨，萬分焦慮，他肯定懷疑是那些送酸菜的人偷走的，只有他們，才會有正當的理由接近窗臺。他想了想，馬上一個一個地去問。那天，送來酸菜的只有三個人，一個是五子，一個是李麻子，一個是四屁股。張麻蝲肯定記得只有他們三個人摸了單車。而讓他感到失望的是，四屁股他們全部否認自己偷像章。他們站在自家的屋簷下，甚至還對著老天發毒誓。張麻蝲的神態很緊張，擔心他爸爸曉得之後，一定不會輕易饒恕他的。在我們煤礦山，到目前為止，它仍然是最大的一個像章，仍然讓人羨慕不已，仍然可以炫耀一番的。他曉得，他爸爸忍痛割愛送給他，是太痛愛他了，並且叮囑他一定要百倍珍惜。

而現在，像章卻人不知鬼不覺地不見了。

我們猜測，張麻蝲肯定會大哭起來的，他卻不聲不響的，只是滿臉焦慮，坐立不安。據我們分析，他不哭不鬧，是害怕他爸爸曉得，他不願意驚動他爸爸，或許，他還有機會和時間把像章找回來。

看來，張麻蝲決定動用自己的力量來解決問題了。第二天，他大度地向那些細把戲宣佈，說他的像章不見了，誰能夠把像章送回來，答應給他騎 天單車。這個條件十分誘人，而誰也沒有見到，所以，騎單車就具有了一種不可能性。有些細把戲甚至抱以僥倖，在坪邊上的雜草叢菜地裡以及垃圾堆尋來找去的，最後還是空手而歸。張麻蝲呢，一絲騎車的興趣都沒有了，默不作聲地把單車推回了家。

我們三坨牛屎躲在我家，正在做著一件極其秘密的事情，由賴皮動手，用左手在紙上歪歪扭扭地寫下幾個字，是拿鉛筆寫的，內容如下，你丟失的東西在大山上，你快走到山腰時，就可以看見它了。你不能叫別人一起來，如果叫別人來，你丟失的東西就沒有了。

然後，我們馬上分頭行動。

我把像章藏在口袋裡，叫葛朝陽一起趕緊上山，我折了一根長長的樹枝，像章的後面有別針，我就把別針別在樹枝的皮上。像章是塑膠的，很輕巧，細細的樹枝依然聳立。我們走到那個駭人的洞穴對面，把樹枝穩妥地插在洞穴邊上。在一片綠色的大背景中，白底色的像章格外顯眼。張麻蠅如果要來，肯定是從我們來的這個方向上山的，他只要見到了像章，就會迫不及待地跑過去拿的，而他萬萬也不會想到，在這個距離中間，在這片被深深的茅草所遮擋著地方，有一個巨大的洞穴。

紙條是賴皮送去的，臨走時，我鄭重其事地叮囑他說，一定不要讓張麻蠅發現了，要悄悄地，曉得啵？賴皮說，我曉得呃。

看來賴皮的任務完成得相當不錯，沒過多久，他就氣喘吁吁地跑上山來，我擔心地問，有人發現麼？

賴皮搖頭說，沒有，卻也好險的呃，我剛剛把紙條塞進他家的門底下，沒過一陣子，門就打開了，我躲在屋子當頭一看，是張麻蠅，他站在屋簷下，手裡拿著那張紙條看了又看，臉上充滿了驚喜，又充滿懷疑。他朝坪裡看了看，好像很猶豫，似乎是想叫人陪他來，好像又不想叫人陪。

葛朝陽急不可待地問，後來呢？

賴皮嘿嘿地說，後來，他咬了咬牙，像下了大決心似的，還是一個人來了。

我說，在哪裡？

賴皮說，應該快到山腳下了。

我又問，那張紙條呢？

賴皮說，被他撕碎了，順手丟到門前的陰溝了。

我放心了，說，那我們趕快躲起來吧。

三個人躲藏在離洞穴百米左右的地方，茂密的樹葉和灌木叢，把小小的身子嚴嚴實實地遮擋住了，我們則能夠從灌木叢的枝葉間，清楚地看到洞穴周圍的一切。陽光靜靜地照耀在那片綠色的茅草地上，誰也不曉得，這裡隱藏著一個巨大的陰謀。偶爾，有雀鳥噗地從樹上閃出敏捷的身影，也偶爾，有不知名的昆蟲在灌木叢中振翅跳躍，發出輕微的金屬般的聲音。如果有幾頭水牛也出現在這裡，誰都以為這是一片安謐的牧場。我們蹲在地上，很興奮，全身居然微微發抖。三個人十分謹慎而小心，甚至連粗氣也不敢出，好像張麻蟈一旦上了山，就能夠輕而易舉地聞到我們熟悉的氣息。

總而言之，一場精心策劃的好戲就要拉開序幕了。

等待了很久，張麻蟈也沒有出現，我們面面相覷，不曉得是怎麼回事，也許是他又改變主意了吧？是返回家去了嗎？按理說，應該是有這個可能性的。張麻蟈以前也沒有來過大山，現在一個人來，肯定是膽小吧？或許，他又回家叫別的細把戲陪著他來？對於這一點，我很是擔心的，如果他叫了別的細把戲，那麼，事情就很容易暴露了，這個細把戲就成了最好的見證人。還讓我更為擔憂的是，如果別的細把戲也掉落於洞穴之中，那麼，他也就太冤屈了——他不是我們下手的目標。

我正在憂心忡忡之時，葛朝陽突然輕輕地推了我一把，小聲地說，看，他來了，是一個人呃。

我伸長眼珠子仔細一看，的確是張麻蟈一個人，他的身後，也沒有跟著別人。

我懸空的心一下子就落了地。

在這茂密的樹林中，張麻蟈顯得更加矮小了，他換了一件黑色的背心，踉踉蹌蹌地走著，像一個疑神疑鬼的野物，在樹林間猶猶疑疑地走著，好像時刻提防獵人那無情的子彈，或是設下的機關。賴皮說得不錯，他的確是猶豫不決的，他心裡肯定動搖過，即使現在他已經來到了大山上，其態度仍然還不是十分的堅決。他為難地摳著頭髮，不時地轉過身子往山下觀望，似乎有返回的意思。他走得很緩慢，也很小心，手裡拿著一根棍子，掃開擋道的刺叢和樹枝，不時發出嘩啦啦的聲音。我心裡說，張麻蠅啊，你要繼續朝上面走啊，千萬不要返回啊。像是在給他鼓勁似的。

我們的心都吊得高高的，寂靜的大山上，那種緊張的氣氛驟然又增添了不少。

又走了一程，張麻蠅好像不再猶豫不決了，似乎已經鐵定心了，然後，一步一步地朝山腰上走來。他已經慢慢地接近了那個洞穴。果然不出所料，當張麻蠅快要走到山腰時，一眼就看見了那個十分醒目的像章，他立即站住了，先是猛地一驚，神色迷茫，似乎不明白它為什麼出現在這個地方。這種表情僅僅只流露了一下，就轉瞬即逝了。他頓時高興得手舞足蹈，把手中的棍子一丟，迅速地奔跑了過去，他的眼睛，只顧看著懸掛在樹枝上的像章了，沒有注意到腳下的那個洞穴。所以，他僅僅跑了幾步，突然發出了一聲慘叫，雙手絕望地往天上一舉，人忽然不見了。

那聲絕望的叫喊，在大山上久久地嗡嗡迴響，把樹上的雀鳥嚇得紛飛逃竄，雀鳥的驚叫聲和樹葉的簌簌聲，讓我們不寒而慄。

之後，再也沒有一絲響動了。

這令人驚恐萬狀的一幕，我們以為是在夢中。當時，整個世界真寂靜啊，好像什麼事情也沒有發生過。半天，我們才敢戰戰兢兢地從灌木叢中站起來，搖搖晃晃地向洞穴走去。三個人小心翼翼地往洞穴一看，根本就看不到張麻蠅。我們似乎現在才曉得，我們已經惹下大禍了。

我萬分緊張地說，趕緊走吧。

三個人飛快地往山下奔跑，沒跑幾步，賴皮就摔了一跤。

於慌亂中，我忽然記起了什麼，趕緊又跑到洞穴的對面，把那個微微發笑的像章取下來，準備放進口袋的，想一想，還是把它丟到了洞穴中。

然後，我們像發瘋一般往山下奔跑，葛朝陽居然也摔了一個跟頭，幸虧沒傷著。三個人的臉色慘白，像渾身的鮮血已經全部流失了。

7

張麻蟈那天當然不可能回家了。

一直到斷黑，快要吃晚飯了，他媽媽才打發張麻蟈的兩個姐姐四處尋找，哪裡又尋找得到呢？連根卵毛也找不到。他媽媽又親自出來尋找，走一步，就叫一聲麻蟈呃，同樣也沒有找到。他媽媽看見了我們，並沒有問，她也曉得，自己的崽再也沒有跟這三坨牛屎玩耍了。

這時，天已大黑了。

後來據說，他媽媽焦急了，於萬般無奈之下，一頭闖到了男人的司令部。張司令是當天下午才出院的，正在召開緊急會議，說是要派人去參加一場重大的武鬥，參戰人員要時刻準備流血犧牲。張之東疑惑地看了老婆一眼，以為她是來問雞毛蒜皮的小事的，所以，還沒有等到女人開口，就不耐煩地朝女人揮了揮手，叫她趕緊出去。女人卻不管這些，雙手痛苦地拍打著桌子，眼淚花花地說，我們的麻蟈不見了嘞。當時，張司令的態度很不好，認為這樣的小事還來找當司令的男人，覺得很沒有面子，就不高興地說，你們不曉得去找嗎？他難道還會飛到天上去嗎？女人抹一把淚水，哭喪著臉說，都找遍了嘞，連個鬼影子也沒找到嘞。男人若有所思地哦了一聲，說，好吧，你再找一下，開完會我就來。

張麻蠅的爸爸並不著急，很有耐心地把會開完——他不能夠讓人家覺得家裡的小事比革命的大事還要重要，更何況，這是他出院之後的第一個重要會議——然後，才空著肚子去找人。礦本部，食堂，操場，家屬房子，水塘邊，電車道上，都找遍了，還是沒有找到一根卵毛。他不免來脾氣了，邊找邊說，這個鬼崽崽跑到哪裡去了呢？望著茫茫黑夜，他一時覺得勢單力薄，看來還是要發動群眾，就叫了很多人在夜色中四處尋找。手電筒的光芒刺破了黑暗的天際，手電筒不夠用，又到工區把礦燈也拿來了。一時間，煤礦山裡燈光閃閃，疑是銀河落九天，響起了此起彼伏的呼喊聲。張麻蠅啊——，張麻蠅呃——，什麼角角落落的都去尋找。尋找的隊伍整整忙了一夜，也沒有找到張麻蠅。

張麻蠅的爸爸幾乎要癲了。那幾天，他把參加武鬥的隊伍打發走之後，暫時丟下了革命工作，一心去尋崽了。

實際上，第二天賴皮就有些動搖了，猶猶豫豫地對我和葛朝陽說，是不是告訴他們算了？說不定張麻蠅還沒有死嘞。

我說，蠢寶，你這不是不打自招嗎？

賴皮說，我還可以用左手寫個紙條麼，偷偷地塞到張麻蠅爸爸的辦公室，這樣，他們既能夠救出人，又查不到是誰寫的。

我警惕地望著賴皮，惡狠狠地說，賴皮，你不要忘記是誰把你爺老倌搞得最慘的，你不要忘記了。最後這句話，我簡直是吼出來的。賴皮害怕地往後一退，不敢再吱聲了。葛朝陽呢，態度還是不錯的，悄悄地扯了扯賴皮的衣服，叫他不要再說了。

一直到第十天上頭，張麻蠅才被一個採草藥的農民在洞穴裡發現了。

整個煤礦山，又一次被震驚了。

這次震動，其影響比任何一次都要大，竟然是張司令的崽死了。那麼，張麻蟈是怎麼死的呢？怎麼又會死在這裡呢？是他自己不慎掉下去的？還是被人害死的？如果是被人害死的，又是誰害死的呢？兇手為什麼要害他呢？一時間，煤礦山裡議論紛紛。

那天，好多人都跑到洞穴看去了。

我們不敢去，心裡很虛弱，也很膽怯。

據說，張麻蟈的屍體已經發臭發爛了，無數的螞蟻蟲子和毒蛇在肉體上肆意猖獗。他已經不像個人了，簡直像一堆腐肉。那個洞穴的確很深，當然，還不至於深不可測，據說，頂多二十多米深。而且洞底也都是茅草，人摔下去，應該是不至於摔死的，如果能夠及時搶救，是毫無問題的。派出所也迅速地來了人，他們的觀點是，據現場勘察，應該是張麻蟈不慎失足的，並不存在有人謀害的嫌疑。

張之東卻不同意派出所的觀點，歷數了自己的兩次遭遇，他說，肯定是壞人在蓄意謀害。派出所看他是個人物，拗不過他，就按照蓄意謀害這個觀點去查案。當然，他們的思路一開始也錯了，像張之東一樣，把懷疑的對象放在了大人們的身上，尤其是放在那些挨批鬥的人身上了，認為是在搞階級報復。而我們爸爸那些人，即使是有作案動機，也沒有作案的時間和機會，他們全部被關在了牛棚裡，哪裡能夠出去謀害一個細把戲呢？

當時，派出所的人為一路，四處排查。張之東帶著手下人為另一路。現在，他是把死馬當做活馬醫了。他重新戴上那個最大的像章，簡直發瘋了，把那些挨過批鬥的男女——也包括了我們的爸爸——嚴厲地審問，甚至是嚴刑拷打，也沒有人承認是自己做的。我們爸爸那些人，可以被迫承認以前收過租子，可以被迫承認想逃到臺灣去，可以被迫承認參加過三青團或是國民黨，誰也不敢承認張麻蟈是自己害死的，他們哪怕被打得遍體鱗傷，鮮血淋漓，斷骨傷筋，奄奄一息，也絕對不敢張口承認。

誰也沒有想到，這個的慘案，竟然是三個十一二歲的細把戲製造的。他們連一絲痕跡也沒有留下。

張麻蟈的死因一直沒有查出來，成了煤礦山裡的第三個不解之謎。

人們議論說，前兩個謎解不解開都無所謂了，只是張之東受了點傷痛之苦而已，而後一個謎如果解不開，張之東夫婦卻是怎麼也想不通的。

現在，就來說說張麻蟈的娘老子吧。

張麻蟈的媽媽——那個身體發胖的女人——天天哭泣，以淚洗面，飯也不吃，澡也不洗，身上已是臭不可聞了。男人勸也罷，女勸也罷，鄰居勸也罷，絲毫也不起作用了。她就是曉得哭，即使是在睡夢中也是嗚嗚地哭泣。

哭著哭著，後來竟然癲掉了。

每天下午時分——也就是張麻蟈失蹤之時——她就披頭散髮地在礦區亂走，一邊狂走，一邊把髒兮兮的雙手絕望地伸向天空，一邊大聲地哭號，我的崽啲——，我的崽呀——，她渾身的胖肉隨著她的瘋癲，迅速地消瘦了，像一個枯瘦如柴的人。張麻蟈的爸爸呢，也許覺得老婆這樣瘋走癲叫的，十分損害自己司令的形象，就把女人關在屋裡，叫兩個女輪流守著，不准她再出來。

我們爸爸那些人，都害怕這件案子會沾在自己身上。其實，最為害怕的是我們，如果查了出來，將會有怎樣可怕的後果——我們甚至連想都不敢去想——不僅是我們，連自己的父母也會罪加三等。因此，三個人暗暗地發了毒誓，誰如果把這件事情說出來，要遭天誅人滅，死無葬身之地。我們絕對不能夠暴露蛛絲馬跡，更不能當可恥的叛徒。叛徒能有什麼好下場嗎？我說，誰想當叛徒？甫志高就是一個很好的例子。我們雖然發過誓，表面上也裝著若無其事的，好像張麻蟈之死，跟我們一絲關係也沒有，其實，心裡卻害怕極了，惶惶不可終日，好像一定要躺進張麻蟈死的那個洞穴裡，才會感到有某種安全感——這個感覺十分奇怪。而那個洞穴我們還敢去嗎？連想一想也感到害怕呀。你們也替我們這三坨牛屎考慮考慮吧，這得需要多大的自控力。這件案子，哪怕是落到大人們的腦殼上，也會出現反常的行為啊。

惟有這次，我們沒有了勝利的感覺，沒有任何心思慶祝了，沒有喊烏啦了。那段時間，我們覺得煤礦山裡都是一隻隻懷疑的眼睛，都在盯著我們的一舉一動，似乎都在尋找機會抓捕三個兇手。連那些抱在大人懷裡的月裡毛毛，張大眼睛看我們一眼，也會感到一絲膽寒。三個人再也沒有心思玩耍了，好像捉泥鰍也罷，打三角板丟岩也罷，捉羊抓小雞也罷，滾鐵環打彈弓也罷，從來跟我們無緣，當然，更不敢去別人家裡吵事了。我們收起了一切玩興和頑皮，像個成熟的男人，變得中規中矩起來。我們默默無言，心情沉重，而在別人看來，好像我們是為失去了一個絕好的朋友而感到悲傷。

如果有人警惕性很高的話，很敏感的話，是能夠從我們反常的舉動中，找到一絲線索的，從我們身上找到重大突破口的，那麼，也許這個案件，就能夠輕而易舉地破獲了，不會成為一個不解之謎了。而當時辦案的思路都放在了大人們的身上，並沒有把細把戲列為懷疑對象。

我們那些天要麼待在家裡心緒不安，要麼提心吊膽地躲在山腳下的茅草叢中，或是無所事事地睡覺，或是漠然地望著藍色的天空，似乎是在靜靜地等待著人家前來抓捕，而且，似乎已經有了一種乖乖束手就擒的意思。後來，我們不敢再躺在山腳下了，總是疑心張麻蝈會從那個洞穴裡爬出來，向我們索命。或是，從山腰上的墳墓裡爬出來，拖我們的腳。

我們換了一個地方，換到火車道下的過洞裡，讓轟轟隆隆的火車打破那種害怕的寂靜。三個人已經暗暗地做好了準備，一旦懷疑到我們頭上來，就趕緊悄悄地逃走，至於逃到哪裡去，卻是一片茫然。至於逃跑的線路，肯定是沿著馬路走，一直往邵陽方向走，聽說邵陽有五十里路。至於走到邵陽之後，繼續往哪裡逃跑，暫時還沒有考慮。

張麻蠅之死一直沒有查出來。沒多久，又出現了一件讓人感到不可思議的怪事。張之東的老婆瘋掉之後，有一天，張之東竟然主動卸下司令的官銜回家了。聽人說，那天清早他就到了辦公室，什麼事情也不做，電話也不接，一直呆呆地坐著，不曉得在想些什麼。他的臉上很痛苦，痛苦得讓皺紋緊緊地擠在一起，即使有人來向他請示報告，他也一律不予理睬。大概在上午十點鐘左右吧，他忽然叫幾個手下人進來，也不說話，就把鑰匙從褲腰上取下來，打開桌子的抽屜，默默地交出了印章，然後，又交出鑰匙，交出腦殼上的軍帽，腰間的皮帶以及胳臂上的袖筒，最後，又依依不捨地從胸部上把大像章也取下來，靜靜地擺在桌子上。同時，也毫無保留地交出他的威風和兇狠。然後，語氣低沉地說，以後由你們來幹吧。說罷，佝僂著腰背，一聲不響地回家了，不再威風凜凜地當他的司令了。

手下人很不理解，極力勸說道，張司令，你為什麼不革命了？那我們以後跟誰幹啊？張之東的臉色很難看，苦澀，憂鬱，痛苦，嘴巴微微地蠕動著，似乎想說什麼，卻終於沒說，然後，就勾著腦殼走出了司令部，那副樣子像挨了批鬥。手下人很不放心，就緊緊地跟在他屁股後面，看他到底走到哪裡去。有人猜測，他會去張麻蠅的墳墓，陪著崽坐一陣子吧。也有人估計，他會去山上的那個洞穴，再去看看那個害死他崽的可惡之地。也有人猜測，他可能會尋死路的，他實在是想不開嘞。其實，人們的猜測都錯了，他哪裡也沒去，孤獨地回到家裡，然後，砰地關上門。在即將把門關上之前，他向那些站在門外的手下人投去了冷漠的一瞥，那默默地一瞥，竟然讓手下人毛骨悚然，過後記憶猶新。

張之東陰沈著臉，每天陪著那個發瘋的老婆，給老婆洗臉洗澡，煮飯菜餵飯洗衣服，像個極其合格的保姆，居然十分細心和耐煩，家中的任何事情，也不要兩個女插手。不論老婆怎樣發癲，摔東西，或是罵人，或是大哭大鬧，他竟然一絲脾氣也沒有了，只是小聲地勸說著。他好像又回到了以前當工人的狀態，當司令的那種威風和脾氣，一絲也沒有了。惟有老婆忽然往外面奔跑時，他才急忙趕出來，緊緊地摟抱著，七拖八扯地將她拖回家。他幾乎哪裡也不去了，外面那個喧囂而熱鬧的世界，對於他來說，沒有一絲吸引力了。他守在家裡沈默不語，看著桌子上的張麻蠅的相片，看著看著，忽然淚流滿面。煤礦山的一切革命活動，一律不參加了，甚至包括大型的批鬥會和最新指示的慶祝遊行。他敢於這樣做，絕對是煤礦山唯一的特例。當時，誰敢有這個狗膽呢？就是連那些孕婦和月子婆婆，也不敢有半點的怠慢，只要聽見高音喇叭驟然響起，就要匆匆忙忙地從床上爬起來，蹣跚地加入到遊行的隊伍之中去。造反派們既原諒他，明白他是死了崽而痛苦不堪，一蹶不振的，卻又十分惱火他的革命意志大踏步衰退。

張之東偶爾也出門，提著破舊的籃子，買菜買油鹽，他默默地走著，見了誰也不打招呼。才四十出頭的人，頭髮居然全白了，像茅草一樣散亂。他駝著腰背，眼睛怔怔地望著地上，好像地上靜靜地躺著睡熟了的張麻蠅。

這個樣子，居然引起了我們的一絲同情。

是的，我們終於用微薄的力量阻止了張之東的瘋狂，讓他卸下了司令的官銜，放下屠刀立地成佛了，我們並不因此感到高興和樂觀，接手的那個王司令王牛皮，竟然比張之東還要瘋狂百倍，他的胸部上，戴上了那個最大的像章，威風十足。他簡直像個虐待狂，把我們的爸爸他們拉到毒辣的太陽底下曝曬，逼迫他們穿上厚厚的棉衣，汗水像雨一般浸透了衣服，我們的爸爸他們都曾經昏死在地，他們卻也不管不問，王司令坐在辦公室的窗口下，與他的手下人哈哈大笑。下雨或是下雪呢，就讓我們的爸爸他們穿著薄薄的內衣和短褲，拉到外面淋雨或是受凍。他們像一隻隻可憐的雞，在大雨中和寒風裡瑟瑟發抖。這樣的折磨十分殘酷，甚至比挨打還要厲害，誰又經得起這種殘酷的折磨呢？在這些人中間，沒有一個人是特殊材料做成的。不少人病倒了，甚至死去。有個姓李的阿姨，終於經不起這般折磨，竟然就活活地病死了。我們那天看見有人拿著破草蓆，包起那具瘦小的女人的屍體，像包裹著一根豆芽菜，然後，就埋到大山裡去了。

我們沒有對王司令進行報復了，我們已別無良策，每天只是在心裡保佑我們的爸爸。我們甚至還信了迷信，在山腳下做了一個小小的泥菩薩，用柴禾做香火，希望菩薩發發善心，不要讓我們的爸爸死去，也不要讓那些跟我們爸爸一樣的可憐的人死去。我們的爸爸幸虧命大，雖然也病過，也昏死過，也打傷過，枯瘦如柴，嘰嘰哼哼的，卻畢竟沒有斷掉四兩氣。

也許你們不會相信，我們此時甚至為害死張麻蟈感到非常後悔，心中一絲報復的快感也蕩然無存了。

8

張麻蟈叫張曉明。

關於麻蟈這個綽號，是我們三個人給他取的，他的眼睛很鼓，嘴巴也很大，說起話來呱呱呱的，像隻麻蟈在叫。所以，叫他麻蟈這個綽號，是恰如其分的。

這件可怕的事情，一晃就是幾十年了，我之所以直到今天才把這個秘密說出來，是因為我的心靈深處埋藏著這件痛苦的往事，讓我多年來良心不安，備受著靈魂的折磨和煎熬，如鯁在喉，不吐不快。當年，我和葛朝陽如果聽了賴皮的話，用那個寫紙條的巧妙手段告知他們，張麻蟈一定不會死去的。

張麻蟈的爸媽都先後去世了，兩個姐姐也早已遠嫁他鄉，再也沒有見到過了。如果再見到他兩個姐姐，我不曉得是否有勇氣把這件事情說出來。

我們那個煤礦山早已倒閉了，讓一個老闆買走了。如果張麻蟈沒有死，今年也該有五十歲了，或是像我一樣失業在家，渾渾噩噩地靠打著五分錢的麻將潦草度日，或是像葛朝陽和賴皮他們外出打工。葛朝陽在一家廠子守倉庫，賴皮則在車間拖著板車。

我不曉得，如果張麻蟈今天還在這個世界上，他願意像誰一樣活著？

我們三坨陳年的老牛屎，如今也很少見面了。即使過年時偶爾碰面，當我提起張麻蟈這個話題時，他們居然避而不談，似乎把那些慘痛的往事徹底忘記了，臉上氾濫起麻木的神色，喃喃地說，哪個張麻蟈？哪個張麻蟈？

我們的談話不歡而散。

張麻蟈，你會原諒我嗎？你會原諒我們嗎？

*注：「麻蟈」，湘中方言，即青蛙。

暗害

1

我哥哥從那個著名的戰火紛飛的武鬥城市回來時，身上留下了一條足有一尺長的刀疤。他把衣服翻開給我看，我嚇了一大跳。那個刀疤像一條又粗又紅的巨大的蚯蚓，緊緊地粘在他的腰背上，光滑而醒目。當然，這個刀疤不是武鬥所致，是他患了腎結石，被醫生開了一刀。哥哥說，你摸摸看。我連忙把手縮在屁股後面，驚慌地說，我不敢嘞。

我哥哥如果不是患了腎結石，他極有可能在炮火隆隆的武鬥中送了命。他說光是一個單位的工友，就死了不少，有些是被冷槍擊中的。他沒有參加過武鬥，他因為父親的問題一直情緒消沉，是一個典型的逍遙派。就在一方造反派準備接受他上戰場時，哥哥的腰背痛得在床上打滾，立即被送進了醫院。

我哥哥的刀口癒合之後，父親立即叫他回來，他擔心沒有長眼睛的子彈，說不定哪天飛進哥哥的身體裡。父親雖然身陷囹圄，卻仍然關心千里之外的哥哥，他在信中寫道，人家搞武鬥讓人家搞去，你給我回家。

我哥哥就這樣回來了，我是最高興的一個。當時，我跟父親身陷囹圄差不了多少。我沒有書讀了，那些夥伴們也不再跟我玩耍了，他們像躲避瘟疫一樣躲避我。我甚至不敢隨意地出去，我害怕看見那些歧視的目光。所以，我基本上待在狹窄的屋裡，每天無聊地望著窗外那一片狗尾巴草。你說，這跟我父親關在牛棚有多大的區別呢？母親跟我也沒有什麼話說，她每天除了做家務，就是拿破破爛爛的衣服補來補去，默默流淚。我即使是萬不得已出去一趟，也像母親一樣，不管是否下雨，戴一頂斗笠，低低地遮蓋住眼睛跟臉部，像小偷一樣匆忙地走過。哥哥回來了，自然使我沉悶而孤獨的生活，有了一個極大的改觀。

我哥哥是個象棋高手，像往年一樣，他一回來，馬上端著一隻老大的搪瓷茶缸，鑽進隔壁王老工人的家。兩人下得昏天黑地，吃飯也要母親喊他至少八次。晚上睡覺，也不曉得他是什麼時候回來的，所以，這讓我產生了一種深深的失望。我原想，哥哥回來使我至少有了一個伴，而他一回家，迅速地丟開了我。開始三天，我並沒有說他，我只是更加憂鬱地坐在屋裡，我沒有想到哥哥似乎忘記了我。他好像還以為我在讀書，像以前那樣清早出去，傍晚回來。第四天，我實在是憋不住了，突然像瘋了一樣，氣沖沖地跑到王老工人的家裡，二話不說，憤怒地伸出手，在大棋盤上一掃，那些髒兮兮的棋子，嘩啦啦地在地上四處驚惶失措地滾動。哥哥跟王老工人被我的舉動驚呆了，還沒有等到他們反應過來，我又往門外一衝，跑回了家。

我哥哥跟著回來了，臉色很難看，他對著我吼道，你搞什麼鬼？我不出三腳棋，肯定要叫他死掉的，而你……

我哥哥沒有接著往下說了，他突然怔怔地看著我，兩隻眼睛發出一片驚訝。此時，我已淚流滿面。我在衝出王老工人的家時，一肚子憋了多日的淚水，止不住唰唰地湧了出來。我沒有看他，我望著窗外。夏日的陽光，強烈地照耀在我臉上，淚水像金子般的閃耀。

我哥哥肯定被我的淚水深深地震撼了。他不再發火，坐在一邊默默地抽煙。半天，才若有所思輕輕地哦一聲，小聲地說，老弟，是哥哥不好，我從今天開始，再不下棋了，好不好？只是我們做些什麼事情才好呢？

我哥哥皺著眉頭，在屋子裡走來走去的。沒多久，一拍腦殼，說，有啦老弟，白天呢，我教你下棋，夜裡呢，我們去捉麻蟈好不好？這也是他小時候最喜歡做的一件事。我揩揩淚水，點點頭，微微地笑了起來。

我哥哥馬上在屋裡翻箱倒櫃，找出一個陳舊的手電筒，又找出一只粗布袋子，然後，喊我一起去買電油。

2

我是從那晚上開始，生活中才有了一點樂趣。白天，哥哥告我下象棋，我卻實在對象棋沒有興趣，也沒有悟性，我卻願意這樣。至少有哥哥陪伴我，我不再像以前那樣的孤獨了，只是怔怔地望著窗外的狗尾巴草。哥哥不厭其煩地告我，馬走日象飛田卒子不走回頭路。他說，下象棋跟捉麻蟈一樣，也是其樂無窮。他還不露聲色地讓我贏棋，使我的自信心一點點增長。我如果無意中動了一腳好棋，哥哥就要叫一聲妙著，說，老弟，你現在快成了我的師傅了，你蠻厲害嘞。我學著哥哥的樣子，把棋放在手裡一敲一敲的，嘿嘿，得意地笑起來。白天的時光飛快地過去了，雖然還是待在屋裡，我居然沒有一點以前那種身陷囹圄的感覺了。那種感覺消失得如此之快，像天上的流星一樣。天一黑，我跟著哥哥出門了，朝黑茫茫一片的田野走去。夏季的夜裡，雖然還熱浪瀰漫，我的心裡卻有說不出的愉快和舒展。我不再像在白天出門時把斗笠低低地掩飾了，我不再躲躲閃閃地擔心那許多歧視的目光了。我好像陡然才發現，黑夜對我是多麼公平。

我拿著布袋子，跟在哥哥後面。他握著手電筒在前面走著，一道螢色的光芒，刺破了夜色那無邊無際的身體。為了捕捉的需要，我跟哥哥只穿著破爛的鞋子，一是提防毒蛇，二呢，一旦發現田埂上有麻蟈，哥哥的雙腳就退出鞋子，赤腳輕輕地朝麻蟈走去，儘量不弄出聲響。然後，伸出一隻手，張開五指，彎下腰去，猛地一下朝麻蟈罩去。田野裡散發出陣陣清新的稻香，在暑氣尚未退盡的夜晚，這陣陣的稻香顯得脫凡超俗，有一種高傲的品質。那些麻蟈呢，白天躲藏在密密麻麻的稻田裡，一定是透不過氣來了，所以，一到夜裡，也像人一樣出來歇涼。它們半眯著眼睛，或睜大雙眼，靜靜地蹲在田埂上。看見我們來了，有的則很狡猾，一跳，居然跳進了濃密的稻田裡。也有更狡猾的，它溜走時，根本沒有一絲聲響，那一定是老奸巨猾的大麻蟈。當然，也有懵懵懂懂的，一點也不知世事似的。當哥哥的手電筒光射向它們時，它們居然還鼓著好奇的眼睛，一動不動地望著。直到哥哥的大手罩住它們時，才明白一切都太晚了。

我手中的袋子越來越沉，那些被裝進袋子的麻蟈，不停地在裡面做著徒勞的掙扎。在跟哥哥捕捉麻蟈的過程中，跟我與哥哥下象棋時一樣，我把以前一切的侮辱都忘記了。我跟哥哥小心而又緊張，生怕驚動那些歇涼的麻蟈。同時，也有點提心吊膽，害怕那些出沒無常的毒蛇襲擊。第一晚，我們大大的有了收穫，不僅抓了四斤麻蟈，還抓了一隻團魚。這隻團魚也是活該讓我們抓住的，它先是伏在田埂上，和一條花蛇待在一起。我和哥哥既高興又害怕，既想立即抓住團魚，又怕蛇咬，而且，又擔心團魚溜掉。一般來說，在田埂上歇涼的團魚是很難碰到的，所以，這對於我們來說，無疑是一個大的收穫。哥哥用手電筒光一直照著它們，左右為難，照了一陣子，那條花蛇居然不聲不響地溜走了。團魚卻不走，仍然半眯著眼睛。為了有百分之百的把握，也擔心被團魚咬手，哥哥脫下背心，慢慢地走過去。然後，一彎腰，背心像一張大網，猛地一下罩下去。哥哥興奮地大叫，抓住了，抓住了。我急忙走過去，取下他手中的手電筒，哥哥呢，則小心地把團魚包起來。

我和哥哥那晚很高興地往家裡走。夜色很黑，惟有電廠那邊燈火輝煌，照亮了半邊天。我和哥哥一邊走著，一邊興奮地說著話。忽然，哥哥不說話了，站著不動，眼睛呆呆地望著電廠那邊，像是在欣賞那邊的夜景。我提醒說，那有什麼好看的？快走吧。哥哥卻好像沒有聽見我的話，仍然靜靜地看著。我心裡很納悶，哥哥這是怎麼啦？

我曉得哥哥原來是在電廠上班的，後來，才調到柳州鐵路局，那他是不是留戀曾經生活過的電廠呢？是不是想起了那些夥伴呢？也許是吧。雖然我心裡湧上一團疑惑，我卻不再催促他了，讓他久久地望著電廠那邊。

3

我哥哥真不錯，有一種非凡的抑制力。從第二天開始，他再不到王老工人家裡下象棋了。他像一個金盆洗手的賭徒，表現好極了。王老工人則像個特務似的站在門口，向哥哥招了幾回手。哥哥只是搖搖頭，王老工人馬上朝我射來一股含有恨意的目光，他當然會把造成他孤寂的責任怪罪於我。他孤家寡人，沒有崽女，婆娘早已去世，自己也退休了，每天閑在屋裡。我不齒他，這是我的哥哥，我有權力這樣做。上午八九點鐘的時候，我坐在地坪裡，擺著一塊木板，手裡拿著菜刀，饒有興味地剖麻蟈。那些麻蟈迅速地從我的刀下飛快地升天了，一隻隻白白嫩嫩的帶著鮮血麻蟈，被我丟進臉盆裡。我很樂意充當屠宰的角色，我不再像以前那樣孤獨而空虛地待在屋裡，無所事事。我覺得哥哥這樣的安排，使我頓時快樂而充實起來，我想這樣的日子好過了許多。哥哥說，他要在屋裡休養一年。我說，不行，你要在屋裡待上五年八年的。哥哥笑起來，說，你真是一條蠢卵，哪有這樣的好事呢？當然，只要有工資，我倒是非常樂意的。

我哥哥每天上午在我剖麻蟈時，他坐在屋簷下抽煙，翹著二郎腿，看著我不停地剖，他臉上也同樣充滿著許多得意——那是我們昨晚的收穫。此時，他像一個勤勞的農民站在田埂上，望著那一片金黃色的只待收穫的田野，心裡樂滋滋的。我那天趁著哥哥到廁所的時機，把昨晚的那一團疑惑翻給了母親聽。母親聽罷，笑起來，低聲地告訴我，你不曉得吧？你哥哥以前在電廠談了一個對象嘞。妹子姓向，後來又吹了。為什麼呢？我問。大概是妹子屋裡嫌我們的成分高吧。母親說，聽你哥哥說，她跟你哥哥分手時，哭得不得了。我聽罷，長長地哦一聲。我很感謝母親，她像一個高明而出色的魔術師，一下子把我的疑惑解開了。

我哥哥當然也不老是坐在那裡抽煙，他做了許多事情。他動手用鐵絲做了一個圓圓的網，像一個簸箕。然後，搬來幾個廢磚頭，在屋簷下壘起了一個灶，再把鐵絲網擺上去。然後，他帶我上山撿來許多脫落的松葉，用它來熏麻蟈。哥哥說，用松葉熏麻蟈，是最好吃的，很香的嘞。哥哥的計劃性很強，他說每天捉麻蟈，一時哪能吃得完呢？我們把它熏乾，好留著冬天和春天吃。

我哥哥只在屋裡跟我下棋，夜晚去捉麻蟈。母親也很高興，一是不必三番五次地到王老工人屋裡叫他吃飯了，一是省了許多菜錢，一是能夠改善生活。母親很聰明，對於麻蠅，她有幾種做法。或者，拿新鮮的麻蠅，加上豬油和斫辣椒，一起蒸出來，那味道真是美妙無窮。或者，用新鮮麻蠅煮絲瓜，湯又鮮又甜。哥哥還發明了一種新的吃法，他先將剖了的麻蠅塗點鹽，用紙包起來，外面再用稀泥巴糊成一個球形。然後，放進灶火裡燒，等到泥巴燒乾了拿出來，讓它冷一冷，一掰開，天啦，陣陣香氣撲鼻。這種吃法，具有一種強烈的野性，很刺激。有一段時間，我屋裡每天都在討論哪種吃法，這使那個每星期天才能回家的父親頗為高興。他關在牛棚，肚子裡顯然沒有了油水，所以，吃起來像土匪一樣。一筷子接著一筷子，連骨頭也咯咯地嚼碎吞了下去。一邊吃，一邊說，好吃好吃。吃出一臉的汗水和笑容，好像忘記了挨批鬥的痛苦和坐牛棚的煎熬。

4

我從那天開始，除了白天跟哥哥下棋，每天竟然盼望著天黑。對於我來說，在下棋與捉麻蠅之間，我更偏愛後者。哥哥倒是無所謂，有滋有味地跟我下棋，天一黑，馬上喊我開路。而他的態度沒有幾天就改變了。我記得是第五天吧，我們夜裡捉麻蠅經過通往電廠的那條馬路時，馬路上灰塵撲撲，尤其是運煤的汽車一過，竟然騰起漫天黑灰。晚上則要好些，汽車白天累了，休息去了，我們卻仍然能感覺到腳下是軟綿綿的，像踩在一層棉花上面。沒有路燈，也不是走在田埂上，哥哥為了節約電油，亮一下，又熄滅一下，而他總是要轉過腦殼看電廠。當然，我現在不覺得奇怪了，我只是偷偷地想笑。馬路上很安靜，沒有行人。沒多久，我們前面出現了一個人。哥哥有意無意地用手電筒光朝那人的背上一晃，突然急促地追趕上去，輕輕地喊一聲，向陽花。那聲音很激動。

我聽見那個女人驚訝地一聲，然後，警惕地問哥哥，那是誰？我老弟，哥哥說。接著，我又聽見向陽花輕輕地哭泣聲。哥哥說，快莫哭了，怕有人路過。又大歎，一晃就是三年嘞。向陽花抽泣著說，我去年結婚了，男人在雲南，公公婆婆也死了，他是獨子。哥哥問，你屋住哪裡？向陽花說，在前面不遠。

我到此時也不曉得向陽花長得什麼樣子，聲音卻是好聽的，即使是哭，也很動人。她的哭聲和說話聲，讓夜色有了一種微微的震顫。我想，天下居然有這麼湊巧的事情，早不碰到，遲不碰到，偏偏在晚上碰到了。想著他倆三年後的見面，我也有一種激動。我跟在後面，尖著耳朵，四下裡聽聽是否有別人的腳步聲。沒有走多遠，向陽花帶著我們從馬路的右手走，走了大約三十米，就到了她的屋。

我跟隨他倆進了屋子，向陽花朝我笑了笑，我這才看清楚這個女人。她取下頭上那頂洗得發白的藍色工作帽，露出一頭自然的淡黃色捲髮，眼裡還含著淚水，黑色的眼珠，像兩粒泡在水裡的葡萄。她水色好，白裡透紅，真是一個長得很乖態的女人。她穿著一件碎花短袖衣，胳膊上的皮膚也很白，腳上穿一雙塑膠涼鞋。她笑起來的樣子非常好看，像是一罐蜜糖。哥哥說，還不喊向姐？我喊了一聲。向陽花馬上從櫃子裡端來炒黃豆子，紅薯片，糖粒子，一小碟一小碟，叫我吃，又給我和哥哥倒一杯茶。哥哥脖子一仰，喝了那杯茶，然後，對我說，老弟你坐一下，我跟向姐說點事情。然後，進了西廂屋，並且把門閂了。我不明白，說點事情為什麼要閂門呢？我還有一點不明白，向陽花本來是叫我坐在中間堂屋的，不一下，又讓我坐到東廂屋去了。

我一個人坐在東廂屋，開始時，我還一邊放肆地吃東西，一邊打量這屋子。這是一棟標準的農舍，土磚牆，面積很大，傢俱少，屋裡顯得很空洞，也很陰涼。裝麻蟈的布袋子放在牆角，麻蟈在裡面不停地動彈。今晚的收穫並不大，大約還只有一斤多吧。我跟哥哥本來是想到另一片稻田裡捉的，沒想到居然遇見了向陽花。他倆說有事情，那就讓他倆說說吧，我權當在這裡休息休息。而令人討厭的是，他倆很久了還沒有出來。有什麼事情要說這樣久呢？我有點不耐煩了，想去催催哥哥，提醒他今晚還要去捉麻蟈，不要把正事忘記了。我悄悄地走到堂屋，聽見哥哥和向陽花好像是在打架，嘰嘰哼哼的，像在說些什麼話，卻又非常模糊。怎麼說呢？反正那聲音不像是在談事情。我有點焦急，萬一他倆打了起來，或者打傷了人，那又如何是好？

我急忙跑過去，拼命地擂門，大喊，哥哥，你們別打了——我這一喊，裡面的聲音陡然消失了。我沒有走開，等了一陣子，門開了一條縫，哥哥伸出半個臉來，呼呼地喘著氣，很不耐煩地說，你擂什麼門？我嗓子裡帶點哭音說，你們打什麼架？哥哥說，我們哪裡打架了？向姐的肚子突然痛死了，我在幫她揉嘞。我說，那好了沒有？哥哥說，還要一陣子，你再等等吧。說罷，又把門關上了。

我只好無奈地回到東廂屋，望著桌子上的那些東西，我一點也不想吃了。我只想哥哥快點出來，帶我去捉麻蟈。空空蕩蕩的屋子裡，高高地吊著一盞沾滿灰塵的昏黃的電燈，蚊子嗡嗡地叫著，無所顧忌地在我的胳膊上和腿上撞來撞去，冷不防叮我一口。所以，我不時地伸手打著那些討厭的傢伙。我看見自己的影子印在土黃色的牆壁上，十分巨大，像一個怪物，我被自己的影子弄得有點害怕了。西廂屋沒有聲音了，整個世界突然變得寂靜起來。我呆呆地坐在那裡，無端地感到一種巨大的孤獨。雖然哥哥和向陽花就在西廂屋，我卻覺得他倆離我有四萬八千里，這是一個只有我一個人的世界。牆壁上貼著一張毛主席像，他老人家微微地笑著，他卻不能跟我說話。布袋子裡的麻蟈偶爾呱呱地叫幾聲，顯得淒靜而悲涼。

我這時實在憋不住了，一聲大喊，哥哥——

5

我哥哥終於出來了，他好像很興奮，也很疲倦。他說老弟今晚就回家吧。我說，怎麼不捉了呢？我們還捉得不多嘞。哥哥說，世界上的麻蟈這麼多，捉不完的。又叮囑我，不要把碰到向陽花的事說給爺娘聽。我問向陽花的肚子痛好了沒有？哥哥說，好了。他說這兩個字時，說得非常的自信。又說，他這一手，是住院時跟醫生學的。我卻有點不高興，那天晚上是捉得最少的一回。

我哥哥從這天起，開始有點魂不守舍了。上午還是很耐心地看我剖麻蟈，或者熏麻蟈，然後，跟我下棋。一到下午四五點鐘，哥哥居然在屋子裡轉來轉去的，不時地看著窗外，說，太陽怎麼還不下山呢？我笑他，哥哥，你跟我一樣了吧？盼望早點天黑吧？哥哥說，是呀，天早點黑，我們早點出去。而夏天的太陽像是跟我們做對似的，老是賴在天空上不肯下去，金光燦燦，像一枚巨大的金幣牢牢地貼在天上，夜色哪裡還敢趁早瀰漫開來呢？

我哥哥那副焦急的樣子，我最喜歡看了。他打著赤膊，穿一條藍色的短球褲，然後，大聲地唱歌，這大約是他想用歌聲趕快打發掉時間吧？哥哥回家這麼些天，也沒有看他唱過歌，這居然昂昂昂地唱起來了。唱完一首，去看天色，不滿地嘀咕道，你看這鬼天，還有這麼亮。又繼續唱。好不容易捱到天黑，哥哥馬上拿起手電筒，說，老弟，走。

我哥哥帶著我行走在彎曲而狹窄的田埂上，我卻發現哥哥有點不對頭，似乎老是走神。平時明明能夠捉到的麻蟈，他卻不小心讓它逃跑了，所以，捕獲率極低。我在後面埋怨說，哥哥你怎麼搞的？哥哥解釋說，手氣不好嘞。我說，我們捉了這麼多天，你的手氣一直是很好的。哥哥說，手氣是說不清楚的，比如我跟你下棋，有時明明下得贏的，手氣不好，不是眼睜睜地輸掉了嗎？

我哥哥帶著我捉了不到兩個鐘頭的麻蟈，然後，對我說，我們到向姐屋裡耍去。我不肯，說，那有什麼耍的？我坐在她屋裡像個蠢寶樣的。再說，你昨晚不是去了嗎？哥哥求我，去耍耍吧，耍一下，我們再來捉麻蟈，好嗎？我說，那你不要像昨晚上直接回家了。保證不會，哥哥說。

我哥哥到向陽花屋裡是十分謹慎的，他要確定四周沒有人走動了，才敢小心翼翼地拐下馬路，朝向陽花屋裡走去。我覺得我們像賊一樣的。我說，哥哥，我們有點像做賊嘞。哥哥說，哪裡像？莫說蠢話。向陽花屋裡的燈光在夜色中，像一隻妖媚的狐狸眼睛，不停地眨著，強烈地誘惑著我哥哥。走到向陽花屋門前，哥哥用那鉗工的手輕輕地敲門。此時，我又覺得我們像特務。老實說，向陽花對我還是很不錯的，一進屋門，就要親切地拍拍我的肩膀，又叫我坐到東廂屋去，桌子上早已擺了四個小碟子，今晚又多了一種冬瓜糖。向陽花把我安頓好之後，又跟我哥哥去了西廂屋。哥哥離開時對我說，老弟你等一下，我跟向姐說說話。

我哥哥急不可耐地走開之後，我聽見那扇門又吱呀一聲關上了。我不明白，他倆到底說些什麼呢？有什麼話不能當著我說呢？況且，我又不是外人。也不知為什麼，我像昨晚一樣，一旦坐在向陽花屋裡，那種莫名其妙的孤獨感，又濃濃地湧了上來。那邊屋裡，再沒有昨晚發出的那種聲音了。我仍然像孤身一人，坐在無邊無際荒無人煙的沙漠裡。我不願意這樣靜靜地待在燈光下，這樣待著，又讓我似乎回到了哥哥沒有回家時的那種日子。我害怕那種日子回潮，我寧願跟哥哥在夜色的田基上不停地走著。哪怕時常有毒蛇出沒，那也能夠不斷地給予我刺激，給予我收穫，更重要的是給予我充實。

我哥哥和向陽花大約二十分鐘之後出來了。向陽花跟昨晚一樣，好像有點不好意思。她的臉色紅秧秧的，像是塗了胭脂。她那雙乖態的眼睛似乎不敢正視我，躲躲閃閃的。她對我很熱情，不斷地叫我吃東西，給我添茶。她驚訝地問我，你怎麼不吃呢？是的，我沒有再吃那些東西了，我已經意識到了，那只不過是安慰我的誘餌而已，它具有極大的欺騙性。其實，向陽花並不曉得，從現在開始，我已經非常地對她不滿了，豈止不滿，應當說，對她產生了一種深深的恨意。由於她的出現，哥哥不像開始那樣，盡心盡力地帶我愉快地捉麻蟈了。向陽花的出現，使我們的這種愉快不斷地受到干擾和中斷。嚴重一點說，是她把哥哥從我身邊無情地奪走了，使哥哥即使跟我在一起，也是心不在焉的。關於這些，我表面上並不流露出來，我也不跟哥哥說。

我哥哥真是辛苦，他要心掛兩頭。這邊要掛著我，那邊掛著向陽花，像是一個肩負重擔的農民。而這恰恰是我所不允許的，我不允許哥哥的肩膀上挑著兩個人。哥哥是我的哥哥，而不是向陽花的哥哥。我既然能夠成功地把哥哥從王老工人身邊拉回來，那麼，我也有把握把哥哥從向陽花的身邊拉回來。所以，我開始採取一點小小的措施。每天夜裡，我一旦發現哥哥朝電廠這邊走，我馬上不答應，站著不走。我說，每天往那邊捉麻蟈，你難道沒有發現那邊的麻蟈不多了嗎？看來，哥哥已經被向陽花奪走了心。他說，麻蟈又不是像我們人一樣，老是住在一個地方，它們是四海為家的嘞。我生氣地說，你要去就去，反正我是不去了，我不喜歡坐在她屋裡。說著，我傷心地哭了起來。哥哥慌了，說，老弟，你哭什麼？他想了想，說，那是這樣，你既然不願意坐在她屋裡，那麼，你在外面等等好嗎？他又說，老弟，你還小，等你長大了，你也會明白的。何況，我跟你向姐已經三年沒有見面了，有很多的話要說。他還是如此的固執，好像向陽花屋裡有一碗龍肉在等待他吃。我又一次妥協了。

我哥哥這次進屋之後，向陽花大概是不見我進來，馬上出來叫我，拉著我的手要我進屋。我不肯，也不做聲。她站了站，進了屋子。不一陣子，又走出來說，你既然不願意進屋，那就吃點東西吧。她把一捧豆子紅薯片塞進我的手裡，然後，又進去了，把大門也閂上了。我孤單地待在黑暗之中，突然，我感覺到這原本我最喜歡的夜晚，一旦沒有了哥哥在我身邊，竟然有了一種巨大的恐懼感。四面的黑暗，一層一層地壓迫著我，包圍著我，居然讓我喘不過氣來。我沒有吃向陽花送來的東西，她想拿這些東西拉攏我，而這些東西，卻填補不了我的孤獨。我不要這些平時聞起來吃起來噴噴香的東西，我只要我的哥哥，我要哥哥一步也不離開我。我雙手一撒，氣憤地把它們全部丟在地上。它們落地時，發出一陣沙沙的聲音，輕盈而短促。我想，我不能再讓這種情況繼續下去了。

6

我第二天剖完了麻蠣，趁母親不在屋，我向哥哥攤牌。我說，哥哥，你如果今晚上還要到向陽花那裡，我就要告訴她廠裡。哥哥吃驚地說，老弟，你怎麼能這樣做呢？你難道不明白，如果這件事讓別人曉得了，那是要挨鬥的嘞。挨鬥就挨鬥，我憤憤地說，你如果不去，不就沒事了嗎？哥哥歎息地說，你還太小，許多事不懂嘞。哥哥為了沖淡兄弟間這種緊張的氣氛，說，哦，沒有電油了，我們買電油去。

我和哥哥在一起，即使是白天外出，我心裡也多了一點底氣，不再在乎那些歧視的目光了，也不戴斗笠了。哥哥就在我的身邊，我可以裝著跟哥哥說話，不去看那些討厭的目光。商店離我屋裡兩里多路，開在馬路邊。那是一條剛剛修好的柏油馬路，一到夏天，被毒辣的太陽曬得不斷地冒出油來，像開了鍋一樣。

我和哥哥買了電油，剛走出商店大門，突然看見遊行隊伍驚天動地走了過來。隊伍前面是幾十個戴著高帽子的人，一律打著赤腳，他們像民間施了法術的高手，赤著腳板，在滾燙的柏油路上跳來跳去，還不時地遭受到別人大聲的呵叱。我們看見父親了，他格外瘦，腳桿像兩根棉花桿子。他顯得格外靈活，像一隻麻蝁似的跳動著，左跳跳，右跳跳，惹得許多人發笑。我暗暗地扯著哥哥的手，我發現哥哥緊緊地握著拳頭，咬緊牙齒。口號聲像潮水般此起彼伏，人們的汗水在太陽下閃閃發光。我生怕哥哥控制不住，做出什麼蠢事來，所以，沒有等到遊行的隊伍過完，我馬上拉著哥哥走開，我小聲地說，哥哥，走吧。

我一邊走，一邊想，如果我把哥哥和向陽花的秘密說出來，肯定也會像這樣被拉出去遊行的，那也太殘酷了。我不願意讓哥哥也像父親一樣，在柏油馬路上像麻蝁似地跳來跳去。所以，在回家的路上，我放棄了告發的念頭。父親挨批鬥，已是沒有辦法的事了，不可挽救了，我卻再也不願意讓哥哥也被人拉出去。何況，哥哥的腰上還有一條長長的刀疤。

我一時想不出更好的辦法來，心裡不免有點煩躁。我不能阻止哥哥到向陽花屋裡，哥哥則像走了魂一樣，每天盼望著天黑。現在，哥哥盼望天黑的目的，已經不在捉麻蝁上面了，也不在跟我在一起的情趣上了，他的魂，已經被向陽花那個可恨的女人勾去了。我不恨我哥哥，我只恨向陽花。她像一個女妖怪，把哥哥從我身邊拖走了，害得我跟以前的日子沒有了多少區別，我仍然陷入一種孤獨。哥哥只是像一個影子陪伴著我，他的心，他的靈魂，他一切的一切，都放在了向陽花身上了。那麼，我要用什麼辦法，才能把哥哥從向陽花身邊拉回來呢？我覺得在我跟向陽花之間，其實，已經展開了一場無聲的驚心動魄的爭奪戰，我決不能在這場戰爭中敗給這個女人。

我剖麻蟈的技術，已是相當的熟練。即使對於大一點的麻蟈，我也能夠輕而易舉地制服它們。當然，它們不像那些小麻蟈一樣，在我刀下乖乖就範，讓我滋一聲剝去青色或黑色或麻色的皮，然後，嚓一聲切掉腦袋。然後，撕開肚皮，除去內臟，切掉腳爪。它們即使在我的刀口下，也是拼命掙扎，費盡渾身力氣，四肢把木板抓得沙沙作響，不願意乖乖就範。即使刀子已經切進了它們的腦袋，它們還在做著殊死的搏鬥。所以，我剖得非常費力。有時，連它們的皮也刮不下來。有時，它們居然帶著流血的傷口，跳出我的手掌，在地上四處逃竄，這弄得我十分尷尬。哥哥坐在屋簷下哈哈大笑，好像在看一場精彩而刺激的大戲。

我後來當然改進了對付它們的手段，如果哪天捉到了大麻蟈，我在宰殺之前，準備好一把鐵錘。當我把大麻蟈從布袋子裡拿出來時，先用刀子按在它腦袋上，然後，飛快地拿起放在腳邊的鐵錘，重重地在刀背上一敲，基本上能夠致它於死地。對付它們，我用不著苦苦思考手段的改進。而對付向陽花，或者說還有哥哥，卻遠遠不是這麼簡單了，不是一把鐵錘就能夠解決的。

我在沒有想出好辦法的日子裡，我變得有點心不在焉，心煩意亂。我甚至出現過讓麻蟈從布袋子裡逃走的現象，這真是不可思議。我還出現過在剖麻蟈時，把切去的腦袋，刮下的皮，內臟以及斫斷的腳爪，放到臉盆裡。而把那白嫩的肉，丟到裝垃圾的撮箕裡。這令哥哥驚訝地提醒我，老弟怎麼搞的？他瞪著迷惘的眼睛望著我。我默默無言地把它們換一個位置，然後，繼續我的工作，我不能說出心中的想法。我甚至想過，即使我把想法付諸了行動，也決不輕而易舉地說出來，說給任何人聽。

7

我哥哥白天是絕對不敢到向陽花屋裡的，害怕被人抓住。所以，他只能晚上去。而晚上去，安全倒是安全，卻無可避免地冷落了我。所以，哥哥處在一種兩難的境地。向陽花像一坨磁鐵，時時地吸引著他。而我，卻像是一棵荒原上孤獨的小草，需要他這棵大草時時陪伴。向陽花上三班倒，如果上夜班，白天休息，哥哥只能眼睜睜地看著了。實際上，我屋裡離向陽花的屋也不過兩里多路。而這不長的路，在白天，對哥哥來說，是一道不可逾越的屏障。我倒是喜歡向陽花上夜班，這樣，一到晚上，能夠逼著哥哥不可能有非份之想了，只能全心全意地跟我捉麻蟈了。我甚至還有個想法，寫封信給向陽花的廠長，叫他安排向陽花永遠上夜班。那麼，能夠永遠斷掉我哥哥的後路，向陽花也不再像一坨磁鐵了。即使是磁鐵，哥哥也不敢到她那裡了。當然，我沒有寫信，這只是我許多想法中的一種。想法歸想法，真正要付諸行動，那還需要在諸多的想法中進行精心的選擇。

我哥哥在向陽花上夜班日子裡，像是一個八百年沒有睡覺的人，無精打采，說起話來有氣無力的。跟我下了幾盤象棋，馬上說老弟我有點不舒服。然後，睡呀睡呀，老是睡不醒似的。一到晚上，他就專心致志地捉麻蟈，再不朝電廠以及向陽花的屋那個方向望了。所以，在那些夜晚，我們的收穫肯定要比以往大一些。毫不隱瞞地說，我喜歡哥哥老是這樣能夠陪伴我，讓我不感到孤獨和寂寞。向陽花如果上白班，哥哥又活了過來，神采奕奕，精神抖擻，不停地唱歌，不停地說這天老爺怎麼還不黑呢？太陽怎麼像條賴皮狗似的呢？我很生氣，不時地用嘲諷的目光盯他一眼。今夜裡，他又會到向陽花屋裡，而把我冷落在一邊。

我哥哥跟向陽花這種偷偷摸摸的秘密，我倒是希望被人發現。而一旦被人發現，又沒有好果子讓哥哥吃。他畢竟是我哥哥，我畢竟需要他跟我在一起，以打發外面那一片歧視目光的日子。所以，我不忍心讓他處在那種境地之中，我又不允許哥哥把心思放地向陽花身上。我想，我必須要採取措施了。

我哥哥如果白天睡覺，而且睡得極為漫長，我就曉得向陽花肯定上夜班。那麼，白天她肯定是在屋裡的。所以，那天等到哥哥在床鋪上鼾聲大作的時候，我悄悄地走出來。我擔心哥哥突然醒來，或者是佯裝睡覺，所以，我先假裝去了一趟廁所，然後，再朝向陽花屋裡猛跑。這是我想了好幾天的一個計畫。我覺得，這個計畫有它的可行性。去向陽花的屋，中間是一大片稻田，狹窄的田埂彎彎曲曲，金色的稻穗，勾著腦袋擠到田埂上來了，把本來不寬的田埂弄得更加狹窄。我飛快地奔跑著，我激動地伸開雙手，像飛機一樣，在高低不平的彎曲的田埂上跑著。水稻的葉子無情地刮著我的腳肚子，我也渾然不覺。我有一種說不出的快感，這大約是我的第一個計畫開始實施罷。我甚至好幾次剎不住腳，身體失重，跌倒在稻田裡。而我一爬起來，又展開雙手，像飛機一樣奔跑。

我哥哥肯定還在床鋪上睡覺，打鼾，流哈寶口水。他一定沒有想到，我現在朝向陽花屋裡跑去了，我已經在實施我的一個計畫了。我跑過那一片稻田，然後，穿過馬路，然後，朝向陽花屋裡跑去。令我高興的是，向陽花的屋門是大開著的，好像是特意為我打開的，她似乎曉得我要來了。向陽花正在堂屋洗頭髮，她彎著腰，勾著腦袋，悠黑的頭髮像一塊黑色的綢緞落進水裡。我看見她那白嫩的後脖子，上面長著細小的黃茸毛，我是第一次把她的身體看得這麼清楚。我也聽見許多肥皂泡一個個破滅的聲音，那聲音細微而連綿不斷。向陽花居然沒有意識到我進來了，她依然用雙手搓著頭髮。此時，我倒是不那麼急切了，我十分耐心地等待著。一陣過後，她終於抬頭看見了我，很驚訝，雙手把濕濕的頭髮往後面抹，然後，笑起來，說，你來了？我板著臉，一點也不想跟她說其他的話。我吞了吞口水，鼓起勇氣說，我哥哥要我來告訴你，他以後再也不來了，要你再也不要等他了。向陽花一時呆了，淚水一聳，就出來了，在濕濕的臉上流淌。我擔心自己的心會軟下來，一轉身，迅速地跑出來。我在太陽底下飛快地跑著。我想，向陽花竟然也有今天，竟然也曉得哭了，難道她不曉得我的痛苦嗎？我的孤獨嗎？

我哥哥還在睡覺，他肯定不曉得我已經完成了我的計畫。我來回跑一趟，時間沒有超過半個小時。俗話說，兵貴神速，就是這個意思吧。我暗暗高興，而且，我還有意識地壓抑心中的這種高興。我擔心我一不小心會流露出來，所以，我裝著什麼事情也沒有發生。

8

我的確裝得不錯，哥哥起來之後，不曉得我到了向陽花屋裡，更不曉得我對向陽花說了那些話。哥哥還像哈寶一樣數著手指頭。我明白，他是在算向陽花上夜班的天數，當他算到向陽花只有一天夜班時，他洋洋得意地笑了起來。那種笑很隱蔽，卻瞞不了我。我裝著沒有看見，更不去說他，讓哥哥先高興高興吧，後面會有好戲看的。這時，哥哥又唱起歌來。他唱歌的時候，喜歡來回走動，從外面的那間屋子，走到裡面的屋子裡，然後，又走到灶屋裡。那些狹窄的空間在他看來，像是一片無邊無際的遼闊的草原，那些嘹亮的歌聲，輪流在這些屋子裡響起或消失。

我以前是不喜歡哥哥唱歌的，他一唱歌，我就像生病一樣，蜷縮在屋角落裡，充耳不聞。我明白，他一唱歌，就意味著他躁動不安了，就意味著夜裡要到向陽花屋裡了，就意味著他要把我孤零零地丟在一邊了。今天，我卻很有興趣地聽他唱歌。而且，我拿來一只鋁盆子和一根小鐵棒，有節奏地敲起來，那種金屬的撞擊聲，像白色的碎銀在空中迸綻。我敲得十分投入，哥哥也唱得更加來勁。他邊唱邊感激地望我一眼，而且略含驚訝，一隻手也在不停地有節奏地揮動著。由於有我的參與，由於有我清脆而富有節奏感的伴奏，哥哥一口氣唱了十六首歌。他唱得渾身大汗，背心像是從水裡撈出來的。我也是敲得大汗淋漓，手臂酸痛。那是我哥哥少見的一次個人演唱會。

我一次小小的裝腔作勢的表演，居然輕而易舉地把哥哥蒙蔽了。他絕對想不到，我已經在他跟向陽花之間，撕開了一道深深的無形的裂縫。那天晚上，哥哥帶著我先捉了一陣子麻蟈，然後，用商量的口氣對我說，老弟，到向姐屋裡坐一下吧？我大方地說，好哇。夜色顯得十分安謐，明亮的星星一顆一顆地印在天空上。看起來，它們好像排列得十分混亂。其實，仔細一看，它們是很有秩序的，只是這種秩序不是用直線來規範的。田野裡，水稻的氣息更加濃郁了，那是一種成熟的氣息。我甚至聽到了細微的爆裂聲，似乎是稻穀們在悄悄地說話，瑣碎而甜蜜。這種聲音好像在告訴人們，收穫的季節馬上要來到了。

我跟在哥哥後面，橫過那條馬路。哥哥每回接近這個地方，迅速地把手電筒關了。然後，像特務一樣東張西望。他顯得非常小心，生怕出現一點點不必要的紕漏。而且，他也要我像他一樣小心翼翼，放輕腳步，四處張望。當我們橫過馬路時，哥哥抬頭朝向陽花屋裡一看，不由大驚，怎麼沒有電燈呢？向陽花屋裡的確是一片漆黑，不像以前那樣，總是亮著一盞明晃晃的燈光。我明白，我的目的達到了，心中不免暗喜。我卻佯裝不知，問哥哥，怎麼搞的？不在屋裡嗎？哥哥說，不可能吧？哥哥不死心，摸著黑，一步一步地朝向陽花屋門走去。我聽見他輕輕敲門的聲音，還聽見他輕輕的叫喊聲。屋子裡沒有亮燈，也沒有人應，一片黑暗讓哥哥終於失望了。哥哥怏怏不樂地返回來，說，她到哪裡去了呢？她到哪裡去了呢？

我說，是不是到雲南她男人那裡了？哥哥很果斷地說，不可能，那她會告訴我的。我說，或許，她來不及告訴你了？不可能，哥哥仍然很乾脆地說。我討厭哥哥這種果斷或者說乾脆的回答，這說明他心裡很有底氣，很有自信。我以此而可以推測出來，雖然哥哥一時垂頭喪氣，他肯定是不會死心的，他會想方設法把這件怪事弄明白的。我倒是有點後怕起來，如果哥哥跟向陽花見面，事情就水落石出了，我可能沒有好果子吃了。

我擔心這一天的到來。所以，我力勸哥哥再不要到向陽花屋裡了。我說，人家也許是不歡迎我們去了。哥哥還是那種口氣，說，那不可能的。哥哥雖然十分懊喪，卻一點也不影響他竭盡全力地去把這件怪事搞清楚。所以，他每晚還是帶著我去，然後，站在馬路邊，呆呆地看著向陽花屋裡的那片黑暗。向陽花的屋不在村子裡，那是一家獨屋，這給哥哥和向陽花的相會，提供了天然的安全場所。哥哥每回看一陣子，才依依不捨地離開。那幾天，哥哥即使在捉麻蟈時，時不時也要蹦出一句話來，不可能的呀？聲音很小，近乎於喃喃自語。我明知故問，哥哥，什麼事不可能呢？哥哥說，沒什麼。

我曉得哥哥的情緒不好，所以，他不小心地讓幾隻大麻蟈溜走，我也不怪他。我相信，哥哥只要不再跟向陽花碰面，這件事不了了之，那麼，一段時間之後，哥哥就會像以前沒有碰到向陽花時那樣的專心致志了。

9

我哥哥卻不願意讓這件像謎一樣的怪事繼續下去。那幾天，他一直在屋裡沈默不語，臉色很不好看，不跟我下棋，也不唱歌，老是不斷地抽煙。煙霧把他籠罩起來，使他看起來像個神仙，騰雲駕霧的。終於，有天上午，哥哥突然很奇怪地說要出去一下。我問他去哪裡，他卻不肯說。我說我也跟你去，他卻不肯。平時，哥哥出去總是帶我的。他曉得我白天很少外出，我不願意看見那些射來的一道道白眼。那天，哥哥有點異常，也戴了一頂爛斗笠，並且可笑地穿上父親的破草鞋。他把斗笠壓得低低的，然後，朝電廠方向走去。我望著他遠去的背影，心想，這下會壞事了。

我哥哥能做出這個舉動，一定是鼓起很大的勇氣，而且，他肯定再沒有這種勇氣做第二次的。他肯定考慮到這種行動的危險性，弄得不好，其後果不堪設想，那無疑會成為轟動礦區的大新聞。而且，還會使向陽花遭受到巨大的傷害。我為他暗暗地捏了一把汗，同時，也為我自己擔心。他只要跟向陽花碰面，我的陰謀詭計就被戳穿。所以，我在屋裡不安起來，我臉朝窗戶，望著天空，暗暗地祈禱，讓天老爺保佑，不要讓哥哥碰到了向陽花。

我哥哥大約在一個小時之後回來了。一進門，斗笠一取，草鞋一脫，陰沈著臉，狠狠地盯我一眼，也沒有說話。嘴巴緊緊地閉著，不時地張了張，那樣子是想發作，又不便發作，還有母親在屋裡。我覺得，哥哥那一眼，像在我心上剜了一刀，又凶又狠。我預感到，事情已經被他戳穿，他肯定碰到了向陽花，他倆最恨的人是我。我不敢再看我哥哥的眼睛，在那天下午，他的眼睛一直像他手中的錐子，老盯著我。盯得我渾身顫慄，有一種末日來臨的感覺。

我哥哥在天黑之後，還是照常叫我捉麻蟈。這讓我有點摸不著頭腦，所以，我忐忑不安地跟在他後面。那天，哥哥並非像往常那樣，走上田埂小心地照麻蟈。他只是不停地走著，腳步聲很大，田埂上的麻蟈紛紛地跳進稻田，響起撲撲的響聲。我說，哥哥，你為什麼不捉呢？好可惜的嘞。哥哥不說話，只是悶著頭走。我發現，他不是朝向陽花屋裡那個方向走，而是朝一片大田的中央走。那麼，他要帶我到哪裡去？

我哥哥的沈默，像黑暗的夜色。我說過我喜歡夜晚，卻不喜歡哥哥的這種沈默，這種沈默，使我們的樂趣蕩然無存。又走了一陣子，哥哥不走了，突然反轉身子，拿手電筒照著我的臉，兇狠地吼道，你到底搞什麼鬼？你對向姐說了什麼？你說，你說。哥哥忽然揚起一隻手，想朝我臉上打來。我嚇得哇地大哭起來，哥哥的那隻手在空中忽然停住。我的大哭，讓我少挨了一巴掌。他卻還是凶凶地大吼，你哭什麼哭？我蹲下來，仍然大哭。我哭多日來的委屈，多日來的孤獨，多日來的痛恨。兩旁的稻田裡響起撲哧撲哧的聲音，那一定是麻蟈們被我的哭聲嚇壞了。它們不明白發生了什麼事情，嚇得在濃密的稻田裡亂竄。

我哥哥沒有勸我，在田埂上走過來，又走過去。他呼呼地出著粗氣，夜空裡，響著他咚咚的腳步聲，他憋了一天的氣還沒有出完。哥哥繼續罵我，你搞什麼鬼？你說了什麼話？看不出你人小鬼大嘞，你把向姐害死了，她氣得幾天都沒有吃飯，瘦得像根柴棍子。我也好多天沒有睡覺了，你看看我，我的眼圈不是黑了嗎？不是陷下去了嗎？淚水打濕了我的背心，噗噗地掉落在田埂上。我聽到乾燥的土地上，吸收水分的那種細小的滋滋聲，像水珠掉在熱鍋裡。

我哥哥沒有放過我，又一聲聲地質問道，你說，你為什麼要這樣做？他如此再三地問，似乎我不回答這個問題，他就不肯甘休。我由大哭至小哭，由小哭至抽泣。我哭得已經沒有了力氣，說，哥哥，我是捨不得你離開我嘞。說罷，突然又哇哇地大哭起來。

我哥哥聽我這樣一說，居然沒有罵我了，也沒有說話了。這時，他點燃煙，大口大口地抽著。眼睛看著天空，不斷地歎息。哥哥抽完煙，輕輕地說，走吧，捉麻蝈去。

10

我也不知為什麼，從此之後，哥哥捉麻蝈突然像瘋了一樣。他在田埂上輕輕地走著，走得多麼輕巧，沒有一點聲音。當麻蝈出現在他眼前時，他的大手是多麼有力，迅速而兇猛。一罩，就是一隻，一罩，又是一隻，麻蝈們無一逃脫。我聽見麻蝈們在他的手掌下發出聲聲哀鳴，有的居然被他用力一罩，弄得四肢骨折。我認為，這是哥哥的最佳發揮。我很高興，我終於勝利了。我覺得哥哥重新回到了我身邊。他好像忘記了向陽花，甚至不朝向陽花的屋張望，也不朝電廠那個方向看了。

我手中的布袋子越來越重，每晚的收穫都很可觀。母親總是說，哎呀，捉這麼多呀？那時，早稻已經開始收割，夜空中，已沒有了那種濃郁的成熟的稻香氣味了。這種濃郁而成熟的氣味，被農民們一刀一刀地割下，然後，一擔一擔地挑到曬穀坪上，然後，再藏到穀倉裡去了。代之而來的，是一種清嫩的氣息。晚稻青悠悠的禾苗，開始漸漸地出現在一大片的水田裡。田野裡頓時變得空爽而清新，讓人不再覺得原來稠密的稻田裡藏有許多的秘密了，現在，它們一覽無餘。那些彎彎曲曲的田埂，也終於揚眉吐氣地展現出來，讓一丘一丘的水田經緯分明。空氣也不像以前那樣悶熱了，夜風吹來，甚至能夠看見稻田裡蕩起一陣陣小小的漣漪，像是大地的皺紋。

我跟哥哥有天夜裡碰到一回罕見的怪事。那晚上，我們來到一個山溝裡，農舍早已是一片漆黑，那種寂靜有點令人可怕。那裡離我們屋大約五里路。有一丘水田還沒有插上晚稻，也許是故意留下來不插，留到來年做秧田的吧。我和哥哥本來並沒有對這丘水田抱什麼希望，卻聽到這丘田裡發出很多的響聲。哥哥用手電筒往田裡一照，這一照，把我們驚呆了，天啦，滿田裡都是密麻密麻的麻蟈。我們簡直不相信自己的眼睛。它們是不是在這裡開會？或許是在這裡歡聚呢？我們不明白，它們為什麼要走到一丘水田裡來，我們從來沒有看到過這種景觀。我輕輕地問哥哥，怎麼辦？哥哥激動地說，你跟在我後面，我們下田裡去捉。

我跟哥哥一起下水田，哥哥像發瘋似的捉起來。有時，一手捉了兩三隻。我氣喘吁吁地跟在他屁股後面，我手中的布袋子一張一合。水田裡的麻蟈被驚動了，四處逃竄，那真是一種瘋狂的逃跑，紛紛地朝其他水田跳去。大田裡的水聲，像放鞭炮一樣，劈哩叭啦地響起來。麻蟈們驚惶失措，它們的跳躍此起彼伏，像一道道連綿不斷的弧，在手電筒光中閃來閃去，令我們眼花繚亂。有時，哥哥居然不曉得捉那隻才好，所以，他有時顯得很果斷，有時又很猶豫，這使得許多的麻蟈在我們眼皮底下保住了一條性命。還有幾隻，竟然趁我們手忙腳亂的時候，從我手中的布袋子裡逃了出去。我不斷地叫著，哥哥，快點嘞。哥哥一直沒有說話 ，他來不及也顧不上說話了。手電筒的鏡片不時地被泥水糊住，光線頓時黯淡下來。哥哥飛快地把鏡片在身上擦了擦，那道光重新又亮了起來。在那個晚上，我們跟麻蟈們都瘋了。

我終於叫了哥哥一聲，說袋子滿了。哥哥這才停止手腳，反身看了鼓鼓的布袋子一眼，深深地透口氣。他後悔地說，要是還有袋子就好了。我說，是呀，要是多帶一隻袋子來，我們就發財了嘞，而誰又能想得到有這麼多的麻蟈呢？我們走上田埂，我用帶子緊緊地袋子紮起來，然後，和哥哥抬起走。我和哥哥簡直成了泥人，臉上身上，全是泥水。走到山坡上，哥哥說，歇歇吧。我們躺下來。我發現哥哥的臉色慘白，我聽見他說，我腰子痛。我說，哥哥，我幫你揉揉腰子吧？他說，不用，他自己來。哥哥的一隻手不停地揉著腰子，抽著煙，說，這真是很奇怪的。我也說，是奇怪。

我跟哥哥起碼休息了半個多小時。哥哥連續抽了三根煙，才說，不早了，走吧。我們一人抬著一頭，慢慢地朝屋裡走去。那是我們捉麻蟈以來最大的一次收穫。我們回到屋裡，用秤稱了稱，一十五斤，這不能不說是一個奇蹟。

我第二天剖麻蟈，整整剖了一個上午。我覺得，我像一個剖紅眼睛的屠夫，飛快而嫻熟地剖著。我來不及欣賞麻蟈們或驚恐或憂鬱或絕望的眼神，從布袋子裡摸出一隻，咔嚓一刀，一個生命就結束了。我的雙手沾滿了鮮血，沾滿了濃重的腥氣，也沾滿了污泥。我手中的刀子，在妖豔的陽光下發出閃閃寒光。我身邊的撮箕裡，麻蟈們的腦袋，皮，腳爪以及內臟堆積如山，像一堆雜亂無章的花色碎布。它們的眼睛還是瞪著的，流露出各種不同的神光。那天，累得我腰酸背痛，雙手像斷了骨頭似的。當然，我卻體味到了一種前所未有的快感。

11

我哥哥那次是累壞了。試想一下吧，在水田裡，泥巴那樣深，而哥哥則要快速地把雙腿從泥巴裡拔出來，又踩進去，那真是很不容易。第二天，他沒有像平時那樣坐在屋簷下，看我剖麻蟈了，他一直躺在床鋪上。我生怕哥哥累壞了腰子，再不能帶我去捉麻蟈了，不由擔心地說，哥哥，你不要緊吧?哥哥說,沒關係嘞,休息休息就好了。我為了安慰他,把剖好的麻蟈端給他看。他笑了,說,真是不少嘞。母親最有意思,總是不厭其煩地叫我講述昨晚的事情。她邊聽邊嘖嘖不已,把舌頭驚訝地一伸一伸,然後,一隻隻地往麻蟈們的身上抹鹽。那天,父親也回來了,聽我一說,苦笑一聲,說,麻蟈大概也在開批鬥會吧?哎呀,真是沒聽說過嘞。當然,父親還是很高興的,幫著把剖掉的麻蟈一隻隻地放在圓網上熏。

我哥哥少見地要求休息一天,我沒有任何意見。只要哥哥跟我在一起,我就感到很高興。我想,這一來,哥哥肯定死了心,不再去想什麼向陽花了。他那天雖然對我發了一餐脾氣,而只要他不再去向陽花那裡,哪怕就是打我一耳光,我也絕無怨言。

我哥哥那晚上肯定被我的話深深地打動了,不然,他絕對不會放棄向陽花的,每時每刻地跟我在一起。他一定理解了我這顆幼小的孤寂而自卑的心。誰料幾天之後,我發現哥哥居然舊病復發。他站在田埂上,眼睛又開始朝電廠那邊張望,朝向陽花屋裡的方向張望。他的雙手垂下,手中的手電筒,螢綠色的光線一動不動地照射著腳下水田中的某一處,鮮嫩的禾苗漸漸地變得有點老成起來,嫩青色轉成了深青色,像劍一般刺向天空,也刺向我的心裡。我又開始有了隱隱的擔心,我擔心哥哥又會離我而去。

我哥哥真是一個無可救藥的人,他只是老老實實地跟我待了幾天,又要到向陽花屋裡去。我說,哥哥,你不要去了。哥哥卻像變了一個人似的,十分固執地說,向姐一個人在這裡,也是好孤單的嘞,我們也要去陪陪她。我嘟著嘴巴說,你陪了她,又把我丟在一邊。哥哥說,我們大人之間要說說話。我說,有什麼話不可以當我的面說呢?另外,哪裡有這麼多的話說呢?哥哥張開嘴巴啞了啞,並不回答我的話,竟然有些粗暴地說,你到底去不去?說罷,哥哥往向陽花屋裡的方向走。我沒有吱聲，只好無奈地跟在他後面。我不去，又到哪裡去呢？我的確喜歡黑夜，而只要哥哥離開了我，我就產生了一種巨大的恐懼感，黑夜就變得十分的猙獰而恐怖。我喜歡黑夜，又害怕黑夜，就像我喜歡哥哥，又討厭哥哥一樣。

我哥哥仍然是小心翼翼的，一點也沒有放鬆警惕。他來到馬路上東張西望，然後，才敢朝向陽花的屋裡走。那晚上，向陽花屋裡有了燈光，我看見哥哥臉上充滿了欣喜。他說，老弟，你等等好嗎？我沒有吱聲，我也不好意思再去見向陽花——我為了撕開她跟我哥哥的關係，我居然扯了一個天大的謊。而這個謊，讓他倆之間引起了巨大的誤會。

我哥哥進了向陽花屋裡，大門吱呀一聲，把剛剛敞在外面的光線，一下子又收了回去。向陽花一定還在生我的氣，她沒有像以前那樣送東西給我吃了。所以，我又一次孤單地站在黑暗中，我甚至連上次丟掉食物的資格也沒有了。窗口的燈，像一把巨大的蒲扇鋪張在地上，我卻沒有感覺到半點涼意，渾身的燥熱搞得我十分不安。放在腳下的布袋子，麻蟈的叫聲又增添了我的不安。我狠狠地踢了它們一腳，它們或許是嚇壞了，一律停止叫喊，一陣子，又呱呱地叫起來。

我哥哥半天也沒有出來。此時，我站在那把巨大的燈光蒲扇之外，恨不得撿石頭朝窗戶打去，要讓他倆嚇一跳死的。我喜歡聽到他倆那種驚叫的聲音，那種聲音一定很好聽，它們隨著嘩啦一聲玻璃的脆響，然後，從屋子裡飛出來，朝茫茫夜空四處逃竄。而且，我希望我丟去的石頭，不僅打碎了玻璃，並且連燈泡也一起砸爛，那麼，黑暗中的驚呼聲，更加能夠讓我產生一種快意。然後，我躲藏到一個他倆找不到的地方，讓他倆又急又氣。其實，這只是我的想像，我哪裡也沒有去，我蹲在地上，深深地感到了一種失敗感。在哥哥固執的性格面前，我的小小伎倆簡直不堪一擊。是的，我失敗了。

我哥哥似乎忘記了我的存在，很久才出來。我發現他像個賊一樣，輕輕地開門，然後，再伸出一個腦筋朝外面看看。再然後，一溜，溜了出來。

12

我心裡那般恨意無法說出來。哥哥再一次被向陽花勾走了，儘管他不像以前那樣，捉麻蟈時三心二意，而我明白，他的心已經飛到向陽花屋裡了。後來，我提出過不再捉麻蟈了。要明白，我做出這個決定，心裡是多麼的痛苦，我是考慮過很久的。母親感到十分奇怪，問我為什麼不去了，我說，很累。母親說，你哥哥都不覺得累，你還很累？哥哥當然明白我是在堵氣，他不便在母親跟前勸說我。等到母親走開，他才說，還是一起去吧。我說，你一個人去，不是更好嗎？哥哥不說話了，臉上流露出某種為難之色。我這才似乎明白，哥哥雖說喜歡到向陽花那裡，而讓他單槍匹馬地去，他似乎也有某種害怕，我成了他的一顆定心丸。我雖然站在外面不高興，而他只要想起他的弟弟在外面，他就能夠安下心來。如果說真的有什麼情況發生，他的弟弟是不會不顧他的，至少可以發出某種信號，那麼，他就能夠悄悄地迅速地從後門溜走。

我的陰謀被哥哥挫敗之後，我一下子像掉進了萬丈深淵，十分絕望，好像再想不出什麼好辦法來了。所以，我的情緒非常低落。哥哥雖然採取了兩者兼顧的手段，我並不高興。我不喜歡他這樣。我承認我自私，我承認我小氣，我承認我容不得向陽花，是她把哥哥從我手中奪走了。

我真是沮喪至極。晚禾還是青青的，田裡的麻蟈並不多，也不大，大多是小小的麻蟈在水田裡跳動，那種聲音單調而清脆。我們一聽，曉得那只是一些小蘿蔔頭而已，連看也不看它們一眼。所以，我們現在的注意力，轉移到那些農舍旁邊的水塘。水塘一般不大，水很肥，黑黑的，四周長著蒿草，水面飄蕩著浮蓮。這樣的水塘，既養魚，又養麻蟈。這種麻蟈，不是稻田裡的那種青麻蟈，而是一種油麻蟈。這種油麻蟈很肥壯，皮膚呈黑色，蹲在地上，像一堆牛屎，顯赫而驚人。它們比起稻田裡的青麻蟈來，要狡猾得多。眼睛雖小，眼神卻十分尖亮，時時保持著高度的警惕。稍有風吹草動，也不是撲嗵一跳，那樣顯得很幼稚。而是輕輕地一移，落於水中，像一個老特務。

我和哥哥在那些水塘邊上碰到過它們，一般很難得手，這使我們嘆惜不已。尤其是有一隻油麻蟈，據我們估計，起碼八兩重，那真是一堆大牛屎。它真狡猾，一旦我們出現在那口水塘邊時，離它還有很遠，它居然無聲無息地消失了。我們還發現它每晚上總是蹲在老地方，也就是在塘基邊東邊的角落上。這隻大油麻蟈吊起了我們的胃口，哥哥的那種固執，也在這裡體現出來了。哥哥說，老子不抓著它，誓不為人。我說，哥哥，如果抓到它，那就是最大的一隻。哥哥每次望著大油麻蟈溜走的地方，老愛罵一句，真是個老特務嘞，他娘的腸子。幾乎每夜，我們都要到那口水塘邊捉它，卻無一成功。油麻蟈的一舉一動，卻在無形之中給了我某種啟發。一天夜晚，我的腦子豁然開朗，好像得到了一種神示。它告訴我，要想戰勝哥哥和向陽花，必須要採用一種人不知鬼不覺的手段。我以前那些做法，只不過是像稻田的青麻蟈一樣，幼稚而可笑，撲嗵一跳，鬧得滿世界都是聲音。

我又開始想辦法了。我絞盡腦汁，卻沒有想出一個絕妙的辦法來。當然，也想了一些辦法，而我認為，這些想法像青麻蟈一樣，顯得幼稚而不成熟。我暗暗地告誡自己，在沒有想出一個最絕妙最精彩最高級的辦法之前，我不再輕舉妄動，以免引起哥哥對我的不滿，而且，也不能達到目的。我這個辦法一旦實施，就要徹底地斷掉他倆之間的路，要叫他倆連迴旋的餘地也沒有，而又不讓別人曉得。

即使有苦，他倆只能暗暗地吞到肚子裡。這個辦法，像我剖麻蠅時一樣，狠狠地一刀子下去，麻蠅就嗚呼哀哉了。

我自從有了這個想法之後，我裝得非常的愉快起來，跟著哥哥到向陽花屋裡，我也毫無怨言，也不再說哥哥了。哥哥如果說，我們到向姐屋裡耍耍吧？我居然很大度地說，去吧去吧。連哥哥也覺得不可思議，他用迷惑的眼睛看著我，然後，又很感激地笑起來。

我仍然不進向陽花的屋子。我不能裝得太過分，那樣容易引起他倆的懷疑。我獨自站著或蹲著，我暫時忘記了孤獨和寂寞，甚至，也忘記了可怕的黑夜。我趁著這個機會，在靜靜地想著那個辦法。我的確花了許多腦筋，那些辦法卻被我一一地否定。我堅信，總有一天，那個絕妙無窮的辦法，會在某個時刻從我小小的腦袋裡蹦出來。所以，我不太焦急，也不能讓大腦懶惰。我明白，世界上許多空前絕後的想法，就是來源於苦思冥想。我從小就聽說過牛頓，這個科學家，就是在蘋果樹下苦苦思考的時候，而一個掉下來的蘋果，竟然讓他茅塞頓開，讓他的名字響徹全世界。我認為，我的思維是空前的集中而活躍。我全神貫注，甚至，一動不動地望著天上的某顆星星，希望它突然像流星一樣劃過天空。而在那一剎那，我所期待的辦法也電光火石般地出現，我迅速緊緊地抓住它。

13

我哥哥當然不明白我為何變得如此溫順，他總是用小心翼翼的目光掃我一眼。我裝得很坦然，所以，他的目光在我臉上碰一下，又飛快地移開。他沒有問過我為什麼，當然，我也不說我為什麼變得如此安然。哥哥對我加倍的好，我們忙完了剖麻蝎和熏麻蝎的工作，他就跟我下棋，或者，給我津津有味地說起那些武鬥，那真是驚心動魄，炮火連天。有許多人坐在自己屋裡，卻不料被冷槍打死了。他說，他單位有個妹子，乖態極了，只有十八歲，兩條眉毛中間生了一粒綠豆般大的紅痣，比演劉三姐的人還要乖態。哥哥說，那天她洗了澡，站在窗邊看街上，沒出五分鐘，一顆子彈恰恰打到她眉毛中心的那粒紅痣，她叫都沒有叫一聲，就落了氣。死了還不是死了，找哪個呢？

我哥哥說了許多這樣驚心動魄的事情，有時讓我毛骨悚然。哥哥說，像窯山這種武鬥，小打小鬧，跟他那裡比起來，真是小巫見大巫。父母有時也來聽，聽得渾身發抖。母親又是一連聲的嘖嘖嘖，說，嚇死人了嘞。父親對哥哥說，說起來，你也是不幸中之大幸，如果沒有腎結石開刀，你可能也去搞武鬥，也不曉得保不保得住一條命。哥哥承認說，那也是，如果去打仗，斷腳斷手還是算是命大的。

我哥哥再不跟王老工人下棋了。而那個傢伙，總是想勾引哥哥到他屋裡。王老工人有矽肺病，出氣不贏，我看見他就十分惱火。他找不到其他人下棋，所以，他總不心甘，千方百計地拉攏我哥哥。他曉得我哥哥喜歡喝茶，居然不時地送來一點粗糙的茶葉，說這是老家帶來的，你嘗嘗。我害怕哥哥被他拉下水，所以，等到王老工人一走，我就把茶葉丟到屋後面的尿桶裡。哥哥沒有說我，只是笑著說，王老工人真是枉費心機，我不會去的。

我哥哥真的沒有到過王老工人屋裡了。哥哥從小迷上了象棋，棋癮很大。有時為了下完一盤棋，連考試都忘到腦後了，所以，曾經挨過父親不少的打，卻也打不變。我聽母親說過，棋是他的命。而我不明白的是，哥哥既然能夠為了我不再跟王老工人下棋，那為什麼不能夠割捨跟向陽花的來往呢？難道說，向陽花的吸引力比象棋的吸引力還要大嗎？下棋是他從小就上了癮的，而他一下決心，喊斷就斷掉了。那他跟向陽花的交往才幾年呢？雖然他每天跟我下棋，我的水平畢竟是很臭的，對於他這個高手來說，是沒有意思的。我很想跟哥哥就這個問題展開討論，又擔心他會發現我的用意。

我哥哥現在一定覺得日子很滋潤，雖說是偷偷摸摸的，卻也很滿足了。這從他光澤的臉上，也能夠看出來，從他的引頸高歌，也能夠看出來，從他總是盼望太陽下山，也能夠看出來，從他對我的態度上，也能夠看出來。他肯定認為，自己真正是兩者兼顧，既沒有怠慢老弟，又不耽誤跟向陽花的幽會。我卻在心裡發笑，當然，這是一種報復即將到來的笑。雖然，我還沒有想出一條妙計，我卻老有一種預感，總有一天，我會人不知鬼不覺地手起刀落，咔嚓一聲，毫不留情地切斷哥哥跟向陽花的聯繫，讓他倆永遠不敢往來。

14

我說過我很少出門，我害怕或者說不願意看見那些歧視的目光。那些目光讓我感到有一種自卑，一種恥辱，一種傷害。自從哥哥回來之後，我才跟著他經常出門，買電池，或幫著母親買油鹽之類。哥哥畢竟是大人，也畢竟是從大城市回來的，所以，他對窯山的那些白眼根本不屑一顧，這也相應地提高了我的自信心。我跟著哥哥每回出門，他都要對我說，我們說我們的話，你根本不要齒那些人，看都不要看他，目不斜視。這個成語，我是平生第一次從哥哥嘴裡聽到的。

我一直在不動聲色地放下包袱開動機器，我越來越感覺到那條妙計已經朝我一步步走來。雖然速度比較緩慢，模樣也比較模糊，它卻像一團巨大的渾濁的東西，漸漸地朝我滾來。它一邊滾動，體積一邊縮小。所以，我曉得，當它有一天終於滾動到我身邊時，它會變成清晰的一張小紙條，上面清楚地寫著幾個字，那就是我的妙計。

我有一天趁哥哥睡午覺時，居然鬼使神差地出門了。陡然間，我覺得那團渾濁的東西離我很近很近了。它卻似乎不會在我屋裡跟我見面，它要在一個我很少去的地方跟我相會。我認為，這裡面充滿了一種神秘感，讓我的精神陡然大增。所以，我不聲不響地出門了。我沒有戴斗笠，也沒有朝向陽花屋裡的方向走。我不怕中午的太陽，也不害怕看見那些歧視的目光，我好像什麼也不怕了。那天，好像有個無形的人在指揮我，叫我慢慢地朝礦本部走去。奇怪的是，路上沒有行人，礦區也沒有人，人們大約都在睡午覺吧，也許，還害怕那火焰般的太陽。我看見路上升騰起一片約隱約現的熱氣，像一綹綹透明的張牙舞爪的白色綢緞，在我前面晃動。我就是那樣一直朝前走去。

我好像被那個無形的人一直牽引著。礦本部離我屋裡大約三里路，我先沿著一條小路走，然後，橫過一條鐵路，再走一截小路，來到了柏油馬路。離柏油馬路五百米左右，是礦本部大樓。我父親以前在那裡面上班，我去過無數回。路邊屋子的牆壁上，貼滿了大大小小紅紅綠綠的標語，我居然一眼也不看它們。我也沒有走進辦公樓，繞過了大樓的一側，來到了位於它後面的食堂。

我也不明白為什麼要走進食堂，食堂裡空空蕩蕩的，連一隻尋食的狗也沒有，惟有幾隻麻雀在地上小跳小跳的，間或清脆地叫一聲。我像一個趕路的人累了，一聲不響地貼著牆腳坐下來。食堂裡的四周牆壁上，也貼滿了花花綠綠的標語。我無事可做，甚至有點無聊，所以，順著牆壁看那些標語。我發現其中有許多標語是出自於一個人的手筆，字寫得很好看，比我讀書時的那個張老師還要寫得好些。其中有一幅標語吸引了我的眼睛，上面竟然有向陽花三個字。那幅標語寫道，革命礦工也是向陽花。就在這時，我盼望已久的東西突然像電光火石般，在我腦袋裡閃耀。我陡然非常激動，簡直像一隻獵狗，嗅到了我很久以來所需要的東西。

我的眼睛迅速地在那些標語上掃視，簡直有些饑不擇食的味道。我在另一面牆壁上看到了這樣一幅標語，把破鞋李玉秀揪出來。頓時，我的眼睛一亮，興奮得差點叫起來。我腦子裡非常迅速地把兩樣東西銜接起來。我幾乎是跳起來的，我朝窗外看看，只有毒辣的太陽烤灼大地，仍然沒有一個人走動，整個世界好像是我一個人。

我立即在焦乾的水溝裡撿到一塊碎玻璃，然後，把那幅標語上的向陽花三個字小心地剔下來。又把另一幅標語的前後三個字也剔下來，僅僅把李玉秀留在牆壁上。當時，我的動作十分神速，連我自己也沒有想到，我的手腳居然這樣利索，而且有條不紊。我在地上找到一團飯粒，然後，把向陽花三個字工工整整地貼上去。湊巧的是，這兩幅標語是出自於一個人之手，所以，我把它們鑲在一起，根本看不出來，連紙居然也是一樣，黃色的。

我高興得像一隻騾子。我擔心有人出現，急忙小心翼翼地把標語疊好，疊成一小塊，放進背心裡，拍了拍，然後，飛快地溜出食堂。我曾經夢寐以求的妙計，終於在今天得以到手。它來得這麼緩慢，又是這麼容易。我的心情不亞於那個外國佬牛頓，蘋果落地，不也是很容易的事情嗎？我唱起歌來，像哥哥那樣，唱了一首又一首。我看見歌聲融化到透明的綢緞裡，在空中飄蕩。我一直唱到離屋裡只有百米左右，才歇下來，把激動和興奮一一地收藏起來。我要在哥哥面前做得滴水不漏，不能讓他有絲毫察覺。哥哥還沒有醒來，鼾聲如雷。在夢中，他一定夢到自己在向陽花屋裡吧？他還一定夢到了他的弟弟孤零零地坐在東廂屋吧？或是夢到他弟弟站在屋子外面，黑暗深深地包圍著他吧？

15

我哥哥絕然不知我的秘密。我把那幅標語暫時藏在紙箱子裡，而那個紙箱子，是我用來裝廢書的。我覺得，這是最安全不過的了。那天晚上，我並沒有行動。我仍然孤單地站在向陽花的屋外面，我像一個穩操勝券的將軍，冷笑而大度地看著窗口的那盞燈光。讓他倆再樂一樂吧，這是他倆最後的晚餐了，所以，我也不去催促哥哥。我在想，向陽花今晚上還是笑，明晚上就要她哭了。我的殺手鐧一旦施展出來，哥哥就會一直跟我在一起了，心無旁騖。那天夜裡，我是一直冷笑的，我覺得這種冷笑很有快感。

我哥哥絲毫也沒有覺察到，事態的突變馬上就要來臨，他從向陽花屋裡出來之後，一如往常地帶著我捉麻蟈。他邊走邊捉邊說，我一定要捉到那隻大油麻蟈。他說得很有信心，斬釘截鐵。而那晚上，我們還是失敗了。當哥哥輕輕地走到離牠只有五米遠時，老特務竟然悄悄地溜下水了。

我哥哥這回沒有立即走開，他低著頭想了想，然後說，老弟，不對，我是說我們以前的做法不對。你想啊，這隻大油麻蟈根本不像其他的麻蟈，看見手電筒光也不走。而牠呢？一看見手電筒光就溜走了。我看是這樣，哥哥說，從明晚開始，我們走到這條塘基上，要把手電光熄滅。我說，那你怎能看見牠呢？哥哥說，牠不是老待在那個地方嗎？我只有摸著黑，悄悄地走近它，然後，突然打開手電筒，以迅雷不及掩耳之勢撲過去。

我哥哥說罷，從大油麻蟈蹲著的那個位置用腳丈量。他儘量出腳勻稱，一步，一步，然後，走到塘基的盡頭，一共是十二步。哥哥不放心，又走了一次，還是十二步。他說，老弟，記著，十二步。哥哥說，老子不捉住它，那是出鬼了。我相信我哥哥的步子是準確的，他的這個策略，應當說是對頭的。

我哥哥在第二天總是告誡我要記住十二步。我說我已經爛熟於胸了。哥哥激動地說，今晚上看我的。他摩拳擦掌，在屋裡不停地練習十二步。他的腳步聲，輕得已經不能再輕，我尖著耳朵仔細聽，也聽不見聲音。哥哥不放心，又叫母親聽。然後，問我們，聽不聽得見？我點點頭，說聽不見嘞。母親也說，針尖的聲音也聽不見，像練過輕功的。說得哥哥咧開嘴巴笑起來，說，我要是練了輕功，那就好了。

我哥哥給我的感覺是勝券在握。他午覺睡得很不錯，嘴角流著口水。我卻在暗暗地策劃今晚的行動，我跟哥哥總是在天大黑之後才出去的，那麼，我想，從天灰黑到天大黑，在這個中間有一段時間，而這段時間，是我行動的最佳時機。所以，我看見天接近灰黑時，悄悄地把那幅標語藏到背心裡，又偷偷地拿了一坨飯，迅速地溜出來了，誰也沒有發現我。更巧的是，那天，父親晚飯時也回來了，吃罷飯，哥哥跟父親扯談。哥哥總是勸父親不要輕易承認什麼錯誤，哪怕是挨打也決不要承認。哥哥說，一旦承認，那就是鐵板釘釘的事了，反悔也來不及。父親被打得要死，他說那些人的手段真是毒辣，拿柞木棍子打，痛得喊娘喊爺。說著，父親掀起衣服，身上的傷痕縱橫交錯，像一堆紫色的蚯蚓在身上亂爬。我心裡很難過，父親本來是個很強壯的男人，被人一鬥一關一打，人已變得枯瘦如柴，我恨那些人，又無可奈何。父親說，有幾個跟他關在一起的人，肋骨都被打斷了。他倆談得激憤而又悲傷，我聽一聽，趁機跑了出來。

我哥哥壓根也沒有想到，我這時已經飛快地在田埂上奔跑了。天色像被一層淡黑色的薄紗輕輕地罩住，天邊只有一絲橘紅色的晚霞，在做著最後的掙扎。沒有一秒鐘，也消失得無影無蹤。那一條條彎彎曲曲的田埂，在我的腳下無聲地滑走。我太熟悉它們了，哪裡有一個彎，哪裡有一處田壩口，哪裡有一堆泥巴，我心中都有數的。我不會像上次那樣跌進田裡，那幅標語貼著我的胸部，不斷地磨擦著，弄得我癢癢的，好像要從我的胸部跳出來。我不時地望一眼向陽花屋裡的方向，我希望她這時不要在屋裡，或者在屋裡睡覺。在很久的時間裡，她奪走了我的哥哥，那麼，在這關鍵的時候，她應該為我創造一個良好的機會。

我哥哥肯定還在跟父親談論承認不承認的問題。我曉得哥哥帶回來了上好的三七，他一定在用三七磨米酒，然後，幫父親揉傷。也許是老天助我，一路上我只碰到一個人，那是一個農民，像有什麼急事，在匆匆地走著，看也沒有看我一眼。我直抵向陽花的屋，她屋裡沒有燈光，這真是大好良機。所以，我動作飛快，把標語嚴嚴實實地貼在她屋的大門上。然後，飛身返回，像無事一樣地走進屋裡。

我哥哥果真在幫父親揉傷，屋裡散發出一種淡淡的三七味。父親不斷地說，輕點輕點，太痛了。哥哥放輕了手腳。他看我進來，說，老弟，等一下再去吧，我很快就揉完了。我點點頭，進灶屋喝杯涼茶，我的喉嚨乾得像要冒煙了。

我哥哥叫我走時，已經快九點了，比平時慢了半個小時。他帶我捉了一陣子麻蟈。那天，他的手氣特別好，只要在田埂上蹲著歇涼的麻蟈，竟然無一逃脫。哥哥得意地說，老弟你曉得不？我今晚上為什麼手氣這麼好呢？我說我不曉得。哥哥說，今晚我手上是帶了藥功的。我想，他是指的三七吧。很快，我手中的布袋子有了半袋麻蟈。這時，哥哥說，哎，陪我到向姐屋裡耍耍吧。我裝著不愉快的口氣嗯了一聲。

我哥哥一直保持著高度的警惕性，如果馬路上有人走過，他就跟我故意慢慢地走，像散步，讓人難以懷疑。那天晚上，我也不知為什麼，向陽花的屋裡沒有燈光。哥哥說，不可能的，她應該在家的。他有點不死心，要我站著等他一下，說他過去看看。哥哥是摸著黑走去的，他以前都是這樣走到向陽花的屋門前，然後敲門，然後向陽花開門。這次，哥哥輕輕地敲門沒有，我沒有聽見，我隔他有段距離，我卻的的確確看見手電筒亮了一下，然後，迅速地熄滅了。不一陣子，哥哥急促地跑過來，拉著我說，快走，快走。

我哥哥拼命地往那片稻田走，有幾次，居然跌到了田裡。我跟在後面跑，我明白我的計策成功了。哥哥跑了好遠，才停下來，大口大口地喘氣，驚恐萬狀。我故意問，出什麼事了？哥哥連連說，出事了，出事了，她屋門口貼了標語。我說，什麼標語？哥哥說，把破鞋向陽花揪出來。我說，你不把它撕掉？哥哥說，我哪裡敢？萬一查出來呢？我說，向姐難道也不敢嗎？哥哥說，蠢寶，她更加不敢。我裝聾賣傻地說，是不是人家發現了？哥哥說，肯定是。又說，她肯定被人抓走了。我說，那會不會來抓你呢？哥哥說，那也難說。

我哥哥說，老弟，今晚上我沒有心思捉麻蟈了，你陪我坐坐好嗎？我說好。我們來到鐵路上，坐在鐵路旁邊。哥哥不停地抽煙，歎息，絲毫也沒有要走的意思。今晚上雖然沒有捉麻蟈了，我卻格外的感到高興。從今晚開始，我敢肯定，哥哥屬於我的了，他再不會三心二意了，他再不敢去向陽花那裡了。鐵路腳下的那片田野裡，晚禾開始揚花了。在白天，那碎碎的花穗，像無數隻細小的蝴蝶停留在禾尖上，微微振翅，那是一幅多麼壯觀的景象。現在，我雖然看不見它們，而我只要側耳一聽，居然能夠聽見一片細微的振翅的聲音，我感到那些細小的蝴蝶在慢慢地長大。那晚上，我們一直那樣坐著。我明白，哥哥不敢回家太早，擔心有人來抓他。起碼有深夜一點多鐘了，哥哥才說回家。他要我先回屋裡看看，是否有人在等著。他說他不得不做兩手準備，如果屋裡來過人了，他就不準備回家了，要我把他的衣服和錢悄悄地拿來，然後，他直接回單位。所以，我按照哥哥說的先走進屋裡。

屋裡沒有外人，父親已經走了，母親還沒有睡，在等著我們回來。我說，今晚上來過什麼人沒有？母親說，沒有。那時候，抄家是經常的，所以，我這個話問得不怎麼突兀。然後，我再叫哥哥進來。

16

我用這條妙計戰勝了哥哥和向陽花，哥哥再也不敢到她屋裡了，也不叫我去她屋裡看看。哥哥卻很感激向陽花，他說，沒有人來抓我，肯定是你向姐保護了我，她不說，人家也不曉得到底是誰。我說，哥哥，你以後不要再去了，不要惹麻煩了。哥哥說，不會去了。哥哥說話算數，連捉麻蟈也不到那個方向了，我們離電廠遠遠的，一心一意地捉麻蟈。也就是從那晚上開始，哥哥有了一個怪毛病，每次回家時，遠遠地，他總是擔心地說，屋裡不會有人來吧？我說，不會的。他說，你怎麼曉得？我說，如果有人來，那不早來了？還等到今天嗎？哥哥想想說，也是。又說，萬一你向姐哪天頂不住了，把我供了出來，豈不完了嗎？我說，向姐頂得住的，劉胡蘭十五歲都頂得住，向姐這麼大了，哪裡能頂不住呢？哥哥說，也是，你向姐二十二了。

我對哥哥說，那隻大油麻蟈還捉不捉呢？哥哥彷彿這才記起，說，怎麼不捉？我一定要把它捉到手。那晚上，我們朝那口水塘走去。快到水塘時，哥哥問，是十二步吧？我說沒錯。哥哥叫我站著不動，他走上塘基，馬上熄滅了手電筒光，退出鞋子，赤著腳，然後，輕輕地朝老油麻蟈那個位置摸去。那真是一個漫長而又緊張和刺激的時刻，我的心臟差點快要跳出來了。我在心裡不斷地說，哥哥，輕點輕點再輕點，一定要把它抓住。哥哥的身影漸漸地離我而去，此刻，我不知哥哥是否走神，是否還在想著向陽花，萬一分散了注意力，那麼，要捉到老油麻蠅肯定無望。就在那一刻，黑暗中突然亮起手電筒光，同時，聽見哥哥重重地嗨了一聲，身子一下子撲倒在地。接著，他激動地大叫，抓到了老弟，抓到了老弟。

我急忙跑過去，幫哥哥拿著手電筒。哥哥不斷地說，不要性急，不要性急，它跑不掉了。然後，雙手在胸部處把那隻老油麻蠅抓起來。老油麻蠅的勁很大，它很不甘心，不斷地掙扎著。我打開布袋子，讓哥哥把老油麻蠅放進去，我則飛快地把袋子紮死，生怕它突然跳出來。它當然跳不出來了，卻在裡面瘋狂地動彈著。我說，它不會把袋子搞破吧？哥哥摸了摸袋子，說，不會的。又說，它跳一陣子就不會跳了，它也很累的。哥哥十分得意地說，娘賣腸子的，它再狡猾也狡不過我們。我說，是呀，人是萬物之靈。哥哥掂了掂袋子說，這隻老油麻蠅起碼有八兩。我說，沒有吧？有個六七兩就不得了了。也是，我們從來沒有捉到過這麼大的麻蠅。

我第二天清早就起來了，哥哥也起了床。他叫母親借一把秤來，稱了稱那隻老麻蠅。一秤，你猜有多重？九兩五。我們都叫了起來。鄰居們也驚訝不已，紛紛問我們是在哪裡捉到的，並且要我們詳盡地說說捕捉的過程。他們都圍著我，連父母也過來了。這一回，哥哥不再坐在屋簷下抽煙了，也站在人群裡。哥哥對我說，動作要快呀。我說，我曉得嘞。

我曾經剖過許許多多的麻蠅，也沒有像今天剖這隻麻蠅的壓力大。我不知我那一套利索的技術，今天能不能夠發揮得出色。對此，我的確沒有把握，我覺得身上有點發抖。

我特意把菜刀在磨石上磨了一陣子，菜刀的鋒口顯出一道寒光。我像個老練的屠夫，伸出一隻大拇指，在刀鋒上試了試。我又拿來一把斧頭，對哥哥說，到時候，你用斧頭重重地磕刀背。哥哥嗯了一聲，蹲下來，抓起斧頭。我解開布袋子，雙手伸進口袋，把老油麻蠅死死地抓緊。它好像經過一夜的掙扎，力氣已經用盡了，一副很老實的樣子。我卻不敢放鬆警惕，把它摁在木板上，一手操刀，重重地朝它的頭部切去。這時，它突然發威了，四肢亂彈，尤其是後肢，拼命地亂抓，似乎要把木板抓破。圍觀的人呀地一聲叫起來，紛紛地驚歎道，真是厲害嘞。這時，我拿刀的手死死地按住它的腦袋，一隻手想剝它的皮。皮卻像牛皮一樣，怎麼也剝不下來，而且相當滑溜，像塗了油似的。哥哥說，加點勁。我咬緊牙關，一次又一次地摳，一點效果也沒有。刀下的老油麻蟈，也似乎在跟我做殊死的搏鬥，硬是不讓我把它的皮剝下來。

我有點力不從心了，快速地望了哥哥一眼，向他求援。哥哥明白我的意思，說，你摳住它的皮，我來幫你。所以，我又重新摳住。這時，哥哥拉著我的手，用力地往後一拖，嚓——只聽見一聲皮膚剝離的響聲，頓時，老油麻蟈顯出一身壯碩的白色身子，人群裡又發出一聲驚呼。接著，哥哥揚起握著斧頭的手，用力當地一聲，磕在刀背上，它的腦袋斷掉了，一股鮮血一飆，噴了出來，在陽光下紅得令人可怕，人們不由地朝後面退了幾步。再一看，鮮血像一個巨大的紅色問號，極其醒目地印在地上。人們默默地驚慌地望著。那只腦袋落在一邊，我看見那兩隻眼睛仍然鼓鼓地瞪著，噴射出兩道仇恨的目光。它誰也不看，一動不動地瞪著我，我渾身不由微微地顫慄起來。

1.「麻蟈」：湖南方言，指青蛙。

2.「油麻蟈」：湖南方言，指牛蛙。

BOD Books on Demand

目擊中國15　PG1097

子彈殼
——文革中篇小說

作　　者 / 姜貽斌
責任編輯 / 鄭伊庭
圖文排版 / 詹凱倫
封面設計 / 秦禎翊

發 行 人 / 宋政坤
法律顧問 / 毛國樑　律師
印製出版 / 秀威資訊科技股份有限公司
114台北市內湖區瑞光路76巷65號1樓
電話：+886-2-2796-3638　傳真：+886-2-2796-1377
http://www.showwe.com.tw
劃撥帳號 / 19563868　戶名：秀威資訊科技股份有限公司
讀者服務信箱：service@showwe.com.tw
展售門市 / 國家書店（松江門市）
104台北市中山區松江路209號1樓
電話：+886-2-2518-0207　傳真：+886-2-2518-0778
網路訂購 / 秀威網路書店：http://www.bodbooks.com.tw
國家網路書店：http://www.govbooks.com.tw
圖書經銷 / 紅螞蟻圖書有限公司
台北市114內湖區舊宗路2段121巷19號（紅螞蟻資訊大樓）
電話：+886-2-2795-3656　傳真：+886-2-2795-4100

2013年12月　BOD一版
定價：450元

國家圖書館出版品預行編目

子彈殼 : 文革中篇小說 / 姜貽斌著. -- 一版. -- 臺北市 :
秀威資訊科技, 2013. 12
面 ;　公分
BOD版
ISBN 978-986-326-212-1 (平裝)

857.63　　102023390

讀者回函卡

感謝您購買本書，為提升服務品質，請填妥以下資料，將讀者回函卡直接寄回或傳真本公司，收到您的寶貴意見後，我們會收藏記錄及檢討，謝謝！如您需要了解本公司最新出版書目、購書優惠或企劃活動，歡迎您上網查詢或下載相關資料：http:// www.showwe.com.tw

您購買的書名：________________________________

出生日期：________年________月________日

學歷：□高中（含）以下　□大專　□研究所（含）以上

職業：□製造業　□金融業　□資訊業　□軍警　□傳播業　□自由業

□服務業　□公務員　□教職　□學生　□家管　□其它_____

購書地點：□網路書店　□實體書店　□書展　□郵購　□贈閱　□其他

您從何得知本書的消息？

□網路書店　□實體書店　□網路搜尋　□電子報　□書訊　□雜誌

□傳播媒體　□親友推薦　□網站推薦　□部落格　□其他__________

您對本書的評價：（請填代號　1.非常滿意　2.滿意　3.尚可　4.再改進）

封面設計____　版面編排____　內容____　文／譯筆____　價格____

讀完書後您覺得：

□很有收穫　□有收穫　□收穫不多　□沒收穫

對我們的建議：________________________________

____

____

____

請貼
郵票

11466
台北市內湖區瑞光路 76 巷 65 號 1 樓
秀威資訊科技股份有限公司 收
BOD 數位出版事業部

（請沿線對折寄回，謝謝！）

姓　名：________ 年齡：____ 性別：□女　□男

郵遞區號：□□□□□

地　址：____________

聯絡電話：(日)________ (夜)________

E-mail：____________